LES DÉTOURNEMENTS

Catalogage avant publication de Bibliothèque et Archives nationales du Québec et Bibliothèque et Archives Canada

Titre: Les détournements / Marie Demers.

Noms: Demers, Marie, 1986- auteur.

Identifiants: Canadiana (livre imprimé) 20230070833 | Canadiana (livre numérique) 20230070841 | ISBN 9782898510076 | ISBN 9782898510083 (PDF) | ISBN 9782898510090 (EPUB)

Classification: LCC PS8607.E563 D48 2023 | CDD C843/.6—dc23

Les Éditions Hurtubise bénéficient du soutien financier du gouvernement du Québec par l'entremise du programme de crédit d'impôt pour l'édition de livres et de la Société de développement des entreprises culturelles du Québec (SODEC). L'éditeur remercie également le Conseil des arts du Canada de l'aide accordée à son programme de publication.

Financé par le gouvernement du Canada | Canada

Illustration de la couverture: Mathilde Corbeil
Conception graphique de la couverture: Sabrina Soto
Mise en pages: Folio infographie

ISBN: 978-2-89851-007-6 (version imprimée)
ISBN: 978-2-89851-008-3 (version PDF)
ISBN: 978-2-89851-009-0 (version ePub)

Dépôt légal: 4e trimestre 2023

Bibliothèque et Archives nationales du Québec
Bibliothèque et Archives Canada

Diffusion-distribution au Canada:
Distribution HMH
1815, avenue De Lorimier
Montréal (Québec) H2K 3W6
www.distributionhmh.com

Diffusion-distribution en Europe:
Librairie du Québec/DNM
30, rue Gay-Lussac
75005 Paris FRANCE
www.librairieduquebec.fr

Imprimé au Canada

www.editionshurtubise.com

MARIE DEMERS

Les détournements

Hurtubise

De la même autrice

In between, Hurtubise, Montréal, 2016.
Les désordres amoureux, Hurtubise, Montréal, 2017.

Série *Leslie et Coco*

Leslie et Coco, Hurtubise, Montréal, 2019.
Leslie, Hurtubise, Montréal, 2021.

À moi

Prologue

Toute ma vie, j'avais tenté de contourner mes problèmes et mes patterns. En empruntant des raccourcis, j'avais abouti dans des culs-de-sac desquels je m'extirpais chaque fois plus difficilement. Mes détournements avaient pour but d'oblitérer le vide. De boucher grossièrement les trous et de vernir superficiellement les surfaces, comme le font les propriétaires qui repeignent des murs gonflés de moisissure au lieu de s'y attaquer. Moi, mes trous, je les creusais par-dessus, par en dessous, et mes surfaces, je les écorchais de mon mieux. Jusqu'à ne plus pouvoir faire la différence entre les blessures auto-infligées et les autres, que je détournais savamment.

Au terme d'une énième discussion sur la gestion catastrophique de mes émotions, ma psy a lancé :

— Tout ça, vous le faites pour vous protéger.

Me détruire pour me protéger ?

Elle a hoché la tête, avant d'ajouter :

— Parfois, c'est plus facile de se démolir au présent que de constater les ravages du passé.

Même si c'était déprimant, ça avait le mérite d'être beau, formulé comme ça.

Différentes stratégies de contrôle (d'incontrôle) m'avaient servi à nier ces ravages : troubles obsessionnels compulsifs, automutilation, trichotillomanie, anorexie, boulimie, hyperphagie, surentraînement, workaholisme, alcoolisme, débauche. J'avais trop fait le party, trop travaillé, trop fait le party en travaillant. Je m'étais affamée, empiffrée, régurgitée, coupée. J'avais fourré, beaucoup. M'étais fait fourrer aussi. Encore plus.

Et là, à trente-cinq ans, je suis au bout de mes évitements. Il me faut revenir quelque part. Où ? À la source ? Laquelle ? De quoi ? Je ne sais pas encore.

Tout ce que je sais, c'est que pour y arriver, il me faut écrire. Écrire ce que j'ai le moins envie de dire.

PREMIÈRE PARTIE

Les failles

Du côté des vivants, des voix et des rires s'entrechoquaient dans l'air d'automne. Au parc Baldwin, les estivants d'arrière-saison se réjouissaient d'avoir combattu la quatrième vague, accueillant avec emphase le début d'un genre de normalité, le semblant d'une reprise après avoir mis leur existence sur pause durant deux interminables années.

Il était passé 11 h. Il était toujours passé 11 h. L'arbre géant qui surplombait ma fenêtre laissait deviner quelques pans de ciel trop bleu. Les rayons du soleil coulaient comme du miel entre ses branches et sur ses feuilles trempées d'or. Sans me lever, je me suis étirée vers les rideaux pour bloquer la fenêtre d'où perçait cette lumière irréelle, comme enchantée. J'aurais voulu insonoriser mon appartement, empêcher ces éclats de voix de se frayer un chemin jusqu'à moi.

Au programme aujourd'hui: rien. «Rien» consistait à regarder des téléséries. À dépenser ma bourse d'écriture en nourriture superflue grâce à Uber Eats ou DoorDash ou SkipTheDishes. Indications drop-out: leave at door, DO NOT RING THE BELL. Rien, ce n'était surtout pas me laver ou me brosser les dents. Ou sortir de mon lit. Prendre une marche. Voir des amis.

Rien, c'était scroller Tinder, Bumble et Hinge en méprisant les profils indifférenciés. You can quote *The Office*? You don't like pineapple on pizza? Et puis quoi encore? Tu aimes voyager? Manger? Le bon vin? Rire?

Ma tête bourdonnait. J'avais mal aux yeux. Mal au front. Aux cheveux. J'aurais voulu me recoucher. Acheter une caisse de six au dépanneur. Juste une petite six pour quelques heures de répit. Pour une poignée d'insouciance.

Sur un coup de tête, j'ai écrit à mon frère :

Alexisse-pubis,
Ta sœur s'ennuie de tes magnifiques morpions. Viendrais-tu la chercher dans ton coin, demain ?
Pretty please,
Marie-Pipi

La voiture de mon frère a obliqué dans le stationnement du Ultramar pendant que je descendais les marches de l'autobus avec un sac à dos trop lourd et une caisse de douze de Pabst Blue Ribbon. Quelques mètres nous séparaient encore quand il a esquissé un sourire en coin et lancé d'une voix forte :

— Hey, t'avais pas arrêté de boire, toi ?

— Ouin, j'avais arrêté. Pis là, j'ai pas encore recommencé à arrêter.

Il a ri comme on le fait devant un enfant qui a exigé une trop grande part de gâteau. Moi, j'ai caché ma honte derrière un sourire désinvolte.

Dans leur maison de Saint-Lin, située au bout d'un rang aux confins de rien, ça sentait la famille dès qu'on franchissait le porche. Une odeur humide et enveloppante de pieds mouillés, de poêle à bois et de collations exigées aux cinq minutes.

J'avais à peine commencé à leur infliger ma présence que mes nièces et neveux me demandaient de déménager chez eux à perpétuité. Pour une fois, j'étais une denrée rare. Une présence opportune.

Jungle Speed, échecs, Uno, Gangsters, Monopoly, trampoline. Ça faisait des mois que je n'avais joué à rien. Des mois que personne ne m'avait enlacée simplement pour sentir ma chaleur, que personne n'avait embrassé ma joue ou joué dans mes cheveux. C'était pourtant celle-là, la vie dont je rêvais. Une vie bruyante et pleine, grouillante de rires, de tendresse et d'histoires. Bien sûr, je tenais le beau rôle dans cet intermède. Pas de discipline à imposer ou de devoirs à superviser. Quand un des enfants sortait de ses gonds ou se montrait plus impoli que moi, je n'avais qu'à le menacer d'arrêter la partie. Je n'avais rien d'une grand-maman gâteau, mais tout d'une jeune matante spaghetti, le genre qui lance les nouilles sur les murs pour en vérifier la cuisson, sans se soucier des coulisses répandues.

Pendant que les trois plus jeunes testaient la puissance de leurs cordes vocales au rez-de-chaussée, Élodie, la cadette, et moi, nous sommes installées à l'étage pour nous concentrer. Ma nièce s'est penchée sur ses plus grands communs diviseurs, tandis que j'ouvrais mes *Détournements*. La fenêtre qui éclairait notre labeur donnait sur le terrain avant, où un chemin de gravelle zigzaguait sous un ciel inondé de blancheur. Les grands arbres se dépouillaient au vent, étalant leurs derniers boutons fanés sur l'herbe. En bas, Michel et Léana, six et quatre ans, discutaient ontologie artistique :

— Ça, c'est LITTÉRALEMENT vert.

— Oui, c'est LITTÉLALEMENT VÊH.

Chez les Marcil, il y avait toujours un nouveau mot à la mode. Ce jour-là, littéralement, c'était « littéralement ».

Bientôt, l'école à la maison serait terminée pour Élodie et Michel. Gabriel, le petit dernier dont j'oubliais parfois le prénom, irait faire sa sieste avant le souper et Florence, l'aînée, quitterait ses camarades de sixième année pour un autre tournoi de Jungle Speed, Uno, Gangsters, Monopoly.

Nous sautions sur la trampoline en jouant à Marco Polo quand mon frère a hurlé : « COLLATIOOOOOOON ! » Ça tombait bien, je venais d'écrabouiller un pied de Léana, qui pleurait à chaudes larmes, hoquetant entre mes bras, la tête lovée contre mon épaule, si mignonne avec ses cils humides et ses joues rougies. En apéro, mon frère avait préparé une assiette de reins de porc en sauce, piqués de petits cure-dents pour qu'on se serve tels des invités de banquet. Marjo, ma belle-sœur, s'affairait à couper des légumes devant un Gabriel gazouillant. Les enfants se sont jetés sur ce qui ressemblait à des bandes élastiques en me jurant que ça goûtait le pepperoni.

Ça ne goûtait pas le pepperoni.

Je ne me souvenais plus de la dernière fois où je m'étais sentie aussi bien.

La réalité familiale comporte son lot de souffrances inévitables et, comme tout le monde, j'en avais fait l'expérience. Des douleurs sont subies ou infligées, à certains degrés, sans exception, car il n'existe aucune famille sans faute, sans faille. Plus le portrait paraît immaculé, plus les plaies sont camouflées. La nôtre, la mienne, avait un vernis bien poli. White picket fence : grosse baraque à Brossard, piscine creusée, chats et golden retriever, en plus de lapins, de hamsters et de poissons rouges qui n'auront pas fait long feu. Cours de danse, de natation, de ski. Deux parents cultivés aux carrières plus qu'enviables, trois enfants propres, bien nourris, pétants de santé, relativement intelligents. Des sorties en famille au restaurant, des voyages à Walt Disney, en Colombie-Britannique, en tout-inclus au Mexique. En sus, un chalet en bois rond dans les Laurentides, au bord du Lac-Supérieur, près des dispendieuses pistes de Tremblant.

J'avais eu une famille parfaite. Et pourtant. Cette famille qui m'avait construite m'avait aussi à la fois détruite.

Est-ce la raison pour laquelle je n'avais pas fondé la mienne ? Une intégration périphérique, temporaire, dans la famille de mon frère m'apparaissait-elle au fond plus satisfaisante et moins compromettante ? Or, emprunter les enfants d'Alexis ne constituait peut-être qu'un énième détournement, sorte d'ersatz pour oublier la famille que je n'avais pas su me créer. Et cette autre, qui m'avait créée, dont je ne pouvais pas vraiment me plaindre. First world problems.

Shut up and dance.

En voiture, la veille, j'avais évoqué mon moral miné avec mon frère. Je me faisais toujours un point d'honneur de répondre de la façon la plus honnête possible au sempiternel : « Comment ça va ? » En gros, ça n'allait pas souvent. Mes proches ne s'en étonnaient plus. Ne s'en émouvaient plus non plus. « Pourquoi ? » avait quand même poliment demandé Alexis. Il semblait attendre une réponse précise, sans équivoque, du genre « mon chien est mort ». Mon chien *était* mort, mais la perte d'Henri IV, le carlin-cochon-chien-chinois extraordinaire, ne pouvait expliquer à elle seule la noirceur de mes idées.

Pourquoi, alors ? J'aurais pu dire : parce que maman. Parce que papa. Parce qu'Alice. Parce que Loustau. Parce que Benoît. Parce que nous.

Mais surtout, parce que moi.

J'avais marmonné un éloquent : « Ah, tu sais, la vie, c'est pas toujours facile... » Comme le font souvent les esprits pratiques, mon frère avait tout de suite proposé une suite de solutions. Il m'avait vanté les bienfaits de la routine, sachant que mon horaire était aussi bien régulé qu'une demeure d'acheteur compulsif collectionneur. D'un ton neutre, j'avais rétorqué, comme on se prononce sur des aliments avant de les goûter: «Je déteste la routine.» En fait, j'en avais peur. Peur de l'encroûtement, de la monotonie. Peur du plat plate. Peur de me transformer en cette vieille chipie qui s'achète un café filtre à la boulangerie du coin tous les jours à la même heure, en laissant douze cennes de pourboire pour arrondir au dollar près. Mon frère n'avait rien trouvé à répondre, ayant déjà épuisé son répertoire de conseils bienveillants. Plutôt que de souffrir une interminable minute de silence, je lui avais annoncé ma rupture d'avec Benoît.

Alexis m'avait lancé un regard en diagonale avec un sourire en coin. Celui qui me rappelle qu'il a été un enfant avant d'en faire.

— Mais... Pourquoi, hein?

— Pourquoi la rupture?

— Non, pourquoi Benoît?

— ...

— Je veux dire... Qu'est-ce que tu lui trouvais? Me semble qu'il aurait aussi bien pu ne pas être là. Il était... ordinaire, non?

Ma bouche s'est étirée toute seule, mue par la surprise autant que la fierté. Mon frère me considérait comme trop singulière pour mon ex. Trop colorée pour sa palette fade. Venant d'Alexis, l'être le plus excentrique que je connaisse, ça valait cher. C'était le plus beau compliment qu'il m'avait lancé, à son insu. Avec lui, l'euphémisme a toujours eu un pouvoir superlatif.

Alexis et moi sommes les personnes les plus opposées au monde. Je me trouverais probablement plus d'affinités avec un eunuque multimilliardaire cœliaque, adepte de philatélie et de peinture à numéros.

Étrangement, c'est avec son énergumène de personne que je connecte le plus au sein de ma famille. Plus qu'avec ma mère, qui nourrit pourtant des intérêts semblables aux miens, et plus qu'avec mon autre grand frère, l'aîné sage et sensible. Policier et fervent chrétien, Alexis nous fait chanter la prière avant le repas, en tapant les mains sur l'air de *We Will Rock You* («Bénissez Seigneur, bénissez ce repas, que nous allons prendre, ensemble dans la joie, bé-ni-ssez le Sei-gneur, wou! Sei-gneur, wou!»). Rien ne semble le répugner davantage que de devoir m'embrasser la joue à mon arrivée ou à mon départ. Il méprise mon mode de vie: mon célibat nullipare, mes choix de carrière, d'appartement, de vêtements, d'horaire. Qu'est-ce qui nous lie, alors? Peut-être le fait que je sois toujours prête à goûter à ses abats sans grimacer. Ou à le questionner sur ses loisirs éphémères et ses passions profondes. À conduire sa motoneige dans la poudreuse ou son quatre-roues dans la boue. À nourrir son veau et ses cochons. À flatter ses poussins en évitant les coups de bec de son oie. À railler ses railleries. À jouer des heures durant avec ses enfants.

Plus jeunes, nous ne nous sommes pourtant jamais bien entendus. J'étais l'odieuse petite sœur, et lui, le frère tannant. Même adultes, nous avons émergé avec difficulté de certains conflits qui menaçaient de nous désunir pour de bon. Mais contrairement à bien des gens, mon frère s'emmieute en vieillissant. Sa rigidité se ramollit à certains endroits. Sa rugosité prend un fini doux. Derrière ses idées arrêtées et son apparente invulnérabilité se cache un garçon espiègle et touchant.

En revenant de mon séjour à Saint-Lin, je lui ai écrit:

Hey Alexisse,
Ça m'a fait vraiment du bien de passer du temps avec vous. Les enfants sont drôles pis beaux pis fins. Soyez-en fiers, toi et Marjo.
Merci pour tout.

Quelques minutes plus tard, il a répondu:

Ça fait plaisir! Ce fut très agréable. Tu vieillis bien.

Il venait de me faire son deuxième plus beau compliment de notre histoire.

Encore aurait-il fallu que j'y croie.

Dans un cours de religion en première secondaire, plutôt que d'écouter son enseignant, un dénommé Jean-Claude qui avait la fâcheuse habitude de se caresser le poitrail en parlant de Jésus, Alexis a ouvert sa Bible et lu l'Ancien Testament d'une traite. Dès lors, mon frère s'est mis à égrener des chapelets, à participer à des camps religieux, à fréquenter l'église et les groupes de prière. Il s'est marié à vingt-deux ans avec une fille de dix-huit, rencontrée à La Relève, un mouvement catholique pour ados. J'avais moi-même participé à un de leurs camps à sa requête, qu'il avait appuyée d'un chantage pour le moins effectif: «Si tu m'aimes, tu vas y aller.» En dehors des épisodes pieux, le week-end s'était avéré une belle expérience. Des jeunes qui découvraient ensemble leurs bobos respectifs. Qui s'offraient un peu d'écoute et d'empathie, en dehors de ce monde qui tendait à les éteindre. Le tout agrémenté d'une chorégraphie quétaine sur la chanson *Espérance* de Pierre Bertrand, répétée tout le long de la fin de semaine, à mon humble désarroi.

Ma belle-sœur Marjorie était encore vierge lorsqu'elle a épousé mon frère. Une fille ultra-charmante, aux longs cheveux lisses et aux lèvres pulpeuses, avec un entregent spectaculaire ; tout le contraire d'Alexis, qui se replie à la moindre occasion dans son cocon familial. Violoncelliste, pianiste. Dévote. Ils ont cinq enfants. En chemin, un sixième qui attend la première neige pour apparaître. And then what ? Sept petits nains ? Cent un dalmatiens ? To infertility and beyond ! Aucun des deux ne croit ni à la contraception ni à l'avortement. Ils sont convaincus que l'homosexualité est une casualité qui se guérit. Avec le temps, j'ai appris à tenir ma langue, à esquiver les pentes plus glissantes. Il y a des batailles qui blessent uniquement et dont personne ne sort vainqueur. Alors, on apprend à se concentrer sur ce qui rassemble plutôt que sur ce qui divise. À mettre de l'eau dans son vin, comme Jésus. Ça goûte peut-être moins bon, mais ça fait dire moins de niaiseries, aussi.

Mon frère est l'une des personnes les plus intelligentes et talentueuses que je connaisse. Il a été champion d'haltérophilie, de yo-yo et de brassage de bières ; il était particulièrement doué en soccer, en cyclisme, en ski, en wakeboard. Il a couru plusieurs marathons. Fait de la danse acrobatique. A appris seul les rudiments de la boucherie, de la charcuterie, de la charpenterie et de l'élevage. A suivi une formation pour devenir inspecteur en bâtiments ; des cours de théologie, d'informatique et de droit à l'université. Toute sa vie, il a accumulé les savoirs underground et les pratiques autodidactes.

C'est au contact de mes neveux et nièces que mon frère et moi nous sommes déridés. À chaque naissance, je me sentais occuper une position plus claire dans leur univers familial. Comme si, en se démultipliant, les Marcil me devenaient plus accessibles. Marjo, qui a la grégarité dans le sang, a sûrement aussi contribué à cette facilitation. Il faut dire que ses anachronismes m'ont toujours paru moins radicaux que ceux d'Alexis. Probablement que notre condition partagée de femme aussi forte que fragile me la rend plus compréhensible et complice. Elle qui a conservé de ces dames d'antan la capacité de nourrir une armée en souriant, un p'tit verre de blanc à la main et des yeux tout l'tour d'la tête, arrive à jouer la médiatrice entre mon frère et moi, tempérant les ardeurs de l'un et de l'autre. Comme le ferait une mère, justement.

Même s'il m'arrive de déceler un éclair de désapprobation dans leur regard, une étincelle de jugement dans leur voix – inflexions spontanées dont je suis sûrement tout aussi coupable –, je sais qu'ils reconnaissent ma valeur dans la vie de leurs enfants. Je suis la sœur/belle-sœur mésadaptée de Montréal. Aussi excentrique en campagne que commune en ville. Celle qui n'a jamais tout à fait grandi et ne grandira jamais tout à fait. Celle à qui nièces et neveux demandent : « Marie, es-tu une adulte, toi ? » Quand je fais rebondir la question : « Je sais pas ! Est-ce que je suis une enfant ? », ils répondent sans hésiter : « Non, mais t'es vraiment pas une adulte. » « Une ado peut-être ? » Là non plus, ils n'achètent pas la formule. « Un mélange des deux ? » Ils haussent les épaules. Rien ne semble régler facilement mon cas. Cette question sur mon stade de développement m'est d'ailleurs aussi fréquemment posée lorsque je fais des animations dans les écoles primaires. Les enfants ont bien raison de s'interroger : moi non plus, je ne suis pas convaincue d'avoir de statut définitif. Et je ne suis même pas certaine d'en être capable.

Toujours, j'ai le réflexe de penser à mes propres blessures d'enfance et d'adolescence avant de songer à celles de mes frères. Je m'apitoie allègrement sur mon sort : l'abandon de ma mère, la mort de mon père ; j'en analyse les effets sur ma pauvre petite personne. J'arrive même parfois à me convaincre que, puisque je suis la benjamine, c'est moi qui ai le plus souffert du clivage familial.

Alexis n'a pourtant qu'un an et demi de plus que moi. Il avait tout juste seize ans quand il est parti en appartement. Simon, l'aîné, a pâti d'une relation particulièrement conflictuelle avec notre père. Je me demande si c'est parce que Michel, lui-même aîné d'une famille de huit enfants, en avait beaucoup bavé qu'il en a exigé autant de son premier fils.

Lorsque mes parents se sont séparés, Alexis a emménagé avec mon grand frère Simon dans un demi-sous-sol dégueulasse à Brossard, non loin du boulevard de Rome et du DIX30, qui n'existait pas encore. Le brusque passage de la cohabitation familiale dans une grande maison entretenue par ma mère et une femme de ménage à la colocation de deux ados à l'autonomie balbutiante ne s'est pas déroulé sans heurt. Ma mère prétend que mes frères ont déjà fait une intoxication alimentaire à l'insalubrité des lieux. Comme si l'air ambiant pouvait passer date. Je n'y ai mis les pieds qu'une ou deux fois. Des petites mouches à fruits se confondent avec la poussière en suspension, les aires communes, faiblement éclairées par une lumière qui traverse de peine et de misère des lucarnes crasseuses, empestent l'humidité et la moisissure. L'impression qu'il faudrait s'y promener équipé d'un scaphandre et d'une bombonne à oxygène. Est-ce un souvenir réel ou fabriqué ?

Alors que mes deux frères restaient derrière à Brossard, j'ai dû quitter la banlieue pour la métropole, aux trousses de mes parents. À cette époque, je n'étais pas proche de Michel. C'était pour moi un papa de week-end et d'occasions spéciales. Ce n'est pas lui qui courait les magasins pour dénicher nos cadeaux de Noël. Ni lui qui s'occupait de nous acheter de nouvelles chaussures lorsque la dernière paire venait à nous étriquer. La semaine, il arrivait à l'heure où j'avais déjà revêtu mon pyjama, prête pour le dodo, dents brossées. La porte d'entrée claquait en faisant vibrer la vitre du vestibule. J'entendais le froissement des vêtements retirés, le grincement métallique d'un cintre sur la tringle du garde-robe, le choc sourd de sa mallette s'échouant contre le carrelage. C'était le signal. Bras ouverts, un sourire fatigué aux lèvres, Michel m'attendait au bout du couloir que je traversais en courant jusqu'à lui, excitée par la dernière émotion forte de la journée, la cascade avant le sommeil. À un mètre de distance, j'anticipais le grand saut, m'élançant dans les airs au terme du sprint final. Mon père m'attrapait au vol et je planais un instant avant d'accrocher mes petites mains derrière son cou. Un bisou un peu mouillé qui me faisait grimacer. «Bonne nuit, cocotte.»

Il arrivait aussi que je le croise tôt le matin, quand il faisait encore noir dehors. Il avalait en vitesse ses toasts badigeonnées d'une épaisse couche de margarine et de beurre de pinottes crémeux. Ou encore, il versait du sirop d'érable dans un petit bol pour y tremper ses tartines. Je lui demandais de me préparer la même recette, et son exécution ne décevait jamais: les rôties encore chaudes, la garniture qui fondait comme il faut, dégoulinant entre les doigts. Je mangeais mes toasts seule en me demandant comment mon père parvenait à maîtriser si habilement cette subtile gastronomie. De son côté, ma mère cuisinait tous nos soupers à l'équilibre inspiré par le Guide alimentaire canadien. Je dédaignais chaque plat en réclamant plutôt de la soupe

Lipton aux «crocrodiles». Les premières années de ma vie, mon régime s'est donc composé principalement de pain sucré, de bouillon de poulet et de nouilles blanches en forme d'animaux. Il n'y avait que sa sauce à spaghetti que j'engloutissais sans me plaindre. Mais quand elle me préparait mes toasts, je soupirais, dépitée: «Celles de papa sont tellement meilleures.»

Toute ma petite enfance, je l'ai passée à traîner dans les jupes de ma mère. Elle me trimballait à l'épicerie, au restaurant, dans les salons du livre. Je l'accompagnais même parfois pour des rencontres professionnelles, des cours ou des conférences. Campée plus ou moins sagement en retrait, je jouais avec mes Polly Pocket ou ma poupée qui faisait pipi. Des rires fusaient lorsque ma voix suraiguë interrompait les conversations par le genre de demande («Tu peux éplucher ma clémentine?») ou de commentaire («C'est plate, tu avais promis que ça serait pas très long, mais c'est TRÈS long») d'une spontanéité attendrissante dont seuls les enfants tiennent la formule gagnante.

Durant nos séances de magasinage, je lui suggérais des morceaux à essayer, qu'elle jugeait trop jeunes ou branchés, ce que je ne tardais pas à contredire. Je la suivais dans l'étroite cabine et commentais chaque tenue, l'encourageant à tout acheter en fantasmant sur ce jour où moi aussi, j'aurais ce privilège. Elle contemplait son reflet sous l'éclairage désavantageux des néons, pinçait son ventre, remontait ses seins, en me demandant si je la trouvais grosse, si je trouvais qu'elle avait engraissé, si je la trouvais belle. Non, non, oui. À la caisse, au moment de signer son nom sous le total, elle me chuchotait: «Dis-le pas à ton père!» C'était notre secret et j'étais affiliée à ses folies. Comme j'aimais contribuer à l'embellir encore... Savoir que cette jupe, que cette robe, c'est moi qui l'avais choisie. Nous quittions les lieux les bras pleins, comme Vivian sur Rodeo Drive, et les vendeuses s'extasiaient devant notre duo : « Elle ressemble à sa mère ! Elle a ses yeux ! »

Ma mère a les yeux bleus, les miens sont verts.

Sinon, mes journées se consacraient à regarder des albums et des imagiers ou à déchiffrer des signes qui m'étaient encore étrangers dans les nombreux romans pour enfants dont recelait la gargantuesque bibliothèque maternelle. Madame Guimond, notre gardienne/femme de ménage, me distrayait parfois quelques heures : nous préparions des gâteaux, jouions aux cartes. Elle me racontait la gentrification de son quartier par « les Chinois » et « les Grecs », imitant leurs accents et se plaignant de leur usage d'épices trop odorantes à son goût. Elle me faisait toujours moucher dans un bout de Kleenex vieux comme le monde, déterré de l'antre de ses poches, et me réprimandait quand j'avalais ma gomme plutôt que de la cracher, jurant que la chique atterrirait dans mes poumons qui finiraient par coller ensemble, provoquant la suffocation, puis la mort. Mais le plus clair de mon temps, je l'écoulais au deuxième étage du 1610 Salvador, dans le bureau de ma mère, à l'observer tandis qu'elle écrivait ou effectuait de la recherche pour ses articles, à écouter ses appels téléphoniques et réunions de travail.

Témoin passif ou spectatrice enthousiaste, je ne participais qu'en retrait aux événements. Chacun leur tour, mes frères jouaient au Nintendo et je suivais des yeux Mario ou Link sur les différents tableaux ; on ne me passait pas la manette. Ma mère parlait, racontait, répondait aux questions et j'écoutais ; on ne me passait pas le micro. Quand on naît en dernier, on est souvent décalé, celle qui a accumulé du retard sur les autres et qui doit le rattraper dans l'ombre. On est la plus gaffeuse, la plus faible que tout le monde bat au tir au poignet en une fraction de seconde ou que tout le monde s'entend pour trouver fatigante. On devient un peu la risée de la famille, une cible évidente mais protégée, facile et partagée.

Un souvenir qui ne me lâche pas : nous sommes tous les cinq assis autour de la table de cuisine ; nous venons de terminer de souper. Soudain, je ne sais pas ce qui s'est dit ou ce qui s'est fait, ce que j'ai dit ou ce que j'ai fait, mais j'éclate en sanglots. La tablée lève les yeux au ciel. Encore des larmes de crocodile versées par un bébé ridicule. Mes frères rient. Mon père rit. Ma mère rit : ultime trahison. Plus ils rient, plus je pleure. Des gémissements entrecoupés de hoquets sortent de ma bouche dégoulinante de salive, à laquelle se mêle un torrent de larmes et de morve. J'ai les joues brûlantes, les cheveux en bataille à force de balayer mes mains poisseuses dedans, je hurle : « Arrêtez de rire de moi ! » J'ai envie de les frapper. Les sourires se renversent avec mes cris. Je cogne mon poing sur la table, si bien que mon père et ma mère se fâchent pour de bon. Mes frères se délectent de la scène : pour une fois qu'ils ne sont pas pris/mis en faute à cause de leur sœur ! « Va-t'en dans ta chambre, Marie ! » Je voudrais qu'ils meurent tous, ces inconnus qui se réjouissent de me voir souffrir, qui ne comprennent rien à ma peine toute-puissante d'enfant. J'écarte brusquement ma chaise en la faisant grincer contre le carrelage, me redresse comme une balle de fusil, écrase le sol de tout mon poids, martèle les marches d'escalier de mes talons, claque ma porte de chambre de toutes mes forces. La maison a tremblé. Je suis allée trop loin. Je sais ce qui arrive quand on se montre aussi impolie. J'entends la négociation au rez-de-chaussée : lequel de mes deux parents ira me taper les fesses ? Je prie le petit Jésus pour que ce soit ma mère.

L'article 43 du Code criminel stipule que «[t]out instituteur, père ou mère, ou toute personne qui remplace le père ou la mère est fondé à employer la force pour corriger un élève ou un enfant, selon le cas, confié à ses soins, pourvu que la force ne dépasse pas la mesure raisonnable dans les circonstances». *La mesure raisonnable dans les circonstances.* Color me perplexed. Quelle serait donc cette mesure ? Quelles seraient donc ces circonstances ? Sur le site du gouvernement du Canada, on peut lire huit «directives» concernant les limites en vigueur: par exemple, «le châtiment corporel ne peut pas être utilisé à l'égard d'un enfant en raison de la colère éprouvée ou en représailles pour quelque chose qu'il a fait». On parle également de «force légère», de frapper sans que ça laisse de traces ou d'ecchymoses sur le corps de l'enfant. Ces précisions sur la nature des corrections permises sont apparues après que la Cour suprême se fut penchée sur l'article 43 afin de déterminer si celui-ci était conforme avec la Charte des droits et libertés. En 2004, le jury en est arrivé à une conclusion majoritaire (six juges sur neuf): l'article 43 ne contrevient pas à la sécurité des enfants.

Comme si la sécurité était le seul enjeu à considérer.

Contrairement à ce que peuvent penser de nombreux parents issus de la génération X ou Y, la fessée n'est donc pas et n'a jamais été illégale, bien qu'elle soit découragée par le gouvernement du Canada. Or, comment peut-on donner la fessée à un enfant sans qu'il soit question de représailles ? C'est là le principe même de la fessée: une menace qui vient à être exécutée.

La main de mon père laissait une marque rouge sur mes fesses. Le lendemain, l'empreinte avait disparu. Je ne dirais pas que les claques de mon père étaient légères: elles pinçaient, élançaient. Mais certainement, la peur l'emportait sur le mal. Et surtout, la honte, cuisante. Se faire retourner sur le ventre, puis baisser les culottes. Bang, bang, bang, bang. Au moins, mes parents n'avaient pas l'hypocrisie de proférer des défenses creuses comme «c'est encore plus douloureux pour moi d'en arriver là». Non, c'est la colère qui suscitait la claque visant à punir un comportement nuisible. La douleur du contrecoup nous appartenait; il n'y avait pas de fausse empathie ou de prétexte complaisant.

Mes deux parents ont été élevés à la dure, surtout mon père: les coups de règle à l'école, de ceinture à la maison, les gifles. Ils nous racontaient certains épisodes avec un brin de fierté dans la voix, comme pour nous prouver combien on l'avait facile.

C'est vrai, on l'avait *plus* facile. Mais ça ne veut pas dire qu'on l'avait facile.

La dernière fois que mon père a levé la main sur moi, j'avais seize ans.

Nous revenions du chalet, en voiture, après un long week-end ensoleillé. Je ne me souviens plus très bien pourquoi nous avions dû faire un détour par Tremblant plutôt que d'emprunter le chemin le plus court vers Montréal. Des travaux, sûrement. Ou un accident.

Sur le chemin Duplessis qui bifurquait vers l'ouest, les voitures roulaient pare-chocs à pare-chocs. Le soleil se tenait encore haut dans le ciel et, puisque nous faisions du surplace, c'est l'air climatisé qui refroidissait l'habitacle. Par-dessus son bourdonnement, je babillais d'une voix trop haute en décibels alors que mon père m'écoutait d'une oreille distraite. À un moment, je ne sais trop quelle mouche m'a piquée, mais je lui ai demandé pour quelle raison il ne m'avait rien offert à mon dernier anniversaire. Jusque-là, j'avais remisé ma déception quelque part dans ma gorge. Elle refluait d'un coup alors que nous étions coincés dans le trafic dominical. Le sens du timing n'a jamais été mon fort. J'ai donc recraché le morceau avalé de travers avec ma spontanéité d'enfant et mon tact d'adolescente, ces particularités qui font encore autant mon charme que mon désenchantement :

— Sérieux, p'pa. Même pas un petit mot ou un gâteau. Rien. C'est vraiment poche.

Rétif, Michel a lancé :

— Pis toi, hein ? Tu m'as pas donné plus à ma fête ! Alors pourquoi moi, je devrais te faire un cadeau ?

Nous avions été élevés ainsi : un service en appelait un autre, rien n'était gratuit, pas même un cadeau. Je lui ai triomphalement rappelé qu'à son anniversaire, j'avais invité mes deux frères à son condo de l'avenue Laval et lui avais offert une génoise de la Pâtisserie de Gascogne. Contente de l'avoir pris en faute, j'ai appuyé sur la corde sensible :

— Pourquoi ? Même pas un petit mot ! Je demande pas la lune, juste que tu penses à moi à ma fête ! Pis qui dit ça ? Quel père dit qu'il va donner un cadeau à sa fille juste si elle lui en donne un ? Voyons donc ! C'est pas ça, être parent !

Mon père a freiné brusquement. L'air climatisé s'est tu. J'ignore ce qui a pu le blesser autant dans ce que je venais de lancer : c'était comme ça avec lui, il gardait tout à l'intérieur, puis explosait comme une bombe à retardement. On ne savait pas toujours contre qui ou pourquoi sa colère éclatait. Tout ce qu'on savait, c'est que le détonateur avait sauté et que, si on se trouvait dans ses parages, on risquait d'en ressentir les effets. Il s'est tourné vers moi, main droite levée, le regard en ébullition, la bouche entrouverte et la langue coincée entre ses dents, comme quelqu'un qui s'apprête à effectuer une tâche exigeant beaucoup de minutie ; une apprentie couturière insinuant un fil dans le chas d'une aiguille. Avant qu'il ne puisse abattre sa main, j'ai ouvert grand la portière et crié :

— Toi, mon tabarnac, si tu me frappes encore, je te parle plus de ma crisse de vie, t'as compris ?

Je me suis emparée de mon sac à dos sous le siège et j'ai couru le long des voitures déroulées comme un serpentin. Arrivée sur le chemin Duncan, j'ai vu apparaître la seule cabine téléphonique qui dormait au pied des pentes du côté nord de Tremblant. Par miracle, un vingt-cinq sous traînait au fond de ma poche et j'ai composé le numéro de ma mère, qui estivait à son propre chalet du Lac-Supérieur, à quelques centaines de mètres de celui que mon père lui avait racheté. Dans le combiné, j'ai bafouillé la situation en pleurant. Elle m'a seulement dit : « J'arrive », et elle est arrivée.

Après, mon père n'a plus jamais osé en venir là. À moins que ce ne soit moi qui n'aie plus osé l'y amener.

Je ne suis pourtant pas celle qui s'est pris les coups les plus durs. Est-ce mon genre qui me protégeait ? Ou mon statut de benjamine ? Les deux, sûrement. À l'inverse, la condition d'aîné masculin semble avoir particulièrement fragilisé Simon. Puisqu'il était le plus fort – plus vieux, plus grand, etc. –, c'est lui qui a subi les pires raclées. Alexis, lui, a reçu son lot de claques de Simon. Et moi, mon lot de claques d'Alexis. La chaîne alimentaire. Il reste que le dénominateur commun, c'était mon père. Tout le monde a reçu des claques de mon père. De ma mère aussi, certes, mais les siennes ne comptaient pas. D'ailleurs, la dernière fois qu'elle m'a giflée, je n'ai pas hésité à la gifler en retour. Ce que je n'aurais jamais fait avec mon père.

Je ne sais pas si j'ai le droit de raconter la pire des fois. Parce qu'elle ne m'appartient pas. C'est moins mon histoire que celle de Simon. Quoique, à bien y penser, même pour moi, ç'a été la pire. Pas que la violence puisse marquer autant ceux qui en sont témoins que celui qui l'éprouve, mais il reste qu'à ce degré de violence, tout le monde en sort meurtri.

Nous venions d'arriver au chalet, un vendredi soir d'hiver, Michel, Simon, Alexis et moi. Ma mère nous rejoindrait le lendemain. Il neigeait de jolis flocons paresseux et le temps était doux. Le lampadaire au sommet de la petite pente abrupte qu'il fallait descendre pour accéder au chalet faisait briller la neige folle, qui s'infiltrait dans nos bottes. Nous transportions un maximum de sacs pour effectuer le moins d'allers-retours possible. Profitant de la récente bordée, mes frères se sont mis à se chamailler, se poussant et se faisant trébucher dans la pente. Entre nous, la dérape était toujours aux portes ; nous étions trois orgueilleux qui voulaient avoir frappé en dernier.

Comme je n'étais pas de taille pour leurs escarmouches, je me suis réfugiée dans le vestibule pour me débarrasser de mon manteau. J'allais retirer mes bottes quand j'ai entendu Alexis crier. Il a déboulé dans l'entrée le visage rougi, hors d'haleine. Plus tard, j'ai appris que Simon avait enseveli le visage d'Alexis sous la neige. Mon père avait surpris la scène : mon plus jeune frère qui se débattait, noyé dans les flocons, tandis que le plus vieux maintenait son emprise sur lui.

D'autres cris ont éclaté par la porte entrouverte. Ceux de mon père. Ceux de mon grand frère. J'ai eu peur. Je reconnaissais ces vociférations, dont la rareté indiquait le danger. Alexis est ressorti pour observer la bagarre. Le cœur dans la gorge et les larmes aux yeux, je n'ai pas bougé, espérant que la situation prenne magiquement fin. J'aurais voulu que ma mère soit là. Elle seule aurait eu l'autorité d'empêcher l'escalade.

Michel continuait de hurler après Simon : « Aimerais-tu ça, toi, que je t'étouffe dans la neige ? » Ils ont crapahuté jusqu'à l'entrée : mon père tenait son fils de quinze ans par le collet. Puis Simon s'est défait de son emprise, l'a repoussé assez fortement pour que Michel recule de quelques pas et manque de trébucher. Ma vue s'est brouillée de larmes et la scène me parvenait comme derrière la vitre d'un bocal. Mon père avait renversé mon frère sur son lit, une main autour de sa gorge et l'autre poing levé au-dessus de son visage. Simon, enragé, se débattait comme l'avait fait Alexis quelques minutes plus tôt. La voix râpeuse et perçante, j'ai supplié : « PAPA, ARRÊTE ! »

La bataille a pris fin : mon père avait gagné. Il s'est éclipsé à l'autre bout du chalet, dans la cuisine, pour déballer les courses. J'ai tout de suite su qu'il se sentait honteux d'avoir perdu les pédales. Peu m'importait : j'avais hâte que ma mère arrive pour le dénoncer. J'avais hâte que ma mère arrive tout court. Simon n'a pas pleuré devant nous. Fulminant, il s'est enfermé dans sa chambre où, quelques secondes plus tôt, mon père l'avait regardé sans le voir, la langue coincée entre les dents, comme chaque fois qu'il était sur le point de sévir. J'aurais aimé pouvoir le consoler, même si ce n'était pas coutume entre Simon, Alexis et moi. Trop de rivalités empêchaient la tendresse.

La peur au ventre, je me suis couchée dans ma chambre si minuscule qu'elle ne pouvait contenir qu'un lit simple et une table de chevet. Seule l'image rassurante de ma mère m'a permis de trouver le sommeil cette nuit-là.

Est-ce que mon père en avait voulu à mon grand frère de déployer le genre de violence que lui seul avait le droit d'exercer ? Ou est-ce que, se reconnaissant dans cette violence, Michel avait pris le parti de la combattre ? Comme si, en y assistant, il avait trouvé le moyen de la condamner. Combattre la violence par la violence : un réflexe de petits garçons. De mâles mal grandis.

En tous les cas, le seul responsable de la violence de mes frères, c'était mon père.

Quand Simon pique une colère pour des broutilles, je considère que c'est la faute de mon père. Quand Alexis tape les fesses de sa petite qui a fait pipi dans sa culotte, je considère que c'est la faute de mon père. C'est sûrement simpliste, réducteur, complaisant. Reste que j'ai de la difficulté à l'envisager autrement. Pas pour déresponsabiliser mes frères, mais parce que je les comprends. Pas pour les excuser, mais parce que je compatis. Surtout, parce que c'est à ces moments que m'apparaissent les petits garçons derrière les hommes d'apparat.

Je ne lui en veux plus. Je lui avais pardonné même avant sa mort : c'était la faute de ses parents à lui. De Michel, je ne garde que les bons souvenirs, comme celui de son sourire fripon. Ceux de nos randonnées au mont Washington, de nos sorties en ski de fond sur la Poisson, la Bois-Franc ou L'Ours. En camping l'hiver. En camping l'automne. Sur la rue Basile-Routhier, penché devant un plan IKEA, il me répète l'importance de compter toutes les pièces avant de commencer l'assemblage. En voiture, sa main abandonnant le bras de vitesse pour se poser un instant sur mon genou. Il y en a tellement eu, d'amour. Plus que tout, je m'ennuie de ses étreintes solides, qui soulèvent de terre et font craquer les os. Aucun homme n'est arrivé à ce degré d'enveloppement avec moi. Un câlin comme une écorce. C'est si étrange que l'homme que j'ai trouvé le plus terrifiant ait su le mieux m'emballer dans ses bras.

Ma mère n'a pas droit au même traitement, à ce processus d'idéalisation qui écarte les failles pour ne garder que la force. J'ai tendance à ne retenir d'elle que ce qui blesse. Et pourtant, il y en a, du beau. Plein d'amour d'elle aussi. Pourquoi ça me fait si mal de l'admettre ? Pourquoi me semble-t-il impossible de le souligner sans amertume ?

Je n'ai pas hérité de la violence de mon père. Et pourtant, je ne me considère pas du tout comme une personne non violente. Ma violence à moi puise dans le verbe, dans les reproches les mieux choisis, les remontrances qui blessent sous la ceinture ou en plein dedans. Ma violence à moi, c'est de savoir détecter les coutures les plus lâches et de tirer dessus sans préavis, déchirant sans effort les manteaux de protection dont mes proches se sont revêtus. J'ai appris à me battre avec les mots les plus rudes, les phrases les plus dévastatrices. À labourer des plaies à vif et à sectionner des nerfs moteurs.

Un jour que je balançais à Olivier le diagnostic de sa personnalité, il m'a reproché ma méchanceté. J'ai rétorqué: «C'est pas de la méchanceté, c'est la vérité.» Je me souviendrai longtemps de ce qu'il a dit ensuite: «C'est pas parce que c'est vrai que c'est pas méchant.» En effet.

Ma violence à moi, je l'ai héritée de ma mère.

Au fond, c'est sûrement par là que passe sa rédemption. Pour pardonner ma mère, je dois pardonner ce qui d'elle s'est retrouvé en moi.

Lorsqu'on me répète les banalités de service – «la pomme n'est pas tombée loin de l'arbre», «les chiens ne font pas des chats», «telle mère, telle fille» –, je proclame avoir lutté le plus longtemps possible pour ne pas devenir une écrivaine de fiction. Avoir piétiné sur plusieurs chemins détournés avant le grand saut. Comme s'il fallait me défendre d'avoir fait «comme ma mère». Je ne voulais pas devenir «la fille de» et pourtant, j'ai emprunté la même direction.

Peut-être ai-je désiré prouver que je pouvais trouver ma voie dans son domaine. Prouver que son domaine pouvait devenir le *mien*. Que je n'avais pas à me calquer sur elle pour me tailler une place. Et que cette place était légitime, même si je n'étais que moi. Être moi et écrire.

Mais pour m'écrire, j'ai besoin de l'écrire elle.

Mes frères me traitaient de chouchou. Ils avaient raison. Pas que ma mère ne m'aimât plus intensément qu'eux deux, bien sûr que non. C'est que parmi le trio, il n'y avait que moi qu'elle pouvait désigner comme sa poupée, son porte-bonheur ; un joli accessoire qu'on transporte avec soi, qu'on agence à la tenue du jour.

Nous prenions toujours notre bain ensemble. Ma mère remplissait une baignoire d'eau brûlante et m'appelait lorsque celle-ci avait suffisamment refroidi pour que j'y trempe ma petite peau en porcelaine. J'aurais souvent préféré prendre mon bain toute seule, mais je savais qu'elle adorait ces moments d'intimité et je ne voulais pas l'en priver. Il m'arrivait de faire pipi dans ce bain qui n'était jamais tout à fait le mien, comme pour marquer mon territoire. Je lui avouais avoir contaminé le liquide parfumé à la lavande et elle prenait un air mi-déçu, mi-compatissant. J'étais certaine qu'elle urinait aussi dans nos eaux communes, et je me confiais pour susciter son propre aveu, qui ne venait jamais.

En grandissant, mon rapport aux corps nus – le mien et ceux des autres – s'est mis à changer. Une pudeur que je ne me connaissais pas est apparue et ne m'a plus quittée. Il s'y cachait une certaine honte aussi, pour ces rondeurs, ces poils et ces orifices. J'aurais voulu que ma mère cesse de se déshabiller aussi librement devant moi. Que ma propre nudité m'appartienne davantage, comme un secret jalousement gardé. Mon corps se développait trop lentement à mon goût, et j'étais convaincue que ma mère en était partiellement responsable : comment mes formes pourraient-elles se révéler sous ses yeux inquisiteurs ? Tout le monde sait que les fleurs ne poussent que lorsqu'on arrête de les regarder ! Je me réclamais d'un corps de femme qui n'existait pas encore et ma mère disait: «C'est pas des seins, c'est des crottes de souris!» Peu à peu, je me suis tissé un réseau de prétextes pour éviter le bain maternel. Puis, finalement, au secondaire, j'ai commencé à prendre ma douche le matin, dans la salle de bain du sous-sol.

Ma relation avec ma mère faisait aussi l'envie de mes amies. Non seulement celle qui m'avait donné la vie était une personne «célèbre», figure de proue de la littérature jeunesse pour ma génération, mais en plus, elle était différente et fofolle, cool et charmante. Le rapport d'autorité parentale s'était effrité dès que j'ai eu quitté la petite enfance. Nous nous envoyions chier en riant comme des adolescentes: «T'es conne, fuck you, mange de la marde.» Certains soirs, quand elle venait m'embrasser pour me souhaiter bonne nuit, au lieu de déposer tendrement ses lèvres sur mon front, elle polissait mon visage d'une généreuse léchée. Tandis que je hurlais au meurtre, elle prenait la fuite, courait à sa chambre et se réfugiait sous ses couvertures. À mon tour, je partais à la course, annonçant ma terrible vengeance. J'accumulais de la salive en route et exhumais sans peine ma mère hilare de sa cachette, pour recouvrir sa joue d'une écume gluante. Vite, la lutte s'intensifiait, si bien qu'on finissait par se cracher carrément dessus, dévalant les corridors et claquant des portes, sous le regard à la fois consterné et attendri de mon père, qui finissait par lancer, excédé: «Arrêtez, vous êtes dégueulasses!»

Elle me répétait que j'étais sa meilleure amie, me racontait ses désirs les plus chers, ses envies les plus secrètes. Un jour, elle m'a avoué convoiter un autre homme que mon père. Un bel Européen aux yeux pâles et aux cheveux blonds, grand, qu'elle croisait dans les salons étrangers et qui travaillait dans le milieu littéraire. L'antithèse de mon père: petit homme brun, trapu et grisonnant. Assise devant sa coiffeuse, dans le cagibi qui se trouvait à la jonction du walk-in et de la chambre des maîtres, elle m'a fait cet aveu en se maquillant. Je l'ai questionnée, j'ai réclamé des détails en scrutant son reflet dans le miroir : ses couettes brunes tirant sur l'auburn qui se retroussaient derrière ses oreilles, ses yeux bleus pétillants, ces taches de rousseur et ce grand front dont j'avais hérité. « Tu vas le revoir quand ? Es-tu en amour avec lui ? Est-ce qu'il est en amour avec toi ? Vous êtes-vous déjà embrassés ? » Je devais avoir dix ou onze ans. Je l'ai encouragée à faire ce qui la rendrait heureuse. J'étais excitée pour elle, comme s'il ne s'agissait pas de tromper mon père ou de compromettre notre famille. Comme si elle était une héroïne de roman et pas une maman.

Il m'a fallu atteindre l'âge adulte pour comprendre l'isolement dans lequel m'avait plongée mon statut de chouchou. J'occupais un espace intermédiaire, un poste ambigu au sein de la famille. Pour mes frères, j'incarnais la partenaire de jeu indésirable, l'ennemie qui vengeait sa défaveur auprès de la confrérie en stoolant leurs vilenies, réelles ou inventées. En minorité face aux membres masculins de la famille, ma mère et moi faisions souvent équipe, notamment lorsque je prenais le rôle de faire-valoir ou d'alliée féminine. Je tombais cependant dans une solitude accablante lorsque je redevenais l'enfant le temps d'une querelle ou d'une échappée avec celle autour de qui je gravitais en permanence. Une chose dont je me souviens avec une netteté douloureuse, c'est le sentiment de responsabilité qui m'habitait à la suite de ces disputes. À quatre ou cinq ans déjà, je sentais reposer sur moi l'issue de notre relation. Toute mésentente était de mon ressort. Pour rester l'amie, je n'avais pas vraiment le droit d'agir comme une enfant.

Étions-nous tous en compétition pour l'affection de ma mère ? Je ne sais pas. Ce n'est pas la lecture que j'en faisais de mon côté. Je ne me sentais pas comme la préférée ; j'étais trop sur le qui-vive pour me sentir privilégiée, trop frustrée de ne pas réussir à contenir suffisamment mon enfance pour éviter les chicanes. Mes frères, eux, n'entraient jamais autant en conflit avec elle. Le problème, c'était donc moi.

À l'école, j'étais la « fille de ». Un sujet prédéfini. *Marie la chipie*. On ne pouvait quand même pas faire mentir la littérature. Les allusions à mon impossession étaient nombreuses. Je remettais une dissertation en français : l'avais-je réellement écrite ? Ma mère m'avait-elle aidée ? Certains élèves tentaient de tisser des liens lorsqu'ils découvraient l'identité de ma mère. Auréolée par osmose, je revêtais soudain un attrait, une importance qui n'avait aucun rapport avec moi. On me posait des questions aussi vagues qu'insipides : comment *était*-elle ? Était-elle aussi cool qu'elle en avait l'air ? Serait-il possible de visiter notre maison ? Avait-elle vraiment vécu ce que racontait tel ou tel roman ? Ce personnage était-il inspiré de moi ? Celui-là se basait-il sur mon frère ? Je répondais que ma mère était une mère, ni plus ni moins extraordinaire que les autres, ce qui me semblait faux. Que toutes ses histoires étaient inventées, ce qui était faux. La déception que causaient mes révélations était palpable. D'un coup, je me trouvais désauréolée.

À la suite de la séparation, c'est avec ma mère que j'ai voulu habiter. Car mon père, avec qui je m'embrouillais pourtant peu, m'était plutôt étranger. Ma génitrice ne partageait pas mon envie de vie à deux. Elle avait assez donné. Trop, même. C'était au tour de mon père de s'occuper de moi. Étranger ou pas.

Il faut dire qu'une fois devenue adolescente, la poupée à sa maman n'était plus aussi malléable qu'avant. Elle faisait trop souvent non. Osait remettre ses choix en question, soulignait ses contradictions, refusait d'endosser la faute d'une dispute, poussant l'affront jusqu'à lui en attribuer la culpabilité. Elle trouvait même le culot de lui reprocher d'être replongée en enfance ou d'y avoir toujours été enfermée.

Ma mère avait amorcé son grand effacement depuis quelques années ; la transition de sa fille vers l'âge adulte avait définitivement fait sonner l'heure de sa disparition.

Fernande, ma grand-mère, est morte du cancer du sein quand ma mère avait quatorze ans. On avait conseillé aux adultes de la famille – mon grand-père Harold, les oncles et les tantes – de garder sa maladie secrète. Les quatre enfants avaient su leur mère indisposée, mais certainement pas mourante. Son effacement à elle aussi avait commencé quelques années avant la disparition finale.

Est-ce parce que sa propre mère est décédée prématurément que la mienne a pris la poudre d'escampette ?

Moi, j'avais quinze ans quand ma mère est morte. Mais contrairement à ce qu'on peut penser, je ne l'ai jamais tuée. Selon ma psy, il faudrait d'ailleurs que j'y parvienne. Nul besoin pour moi de tuer le père : il est mort d'une crise cardiaque alors que j'avais vingt et un ans.

L'expression « tuer le père », dont ne démordait pas Freud, se rapporte au fameux complexe d'Œdipe et à la nécessité d'un parricide symbolique, visant à éliminer la figure paternelle pour trouver sa propre place d'adulte et quitter l'enfance. Mon défi à moi est le matricide : le meurtre symbolique d'une mère que je n'ai jamais vraiment eue et que je n'aurai pas. Faire le deuil d'un idéal, d'une personne vivante, dont je dois accepter les manquements. Faire la paix avec ma mère, avec ce qu'elle est, ce qu'elle n'a pas été et ce qu'elle ne sera jamais.

Peut-être que je raconte mon histoire pour cette raison, justement. Pour tuer ce qui nous divise et ressusciter ce qui pourrait encore nous unir.

Ironiquement, Simon est devenu médecin, comme mon père. Et moi écrivaine, comme l'autre. Alexis, lui, véritable mouton noir, a choisi un métier que personne dans ma famille n'avait exercé auparavant ni anticipé pour lui. Le rebelle est devenu agent de police, en plus de sombrer plus profondément encore, au nom du Père, du Fils et du Saint-Esprit, dans l'absolutisme. Laissé à lui-même trop tôt, propulsé dans l'âge adulte sans repères ni outils, il avait eu besoin de se créer son propre cadre. Si Simon a sublimé la perte de notre père à travers leur profession commune, Alexis, lui, a comblé son absence par un père tout-puissant, omniscient et immortel.

Mes frères n'ont connu qu'un père d'occasion. Même s'il passait ses week-ends avec nous, Michel était peu présent. Il y avait toujours du gazon à tondre, une galerie à repeindre, un toit à déneiger. Entre deux besognes, il jouait parfois les chauffeurs ou ne se matérialisait qu'en fin de journée, pour le souper. Peut-être ne se sentait-il pas de taille pour jouer son rôle à côté de ma mère qui prenait toute la place. Peut-être n'avait-il pas eu l'intérêt, l'audace ou la ténacité de se la tailler, cette place.

Moi, j'ai réellement pu rencontrer mon père de quinze à vingt et un ans. Nous nous sommes bâti une espèce d'intimité, une dynamique singulière liant un père contemplatif, colérique et tendre à sa fille obstinée, sensible et moqueuse.

Si Alexis et Simon n'ont pas connu cette proximité, c'est aussi parce qu'il fallait en quelque sorte la forcer. Comme mon père ne ferait pas les premiers pas, je devais les faire pour lui. Pour nous deux. Éventuellement, il s'est mis à avancer par lui-même. Mais j'avais dû lui remettre les clés de sa légitimité paternelle – et manifester clairement le désir de l'y voir y accéder – avant qu'il n'en ouvre la porte.

Ma situation était semblable à celle de mes frères. Quoique probablement plus confortable. Moi aussi, j'ai été privée de cadre. Je vivais chez ma mère comme en appartement, puisque j'y étais pratiquement toujours seule. Elle partait en abandonnant de l'argent comptant sur la table de cuisine et, en retour, je lui fournissais les factures de mes dépenses. Je ne me laissais aller à aucune folie, j'avais des comptes à rendre. Je surveillais les aubaines, de peur de paraître dépensière, déraisonnable. J'étais une adolescente responsable, qui se réveillait dans un appartement vide, s'endormait dans un appartement vide, faisait ses devoirs, du sport, l'épicerie, la cuisine, la vaisselle. Qui ne fréquentait surtout pas les partys, ne couraillait pas les garçons, ne consommait ni drogue ni alcool. Ma mère passait en coup de vent au condo, y restait deux ou trois jours, ou une semaine, avant de repartir pour le Nord, à son nouveau chalet du Lac-Supérieur, ou chez son chum à Sainte-Adèle, ou en voyage, ou ailleurs pour une conférence, un tournage, un spectacle, une projection, un gala, alouette.

Il m'arrivait aussi de n'avoir aucune idée d'où elle était ni de quand elle reviendrait.

À mes trente-cinq ans, ma mère m'a offert un cahier à dessin transformé pour l'occasion en album photo. La couverture au motif de patchwork marocain est violette et indigo, cousue de fils dorés, de paillettes et de strass. Une couverture clinquante, à l'image de celle qui me l'a donnée.

Ça commence par le commencement. Une larve dans les bras de mon père. Un bébé aux joues gonflées, écarlates, qui fait ses dents, la larme à l'œil. Une naine aux joues barbouillées de crème glacée. Endormie comiquement sur un siège de vélo pour enfant, le front appuyé sur la selle adulte. Nue, debout dans le bain, avec un petit ventre protubérant et un sourire ébaubi. À mon sixième anniversaire, un papillon dessiné sur le visage et une poupée Troll dans la main. À Disney, avec les oreilles de Minnie et dans le jardin des Géants. En bikini et paréo coloré, en compagnie de mon amie Marie-Christine. La légende composée par ma mère dit : « Ma best. » Un concentré d'enfance, tout ce qu'il y a de plus attendu. Mais à partir de onze ans, les clichés se raréfient. À douze, treize, presque rien. Quatorze, niet, nada. La dernière photo nous montre, ma mère et moi, sur une plage ensoleillée, au Mexique, je crois. J'ai quinze ans et je suis manifestement anorexique. Elle en a trente de plus, rayonnante comme toujours, bronzée et athlétique. En dessous de l'image, elle a écrit : « Ma best maman. »

Moi, c'est dans les troubles alimentaires que je me suis enfermée. Dans le culte de la performance et de la perfection. Une autre sorte de cadre. J'ai voulu péter des scores à l'école : en bas de A, je songeais à me pendre. Même A-, ça piquait. J'ai fait du triathlon, du ski de fond, de la danse, du yoga, de la musculation. Me suis entraînée pour des marathons. J'ai pratiqué le vélo d'hiver, compté mes calories, empilé les emplois tout en étudiant, voyagé, voyagé, voyagé. Vu le plus de shows possible, me suis abonnée au *Devoir,* au *Monde diplomatique,* au *Courrier international,* au TNM, puis à l'Espace Go (plus cool), à La Licorne (encore plus cool). J'ai lu, lu, lu. Tous courants et tous genres confondus. Pour tout connaître. Tout réussir. Tout contrôler. Abolir les limites. Accumuler. M'étourdir. À un certain point, alors que je bossais sur mon examen doctoral et que j'assistais plusieurs professeurs comme auxiliaire d'enseignement, je piochais simultanément sur trois romans et une nouvelle, travaillais comme éditrice à la pige pour le compte de deux maisons d'édition et faisais des animations dans les écoles. La plupart de mes proches prenaient mon erre d'aller pour un trait de personnalité plutôt qu'un symptôme compulsif. Mon psy du moment, Mario, celui qui ne «compren[ait] pas qu'une belle fille drôle et intelligente comme moi puisse être aussi mal dans sa peau», m'avait mise en garde: «Tu vas casser, si tu ralentis pas...» On disait ça des triathloniens partis au grand galop, incapables de doser leur énergie, d'étirer leur stamina sur un kilomètre de nage, quarante de vélo et dix de course. Moi, casser? Jamais. Les Demers et les Marcil sont invincibles.

Mario avait raison: j'ai fini par casser. Et soudain, je n'ai plus rien contrôlé. Pas même mes détournements.

Des trois enfants, je suis la seule à m'être catapultée en dehors de mon cadre improvisé. Après avoir passé ma vingtaine et le début de ma trentaine à me brûler par les deux bouts, j'ai tout foutu en l'air. Sombré dans le néant dépressif. L'immobilité des lâches. De tous ces devoirs superposés et passe-temps aveuglants, de toutes ces activités qui faisaient de moi quelqu'un que je pensais complet, je n'ai conservé que le strict minimum. Exit l'entraînement, l'édition, l'écriture, la lecture, la recherche. Comme il fallait bien payer les comptes, j'ai continué à enseigner. Mais ça ne m'empêchait pas de continuer à craquer.

Quand est-ce qu'on sait qu'on a touché le fond?

J'ai parfois l'impression que seule la mort me permettrait d'atteindre ma limite. Qu'il faudrait m'éteindre complètement pour me libérer de ce trop-plein ou de ce trop-moins qui fait que j'ai toujours faim après m'être gavée.

Quand ma mère prend de mes nouvelles et que j'accepte de lui révéler quelques miettes de mon mal, elle me dit: «Marie, tu dois apprendre à être une bonne mère pour toi.» C'est un conseil très valable en soi. Ça signifie, j'imagine:

prendre soin de ma personne, ne pas trop m'en demander quand je suis au bout du rouleau, me faire confiance, me montrer patiente, tolérante devant mes défauts. N'empêche, la formule me fouette toujours, grinçante d'ironie: ma mère qui me conseille d'occuper ce rôle pour moi-même, en remplacement de celui qu'elle manque d'incarner.

Simon a élaboré une stratégie de survie semblable à la mienne. À la suite du décès de mon père, mon frère aîné s'est réorienté. Il s'est choisi un modeste métier bien relaxe: médecin spécialiste. Un petit sport très tranquillou: le body-building. Il élaborait ses menus en s'assurant de rentabiliser au mieux le rapport protéines-vitamines-calories. Manger plate comme ça se peut pas: blanc d'œufs, de poulet, riz, légumes verts bouillis. La grande folie: un peu de sauce soya faible en sodium pour l'assaisonnement. Des cannes et des cannes de thon en collation. Ni fruit ni dessert, sauf pour les cheat days savamment planifiés. De la créatine, beaucoup de créatine. En plus des stéroïdes pour soigner les douleurs d'entraînement.

Le pourcentage de gras dans un corps masculin «normal» varie entre 8% et 25%. Celui de Simon en cumulait moins de 4%. Huilé, déshydraté et bronzé comme s'il revenait d'un voyage de deux ans sur la Jersey Shore, Simon l'a remportée, sa compétition de culturisme. Mon grand frère ne pratique désormais plus ce sport, mais il s'entraîne encore dès qu'il peut arracher une heure ou deux à son horaire effréné. Musculation, jogging, randonnée pédestre, CrossFit; devenir médecin ne justifie pas de perdre son allure de vaillant gorille.

Pour contrôler son poids, Alexis, lui, ne mange plus qu'une copieuse fois par jour, le soir. Avant le souper, il ne se permet que de l'eau et du café. C'est pourtant un grand gourmand, le frérot du milieu. Jadis, en revenant de l'école, il engloutissait des collations monstres concoctées au micro-ondes: sandwich étagé de fromage orange fondu, saucisses hot-dog noyées dans le ketchup, pâté jamaïcain, pizza pochette, burrito. À neuf ou dix ans, ma mère lui avait demandé de rédiger un journal alimentaire pour contrôler son embonpoint de garçon-un-brin-joufflu-surtout-en-santé. Comme diminuer ses portions n'était pas une option, c'est l'haltérophilie et les autres sports de compétition qui lui ont permis de faire oublier son poids. Mais quand Alexis a dû arrêter l'haltéro, il s'est remis à engraisser. Seul un entraînement extrême semblait pouvoir contrebalancer son insatiable appétit. Après plusieurs tentatives infructueuses pour reperdre les kilos gagnés, c'est son espèce de ramadan catholique – festin une fois par jour – qui l'a emporté en «facilitant» le maintien d'un «poids santé».

Ma mère s'entraîne de trois à six fois par semaine, depuis toujours. En plus de longues sorties à vélo et en ski de fond, à soixante-cinq ans, elle a commencé la compétition de natation. Jamais de ma vie je ne l'ai vue croquer dans une cuisse de poulet frit ou une barre de chocolat au lait. Sauf enceinte, jamais ma mère n'a dépassé la barre des 125 livres, ce qui ne l'empêchait pas de se dire adipeuse.

Michel a été premier de cordée, instructeur de kayak et de canot, guide de toutes sortes et champion de lutte gréco-romaine. Il affectionnait particulièrement les entraînements d'endurance dans des conditions extrêmes. Pourquoi choisir de dormir à l'hôtel après 50 kilomètres de ski à -30 quand on possède une tente et un sac de couchage en duvet? Lorsque, submergé par son travail de DSP, il ne trouvait pas le temps de bouger, Michel ingérait des médicaments pour maigrir. Il n'a pourtant jamais été gros. Même pas un peu gras.

Michel est décédé en pleine action, lors du Grand Tour de Vélo Québec, en 2007. Monté en danseuse sur sa bécane, il consultait son cardiofréquencemètre, indiquant que sa patate culminait à 175 battements/minute. Mon père a continué à grimper en se regardant mourir. Il est tombé sur le flanc, au beau milieu de la côte qui s'étirait devant lui. Et tout s'est fini là, à cinquante-cinq ans. Contrairement à ce que nous croyions tous, Michel Marcil était bel et bien mortel.

Chaque fois que des amis ou des amoureux ont rencontré mes frères, ils m'ont révélé avoir été saisis par nos différences. À leurs yeux, absolument rien ne trahissait nos liens. «Impossible que vous ayez les mêmes parents!» Et encore, ils ne trouvaient pas non plus grandes ressemblances entre nos géniteurs et nous. Qui avait hérité de quoi? Où et comment? Les atavismes sont insondables. Des recoupements, il y en a bien ici et là, mais rien d'assez flagrant pour en tirer un canon.

Mes parents ont formé, pendant presque deux décennies, un couple insolite. L'artiste à succès, exubérante et ensorcelante avec le cartésien, haut placé et effacé. J'ai toujours davantage cru à qui se ressemble s'assemble qu'aux contraires qui s'attirent. Mais ma mère et mon père devaient bien posséder des caractéristiques communes, s'entendre sur des valeurs fondatrices pour s'être unis ainsi. Pareil pour mes frères et moi: nous ne pouvons partager les mêmes gènes, avoir habité sous le même toit durant des années et être exempts de toute ressemblance. Ce qui nous lie n'a pourtant rien à voir avec le tempérament, le physique ou la personnalité. Non, c'est quelque chose de plus profond. Et de plus pervers.

Quand on dresse la liste de nos caractéristiques communes, on note le culte du corps mince, une difficulté à s'alimenter normalement pour atteindre cet idéal, une propension au surentraînement et une volonté de se surpasser dans ce qui nous passionne. Ces excès frisant parfois la démence sont les effets secondaires du remède que nous avons trouvé à notre maladie inguérissable et partagée : un insoutenable mécontentement. Une intemporelle insatisfaction de soi. Ce désir vertigineux d'en faire toujours plus nous épargne de songer à l'origine de nos lacunes. Nous épargne de tolérer le vide. Comme les plongeurs d'apnée du *Grand Bleu* de Luc Besson, soit nous émergerions mourants d'être allés trop loin, soit nous nous enfoncerions définitivement dans les profondeurs.

C'est ainsi que nous avons été élevés. Il ne suffisait pas d'apprendre à nager, nous devions passer tous les niveaux de natation haut la main. Il ne suffisait pas d'apprendre à skier, nous devions franchir tous les échelons jusqu'au niveau expert. Il ne suffisait pas de ramener un bulletin avec des notes au-dessus de la barre des quatre-vingts, il fallait, en plus, se percher au-dessus de la moyenne générale. Quand les objectifs étaient atteints, d'autres apparaissaient. Nous pouvions toujours faire mieux. Pas question de s'asseoir sur nos lauriers, de s'enorgueillir de nos victoires. Lorsque je frôlais ou touchais à ladite perfection, le 100 % qui pouvait même se transformer en 101 ou 102 avec les points bonis, j'en arrivais à la conclusion que la matière était simplement trop facile.

Après souper, lorsqu'il était temps de nettoyer la cuisine, nous divisions les tâches entre nous : un lave la vaisselle, l'autre l'essuie et la range, le troisième passe le balai. Or il restait encore de la besogne à abattre : nettoyer le comptoir, la table, replacer les chaises, etc. Qui des trois ferait le pas de plus ? Nous pouvions nous obstiner pendant des heures. Quand nous jurions avoir chacun réalisé notre part sans parvenir à un consensus, mon père martelait : « Ta juste part, c'est quand t'as fait plus que ta part.» À force de répétitions, la phrase s'est imprimée comme une vérité entre mes deux oreilles. Longtemps, je n'y ai vu que de la valeur, une sagesse intrinsèque: on ne peut juger seul de ce qui constitue notre devoir, c'est pourquoi il faut toujours en donner plus que ce qui nous semble juste. Mais alors, que constitue ce «plus»? Comment sait-on quand notre part est déraisonnablement dépassée? Quand s'arrêter?

Michel nous rebattait aussi les oreilles avec un dérivé du fameux: «L'important, c'est de participer.» Lui disait: «L'important, c'est de persévérer.» Baisser les bras n'était pas une option. Peu importait les douleurs, peu importait les difficultés, il fallait se rendre jusqu'au bout des objectifs qu'on s'était fixés ou, dans notre cas, au bout des objectifs que nos parents avaient fixés pour nous.

Ces adages m'ont déjà plongée dans des situations toxiques. Épuisantes et intenables. J'ai souvent eu de la difficulté à choisir mes batailles. M'insurgeant contre des situations que j'étais la seule à décrier à haute voix, je m'en suis pris plein la gueule. Il m'est arrivé d'assumer seule les conséquences d'avoir lutté pour ces rétributions communes. Des collègues et des patrons ont tiré parti de mon acharnement. Voyant que je m'échinais à cœur fendre, ils en demandaient toujours plus. Pour quelqu'un qui fournissait le minimum, former une équipe avec moi garantissait de gagner au change.

Aux enfants, il faudrait apprendre le revers des idéaux. Il faudrait leur montrer que chaque qualité comporte son défaut. Que ce qui est «bien» peut facilement devenir «mal». Qu'il n'y a pas de vérité absolue sur les attitudes à privilégier, sur les principes à défendre. Ce que j'aurais dû apprendre: reconnaître mes limites, refuser la démesure, effectuer un calcul coût/bénéfice avantageux pour moi, apprivoiser l'abandon... J'étais incapable de dire non, incapable d'appuyer sur la pédale de frein. En se fixant des objectifs de plus en plus colossaux, on se coltine à un échec assuré. Et il n'y a rien de pire que d'échouer quand on a tout donné. Quand on a trop donné.

Ma difficulté à fixer mes propres limites est venue avec son pendant malsain : la difficulté à comprendre les limites que d'autres m'imposaient. Si moi, j'avais accepté ceci ou cela, pourquoi les autres me le refusaient ? Dans mes relations amoureuses, je pardonnais tous les dérapages. Puis, quand c'est moi qui dérapais, je m'étonnais qu'on ne m'accorde pas la même grâce. En amitié, j'acceptais qu'on me gratte le bobo, qu'on dénombre mes défauts, mes faiblesses. Mais lorsque venait mon tour de souligner un comportement que je trouvais problématique ou qui me blessait, je me frappais à un mur. Au fond, j'ai souvent entretenu des relations où j'apparaissais comme fautive ou folle. Parce que ce qu'on retient, ce ne sont pas ces actes répréhensibles encaissés comme un revers naturel, mais ceux qu'on a condamnés à escient, en dressant un barrage pour les empêcher de passer en douce. À force de me buter à ce double standard auto-infligé, j'ai compris qu'il était temps de poser mes propres limites. Et n'ayant pas appris à le faire, j'évolue comme une enfant balbutiante, qui tâtonne et procède par essais-erreurs. Beaucoup d'erreurs.

Des têtes sont tombées. J'ai dû me résoudre à certaines coupures, d'amour comme d'amitié. Je n'avais habitué personne à la bascule et ce rééquilibrage a eu raison de plusieurs relations.

Si j'avais un rapport aux fins plus facile, les choses se dérouleraient autrement. J'accepterais ces ruptures avec plus de sagesse et de quiétude. Sereine, je me déferais calmement de ces attaches. Dirais adieu à celles et ceux qui ne me font pas du bien et à qui je ne fais pas du bien non plus, sans regarder derrière, sans tendre la main ou rebrousser chemin.

Le problème, c'est que pour moi, il n'y a rien de pire que de faire le deuil des vivants.

J'avais quinze ans quand mes parents se sont quittés officiellement. La séparation se préparait depuis quelques années : ma mère, qui avait acheté un condo à Montréal, disparaissait de plus en plus souvent, et pour une durée de plus en plus indéterminée. Elle avait déjà donné plus que sa part. Nous étions assez grands.

Durant cette phase préparatoire, nous nous rendions encore en famille au chalet, le week-end. Sauf que, désormais, chacun partait skier de son côté. Ce que j'aurais donné pour rester en ville avec mon frère aîné, qui avait le privilège d'occuper seul les quartiers brossardois… Éviter les heures de trafic vers les Laurentides, la cacophonie des engueulades sur le thème de qui a le plus travaillé cette semaine, le dépaquetage les yeux bouffis, les nuits polaires aux craquements inquiétants, les brusques réveils à 6 h du matin, les remonte-pentes fouettés par la poudreuse, les combinaisons de ski étouffantes, les bottes-enclumes aux pieds ou les journées caniculaires à se languir du vrai monde, à se débattre avec les algues gluantes du lac et à se faire bouffer les mollets par les mouches à chevreuil ou l'herbe à poux.

Maintenant, quand je repense à mon chalet et à ces week-ends d'activités forcées, mon cœur manque de souffle. C'était là, mon enfance. C'était ça, ma famille. Les vendredis soir à écouter *La Fureur* avec des nachos gratinés sur plusieurs étages. Les après-midi pluvieux à jouer à « la couverte su'a tête» dans le sous-sol humide au tapis hideux. Les soupers raclette quand nous revenions, joues écarlates et orteils endoloris, de nos cours de ski ou de snow. Les randonnées au mont Éléphant à glaner les bleuets et les framboises en demandant si le sommet est encore loin. Le lac gelant et dégelant, les montagnes verdoyantes ou enneigées, le ciel haut, bas, gris, éclatant, mauve, rouge, orange. Les grands sapins qui geignaient sous le vent, dans leur écorce centenaire. Ces grands sapins dont ma mère assurait qu'ils ne mourraient jamais.

Mais même les grands sapins finissent par mourir.

Le chalet situé au 281, chemin du Tour-du-Lac-Supérieur, ne nous appartient plus. Tombée entre des mains ennemies, celles de ma belle-mère, la bâtisse n'a plus de valeur. Parce que sa valeur, c'était nous. Ce n'est plus qu'un symbole déchu, comme celui du 281, rue Sainte-Catherine, qui a fait ricaner ma génération. Mes neveux et nièces ou ma progéniture potentielle ne pourront jamais révéler leur adresse de vacancier avec un air coquin. «Eille, sais-tu où je m'en vais passer la fin de semaine? Au 281!» No more chalet ni cabaret.

Je ne sais pas si le pneu sur lequel nous pratiquions nos acrobaties est resté accroché au grand pin rouge. Si les bardeaux du chalet sont encore peints en bleu. Si les voitures ont continué de rendre l'âme dans la pente menant au lac.

Qu'en a fait Christiane? A-t-elle conservé précieusement ces objets que mon père a touchés, réparés ou bâtis? Comprend-elle ce que contiennent ces reliques d'importance? A-t-elle osé jeter ce que nous pourrions reprendre et chérir? J'essaie d'y penser le moins possible. S'il y a bien une disparition dont je ne souffre pas, c'est celle de cette femme qui n'avait absolument rien de formidable, à part peut-être l'amour qu'elle portait à mon père.

Je n'avais rien contre la séparation de mes parents, mais si j'avais su ce qui m'attendait, je leur aurais fait signer un contrat, comme ils l'exigeaient à notre endroit lorsque nous lancions des promesses en l'air. C'est à cinq ans que j'ai signé mon premier document, stipulant que je devais arrêter de me décrotter le nez sans quoi je n'aurais pas droit à plus de trente minutes de télé par jour. Le drame: *Sur la rue Tabaga* sans *Watatatow. Vazimolo* sans *Fais-moi peur!* À mon père, j'aurais fait signer un papier assurant qu'il ne s'accouplerait qu'avec une femme qui ne mépriserait pas ses enfants. À ma mère, un traité dénombrant certains devoirs: être minimalement présente aux fêtes et aux anniversaires, faire preuve de discrétion lors de ses ébats amoureux, nous présenter ses prétendants avec parcimonie, cesser les menaces d'exil en famille d'accueil et les appels à la Direction de la protection des parents.

Le divorce n'est pas problématique en soi. C'est la façon d'en gérer le choc qui engendre la douleur. Mais les blessures sont toujours déjà là, elles devancent les conséquences, verdissent en catimini, sous-jacentes. Elles s'annoncent dans la relation fusionnelle d'une mère avec sa fille. Elles guettent derrière l'adoration que nourrit un père pour les femmes contrôlantes. Se dissimulent sous l'abandon qui se profile, en filigrane, dans l'ombre de paroles prononcées à voix basse et de pensées partagées sans réfléchir. Elles passent par des tapes qui laissent de brèves traces sur les fesses, des gifles ou des coups qui entachent l'amour-propre de façon permanente. S'incarnent dans le sentiment diffus qu'a un enfant d'être responsable du malheur de ses parents.

On peut toujours voir se dessiner les traumas à l'horizon, comme on aperçoit le relief d'une montagne qui se précise ou le rideau de pluie qui progresse dans notre direction. Mais si, vraiment, on savait la teneur de nos drames, leurs oscillations et leurs impacts, est-ce qu'on ferait les mêmes choix ? À l'approche de la pluie, on cherche un abri. Devant un précipice ou un flanc trop abrupt, on rebrousse chemin. Dans la vie, on n'a pas toujours le même réflexe. Enfin, pas moi.

J'ai toujours préféré ignorer ce qui se profilait. Qui veut avancer vers un avenir funeste ? Qui veut connaître la date de son propre démantèlement ? L'aveuglement volontaire est une solution. Sous une autre forme, on l'appelle l'espoir. Parce qu'en attendant de tomber, il faut bien continuer à vivre.

Mes *Détournements* devenaient l'un de mes principaux sujets d'échange avec ma psy. J'étais complètement obsédée par le projet, par l'écriture, lui en lisais parfois des passages. Lorsque ma voix se taisait au bout de l'extrait, je fixais un instant ses souliers avant de relever la tête. Elle en avait deux paires : une écru foncé, au bout rectangulaire, d'allure vintage, l'autre noire, sans talons, en cuir avec une jolie boucle distinguée. Quand mon regard retrouvait le sien, je cherchais le sentiment qui s'y cachait, sans arriver à mettre le doigt dessus. Qu'est-ce qui luisait donc derrière ses yeux noirs et sa bouche aux lèvres minces dessinant des fossettes ?

Elle devait parfois me ramener, me sortir de la fiction pour me faire revenir à ma vie. Mais si la vie est devenue fiction ? Ou si c'est la fiction qui donne la vie ?

J'avais besoin d'attraper mon histoire au vol. De la fixer quelque part. De dire : voici ce qui a été, voilà pourquoi et comment. Était-ce une façon pour moi de reprendre un certain contrôle ? N'y avait-il plus que la découverte des mots justes pour me sortir du gouffre ?

Un matin de septembre où le ciel cafardeux et la chute du Celsius semblaient vouloir précipiter l'automne, nous avons parlé de maternité, de mon désir d'avoir des enfants, de mon inquiétude par rapport à ma fertilité déclinante et mes amours temporaires. Elle m'a demandé :

— Pourquoi voulez-vous des enfants ?

Elle me déstabilisait souvent avec des questions simples et directes, qui avaient pour but de m'éloigner de mes confortables monologues. Je n'ai pas réfléchi avant de répondre spontanément :

— Je voudrais leur donner ce que j'ai pas eu. Mieux réussir que mes parents. Accompagner des humains et leur laisser la liberté de devenir ce qu'ils sont, sans essayer d'en faire ma réplique. Sans projeter mes propres attentes ou traumas sur eux.

Mon discours tenait du cliché, en plus de se formuler principalement par la négative. Bien sûr que personne ne veut répéter les erreurs ou les défaillances de ses parents. Ça n'empêchait pas que mon enfance et mon adolescence dicteraient la mère que je serais – ou, si la tendance se maintenait, que je ne serais pas. Et puis, n'y avait-il pas dans le projet maternel un fondement profondément narcissique ? Vaincre ce devant quoi nos ancêtres ont capitulé. Offrir ce qui nous a été refusé. Une douce vengeance. Comme si mettre au monde un enfant devait servir aux parents à fixer leur valeur dans le monde. À se prouver plus triomphants que leurs prédécesseurs.

Notre échange a dévié sur ma mère. Après lui avoir lu l'extrait sur le matricide symbolique, j'ai dit :

— Enfant, je me sentais adulte parce qu'on me traitait pas vraiment comme une enfant. Adolescente, je me sentais adulte parce qu'on me traitait pas vraiment comme une ado. Et là, maintenant que j'ai atteint l'âge adulte, je me sens pas assez adulte. Je regarde des gens beaucoup plus jeunes que moi et je me dis : "Wow, ils ont l'air tellement plus matures." Ça se voit dans leur habillement, dans leur mode de vie. Sur leurs réseaux sociaux. Ils sont en couple, accumulent des REER, élèvent leurs enfants, arrosent leurs plantes, conduisent des voitures. C'est comme si quelque chose en moi s'était révolté contre ça. Et c'est pas parce que je veux être marginale ou que j'ai la fibre rebelle. Tout ce qu'ils sont, tout ce qu'ils font, je le voudrais pour moi aussi. Je suis juste... pas capable.

— C'est normal... Comment voulez-vous arriver à quitter une phase par laquelle vous n'êtes jamais vraiment passée ?

La conversation a encore bifurqué sur mes *Détournements*. Elle me posait des questions sur mon rapport à l'écriture. Nous avons discuté de cette fameuse comparaison dont usent de nombreux auteurs, voulant que la publication d'un livre soit un accouchement métaphorique. Catherine, qui participait au même club de lecture que moi, avait jadis raillé ce parallèle boiteux : « Voyons donc ! Faut être un foutu mauvais parent pour abandonner son bébé dans le monde et ne plus s'en occuper ! » En effet, on n'apprend rien à un livre. Une fois qu'il sort en librairie, on ne peut plus le protéger, on n'a pas de contrôle sur son appareillage et ses impacts – ceux qui lui seront infligés ou ceux qu'il infligera. Mettre au monde ne se résume pas à éjecter un nouvel être vivant d'entre des cuisses moites. Mettre au monde sous-entend : préparer au monde. Le parallèle de la grossesse fonctionnerait seulement avec la phase d'incubation du livre, celle où, en amont, les idées germent, des notes sont prises et des recherches effectuées. Celle où l'on s'habite de cette œuvre à venir. Alors, l'accouchement ne pourrait qu'être l'écriture d'un premier jet brut. L'expulsion d'un brouillon. Car c'est dans le travail véritable, dans la relecture, dans la réécriture, au fur et à mesure, que le livre s'élève, se forme jusqu'à pouvoir voler de ses propres ailes. Quant à la publication, elle coïnciderait avec l'arrivée à maturation du livre, l'entrée dans l'âge adulte et le véritable saut dans le monde.

— Justement, a insisté ma psy, est-ce qu'il n'y a pas quelque chose, dans votre processus d'écriture, qui a à voir avec votre vision d'une maternité saine ? Le désir de ne pas projeter ses attentes sur un enfant, de l'accompagner, de l'accepter tel qu'il est plutôt que de le modeler à son image...

— Ah oui, en ce sens-là, c'est vrai. Je veux présenter mon histoire telle qu'elle est plutôt que telle que je voudrais qu'elle soit. C'est impossible, évidemment, puisque c'est mon histoire et qu'elle est teintée par mon jugement, mes souvenirs tronqués, mon expérience subjective. Mais c'est quand même ce que j'*essaie* de faire. Écouter mon histoire plutôt que la dicter. Être le plus proche possible d'une espèce de vérité qui se fout de mes préférences ou de mes peurs.

— Quand vous parlez de votre roman, vous répétez souvent que vous ne voulez pas vous inquiéter d'avance de sa réception. Pourtant, ça semble vous préoccuper beaucoup...

— C'est vrai, mais il faut que je fasse taire ces voix-là. Parce que si je m'encombre de ce genre de considérations, j'écoute pas mon histoire. Je la laisse pas me dire ce que je sais pas encore, je la récite à sa place, je l'écris pour les autres.

Ma psy n'a rien ajouté, en attente du cheminement de mes pensées. Autant elle pouvait se montrer très interventionniste, autant il lui arrivait de commander le silence pour ne pas infléchir ma conscience. En retour, il m'arrivait de m'obstiner dans ces temps morts, de m'y vautrer carrément.

Je me désengageais alors, trop incommodée par ce vide à combler pour me laisser réfléchir. Dans ces moments, elle devait me tendre une perche solide :

— Et si écrire vos *Détournements* était une façon pour vous de sortir de l'enfance ?

— Je comprends pas.

— Vous écrivez peut-être votre histoire pour vous en détacher. Vous l'accompagnez de votre mieux, jusqu'au moment où vous allez pouvoir la laisser faire sa place dans le monde, en dehors de vous. C'est un peu comme...

Une ampoule s'est allumée, brillante, presque aveuglante. J'ai interrompu ma psy :

— Comme si j'écrivais ce roman-là pour tuer ma mère ?

— Oui, mais surtout, pour en devenir une.

DEUXIÈME PARTIE

Ouroboros

Plus j'avançais dans mes *Détournements* et plus je m'interrogeais sur sa forme, sur sa structure. Sur son propos, même.

Auparavant, j'avais toujours commencé mes romans par le début et terminé par la fin. Un bel arc narratif, une flèche lancée dans le firmament: un élan, une courbe qui se déployait avant d'atterrir, jusqu'au point final, la pointe qui se plante dans le cœur – ou pas. J'ai toujours su, globalement, où je m'en allais. Il y avait certes quelques déviations en cours de route, mais pour l'essentiel, je visais juste, atteignant la cible fixée d'avance.

Pour la première fois, je procédais achroniquement, agençant des parties en une sorte de collage qui fomentait le sens au fur et à mesure, ou qui l'inventait à rebours, juxtaposant ces fragments comme un détective connecte preuves et motifs pour résoudre son enquête.

Mon roman ressemblait à ma vie. Je rejouais l'un et l'autre ensemble, pariais en double et misais également sur chacun. Les deux comportaient un début et une fin, les mêmes que pour tout le monde. Sauf que l'intervalle entre la poussée du premier cri et celle du dernier souffle s'apparentait davantage à une sphère qu'à un arc. J'accumulais les pages de notes, je jonglais avec les occurrences cachées et les apparentes ruptures. Ma vie se retournait sur elle-même sans cesse, comme un serpent qui se mange la queue, muant seulement pour recommencer le cycle infernal. Ma vie et mon roman: des miroirs au tain brouillé, aux reflets démultipliés à l'infini. Des cartes jumelles jonchées de ronds-points et de culs-de-sac, où chaque corridor mène à la même porte verrouillée à double tour. Il me fallait l'enfoncer, cette porte, et traverser cette pièce, pour enfin dépasser cet endroit où tous mes chemins se perdaient.

C'est connu, toute leur vie, les auteurs s'épanchent sur les mêmes thèmes, les mêmes obsessions. Je n'y faisais pas exception, reformulant *Les désordres amoureux* et *In between* avec mes *Détournements*. Je m'enfouissais dans l'autofiction en espérant me déterrer, frayant avec l'autobiographie, mais munie d'un pacte de vérité qui n'impliquait que moi. Je m'écrivais en train d'écrire, alors que je m'étais juré d'arrêter. Juré de me sortir la queue de la bouche, le cul de la tête, les pieds des mains.

Ma vie tournait sur elle-même.

Le symbole du serpent qui se mange la queue ressemble à celui de l'infini.

Et si c'était ça, vivre ? Recommencer à échouer, jusqu'à la fin. Réapprendre la même leçon par cœur pour l'oublier aussitôt, sans jamais réussir à la mettre en pratique ou à en extirper véritablement le sens. Un projet sisyphéen et narcissique, comme il s'en fait tant.

Tant pis.

Benoît est entré dans ma vie un 1er mai et il en est sorti environ trois mois plus tard.

C'était un garçon parmi d'autres, pas un homme tout à fait. Un inconnu que je n'ai jamais vraiment aimé. Et que je n'aurais pas su aimer de toute façon.

Ce n'est pas lui qui m'a transpercé le cœur avec un hameçon. Il n'a pas déchiqueté mon abdomen pour en extirper les organes et les replacer en désordre. Pas lui qui s'est baigné dans mes viscères comme un enfant en overdose de sucre dans une piscine à balles. C'est moi. J'ai fait ça toute seule, comme une grande. Mes amours n'ont souvent été qu'un prétexte pour me meurtrir comme il faut, en me dégageant de toute responsabilité. Ma psy me l'a souvent dit : « Il n'avait rien à voir là-dedans. »

Dans *Sex and the City,* une série que je connais par cœur, comme plusieurs femmes de ma génération d'ailleurs, Charlotte la bien-pensante prétend que, pour se remettre d'une peine d'amour, il faut prévoir la moitié du temps qu'a duré la relation. Un an de couple, six mois de rémission. Deux ans de couple, un an de rémission. Et ainsi de suite. Après, fini les excuses, on doit se ressaisir : secouer sa crinière, sécher ses larmes et remonter sur la selle. Malheureusement, la vie m'a appris que l'assertion de grandes vérités comme celles-ci fonctionne rarement. Pour provoquer des ravages, une relation n'a pas besoin d'avoir duré des années. Quelques semaines suffisent. Quelques jours, parfois.

Pour les endurcies comme moi, celles qui se sont biberonnées à l'émission de l'adolescence à l'âge adulte, *Sex and the City* représente une espèce de guide de survie. Rien qui n'aide à prévenir ou à semer les embûches ; plutôt un outil de reconnaissance, de projection. Questionnements sur l'orientation et les préférences sexuelles, patterns pluriels, dynamiques tordues, tromperies, désirs, infatuations et ruptures : nous allions toutes en vivre. Des émissions qui abordaient avec autant d'impudeur et de fougue la sexualité de la femme contemporaine, il y en avait peu. Quatre femmes blanches et privilégiées, soit. Comme moi. Elles tombaient amoureuses, multipliaient les erreurs et fourraient, beaucoup. Comme moi.

Dans la vingtaine, j'ai tenté l'approche Samantha Jones, la femme fatale du quatuor, jouée par Kim Cattrall. Celle qui réinvente à sa façon le fameux adage : « The best way to get over someone is to get under someone else. »

Un détournement classique: chercher ailleurs ce qu'on a perdu au lieu d'éprouver sa perte. Sauf que pour moi, le sexe désintéressé constitue en soi une perte. Autant que peut l'être une beuverie en solitaire; un engourdissement temporaire, dont on sort encore plus désorienté. L'ardente Samantha, pour qui le sexe est presque toujours une plus-value, dit: «You can bang your head against the wall and try to find a relationship or you can say "screw it" and just go out and have sex like a man.» Well, Sam, j'ai essayé. Mon problème n'était pas d'arriver ou non à fourrer «comme un homme». Fourrer comme un homme, c'est toujours plus facile pour une femme. Les one night nous tombent dessus sans qu'on lève le petit doigt. Et même s'il leur arrive de durer quelques nuits, leur date d'expiration empêche l'abandon. L'intimité sans lendemains n'existe pas. Le sexe sans intimité ne m'intéresse pas.

J'appartiens à la catégorie des Carrie, la narratrice de l'émission. Avec en sus un soupçon de cynisme à la Miranda («I can't have sex with a sandwich, can I?») et, même si je peine à me l'avouer, j'ai une propension à croire à certains clichés sécurisants, comme Charlotte.

Carrie théorise la sexualité et l'amour sains du bout de ses doigts, en tapant d'une traite ses chroniques autobiographiques pour le *New York Star*. Elle expérimente pour écrire; sa vie et celle de ses amies deviennent un exercice de style – littéraire et vestimentaire. Un document d'archives à la mode. Mais bien que Carrie sache tirer de sages conclusions de leurs expériences, celles-ci ne l'empêchent jamais de répéter les mêmes erreurs. Tiens, ça me rappelle quelqu'une... Carrie/Marie, rien qu'une lettre dure de différence.

Dès le premier épisode, Carrie rencontre Big, métaphore tall dark and handsome d'une indisponibilité émotive et d'un nombrilisme typiquement masculins. Big n'est pas un homme tout à fait, il incarne un symbole ; un syndrome, surtout. Comme Carrie, je m'étais accrochée à des Mr Big, en espérant piéger les patterns et défier les lois de la détraction. Le dernier en lice, Mr Benoît, était un fils à maman à la besace creuse. À l'autre bout du ring, Marrie, la demandeuse de montagnes, s'acharnait à désirer qu'il lui en cède le maigre contenu.

Le cercle vicieux de Carrie ne se termine que bien après la série culte. Comme le mien aboutira probablement bien après ce roman. Si un jour. Il faut attendre une sequel et deux films, au cours desquels Carrie se convainc que Mr Big a changé, pour que se close le cycle infernal. Grâce à la mort de l'homme, elle peut enfin faire le deuil d'une personne qui n'a jamais existé.

Certaines relations nous arrachent à nous-mêmes, ou du moins, au personnage complaisant que l'on s'est construit au fil du temps. Elles nous réenracinent dans l'être primitif, celui qu'on essaie d'assommer à coups de détournements. Ce que Benoît avait tiré de moi, ce qu'il en avait apprécié le plus, c'est ce que j'aimais le moins. Il était à l'origine du battement d'ailes qui avait provoqué un raz-de-marée. Comment l'expliquer ? Grâce à ma thérapie, une partie du mystère s'est éclaircie : je tentais de rejouer mon héritage familial à travers des relations amoureuses aux variables intenables. Avec ces scénarios déchirants, je voulais nier l'inéluctable. Refuser ce que je n'avais pourtant pas le choix d'accepter : ce passé qui façonnait mon présent et me vouait un futur sans avenir.

Je ne m'étais pas lavée depuis quelques jours et je commençais à me sentir. Ça m'arrivait de plus en plus souvent : repousser les rituels d'hygiène jusqu'à la puanteur. Lorsque l'accumulation de sébum aplatissait ma chevelure, la faisant retomber en nappe épaisse sur mes épaules, c'était le signal. Il me fallait récupérer mon identité par mes boucles. J'ai lavé sommairement mon bain, versé une giclée de liquide à bulles, jeté du gros sel et consulté mon téléphone en attendant que ça bouille. Ma mère m'avait laissé un message vocal. J'avais beau lui répéter que je préférais texter, elle m'appelait toujours. J'ai fermé le robinet, me suis immergée sous la mousse, j'ai allongé mes jambes sur les pépites de sel qui n'avaient pas encore fondu, puis j'ai composé le numéro de ma mère. Un coup, deux coups; je me suis mise à transpirer abondamment et ça n'avait rien à voir avec la température de l'eau.

Nous ne nous parlions presque plus. Elle m'envoyait des messages maladroits pour me signifier qu'elle s'ennuyait de moi. Dès que je lui donnais un mètre, elle en prenait quarante. Alors je me protégeais. Il m'était souvent arrivé de couper les ponts, plusieurs mois, parfois des années durant. Lorsque nous nous retrouvions après ces interludes, notre relation prenait du mieux avant d'empirer. Une jolie enjambée suivie d'un grand recul. Pour cette raison, je préférais le surplace. Je n'avais plus les reins assez solides pour ces faux pas et je ne m'illusionnais plus à espérer une progression durable. L'entre-deux paresseux me convenait: entrebâiller la porte de façon à ce que ma mère puisse regarder furtivement à l'intérieur, mais sans jamais lui laisser l'espace nécessaire pour se faufiler dans l'interstice. My door carefully ajar. En anglais, «ajar» est mon mot préféré. Ça veut dire entrouvert, mais c'est un adjectif pur, pas un verbe adjectivé... Non mais, «ajar», quelle beauté. Il faut mordre dedans pour le prononcer, puis le laisser planer dans la gorge en ronronnant presque. So ajar we were, and ajar we would stay: entre la morsure et le ronron.

Elle a décroché à la troisième sonnerie et nous avons échangé les banalités de service. De son côté, ça n'allait pas, comme d'habitude : stress, angoisse, tel conflit, trop de travail, etc. Du mien, ça n'allait pas non plus, comme d'habitude aussi. Mais aucune raison, ni bonne ni mauvaise, ne me semblait à la hauteur d'une explication.

— Pis, les projets d'écriture ?

— Ben, je travaille sur un truc. Je t'en ai déjà parlé. C'est un projet qui parle de nous, de notre famille, mais de moi, surtout. *Les détournements.*

La fois précédente, sa réaction m'avait étonnée : impassibilité totale. Elle avait sauté au sujet suivant, sans s'enquérir davantage de ce roman qui la mettrait pourtant sur la sellette. J'avais mis son mutisme sur le compte d'une écoute sélective ou d'un déni auto-conservateur, en souhaitant le miracle de son indifférence. Peut-être pensait-elle que mon roman écorchant mes parents avait déjà paru. Sauf que mon premier livre pour adultes, *In between,* n'avait abordé que timidement notre relation mère-fille, en plus de taire l'existence de mes frères, et j'avais dû travestir une grande part de la réalité pour lui en faire tolérer la publication. Il n'était pas question de recommencer à moitié. Cette fois, je ne ferais aucun compromis.

— C'est la suite de ta trilogie ?

— Ben oui, t'sais. Après *Leslie et Coco,* puis *Leslie,* j'appelle le troisième tome *Les détournements.* Ça fitte parfaitement.

Est-ce que toutes les mères étaient aussi oublieuses ? Pourquoi tout ce qu'elle disait m'irritait aussi profondément ? *Coco* serait le dernier volet d'une série que j'avais entamée cinq ans plus tôt. Je devais ce roman à mon éditrice, à mes lecteurs, au Conseil des arts du Canada (merci pour la bourse) et à moi-même. Je n'en avais pas écrit un seul mot. Ma bourse, je l'avais mangée et bue.

— Non, c'est quelque chose d'autre. Comme j'ai dit, ça parle de nous. De notre famille. De toi. De toi et moi.

Tout de suite, j'ai senti vibrer son inquiétude dans l'appareil. Sur la défensive, elle a répliqué avoir aussi voulu écrire sur nous, mais s'être retenue pour ne pas me blesser. J'ai roulé des yeux dans mon bain : ma mère avait écrit à mon sujet toute sa vie, et surtout, toute la mienne. Que ce soit dans *Marie la chipie* ou en empruntant une partie de mon adolescence pour raconter *Ta voix dans la nuit* ou avec le personnage de Marie dans *La mystérieuse mademoiselle C...* J'avais habité ses histoires, tout le temps, sans le vouloir. Avant de publier *Marie la chipie,* je devais avoir huit ans, elle m'avait fait lire l'ouvrage et demandé mon accord. J'avais refusé : pas question. Le livre est sorti quand même.

— T'sais maman, ce livre-là, je l'écris pour moi. J'en ai tellement besoin. Pis, en quelque sorte, ça n'a rien à voir avec toi. C'est ma vérité, ma vie.

C'est ce que m'avait dit mon amie Lynda en lisant la première partie des *Détournements*. Nous cassions la croûte dans un restaurant sur Ontario, avant d'assister à une pièce de théâtre au Prospero. Lynda était arrivée avec deux feuilles de notes de dithyrambes gênants sur lesquels elle s'appuyait pour me citer avec emphase et commenter mes mots avec la clémence de ceux qui m'aiment en me connaissant peu. Sans préambule, j'avais posé la question la plus importante, que j'avais bafouillée en deux mots : « Ma mère ? » Derrière ses lunettes grenat brillait une lueur de compassion. Ma nouvelle amie, mère d'une femme de mon âge, n'avait pas besoin de plus pour comprendre mes craintes : « Ça n'a rien à voir avec elle. » Puis elle avait ajouté : « C'est plein d'amour, plein de tendresse, ce que tu écris sur ta famille. »

J'ai répété ces mots-là à ma mère, sans être certaine de les croire. Je la sentais angoissée, impuissante. Une petite fille qui découvre que sa grande sœur a défiguré sa poupée préférée. Elle a demandé :

— T'as pas peur de briser la famille?

J'ai répondu non en pensant oui. Puis elle m'a avoué:

— Je savais que ça s'en venait.

Ça me faisait de la peine. Pas pour elle, mais pour moi. Ça me faisait de la peine de ne pas m'être donné le droit d'écrire ce roman-là avant. J'ai répété:

— Maman, j'en ai tellement besoin.

Une hésitation suivie d'un silence résigné. J'ai ajouté:

— Je veux pas te blesser. Mais j'ai besoin de me faire ce cadeau-là.

— Je comprends.

Et j'espérais qu'elle comprendrait. Vraiment.

Le problème, quand on s'invente l'amour de sa vie, c'est qu'on n'a d'emprise que sur la portion de l'histoire qu'on se raconte. Pas sur celle qui nous est racontée.

Pour ma part, je mettais cartes sur table au premier rendez-vous en dressant un portrait fidèlement décevant de moi-même:

— Bonjour, je me présente: Marie Demers, alcoolique dépressive en burn-out avec une possibilité d'ITS (faudrait j'me fasse tester, le petit dernier voulait pas mettre de condom, l'autre d'avant non plus, rien de neuf sous le soleil, hein, héhé), j'écrivais jadis des livres, œuvrais naguère à un doctorat, mais d'ores et déjà, je bois surtout et mange beaucoup de take-out, ce qui explique ma silhouette plus viandeuse que sur les clichés avantageux de mon profil (au moins, mes seins ont grossi, hein, héhé). Mes coffres sont vidés, ma marge de crédit est pleine (t'as-tu un dix de lousse, huhu?), mais j'ai réussi à me magasiner une angoissante hypothèque grâce à mon père mort riche. Je ne sors plus, je ne lis plus, je n'ai plus cure d'aucune culture, je pratique l'immobilisme et la paralysie cérébrale avec assiduité en regardant à peu près tous les reality shows imaginables sur des plateformes de streaming illégales. En gros, je n'ai absolument rien à offrir, ni énergie, ni sourire, ni joie de vivre – prononcé à l'anglaise –, sinon un rendu fidèle de la chanson d'autobus de Paris et Nicole, maintes fois répétée dans *The Simple Life* saison 3 : salasaaaaa, salasaaaaa, salasasasa, salasaaaaa.

Quelque part à la fin du mois d'avril, alors que je sortais du bureau de ma psy, descendant la rue Cherrier en feulant comme un vampire au soleil, mon téléphone a vibré dans ma sacoche. J'attendais une réponse de Jérôme, à qui j'avais envoyé au réveil un GIF de bébé qui se siffle deux Dr Pepper à la fois, clin d'œil à notre beuverie de la veille, ce « juste un verre » classique qui se terminait par l'engloutissement d'un baril de bière complet jusqu'à pas d'heure. Je voulais savoir s'il était revenu sain et sauf à vélo. En apercevant la notification de Hinge plutôt que la réponse de mon ami, j'ai soupiré. Je devais avoir supprimé l'application une bonne dizaine de fois, le mois dernier seulement. Ces phases de lucidité ne duraient pas : immanquablement, je téléchargeais à nouveau l'appli. La solitude se chargeait de me faire changer d'idée, tout comme mon arrivée imminente dans la catégorie des femmes qui ne pouvaient plus espérer qu'une grossesse « gériatrique », si grossesse s'espérait encore (fallait ben j'me trouve un p'tit père, héhé).

La vérité, c'est que je n'avais pas été en couple depuis plus de huit ans et que j'avais très envie de tomber amoureuse. Très envie, aussi, d'entraîner la tendre chute de quelqu'un.

Une chose est sûre : moi, pour tomber, je tomberais.

Je ne me rappelle pas grand-chose de mes premiers échanges virtuels avec Benoît. J'avais même hésité à lui répondre. Cute-correct. Un peu beige, le bonhomme. La photo avec sa chienne, créature divine au pelage roux et bouclé (comme sa future belle-mère, hoho), et celle de son dos joliment rectangulaire, sur un bord de mer, avec en main les pages d'un livre caressées par le soleil déclinant, avaient joué en sa faveur. Alors je lui avais répondu. J'avais senti un intérêt appuyé pour ma «carrière» littéraire. Il rêvait d'écrire, comme beaucoup de gens. En fait, il rêvait de devenir écrivain plus qu'il ne rêvait d'écrire. Comme beaucoup de gens.

Il était 9 h 31 quand j'ai aperçu son teint de lait et sa crinière strawberry blonde au coin Masson et de Bordeaux. D'une main, Marie-Christine tenait son cellulaire contre sa joue, de l'autre, elle naviguait la poussette dans laquelle reposait Arthur, son dernier-né qui ressemble à une tortue lorsqu'il sourit. Mon téléphone a sonné, je lui ai fait signe, elle a raccroché.

— Eille, une demi-heure d'attente. Je leur ai pas laissé mon nom. On va au Byblos à la place?

J'ai acquiescé en parlant du restaurant qu'on quittait comme si j'étais à l'origine de sa popularité. Marie-Christine s'est servi un café dans l'urne en acier inoxydable disposée à l'entrée pour ceux qui acceptaient d'attendre. Elle m'a lancé un clin d'œil, comme si d'emporter ce gobelet en styromousse rempli d'une eau de vaisselle amère constituait un acte de mutinerie risqué. Dès que je me trouvais en compagnie de ma plus vieille amie, je me sentais mieux protégée contre le monde. Sa présence me rappelait que la vie avait déjà été moins pesante.

Le soleil embrasait le pelage fauve des arbres et le vent faisait pleuvoir les feuilles sur le bitume. Je poussais Arthur tandis que Marie-Christine sirotait son café. Nous avons parlé de ses enfants jusqu'au Byblos où nous avons commandé, comme 97,07 % de la clientèle, une omelette au feta, confiture à la rose pour moi, ananas gingembre pour elle. La bouillie aux œufs fromagée s'est déposée devant nous, sporulant dans l'assiette comme du régurgi de bébé. J'ai attendu que M-C ait la bouche pleine pour lui en faire la remarque. Mon amie-qui-allaitait-l'équivalent-d'un-jogging-quotidien a continué d'avaler goulûment son omelette et moi, j'ai repoussé la mienne pour lui parler de mes *Détournements*. Quand je lui ai confié qu'elle y tenait un rôle, son visage a basculé un instant dans l'inquiétude.

— Relaxe. T'es dépeinte à la hauteur de ta déessitude.

En écrivant la première partie sur ma famille, j'avais téléphoné à mes frères pour leur poser des questions sur notre passé et contre-vérifier certains détails. Alexis avait tendance à modérer, Simon, à surestimer. C'était leur vérité. La mienne se trouvait quelque part entre les deux, et parfois en dessous ou au-dessus.

J'ai raconté à mon amie ma plus récente rupture, celle d'avec Olivier, la deuxième en deux ans, qui confirmait mon incapacité à susciter l'amour à long terme. M-C hochait la tête avec une familiarité distraite, comme on écoute un succès populaire qui passe en boucle à la radio. Alors, j'ai changé de chanson.

— Hey, en passant, te souviens-tu du Bat gate ?

— De quoi ?

— Le Bat gate ! T'sais là, la fois de la chauve-souris, au chalet, avec ma mère.

Elle a pris une gorgée de son thé en secouant la tête, un sourire lunaire aux lèvres.

À l'époque, Marie-Christine égrenait la moitié de son été à mon chalet et moi, l'autre moitié au sien. Comme nous n'avions pas encore seize ans, notre emploi estival se résumait à travailler dans un camp de vacances pour nourrissons riches, cheap labor en échange duquel nous obtenions une passe de ski saisonnière à Tremblant.

Elle était l'aînée de deux frères et, comme dans notre famille, deux années environ séparaient chaque membre de la fratrie. Si nous bénéficiions d'une plus grande liberté au 281, à son chalet situé sur le chic versant sud de Tremblant, la vie de famille me paraissait plus féconde et le décor moins bucolique. Nous allions traîner au pied de la montagne dans la partie piétonne qui ressemble à un village de poupées, fréquentions le cool bar à jus ou le comptoir à queues de castor, regardions défiler les adolescents pour qui nous étions des petites filles invisibles. Il y avait le lèche-vitrine aussi, les boutiques qui nous faisaient rêver, offrant à prix fort des guenilles Billabong et Volcom aux wannabe snowboardeuses-skateuses que nous incarnions. Au Lac-Supérieur, il n'y avait qu'un plan d'eau douce, des moustiques et beaucoup de temps à tuer. À un kilomètre se prélassait bien le Rustique, un bar-motel qui, dans les années 1990, servait de l'alcool aux mineurs sans poser de questions. Mais l'exotisme rural s'arrêtait là où j'avais viré ma première brosse, aux Bloody Mary. Le nom du drink avait d'ailleurs pris tout son sens lorsque j'avais vomi, car on aurait dit que Mary crachait du sang.

Au petit déjeuner, les Rivard se rassemblaient devant une variété phénoménale de boîtes de céréales (Marie-Christine m'avait appris à produire des mélanges parfaitement goûteux, aux savants dosages de sucré et de santé), de sortes de pains, confitures, miel, sirop d'érable, Nutella, beurre de pinottes, jus, fruits. Le week-end, nous avions souvent droit à des crêpes ou du pain perdu. Les parents de Marie-Christine étaient toujours présents. Sa mère était une vraie mère. Avec eux, je redevenais une vraie enfant. Chez nous, il n'y avait qu'au souper qu'on se retrouvait, et encore.

Durant son séjour au 281, Marie-Christine empruntait la chambre d'Alexis, exilé chez des amis, puisque la mienne pouvait à peine contenir un humain de petite taille. Nous passions de longues heures sur son lit double enclavé de justesse entre quatre murs rapprochés à jouer au trou-de-cul, à répondre à des quiz dans des magazines féminins, à fabuler autour de notre futur et à nous raconter nos amourettes.

Nous nous questionnions justement sur la formule la plus romantique pour déclarer son amour, quand une espèce de froufroutement s'est fait entendre dans un coin de la chambre. Marie-Christine n'a pas relevé. Les cheveux blond fraise étalés sur l'oreiller et les yeux bleus perdus dans les craques du plafond, elle a lancé :

— Moi ce serait : "You rock my world."

Cette fois, il y a eu un heurt étouffé, comme le choc d'une abeille contre une vitre trop propre.

— T'entends ?

Elle a hoché la tête. Ça venait du garde-robe. Nous nous y sommes dirigées, ce qui revenait à glisser au bout du lit, avec un doigt sur la bouche, en soufflant des « chuuuut » cent fois plus bruyants que l'échange précédent. Marie-Christine a posé une main sur la poignée et m'a lancé le regard exorbité des actrices de cinéma d'horreur qui s'apprêtent à nous faire sursauter. Une créature volante s'est échappée du box supérieur et nous avons poussé un cri aigu à l'unisson. Le chiroptère s'est élancé en dehors de la chambre en émettant ses propres ultrasons stridents. Nous avons suivi ses va-et-vient dans le couloir tapissé d'une infâme carpette orange et brun, hurlant d'excitation et de peur dès qu'il passait au-dessus de nos têtes. Pauvre chauve-souris qui devait penser survoler l'enfer.

Alertée par tout ce tapage, ma mère a déboulé dans le corridor :

— Mais qu'est-ce que...

Quand la chauve-souris lui a frôlé une oreille, elle s'est mise à hurler à son tour. Le volatile a disparu en tournant le coin pour déboucher dans le salon, M-C et moi à ses trousses et ma mère aux nôtres.

Les ailes rabattues comme les pans d'une robe de chambre, Bat madame avait élu domicile en hauteur, près du foyer. Nous avons profité de ce répit pour reprendre notre souffle et stratégiser :

— Il faut l'attraper ! Ces bibittes-là sont dangereuses, pleines de maladies !

— Ben voyons, maman. Comment ?

— Il faut la faire sortir, surtout.

Pour appuyer ses dires, Marie-Christine est allée ouvrir la porte qui donnait sur la cour avant afin d'offrir une sortie à l'intruse, tandis que je me procurais un balai dans l'armoire. Dehors, la nuit commençait à tomber et les chandelles que ma mère avait allumées jetaient de jolies ombres dansantes. Avec le manche brandi devant moi, je me suis approchée de la souris chauve, espérant la repousser dans la nature. La pauvre a plutôt piqué en sens inverse en direction de ma mère qui s'est accroupie, le cou ployé entre ses deux bras pour se protéger la figure des assauts potentiels du succube. Je me suis précipitée vers les créatures en cavale – ma mère et la chauve-souris – qui poussaient d'insupportables couinements. Arrivée à proximité de ma génitrice, j'ai été prise d'assaut par ses griffes qui se sont plantées dans mes épaules, mon corps en bouclier pour dissimuler le sien. La chauve-souris a fondu sur nous, sur moi surtout, et Marie-Christine a récupéré le balai qui m'avait échappé. Mon amie s'est mise à secouer énergiquement l'objet dans les airs en grognant, pour encourager Bat madame à déguerpir. Je suis restée immobile, pétrifiée, alors que M-C secourait ma mère et son bouclier vivant. Lorsque la porte a claqué et que notre sauveuse est revenue triomphante vers nous, je me suis dégagée brusquement et ma mère a rouvert les yeux :

— C'est fini ? Elle est partie ?

Bat gate was over. Mais Mom gate, lui, était loin d'avoir dit son dernier mot. D'autres mésaventures suivraient, comme celles qui l'avaient précédé.

L'épisode est vite devenu un running gag. Je me plaisais à raconter cette anecdote aux amis ou aux amoureux de ma mère qui venaient prendre l'apéro ou souper à la maison. Pour moi, ça synthétisait l'axe le plus problématique de notre rapport mère-fille : une interversion des rôles qui rendait la petite responsable de la grande. Mon père avait en poche une histoire similaire. Il nous avait raconté, au retour d'un voyage au Mexique, qu'en faisant de la plongée sous-marine, ma mère et lui étaient tombés nez à branchies avec un barracuda. Cette fois aussi, ma mère s'était servie de mon père comme d'une armure en le poussant au-devant d'elle. « Tenez, Monsieur poisson, mangez lui, plutôt, il goûte meilleur ! » Mais l'impact du Bat gate était plus important que celui du barracuda vu la nature de la relation qui unissait ses actrices, et j'aimais raconter mon épisode avant celui de mon père pour renforcer l'effet dramatique et le decrescendo comique, qui venait confirmer l'intensité du tourment maternel. Il fallait bien l'admettre : j'aimais faire le procès de ma mère devant public.

Mes *Détournements* avaient-ils la même fonction ? Est-ce que mon livre ne serait qu'un piètre procès, un règlement de comptes amer ? Marie-Christine ne se souvenait pas du Bat gate. Ma mère non plus. J'avais toujours peur que les gens ne me croient pas, qu'ils pensent que j'invente pour me rendre intéressante, pour me peindre en victime. C'est vrai que je me voulais intéressante, mais victime, ça, jamais.

Marie-Christine a semblé lire dans mes pensées :

— Mais t'sais, même si je m'en rappelle pus, l'histoire me surprend pas. Je la connais, ta mère. Ça fitte...

Elle a rigolé en engouffrant un autre petit pain sucré. Je n'en avais grignoté qu'un : mon histoire m'avait coupé l'appétit, et mon omelette au feta grisaillait dans l'assiette. Je me sentais soudain nostalgique. Nostalgique de ces étés-là, de cette enfance-là, de cette maman-là. Cette mère hors norme à l'origine de tellement d'anecdotes insensées et loufoques. Qui savait rire d'elle-même parce que le contraire l'aurait tuée. Qui divertissait généreusement les audiences et réussissait toujours à surprendre. Ma mère d'avant le divorce et sa disparition. Je m'ennuyais de cette époque où je pensais à elle et moi au nous.

Arthur a roucoulé contre le sein de mon amie. M-C m'a confié son fils pendant qu'elle replaçait son chandail et retirait son tablier d'allaitement. J'ai fait la danse du bébé : « Koutchi koutchi, tu m'vois tu m'vois pus, t'ai volé ton nez », jusqu'à ce qu'il se remette à sourire comme une tortue. Quand mon amie m'a annoncé devoir rentrer s'occuper de son chum et de son aînée, je lui ai demandé, mielleuse :

— Tu me le donnes, svp ? Toi, t'en as une autre déjà ! C'est le temps, là, il est assez petit pour s'apercevoir de rien. Envoye, don't be a greedy bitch...

Quand j'expose ma vie sur les réseaux sociaux, on me répète souvent que je « devrais mettre ça dans un livre ». Comme si un roman n'était qu'une collection d'anecdotes racoleuses. Bien que j'apprécie l'intérêt que sous-tend ce genre d'appel à la romantisation de certains épisodes vaudevillesques de ma vie, je doute que l'essentiel se trouve là.

Sous ces artifices doit se cacher une matière plus profonde. Un secret. Une clé.

En même temps, en choisissant d'écrire sur Benoît, je ne peux m'empêcher de penser : pourquoi lui ? Pourquoi ne pas gratter des plaies plus purulentes ? Par exemple, raconter la fois où Émile m'a sodomisée sans mon consentement. Raconter toutes les fois où Jason, mon premier chum, ne prenant pas non pour une raison, me pénétrait en ignorant mes pleurs. Quand Alex m'a craché au visage. Ou quand il a mis tout mon linge resté chez lui dans un sac de poubelle avec de l'huile, de l'ail, des oignons, sel et poivre. Il s'était apparemment filmé avec une toque de chef et avait promis de m'envoyer la séquence. Quand Oli M m'a traînée de force en dehors de chez lui en petites culottes, après que je lui ai balancé un oreiller au visage. Il a appelé la police en se proclamant victime de violence conjugale. À Varadero, quand Pierre m'a agrippée par la gorge et menacée de me frapper, le poing à quelques centimètres de mon nez, parce que je l'avais remercié trop mollement de m'avoir acheté un cadeau de Noël dont je ne voulais pas.

Il y en avait eu tant, des fois où.

Mais si je choisissais pour mes *Détournements* de raconter ma relation – triviale et tortueuse – avec Benoît, c'est que j'avais réussi à en tirer un symbole fécond. Une clé, justement. Avec lui, comme avec probablement beaucoup d'autres auparavant, j'avais cherché à faire mentir le réel, à réaliser l'impossible : trouver la sécurité là où il n'y avait qu'absence, bâtir une confiance à partir de démissions. En tolérant l'intolérable, en croyant devoir mépriser tout amour-propre pour aimer proprement, je m'acharnais sur d'autres grands blessés aux cœurs stériles. Je n'étais pas la personne pour eux ni eux celle pour moi, et c'est pour cette raison, exactement, que je m'accrochais. Parce que seuls des espoirs fous comme ceux-là me permettaient de conserver certaines illusions et de nier ces vraies histoires dont je retardais la conclusion.

Benoît et moi nous étions donné rendez-vous devant un café de l'avenue du Mont-Royal où je l'ai attendu élégamment, pattes écartées sur la chaîne de trottoir et cul posé entre deux poubelles. Il portait des pantalons propres, une chemise boutonnée jusqu'au ras du cou et une espèce de cardigan caca d'oie qui lui donnait l'air d'un boomer séparatiste. J'avais éclaté de rire, très fort, en me rappelant le code vestimentaire «garden chic» que je nous avais imposé la veille, en éclusant. Le hic, c'est qu'au réveil, j'avais complètement zappé ma proposition. Et puis, de toute façon, j'avais suggéré la chose à la blague, presque assurée qu'il se pointerait attifé de son kit habituel. J'avais revêtu le mien: leggings en velours, t-shirt surdimensionné à l'effigie d'un band grunge dont je ne connaissais qu'un ou deux hits, veste de cuir et tuque rouge vif. En gros, l'uniforme d'une ado attardée des années 1990.

Je ne l'avais trouvé ni particulièrement beau ni spécialement intelligent, ce jour-là. Il était normal, gentil. Beigement agréable, comme un hot-dog steamé à La Ronde. Son accent ontarien me rappelait un peu celui de mon père et de sa famille avec laquelle j'avais perdu contact depuis sa mort. Benoît portait la moustache, un beau rectangle foncé, bien taillé, qui surmontait dignement sa lèvre supérieure. Jack Layton pouvait bien se rhabiller en se retournant dans sa tombe. De larges épaules plantées sur des pattes courtes et musclées. Des yeux bruns aux longs cils. Un sourire à la Tom Selleck. L'air légèrement décalé de celui qui passe ses soirées à jouer à des jeux vidéo ou à lire des romans policiers, un peu comme Joaquin Phoenix dans *Her*. Divorcé depuis deux ans, père de Zelda, une pitoue au nom qui me rappelait ma jeunesse à regarder mon grand frère Simon, jointures blanchies sur sa manette Nintendo, s'époumoner par-dessus la musique flûtée d'*Ocarina of Time*.

Benoît venait de terminer *Les désordres amoureux*. Il n'en a pas dit grand-chose, à part «c'est bon». Fin critique. Mes trois dernières fréquentations n'ayant pas lu un traître mot de ce que j'avais écrit, pas même un album jeunesse qui leur aurait pris trois minutes à dévorer cover to cover, j'avais été touchée par l'effort et l'intérêt.

En marchant jusqu'au parc La Fontaine puis sur la piste du chemin de fer, nous avons échangé quelques accords préalables clichés; ouache Zemmour et Duhaime, ark Martinono et Ti-Cock-Côté, QUB et les radios-poubelles. Je trouvais notre verbiage très gauchette-baccalauréenne-mainstream-middleclass. Nous avons aussi médit de ce slameur écrivain qui se présentait comme une icône féministe en récitant un énième pouème de sa voix pleine de trémolos, prouvant aux yeux de toustes sa graduation honoris causa au wokisme. À la lumière de ce discours convenu, j'avais mis Benoît dans la catégorie de «potentiel raisonnable».

Verdun constituait son quartier général et il en sortait peu. Cet après-midi-là, je me suis donc transformée en guide touristique montréalaise, pointant du doigt tel graffiti rigolo, tel défunt resto anéanti par la pandémie. Je me souviens d'avoir posé beaucoup de questions sans en recevoir en retour. Je mettais le compte de son soliloque sur le fait qu'il avait lu de moi une autofiction, ce qui devait le convaincre d'avoir percé l'entier mystère de ma personnalité. Après son douloureux divorce dont il se présentait comme l'unique victime, il avait procédé à beaucoup de remises en question, avait «travaillé sur [lui]» et s'était mis à l'entraînement (des vidéos d'exercice de la chaîne Beachbody), à la cuisine (riz, nouilles et omelettes), à la méditation (rien à ajouter). Tout cela me convenait. C'était inoffensif et sans surprise.

Il m'a raccompagnée chez moi, rue Fullum. J'ai senti qu'il serait resté plus longtemps, qu'il attendait que je propose des plans pour le souper, pour sortir, pour boire un coup, mais je ne voulais pas brûler la chandelle par les deux bouts le premier soir, c'est-à-dire me saouler et coucher avec lui.

Quand j'ai refermé derrière moi la porte de mon trois et demie, j'avais décidé qu'il serait l'homme de ma vie. Qu'on s'épouserait, qu'on ferait des enfants. Oui, j'avais décidé ça, moi.

Encore aujourd'hui, je ne sais pas très bien pourquoi. Était-ce à cause de cet accent ontarien qui me rappelait celui de mon père ? Ou était-ce mon fétiche pour les moustaches bien taillées et les mollets au galbe idéal qui me transportait ainsi ? À moins que Benoît ne constituât simplement un nouveau détournement : tomber amoureuse me sortirait de ma dépression. Avant de m'y enfoncer encore plus profondément.

Quoi qu'il en soit, j'avais fait le choix de l'aimer, et l'aimer je ferais.

Il m'a invitée à souper mercredi, lundi, vendredi. Une constance prometteuse. La première fois qu'il a essayé de m'embrasser, je l'ai repoussé gentiment : je voulais prendre mon temps. Ma tête avait effectué une rotation hâtive pour esquiver l'éboulement de ses lèvres entrouvertes. Sa bouche avait percuté mon oreille. Le malaise qui s'en était suivi m'avait poussée à réciproquer la fois d'après. Sa patience aurait bien des limites. À trop allonger la sauce, on en perd le goût. Et s'il perdait le goût de moi ? Puis, comme frencher menait toujours au sexe, nous avions couché ensemble.

Il possédait un pénis magnifique ainsi qu'un poitrail épais et velu comme celui de Sean Connery dans *Dr No*. Je n'avais pas joui. Il était de ces garçons qui ne savent écouter ni les soupirs ni les soubresauts du corps d'autrui. Lorsqu'il me touchait, caressait, suçait, lorsqu'il m'embrassait, même, j'avais l'impression qu'il y allait de la façon qui *lui* convenait, sans se soucier de mes tentatives d'aiguillage. Ses gestes étaient empreints d'une performativité désintéressée, comme si les actes de l'amour détenaient une valeur ontologique qui avait préséance sur leurs effets.

Une chance qu'il avait un beau pinisse.

Hissée sur un tabouret, je sirotais un rouge charnu tandis que Benoît cuisinait une espèce de riz mexicain. Il se déplaçait le long du comptoir de la cuisine comme un puzzle coulissant : s'accroupissant ou s'étirant pour attraper un objet hors de portée, translatant à gauche, puis à droite, avant de s'arrêter de longues secondes comme un joueur soudain incertain de la marche à suivre, du prochain mouvement à effectuer pour s'approcher de la résolution du casse-tête.

— Besoin d'aide ?

Il s'est retourné :

— Non, relaxe, tout est sous contrôle.

Personne n'avait cuisiné pour moi depuis des lustres. Je peinais à demeurer assise, à endiguer mes savants conseils concernant le timing de la cuisson des légumes : les oignons avant, les poivrons ensuite, qu'on laisse suer pour ramollir, les champignons à la fin, à haute température, en évitant de trop les remuer sinon ils se noient au lieu de griller. Il avait tout lancé dans le poêlon au même moment, avait ajouté l'huile en deuxième. On n'entendait pas de grésillement ; il aurait fallu monter le feu. Mon téléphone a sonné. Ma mère. J'ai répondu. Je ne répondais pas souvent.

Elle semblait encore penser qu'il fallait parler très fort au téléphone pour se faire entendre, surtout sur l'option mains libres. J'ai éloigné mon cell de mon oreille et je savais que sa voix portait jusqu'à Benoît. J'avais besoin d'un témoin. D'un public pour ouïr la saga à venir. La discussion portait sur le réfrigérateur du chalet, dont elle se débarrassait pour se procurer un nouveau modèle. Si, au début, j'avais été heureuse qu'elle propose de me refiler son frigo usagé, vite, je n'avais pas tardé à comprendre le coût de cette donation. Il fallait venir le chercher au moment exact où les livreurs apporteraient son nouvel électro, sans quoi elle devrait héberger deux appareils en même temps. Pouvait-elle le garder quelques jours d'ici à ce que je trouve une façon de venir le chercher ? Je devais embaucher des déménageurs, ou louer un camion et demander à un ami de conduire l'aller-retour Prévost-Montréal, bref, je devais m'organiser et ce ne serait pas instantané. En quelques minutes, l'échange a pris des proportions tragiques : et si j'égratignais le plancher en déplaçant le frigo avec mon ami ? Étions-nous même assez forts pour le déplacer nous-mêmes ? Non, et puis même avec des sangles, c'était trop risqué. En ce qui concernait les déménageurs, ils devaient être dignes de confiance ! Et si eux égratignaient son plancher ? Bénéficierait-elle d'une assurance ? Valait mieux faire affaire avec une compagnie bien établie. Ne savais-je pas tout l'argent qu'elle avait investi pour les rénos de la cuisine ? Je n'arriverais pas à organiser le transport d'ici le week-end ? Mais où allait-elle entreposer le frigo en attendant ? Dehors, impossible, il pourrait pleuvoir ! Au sous-sol, non, pas de place ! Sur le porche ? Voyons, la terrasse ne supporterait jamais un tel poids, ce n'est pas fait pour ça.

Quand croyais-je passer ? Lundi ? Non, elle serait absente. Mardi, elle avait une journée de travail monstre, ce n'était vraiment pas l'idéal. Je devais aussi comprendre que l'avantage avec la livraison de son nouvel électroménager, c'est que les livreurs la débarrasseraient gratuitement de l'ancien, même que le magasin lui verserait une compensation s'il était en bon état ! Et il était en super état ! Non, non, elle ne voulait pas de mon argent, ce n'était pas ça, mais l'affaire se révélait stressante, c'était beaucoup à gérer, m'avait-elle dit qu'il y avait des fourmis au sous-sol ? Elle voulait bien me faire plaisir, mais quand même, il fallait que je pense à elle aussi. Étais-je au moins un tant soit peu reconnaissante qu'elle m'offre son frigo ?

Le repas était prêt, Benoît a déposé deux assiettes d'une bouillie rougeâtre sur la table. Il ne savait plus trop où se mettre, craignant d'interrompre la conversation, ou pire, de trahir sa présence à mon interlocutrice. Pour Benoît, j'ai comiquement levé les yeux au ciel et tiré la langue, façon de dire « ah, les mères hein, elles ont pas d'allure des fois », puis j'ai lancé dans le téléphone :

— M'man, je vais souper, là. Laisse faire pour le frigo.

— Quoi ? C'est une blague, j'espère ! Tu veux que je laisse faire après tout ça ?

Tout ça quoi ? Elle était en colère. Moi aussi, mais j'essayais de jouer la carte de l'humour, sans grand succès. Je lui ai souhaité une bonne soirée et j'ai raccroché avant qu'elle ne puisse s'insurger davantage de mon absence totale de reconnaissance pour ce frigo qui finirait bientôt dans les entrepôts de Brault et Martineau.

Plusieurs traits horizontaux barraient le front de Benoît. Ses yeux de basalte sertis de cils aussi drus que les poils d'un blaireau exprimaient un mélange de dédain et de douceur. Il s'est approché de moi lentement, avec circonspection, comme d'un oiseau qu'on souhaite nourrir de notre main. Je pensais qu'il allait m'embrasser, mais non, il m'a entourée de ses bras et pressée fort contre lui. Plus l'étreinte se prolongeait, plus je me sentais comme une adolescente incomprise dans les bras d'un adulte bienveillant. J'avais l'impression que mon cœur changeait de couleur, comme ces pierres d'humeur peintes de cristaux liquides qui, au contact de la chaleur, se mettent à miroiter à la manière d'une tache d'huile sur une flaque d'eau. Au bout d'un moment, il a simplement dit, presque chuchoté :

— Je suis vraiment, vraiment désolé, Marie.

C'est peut-être là, en fait, que je suis tombée amoureuse de Benoît. Ou que le projet d'en être amoureuse s'est mis en marche en mode turbo. Je n'avais pas besoin de plus : un peu d'empathie et des bras enveloppants. Il me fallait rien que ça pour tout miser sur une personne que je connaissais à peine.

Ça n'avait pas tardé à déraper. Fidèle à mon habitude, j'avais ignoré les premiers drapeaux incarnats. Ceux-là qui restent en berne, malgré le vent qui souffle par tous les points cardinaux.

Le premier fanion à se frayer une place molle sur le mât de notre incompatibilité s'est déroulé un beau dimanche ensoleillé de mai, un peu plus de deux semaines après notre rencontre. La veille, j'avais fêté d'avance mon trente-cinquième anniversaire, célébration improvisée qui m'avait légué une gueule de bois digne d'une personne devenue trop vieille pour s'enfiler des vins multicolores en criant ciseau. Rose, orange, jaune et rouge : un éventail de couleurs chaudes dans mon foie fatigué. Au réveil, des morceaux de *Tetris* – en biais et en biais inversé – s'empilaient à toute vitesse – niveau dix-neuf – et en désordre dans ma boîte crânienne. L'air stagnant de mon appartement au troisième étage s'étouffait dans le printemps éthiopien.

J'avais invité Benoît à m'accompagner au parc Laurier, pour faire coucou à Marie-Christine dont l'anniversaire avait lieu un jour avant le mien. L'idée de demander à déplacer ses festivités au parc Baldwin pour me faciliter la tâche m'a traversé l'esprit. De mon lit me parvenaient les échos désaccordés d'un «Booo-neu fêê-teu Rooo-sa-liiiiie» partiellement enterrés sous les ruissellements de la fontaine. À en juger par la pétulance de leur chant, j'aurais pu gager un vingt que des ballounes dorées ou argentées dénombraient la victoire de Rosalie sur les années. Un autre vingt que le groupe trinquerait avec du vin pétillant – nature – en dégustant des triangles de pita croquants saucés dans une trempette aux épinards – végane, maison et encore chaude.

Si j'avais mérité mon titre d'amie de marque, au lieu de picoler, la veille, j'aurais moi aussi concocté un apéro et acheté du vin. Mais il arrive parfois qu'en amitié, comme dans un vieux couple, les efforts s'effritent avec le temps. Il y a de cela presque trente printemps, au pied du versant sud de Tremblant, à 8 h 45 et 48 secondes, une petite blondinette au casque rose, le regard voilé par des lunettes de ski trop grandes, m'avait demandé mon prénom après m'avoir révélé le sien. La concordance partielle de notre anthroponyme l'avait remplie de joie et moi, de méfiance. Tout de go, elle m'avait ensuite demandé la date de mon anniversaire. «Le 16 mai.» Elle avait ri: «Moi, c'est le 15!» Je l'avais traitée de menteuse. Et ainsi avait commencé une amitié qui promettait de durer au moins jusqu'à la mort.

Évidemment, son anniversaire n'avait que faire de mon envie de gerber et le rendez-vous tenait toujours au parc Laurier à 14 h, où une bande de trentenaires nouvellement parents, mariés ou conjoints de fait, me rappellerait mon apparente immaturité. Après avoir chevauché un Uber, Benoît est arrivé chez moi en pleine forme, aussi fringant qu'un jeune raton en rut. J'ai souri à travers mon teint jaune pastel.

— Faque, t'es prête ? On y va ?

De peine et de misère, je m'étais badigeonné le corps de SPF 50 et j'avais revêtu un combishort à peu près propre et une casquette – Ciele, pour être branchée.

— On pourrait-tu prendre un taxi jusque-là ? Je le paye. J'ai le cœur au bord des lèvres.

Ses sourcils, presque aussi fournis que sa moustache, se sont froncés.

— Ben là, t'es capable de marcher, non ? C'est genre à deux kilomètres.

— C'est que je me suis vidée une couple de fois par les deux trous depuis minuit. Pense pas que je peux survivre à une marche en plein soleil.

On aurait pu se plaindre de ma description un peu trop imagée. Benoît n'a pas sourcillé, déjà habitué à ma loquacité stade analienne.

— Tu vas être correcte. Envoye !

J'avais argumenté quelques secondes supplémentaires en sentant sa frustration enfler. Cette étrange obstination à me croire en parfaite santé me rappelait celle dont avait fait preuve mon défunt père, qui n'avait jamais cru ses enfants malades de rien, à moins de les voir expulser une quantité suffisante de sang ou de viscères. Mais la différence avec Benoît, c'est qu'il n'était pas médecin. Et l'autre différence avec Benoît, c'est que je n'étais pas son enfant. Ni *une* enfant. Quand je me disais souffrante, j'aurais espéré qu'il me croie sur parole. Impossible cependant de nier l'argument suprême :

— T'es toujours ben pas faite en chocolat !

Après avoir acheté un 7 UP géant au dépanneur, nous nous sommes mis en marche. Il était tout fier d'avoir remporté la bataille et de me soumettre aux éléments. Allez hop, petite fainéante ! La marche qui aurait dû nous prendre une vingtaine de minutes en a duré plus de cinquante. Je me concentrais pour mettre un pied devant l'autre en ignorant mes haut-le-cœur. Tous les 200 mètres, il me fallait m'asseoir sur un banc pour prendre quelques gorgées de liqueur et apaiser les remous de mon estomac. Chaque fois, je le voyais s'impatienter, convaincu que je jouais la comédie. Drama queen, la Marie.

Quand nous avons débouché sur la rue Laurier, grouillante d'individus extatiques d'être en vie, j'ai effectué un premier rot tonitruant. J'ai répété à Benoît :

— Je vais vomir, je peux plus marcher, il faut que je m'arrête.

— Ben non voyons, on est presque rendus.

Quatre coins de rue plus tard, entre une SAQ Express et une fromagerie ruineuse du Platô, j'ai très brusquement aspergé le trottoir – et mes sandales – d'un jet puissant de liqueur douce. La gent distinguée murmurait des « oh », des « ah » et des « eurk », en contournant la flaque qui fluait en rigoles jusqu'au caniveau. J'ai tenté d'effectuer quelques pas de plus pour atteindre la ruelle et un peu d'intimité. Sans succès. Mon corps était déterminé à ne faire absolument rien manquer de ma prestation émétique au public montréalais. Des larmes d'effort avaient beau me brouiller la vue – ça reste un exercice spasmodique important, vomir –, je pouvais entendre la foule grimacer de dégoût. Je la sentais transpirer le jugement, la réprobation : « Mon Dieu, regardez-moi cette vieille fille complètement ivre se vidant sans vergogne devant nos enfants à 14 h un DIMANCHE. »

J'avais honte. Terriblement honte. Et pour me vider de cette honte de me vider, tout ce que j'ai trouvé à hurler aux passants, entre deux quintes de vomissement, c'est :

— Relaxez, c'est juste du 7 UP !

Comme si le contenu plutôt que le geste était en jeu, ici.

Mon nouveau chum n'a pas retenu mes cheveux en arrière en me flattant le dos – à sa défense, j'avais noué mes frisous en couette. À quelques mètres de moi, Benoît hurlait, lui aussi. De rire. C'était hi-la-rant. Il m'évoquait un peu le Doctor Eggman, l'ennemi juré de Sonic le hérisson, au rire diabolique et à la moustache démesurée.

Lorsqu'il ne m'est resté plus rien que de la bile à cracher et que j'ai pu reprendre mon souffle, je me suis esclaffée aussi. Valait mieux se marrer, en effet.

Nous riions encore lorsque nous avons rejoint le groupe commémorant la trente-cinquième année de ma meilleure amie. J'ai serré des mains, refusé les bises – je puais de la gueule – et présenté Benoît, qui tenait à raconter l'anecdote hi-la-ran-te qui venait d'avoir lieu. Il affectionnait particulièrement la réplique « C'est juste du 7 UP ! », qu'il déclamait en pouffant de plus belle. La glace était brisée.

Quand Benoît est allé uriner, je me suis rapprochée de la fêtée, que je n'avais saluée que de loin. Mon amie tenait un bébé blond joufflu au sourire gingival sur ses genoux. Sa première-née, Lucie, future sœur d'Arthur. C'était étrange, de la voir maman. Elle plus que mes autres amies. Marie-Christine resterait pour moi une enfant. Nous avions traversé trop de jeunesses pour échapper à leurs souvenirs et nous ancrer dans le présent. Nous serions toujours des petites filles aux yeux de l'une et l'autre.

Comme Marie-Christine voulait connaître la raison de notre risée, j'ai raconté, pour la cinquième fois cet après-midi-là, l'épisode « Vomito on Laurier 't was just 7 UP ». Elle a ri, mais je ne savais pas si c'était à cause de mon histoire ou parce que sa fille a effectué une drôle de moue à ce moment précis. Puis, la bouche de mon amie s'est refermée sur ses grandes dents droites, et ses lèvres généreuses, un peu gercées, se sont pincées.

— Mais, c'est un peu chien, non?

— Quoi, ça?

— Ben crime, tu lui as dit que t'étais malade. Ça lui aurait fait quoi de prendre un taxi?

— Je sais pas trop. Il avait en tête de marcher jusqu'ici. Parce qu'il fait beau.

— Quand t'es malade, tu te tapes pas une longue marche au soleil.

— C'est juste deux kilomètres.

Marie-Christine a lâché sa Lucie des yeux pour me regarder franchement. Ses iris, d'un bleu très pâle de ciel d'hiver avant la neige, se sont enfoncés dans les miens.

— Il aurait dû t'écouter.

Je ne savais pas trop quoi répondre. Elle avait raison. Mais je voulais tant qu'elle entérine le choix de celui que j'avais décidé d'aimer... Pour changer de sujet, je lui ai demandé de prendre sa fille et lui ai posé les questions de coutume sur sa nouvelle vie de maman. Le petit corps rondouillet de Lucie me rappelait celui d'une poupée Bout d'chou. Ma meilleure amie ne pouvait pas avoir conçu un vrai bébé.

Benoît est réapparu. J'avais encore mal au cœur et je considérais avoir fait acte de présence honorable à une fête où aucun de nos amis communs ne s'était pointé. Nous avons dit au revoir. À la ronde, j'ai relancé: «C'est juste du 7 UP!» Mais la blague avait fait son temps. Il n'y a que Benoît qui a ri.

Mon ventre a commencé à faire des siennes dans le bus vers Cobán. Mon père et moi étions coincés sur la deuxième rangée d'une banquette de pick-up où fusaient diverses langues de touristes. La climatisation était brisée et la vitre baissée au maximum ne filtrait qu'un deux pouces de vent chaud. Nous avions passé la dernière semaine au lac Atitlán, où nous avions grimpé le volcan San Pedro, fait du parapente avec Roger (son slogan, «Fly like a bird with Roger», m'avait conquise avant même de connaître les détails de l'activité) et mangé d'immenses poissons frits («Les yeux en premier!» s'exclamait mon père en avalant un globe). Puis, nous nous étions rendus à Antigua où, en l'honneur de la Semana Santa, des Guatémaltèques de toutes générations paraient les rues de tapis colorés en poussière de craie et de bannières garnies de fleurs fraîches. Le soir, des hippies faméliques aux longs dreads montaient leur stand dans les mêmes allées aux pierres inégales, étalant sur du macramé ces bijoux interchangeables et tarabiscotés que l'on retrouve un peu partout en Amérique latine.

Mon quinquagénaire de père, aussi dépaysé qu'emballé par cette première expérience de backpacker avec sa fille de dix-neuf ans, était somme toute un bon compagnon de voyage, à l'exception du fait qu'il ne parlait pas un mot d'espagnol (combien de fois avais-je dû lui répéter que *buon giorno*, c'était de l'italien...) et qu'il possédait une inexpugnable tête de cochon. La logistique des déplacements tombait principalement sur mes épaules et mon père avait de la difficulté à se laisser guider. Pour une fois, l'autorité était inversée: j'en savais plus que lui et il devait, par conséquent, placer sa confiance en moi.

Dès le moment où nous avions commencé à jongler avec l'idée de passer ensemble deux longues semaines quelque part en Amérique centrale, il avait été clair que chacun payerait pour soi. Mon père me proposait néanmoins de financer quelques activités supplémentaires, plus onéreuses que ce que me permettait mon budget. Le parapente en avait fait partie. Pour le reste, nous étions partenaires de voyage à parts égales, et il faudrait négocier des compromis afin que nous y trouvions notre compte tous les deux.

Aussi, chacun notre tour, nous élisions l'auberge de jeunesse ou l'hôtel qui nous hébergerait. La dernière fois, à Antigua, j'avais senti qu'il désapprouvait mon choix: la chambre très bon marché était particulièrement miteuse. Deux modèles réduits de lits se disputaient l'espace minuscule d'une pièce sans fenêtre et notre salle de bain partagée avec d'autres chambreurs se résumait à un tuyau crachant de l'eau froide avec une toilette sans cuvette ni papier. Michel ne l'aurait jamais admis, mais il convoitait quand même un confort minimal dont je pouvais me passer. En vieillissant, l'aventurier devenait plus douillet.

La cuisse moite, collée à celle alternativement glabre et poilue de mon père, et l'estomac retourné, j'essayais de me concentrer sur les paroles que Don Omar beuglait dans les haut-parleurs de la fourgonnette. J'avais déjà demandé au chauffeur de s'arrêter à deux reprises, certaine que j'allais vomir, mais les deux fois, rien n'était sorti, que le son vaseux de mes éructations et crachats. Il n'y aurait pas de troisième arrêt, car je savais avoir épuisé la patience de mes covoitureurs, qui désiraient arriver à destination au plus crisse.

Michel regardait l'horizon onduler dans la chaleur, imperturbable et silencieux, les oreilles saturées de rythmes synthétisés. Des perles de sueur gonflaient sur son nez, jusqu'à former des gouttelettes qui en dévalaient les ailes et tombaient à la pointe de son pif. Mon père, lui, n'avait jamais mal au ventre. Il ne vomissait jamais. Même quand la maisonnée au complet attrapait la gastro, il partait travailler à l'hôpital en ravalant sa bile. Je doute qu'il ait déjà eu la grippe ou la varicelle. Mon père était plus fort que le tien.

Après avoir compté que la chanson *Dile* comportait exactement trente-quatre répétitions du verbe dire ou de ses dérivés (raconter, parler), j'ai recensé dans *Pobre Diabla* précisément vingt-deux mentions de cette pauvre diablesse qui ne faisait que pleurer. Trois mois au Honduras avaient suffi pour que je connaisse par cœur tous les succès de Don Omar, Daddy Yankee, Juanes et Aventura, non seulement parce qu'ils jouaient partout et tout le temps, mais aussi parce que les week-ends, je sortais dans les clubs de Tegucigalpa (Tegu, for the cool peeps), où ces tubes jouaient encore plus partout et tout le temps.

Nouveau cahotement, nouveau haut-le-cœur; j'ai posé une main sur ma bouche. Ma tête chancelait sur l'épaule de mon père qui se trouvait presque à la même hauteur que la mienne. À intervalles réguliers, je répétais ma propre chanson:

— P'pa... J'ai mal au cœur.

Même si mon père abhorrait le chialage, je ne pouvais m'empêcher de reformuler mon mal comme un mantra, et ces litanies le rendaient de moins en moins empathique et enclin à me croire. Je pouvais pratiquement lire dans ses pensées: «Si t'as la force de te répéter, t'as peut-être pas si mal que ça.»

À Cobán, ce serait à son tour de choisir notre hébergement. Il me l'avait rappelé deux fois plutôt qu'une avant notre départ d'Antigua. Cobán n'était pas une destination de choix, plutôt un arrêt d'une nuit, une escale en route pour Semuc Champey, où nous attendaient des bassins d'eau douce, turquoise et cristalline, lovés au milieu d'une jungle montagneuse.

Notre minifourgonnette s'est enfin arrêtée au poussiéreux terminal où nous attendaient quelques Guatémaltèques chargés de nous attirer dans leur établissement en échange de redevances. Lorsque mon père a repéré une femme aux mains débordantes de brochures et qui comprenait approximativement l'anglais, il m'a fait signe de les rejoindre. Je n'aimais pas marchander avec ces intermédiaires qui gonflaient parfois les tarifs pour s'assurer une plus grosse quote-part ou qui nous emmenaient chez leurs amis propriétaires plutôt qu'au gîte au meilleur rapport qualité/prix. Je l'ai dit à mon père, qui a répondu d'un ton pharisien, en roulant exagérément la deuxième syllabe de mon prénom :

— Marie, c'est *mon* tour de choisir.

J'ai roulé des yeux, même si ce seul mouvement me faisait l'effet d'une incursion dans la fusée *Starship* à la troisième minute de vol. Ravi d'échanger dans une langue qu'il maîtrisait parfaitement avec une personne qui la baragouinait à peine, mon père expliquait que nous désirions « a room with two beds » and « a private bathroom if possible ». La dame, qui portait à la poche droite de son chemisier un écusson sur lequel était écrit « Jenny », a hoché la tête avec enthousiasme, puis nous a guidés jusqu'à sa voiture pour nous emmener à destination. La perspective de m'enfermer à nouveau dans un habitacle chauffé à bloc ne m'enchantait guère. En plus, il faudrait débourser pour ce déplacement.

— On pourrait pas trouver quelque chose de moins loin ? Il y a une rue pleine d'auberges juste de l'autre côté de…

— Marie…

— Oui, oui, je sais. *Ton* tour.

Ce coup-ci, je n'ai pas sourcillé. Mon estomac n'en avait plus la force.

Après de longues minutes, la voiture s'est arrêtée devant une auberge qui ressemblait en tout point à celles que nous avions dépassées en chemin. J'ai traîné des pieds derrière Sontour, qui a demandé à voir la chambre avant de confirmer son choix. À ce stade-ci, je me serais endettée de plusieurs milliers de dollars seulement pour déposer mon fardeau et fermer les yeux. Tout mon corps était parcouru de sueurs froides et chaque pas me coûtait davantage que l'escalade jusqu'au sommet ennuagé de San Pedro. Les frijoles du déjeuner refluaient dans la salive acide et grasse qui tapissait les parois de ma bouche.

— Papa, on peut-tu juste prendre la chambre ? Pour vrai, je m'en crisse, je vais la payer. J'ai mal au cœur. Je suis plus capable. Je vais vomir.

La dernière fois, j'avais moi aussi demandé à voir la marchandise avant d'arrêter mon choix et, trouvant la chambre trop chère pour son apparence, j'avais jeté mon dévolu sur le hostel voisin. Agacé, mon père a articulé son propre mantra : « Mon tourrrrr. » Jenny (prononcé Yenny par la détentrice du prénom, et Djenné par mon père) et lui sont allés inspecter nos quartiers potentiels. En attendant, je me suis affalée dans l'entrée où il n'y avait aucune chaise ni climatisation, seul un ventilateur au plafond qui tournoyait si nonchalamment qu'on l'aurait dit en vacances lui aussi. Le temps s'étirait drôlement et j'étais loin d'apprécier la farce. Mon père est enfin revenu avec Yenné en déclarant :

— On va aller regarder ailleurs. Je suis pas encore sûr.

Je l'aurais zigouillé. Un contentement buté se lisait sur son visage. Œil pour œil, dent pour dent. J'ai protesté, répétant comme un refrain de reggaeton que j'étais sur le point de vomir.

— Tu vomiras, alors.

Il avait terminé de me croire. Sa capricieuse de fille faisait preuve de mauvaise foi. Une maladie, ça s'exprime par des symptômes plus graves qu'un teint pâlot ou une faiblesse de faiblarde. Djénny a posé une main sur mon front maculé de sueur et m'a demandé si j'étais malade. J'ai répondu «si», tandis que mon père sortait de l'auberge en nous ignorant. Yéné a esquissé un petit sourire compatissant avant de rattraper son boss, Monsieur Sontour. Nous avons rejoint l'autre établissement qui se trouvait à distance de marche – moi, lentement, péniblement, et mon père avec la démarche sautillante d'un enfant dans un jeu de marelle. L'endroit ressemblait davantage à un hôtel, feignant un luxe qu'il parvenait plus ou moins à incarner. Au lieu de me soulager, l'air climatisé m'a fait l'effet d'une immersion dans l'eau glacée après le sauna. Dans le hall où se tenaient un gardien en costume-cravate et une réceptionniste habillée comme une hôtesse de l'air, j'ai scandé pour la dernière fois :

— P'pa, j'ai mal au cœur. Je vais vomir.

Mon père a secoué la tête et agité une main, comme pour chasser les bourdonnements insistants d'un moustique, demandant plutôt à Jenny le prix pour une chambre double, puis grimaçant : «It's a bit expensive.» À bien y penser, il voulait retourner à l'établissement précédent, qui lui semblait constituer un meilleur choix. Je n'ai même pas eu le temps d'avoir envie de le décapiter sur place qu'un geyser est enfin sorti de ma bouche pour se répandre sur le beau tapis cramoisi. À ce moment, j'ai eu l'impression qu'une déité à mon image flottait au-dessus de la scène, la contemplant avec le même contentement qui avait transparu quelques instants plus tôt sur le visage de mon père. Mon père avait tort, j'avais raison et mes vomissements en témoignaient indéniablement. La frisée au sac à dos presque aussi grand qu'elle se vidait avec énergie, comme revigorée par l'intensité de la décharge. Lorsque la source a semblé se tarir, les spectateurs ont poussé un soupir de soulagement, mais une nouvelle vague l'a saisie aussitôt, révélant, après les œufs et les frijoles du matin, l'assiette de spaghetti aux tomates ingérée la veille au soir. Entre mes hoquets, j'apercevais tour à tour l'horreur de la réceptionniste, qui anticipait le nettoyage à venir, le dégoût du garde de sécurité, qui devrait peut-être lui prêter main-forte, la consternation de Jenny, qui poussait des «pobrecita» plaintifs et la stupéfaction de mon père, qui se tenait les bras ballants, silencieux.

Désespérée, Jenny a tenté de m'attirer vers la porte de sortie, mais comme j'éclaboussais davantage de surfaces en me déplaçant, elle y a vite renoncé. Mon père, embarrassé, a chuchoté à la réceptionniste que nous prendrions une chambre dans leur établissement, tout compte fait. La fontaine de mon estomac a enfin cessé de jaillir et je me suis effondrée entre deux flaques. Les yeux pleins de larmes et le sourire aux lèvres, j'ai déclaré à mon père:

— Je te l'avais dit que j'allais vomir.

Ça commence toujours par des petites choses: des remarques acides, des compromis à sens unique, des bouderies qui s'éternisent, une mauvaise humeur arborée comme un badge d'honneur, un droit divin. Le crescendo est aussi progressif que fulgurant. Au moins, Benoît s'excusait après ses déraillements. Il ajoutait: «Tu me fais réaliser tellement d'affaires sur moi.» Ou: «J'ai jamais été aussi amoureux.»

Comme j'avais perdu mon fils Henri IV quelques mois plus tôt, l'existence de Zelda, la fille de Benoît, enrichissait considérablement mon expérience affective. Après un an et demi à voir dépérir Henri et à changer les couches qui contenaient son incontinence, je m'étais résignée à le faire endormir à l'hiver. C'est au plus fort de la pandémie que j'avais perdu mon premier bébé poilu, mon amour le plus pur.

Dès le réveil, Benoît sortait promener sa chienne. Je l'accompagnais parfois, mais me greffais surtout au duo en fin d'après-midi ou en début de soirée, pour la deuxième et dernière longue marche de la journée. Benoît était un maître sévère, et le tempérament surexcité et joueur de Zelda l'agaçait. Il refusait catégoriquement qu'elle monte sur son lit pour me coller et rouspétait dès qu'elle le dérangeait avec une balle. En même temps père poule un peu gaga, il nettoyait son bol d'eau chaque jour, déplorant que je n'aie pas fait de même du vivant d'Henri, s'inquiétait démesurément quand nous croisions un chien qui grognait sur son passage, rechignait à la laisser seule devant un commerce, ne serait-ce que pour une course d'une trentaine de secondes.

J'adorais Zelda sans réserve et elle me le rendait bien, contrairement à Benoît chez qui j'éveillais une irritation croissante, semblable d'ailleurs à celle qu'il manifestait envers sa chienne.

C'est vrai qu'il m'arrivait de devenir puérile en couple. Quoique, pour être honnête, ma puérilité n'avait pas le couple pour frontière. Au contraire. J'ai toujours aimé me comporter délibérément comme une adolescente ou une enfant. Toujours aimé le pipi-caca-prout, les farces de founes nounounes ou les jokes de cul vulgaires. Du deuxième degré des fois, mais du premier surtout. Je prenais un malin plaisir à décrire la consistance et la couleur de mes crottes à mes amoureux, à leur raconter des obscénités dans des lieux publics, en chuchotant assez fort pour que tout le monde m'entende. Si une partie de moi cherchait à choquer, à m'exposer sans retenue, c'était dans le but inavoué de voir apparaître un tiret de sourire ou une lueur en apostrophe dans les yeux de mon interlocuteur rougissant. Charmer à rebrousse-poil, plaire à corps défendant, c'était ma façon de me promouvoir.

«Soit que» était mon jeu préféré. J'étais convaincue de l'avoir inventé avec Marie-Christine, lors d'un party au cours duquel nous avions ignoré les convives pour élaborer des ultimatums saugrenus. Nos fous rires frisaient l'indécence et nul besoin de préciser que nous n'avions pas fait bonne figure ce soir-là. Deux petites connes aux rires aigus; nous en étions bien conscientes et presque fières. Chacune présentait trois options impossibles parmi lesquelles l'autre devait choisir sous peine de mort symbolique et de perdre la partie. Ma meilleure amie avait de la suite dans les idées:

— Soit que, pour le restant de tes jours, tu dois t'habiller dans un costume fait d'écailles de crevettes.

— OK, facile, je choisis ça.

— Ouin, sauf qu'un costume fait en écailles de crevettes: de un, c'est transparent.

— Edgy, justement.

— De deux, ça pue.

— Pas nécessairement. Tout dépend des goûts olfactifs de chacun.

— De trois, c'est crissement inconfortable.

— Ouin... Ça doit ramollir avec le temps?

— Soit que, chaque jour, pour le restant de ta vie, tu dois nager 1000 mètres dans une piscine de mayonnaise.

— Sais-tu si c'est humainement possible?

— Pas mon problème.

— Je peux-tu me laver après?

— Non, tu peux juste t'essuyer.

— Wow, je vais avoir la peau douce.

— Soit que t'as plus de sourcils...

— Je peux faire du micro-blading?

— Non. Pis c'est pas tout : t'as un pénis à la place du menton.

— Il fonctionne-tu, mon pen ?

— Il bande dès qu'il croise des humains.

— BEN LÀ !

J'avais choisi la piscine de mayonnaise. Et j'avais rejoué ensuite avec absolument tous mes amis et amoureux. Il y avait là moyen de cerner partiellement une personnalité, de découvrir si mes partenaires potentiels étaient inventifs, s'ils avaient de l'humour (ou, en tout cas, celui dont j'estimais la juvénilité), s'ils savaient faire preuve de persévérance et s'ils étaient capables d'effectuer des choix déchirants.

Benoît y avait donc joué quelques fois, sans grand enthousiasme. Il donnait souvent sa langue au chat, malgré mes menaces de mort symboliques. N'arrivait pas non plus à trouver des « Soit que » novateurs. Drapeau orange.

Nous venions de nous disputer pour une broutille. Depuis que j'avais préféré passer quelques soirées seule chez moi sur Fullum plutôt qu'en sa compagnie verdunoise, je le sentais prendre ses distances et perdre patience. Je ne voulais surtout pas d'une relation fusionnelle. Même si c'est toujours ce genre de rapport que je semblais inspirer et vers lequel je finissais par tendre.

— Tu viens promener Zelda avec moi ?

Je n'en avais pas envie. J'avais envie d'être tranquille. Envie d'être ailleurs.

— Hmmm... pas ce soir.

— Allez, viens !

— Ça me tente pas !

— Come on ! S'il te plaît !

— OK.

Je cédais souvent. Et chaque fois que je cédais, j'étais plus à cran ensuite quand il ne cédait pas à mes désirs à moi.

Il a saisi la laisse de Zelda d'une main et ma propre menotte de l'autre. La rue Evelyn était coite, mais les rumeurs de Wellington nous parvenaient, soufflées par le vent. J'ai retiré ma main de la sienne après un temps que j'ai pensé suffisamment long pour que le geste passe inaperçu. Jamais je n'ai trouvé cette position confortable pour marcher. Nous étions les deux d'humeur un peu morose. Il avait eu des tons secs ce jour-là, s'était même montré exaspéré par moments, comme si mes fantaisies avaient perdu de leur attrait. Je me sentais presque redevenir une petite sœur fatigante. Pourquoi tenait-il à ce que je reste auprès de lui si je lui tapais autant sur les nerfs ?

— On joue à "Soit que" ?

Il a levé les yeux au ciel. Il n'en avait pas envie. J'ai insisté en arguant que j'étais venue marcher, moi. Puis, sans réfléchir, j'ai lancé :

— Soit que tu tues ton chien, soit que tu me tues moi.

— Ben là... Tu peux pas me demander ça !

C'était stupide, bien sûr. Mais j'avais besoin de l'entendre. Entendre que j'étais plus importante. Que ma présence n'était pas seulement attendue, mais espérée. Essentielle.

— Quoi ? C'est rien qu'un jeu ! Anyway, si t'as déjà été capable de me demander de choisir entre mes deux parents, je vois pas pourquoi tu pourrais pas répondre entre ton chien pis moi !

Il a accéléré le pas. La rue continuait à se taire, appuyant le silence de Benoît qui s'allongeait comme notre promenade.

— Pis ?

— Je réfléchis...

Bon, il se foutait de ma gueule. J'ai souri. Évidemment que j'avais préséance sur sa chienne. Au bout d'une minute, Benoît a dit :

— Tu sais, durant ma dépression, Zelda m'a un peu sauvé la vie. Je la connais depuis plus longtemps que toi...

Sans aucun doute, il se payait ma tête. La sienne était tournée vers la rue, de sorte que je ne voyais pas l'expression sur son visage, sûrement narquoise.

— ... Faque je sauverais Zelda.

Je me suis arrêtée net, lui aussi. Zelda s'est retrouvée brutalement tirée vers l'arrière, stoppée dans son élan. J'ai regardé Benoît dans les yeux : il était sérieux.

Chaque été au chalet, nous nous rendions en famille aux chutes. À ma connaissance, elles ne portaient pas de nom. C'était « les chutes ». Ou « les glissades d'eau naturelles ». Nous n'y avons jamais croisé personne.

Il fallait emprunter le chemin des Merisiers, en face du chalet, de l'autre côté de la route, pour rejoindre la forêt et ses tracés sinueux. Mes frères partaient à la course et je les perdais de vue au détour du sentier, toute concentrée que j'étais à éviter les racines qui se dressaient exprès pour me faire trébucher. L'excursion d'une trentaine de minutes menait à l'embouchure d'une rivière : un grand bassin d'eau noire, dans lequel se jetait une cascade effervescente et féerique. Nous traversions à la nage pour rejoindre l'autre rive où l'eau s'éclaircissait en perdant de la profondeur, se diaprant de teintes ocre et safran. Avant d'escalader la paroi rocheuse qui remontait le lit des rapides, je demandais à un de mes frères d'inspecter mon dos pour en déloger les sangsues qui s'y étaient cramponnées. À l'endroit où la bordure rocheuse s'étrécissait puis disparaissait dans les remous, nous nous asseyions pour glisser sur nos fesses qui faisaient office de tripes pneumatiques, charriés par le courant. Au début de la descente, il fallait s'aider de nos talons et de nos mains, mais au bout de quelques mètres, le courant gagnait en force et l'eau en profondeur, nous entraînant dans sa cascade jusqu'à la petite falaise et au grand saut. Là, une longue pierre plate agissait comme un levier naturel pour nous projeter dans le bassin.

Même si nous étions tous de bons nageurs, chacun devait porter un gilet de sauvetage, mes parents inclus. Au pied du bassin, un peu à l'écart de l'endroit où nous versions après le talus, un tourbillon invisible aspirait les baigneurs vers le fond. La légende familiale sur la quantité de noyés ne cessait d'enfler au fil des ans.

Un jour, mes frères se sont aventurés à proximité de l'endroit maudit. De l'autre rive, mon père les surveillait calmement, prêt à se lancer si l'un d'eux venait à s'effacer dans l'eau noire. Il aurait été inutile de crier, de toute façon. Près de la chute, on n'entendait que le fracas du torrent et les borborygmes du bouillon. Après avoir tenté le diable, mes frères ont fini par retraverser jusqu'à nous, un sourire crasse aux lèvres, et mon père les a sermonnés, mi-fâché mi-fier, leur rappelant le danger que constituait le fameux maelstrom.

— Ben là, y a pas de danger si on porte des gilets de sauvetage !

— Même avec ça, tu peux te noyer.

Soudain inquiète de ma propre finitude, j'avais demandé à mon père, qui savait absolument tout sur tout, comment faire pour échapper au tourbillon s'il venait à m'emporter.

— Si tu sens que le courant est plus fort que toi, tu dois te défaire de ton gilet de sauvetage et plonger vers le fond.

La stratégie m'apparaissait contre-intuitive. Mon père a ignoré ma moue dubitative.

— Pis après ?

— Rendue au fond, tu nages de toutes tes forces pour t'éloigner du remous, tu remontes à la surface pis tu prends une grosse bouffée d'air.

Jamais mes frères ni moi n'avons été avalés par le vortex. Après le doute initial, la ruse révélée par mon père avait déposé en moi, au-delà de la peur, un mélange de désir et d'excitation. Il existait donc un moyen d'échapper à ce type de noyade. Un moyen dont le risque exerçait une irrésistible attraction. J'avais envie d'être emportée, si ce n'était que pour réussir à me sauver.

Des années plus tard, en Amérique latine, j'ai commencé à surfer. Insouciante, j'allais me poster près des experts, là où le break était le plus périlleux, et je m'essayais à monter des vagues bien trop hautes pour moi.

Des dizaines et des dizaines de lames m'ont engloutie, puis régurgitée. Je m'obstinais dans cette houle monstrueuse au lieu de m'exercer dans l'écume, comme le font les surfeurs débutants. Mes collègues planchistes me regardaient aller, d'abord d'un œil agacé, puis avec un certain amusement. L'adjectif « courageous » revenait souvent pour me qualifier. Or, il n'y avait là rien de courageux. Parce que je n'avais pas peur. Le courage, c'est de tenter le coup malgré l'effroi. Les seules fois où la panique me prenait, c'est quand le ressac se transformait en tourbillon, me privant d'air pendant de longues secondes. Après m'être débattue vainement, je me rappelais ce que mon père avait dit: se laisser entraîner vers le fond, pour mieux émerger. Au sortir des vagues, je me sentais vainqueure. J'étais de celles qui savent comment s'abandonner au courant.

Ma façon d'appréhender les remous ne se limite pas au domaine de l'aquatique. C'est devenu une stratégie de survivance générale. Une manière de gérer la vie et ses tourments. J'ai tendance à me laisser emporter avec autant de frayeur que de fièvre par ce qui m'attire vers le fond. Je m'investis dans des projets trop ambitieux. Saute à pieds joints dans des amours chimériques, des situations potentiellement dangereuses pour ma sécurité et ma santé. Le tourbillon m'avale, mais j'en surgis chaque fois. En chair et en os. Fière d'être passée au travers, malgré les échecs ou les blessures.

Le hic, c'est qu'en vieillissant, j'émerge de plus en plus abîmée. La chair s'use, les os s'effritent. La peur revient.

On ne peut pas faire autant de fausses manœuvres sans finir par se noyer.

Nous étions ressortis d'un autre creux de vague. Je me convainquais que nous n'en devenions que plus forts et plus unis. Regagner la surface avec Benoît était tellement libérateur. Je m'étouffais pour mieux reprendre mon souffle. Pour que le simple fait de respirer m'emplisse de gratitude. On le sait, l'orgasme est toujours plus fort avec des doigts autour de la gorge. Mais les accalmies s'écourtaient. Les bouffées d'air étaient de plus en plus viciées.

Ce qui ne m'empêchait pas de replonger.

Quand est-ce que j'apprendrais à me préserver?

Je racontais tel ou tel épisode à ma psy, en me faisant toujours l'avocate du diable.

— Vous savez, c'est loin d'être toujours facile avec moi. Je suis confrontante, j'ai des arguments pour tout, je manque de tact, de patience. Ce serait lourd pour n'importe qui.

Elle me questionnait sur mes limites, sur mon incapacité à en poser, à m'en faire poser. Me parlait d'amour-propre. Elle me demandait:

— Comment il vous fait sentir?

Je répondais:

— Inadéquate.

Le ventilateur sur pied oscillait dans l'air poussiéreux. Au salon, Benoît articulait des ordres en anglais. Je captais des bribes par-ci et par-là: maintenance, gutter, delivery, roof... Il télétravaillait pour une compagnie de gestion d'immeubles. Moyennant un excellent salaire, il effectuait du lundi au vendredi des courtes heures d'un labeur abrutissant. En gros, son travail consistait à écrire des courriels et à répondre au téléphone pour dispatcher plombiers, chauffagistes, électriciens et zingueurs. Trois semaines de vacances par an. La paix. La platitude. Chaque matin, il avalait trois œufs accompagnés de radis crus. Il avait découvert le combo dans un article sur le régime Keto et n'y dérogeait pas depuis. Chaque midi, deux sandwichs au thon. Pour souper, on savait pas, c'était la rumba.

Vautrée dans le lit défait de mon chum, je travaillais sur un album jeunesse qui racontait la rocambolesque histoire de Crotte de nez. On m'avait refusé plusieurs fois ce manuscrit. Mais puisque je tenais à ma Crotte, je la réécrivais et la réécrivais dans l'espoir qu'elle finisse par séduire un éditeur. L'incipit allait comme suit: «Crotte de nez naît un beau matin de mai, dans la narine d'un petit garçon prénommé Yvon.» Après, c'était la débandade. Un véritable thriller. Récit d'affirmation de soi et de lutte contre l'adversité. Des enfants nécessiteux de par le monde apprendraient grâce à moi de grands préceptes fondamentaux, une crotte de nez à la fois. Que personne ne me dise ensuite que mon travail est nombriliste ou trivial.

Dès que j'écrivais pour les enfants, je me trouvais absolument tordante. J'ai donc ri à gorge déployée en relisant mon passage préféré, celui où, dans un sac d'aspirateur, Crotte de nez fait la connaissance d'une rognure d'ongle d'orteil, après avoir souffert du rejet des moutons de poussière.

Benoît a passé la tête dans le cadre de porte, les sourcils hauts et la mine basse. À sa suite, Zelda s'est faufilée dans l'embrasure, la gueule niaise, dégoulinante de salive. Elle a poussé ma cuisse de son museau et je me suis retenue de l'encourager à sauter sur le lit pour l'enlacer comme une amoureuse. Mieux valait éviter les réprimandes de notre maître.

— Qu'est-ce qu'il y a de drôle ?

— Rien. C'est ma Crotte de nez.

Il était 15 h 30 et Benoît avait terminé sa journée. Moi, je venais à peine d'entamer la mienne.

— On va faire un tour sur la Well ?

Ça, ça voulait dire « aller prendre un verre sur une terrasse de la rue Wellington ». D'habitude, notre choix s'arrêtait sur le Bar Social, buvette low key cool située au coin de sa rue.

Mon regard a bifurqué du côté de la fenêtre aux rideaux tirés. Le soleil de juillet tapait sur le drapé d'un gris délavé, étalant une lumière flétrie dans la chambre. Je sentais le regard de Benoît, flétri lui aussi, appuyer sur moi :

— Il fait beau...

La tentation était grande. La tentation était toujours grande pour étancher une soif artificielle. J'ai dit :

— Oui, mais il faut que j'écrive...

Son nez s'est froncé, comme s'il réagissait à un effluve vinaigré.

— Si t'avais commencé ta journée à une heure normale, t'aurais déjà écrit en masse.

Il avait raison. Où était passée ma discipline ? Ma volonté ? Le travail ne me procurait plus le sentiment de contrôle et de satisfaction d'autrefois. Je n'arrivais plus à me montrer « productive ». N'arrivais plus à me suffire à travers l'écriture. Parce qu'à quoi bon ? Est-ce que c'était ça, le bonheur ? Combien de livres fallait-il avoir publiés pour ressentir de la fierté ? Combien d'exemplaires vendus ? De critiques élogieuses ? De témoignages émouvants ?

Il m'en fallait davantage. Ce qui m'avait auparavant comblée me laissait désormais de marbre. Tout ce qui me restait des romans parus, des rencontres dans les librairies, des séances de signatures, des entrevues et des articles, c'est ce qui me faisait défaut. Le manque en héritage. La maladie chronique du manque. Je n'avais jamais reçu de prix ni été en nomination pour quoi que ce soit, je n'avais à mon actif aucune traduction étrangère ni aucuns droits vendus pour le cinéma ou la télé. Je ne récoltais pas assez de redevances pour « vivre de ma plume ». Je brillais moins que celle-ci ou celui-là. Je n'écrirais jamais rien d'aussi pertinent qu'une telle. N'aurais jamais autant de succès que tel autre. Personne n'étudierait mes romans dans le cadre d'un mémoire ou d'une thèse. Avec moi, ce serait toujours trop pop ou trop littéraire. Pas assez universel ni assez niché.

Plus je faisais et moins j'avais l'impression d'avoir fait.

J'étais sans intérêt. Une perte d'espace, de salive ; du gaspillage.

Était-ce d'envisager l'écriture comme un travail qui avait tout gâché ? J'aurais dû m'arrêter avant, rester à l'étape du rêve, qui avait le mérite de ne pas décevoir et de faire rêver.

Benoît a haussé les épaules, puis s'est détourné en grommelant :

— Bon. Je vais aller promener Zelda.

Ses pas lourds se sont éloignés rapidement dans le couloir. Je me suis penchée pour caresser le pelage crépu de pitoue, mais la belle Airedale Terrier a bondi en entendant le cliquetis de sa laisse. Bientôt, il ne resterait plus que moi et mes manques entre ces quatre murs étrangers. Mes poumons se rempliraient d'une matière dense, visqueuse, et mon diaphragme s'écraserait sous leur poids. Lorsque la porte d'entrée a grincé, j'ai presque crié :

— Attends-moi ! J'arrive !

La serveuse, une grande maigrichonne tatouée aux lèvres boostées à l'acide hyaluronique (comme moi, nous en avions discuté la dernière fois), nous a accueillis avec chaleur en récitant le spécial de la pinte à sept ou du pichet à vingt. Sans plus tarder, Benoît nous a commandé un pichet d'IPA.

— C'est mieux pas, je veux être capable d'écrire tantôt...

Son visage exprimait un scepticisme indulgent. Comme on regarde un fumeur qui tire sur une cigarette en disant « c'est la dernière ».

— Tu vas être encore capable de travailler. Anyway, je bois plus vite que toi.

C'était vrai. Il buvait plus vite, mais moi, je buvais plus longtemps. En fait, quand je commençais, j'étais incapable d'arrêter. Un autre grief.

Après notre marche sportive, nous étions passés à l'appartement pour déposer Zelda et nous changer avant de ressortir. J'avais chaussé des sandales compensées, rare coquetterie, et je sentais mes jambes plus hautes que la Voie lactée. Benoît portait un t-shirt de métalleux et des shorts en jeans effilochés qui dévoilaient ses mollets au galbe idéal. Il affichait son demi-sourire d'en dessous de moustache et son regard des jours doux. J'aimais la façon dont ses sourcils décrivaient un arc à la fois bienveillant et fripon ; les petits sillons qui se creusaient au centre, celui de gauche plus relevé que le droit. L'IPA est arrivée, ambrée dans le soleil.

Il nous a servi deux verres au collet trop haut. Benoît a plongé dans le sien, puis s'est redressé avec la moustache pleine de mousse qui a dégoutté sur son col. L'ondulé de sa chevelure humide m'a rappelé celle du jeune Kevin Kline. Nous avons reparlé de notre dernier conflit. Il s'est excusé. Je me suis excusée. Il m'a dit: «T'es belle.» J'ai répondu: «Non, toi t'es belle.»

La seule chicane qui n'avait pas trouvé de résolution était celle du «Soit que». Benoît était resté campé sur ses positions: c'était manipulateur de poser une question dont on attendait une réponse précise et il ne voulait pas encourager un tel comportement. Tactique manipulatrice, certes, mais aussi vieille comme le monde. «Me trouves-tu gros/grosse?», «M'aimes-tu?», «Penses-tu que cette excroissance est cancéreuse?» Non, oui, non. L'équivalent d'un plaster Pat' Patrouille sur une plaie infectée. Peu efficace, mais pas coûteux non plus. J'avais tenté de lui faire comprendre l'impact symbolique de sa réponse. Surtout, j'avais essayé d'expliquer ce qui avait motivé cet ultimatum stupide: «Des fois, je sens que ta chienne est plus importante que ton amoureuse. Que tu te soucies moins de moi que d'elle.» Rien à faire, son implacable verdict se résumait en deux mots peu flatteurs: immaturité, jalousie. Immature, oui, je persistais et signais. Mais jalouse? De quoi? De qui?

— De Zelda.

— Ben voyons, Benoît. Je l'adore, ta pitoue.

— T'es jalouse pareil.

Soupir et haussement d'épaules. Je ne gagnerais pas cette bataille et il ne me restait plus qu'à prier pour qu'aucun officier nazi ne menace Benoît d'envoyer une de nous deux en chambre à gaz. Au moins, dans de pareilles circonstances, je saurais à quoi m'attendre.

Sophie's Choice avait été l'un des films préférés de mes parents. Un vendredi soir qu'il passait à la télé, ils avaient planifié de le réécouter ensemble. Puisque je n'étais pas en âge de le voir – en raison des thématiques autant que de l'heure de sa diffusion –, ma mère m'en avait sommairement raconté l'intrigue. Durant la Deuxième Guerre mondiale, une immigrante polonaise (Meryl Streep) est arrêtée, puis envoyée à Auschwitz avec ses enfants. À leur arrivée, un officier nazi lui demande de choisir entre sacrifier sa fille ou son garçon, sans quoi les deux mourront.

Classique « Soit que ». Le déchirant dilemme m'avait paru aussi génial qu'atroce. Les prémices d'un jeu que je me targuerais plus tard d'avoir inventé avaient été posées.

— Alors, elle choisit quoi ?

— Je te le dis pas !

— Ben là ! Je veux savoir ! Tu peux pas me raconter rien qu'à moitié !

Ma mère se délectait de ma fascination pour ce choix impossible. Nous nous trouvions dans son bureau au deuxième étage de la rue Salvador, et je m'étais relevée énergiquement, quittant la longue chaise coussinée dans laquelle nous nous installions pour écouter ses histoires. Poings serrés, je piétinais le sol comme une petite majorette.

— De toute façon, c'est trop pas juste ! Alors il faut que les deux meurent !

— Marie, moi, si j'avais la chance de sauver un de mes enfants, je le ferais. C'est mieux de sauver une seule personne que de sauver personne du tout, non ?

Ce n'était pas une puce qu'elle m'avait mise à l'oreille, mais une gigantesque coquerelle. Mon cœur s'est mis à battre plus vite, comme à l'annonce de résultats pour un concours prestigieux.

— Toi, maman, tu sauverais qui entre nous trois ?

Ma mère a lâché un petit rire et secoué la tête. Bon, il lui fallait peut-être des agents de comparaison équivalents :

— OK, d'abord. Mettons, entre moi et Alexis. Entre nous deux, tu sauverais qui ?

Ma mère a saisi un de mes albums préférés, *La main de la sorcière*, qu'elle m'a proposé de lire à voix haute pour faire diversion. Je lui ai rappelé mon âge aux trois quarts près avec du mépris dans la voix : franchement, j'avais depuis longtemps dépassé ces enfantillages de livres illustrés. Elle me faisait penser à ces pestes au primaire qui annoncent posséder un secret d'État, seulement pour refuser ensuite de le divulguer. Celles-là qui crachent le morceau uniquement lorsqu'elles craignent de perdre l'intérêt de leur interlocuteur. Bonne négociatrice, j'ai quand même modifié les paramètres de la question :

— Toi, entre la fille et le garçon de l'histoire, tu aurais sauvé qui ?

Devant son silence qui annonçait l'impasse, j'ai pris le parti de dénoncer les injustices subies au sein de la famille Demers-Marcil et qui commençaient par ce film qu'on m'empêchait de regarder. J'étais toujours exclue de tout et on me disait toujours trop petite et trop jeune. Je n'étais plus un bébé, ce n'était pas juste, et mes amies avaient droit à tellement plus !

Même si je ne maîtrisais pas l'art de pleurer sur commande, je m'étais entraînée à rendre mes yeux luisants de larmes en pensant à la maltraitance d'un golden retriever. Mon regard en surbrillance a dû faire son effet, parce qu'au bout de ma diatribe, ma mère a répondu, résignée :

— Dans le film, Meryl Streep choisit sa fille.

Ça y est. J'avais gagné. Le secret d'État révélé, délié en ma faveur, en plus ! J'ai poussé un cri victorieux en me déhanchant d'allégresse. Mon frère allait mourir et moi, je serais immorteeeeelle ! La fiesta a été de courte durée :

— Non, non. Meryl Streep doit choisir entre sacrifier sa fille ou son fils... Elle choisit sa fille. C'est le fils qui va survivre.

J'ai accusé le coup avec l'élégance d'un concombre de mer. La formulation m'horripilait : choisir qui sacrifier plutôt que qui sauver. Ironiquement, presque trente ans plus tard, j'avais emprunté un phrasé semblable pour mon fameux « Soit que » morbide à Benoît.

Au rez-de-chaussée, le minuteur du four a sonné. Le souper était prêt. Libérée par la cloche, ma mère s'est dirigée vers la porte vitrée de son bureau. Je l'ai retenue par la manche, comme Sophie apostrophe le haut gradé pour implorer sa miséricorde. Il me restait peut-être une dernière chance de survie.

— Pis toi, maman, qui est-ce que tu aurais choisi ?

Les yeux bleus de ma mère se sont assombris. Elle se savait piégée : je ne la laisserais pas tranquille avant d'avoir obtenu sa réponse.

— J'aurais choisi la fille aussi. Parce que le fils a de meilleures chances de survie.

J'ai libéré la manche de ma mère, qui m'a rappelé qu'elle m'aimait. Avant d'aller sortir la lasagne du four, elle a ajouté qu'heureusement, elle n'aurait jamais à choisir entre mon frère et moi. J'ai pensé : « Pas besoin, tu l'as déjà fait. »

J'aurais aimé lui en vouloir. Mais si j'en voulais à ma mère, je devais en faire autant pour Meryl, et c'était une chose impossible depuis que je l'avais vue resplendir dans *Out of Africa*.

Au fond, la réponse me surprenait moins que sa franchise. Quand avait-on cessé de me protéger par le mensonge ?

L'avait-on même déjà fait ? Certaines illusions devraient-elles pouvoir perdurer ?

Ma mère n'avait pas tort : mes frères avaient de meilleures chances de survie. Si ce n'était pas parce qu'ils étaient des hommes, ce serait alors parce qu'ils avaient moins de chance d'être sacrifiés par une femme. Ce qui revenait au même.

Quand Benoît m'avait posé la question trois décennies plus tard – qui d'entre mon père et ma mère je sacrifierais ? –, j'avais choisi ma mère, même si mon père était déjà parti.

En dehors de l'épisode « Soit que », il me semblait donc que Benoît et moi nous comprenions de mieux en mieux. Pour une fois, malgré les difficultés, je considérais mon verre à moitié plein.

Ma main a enjambé la flaque de condensation sur la table pour saisir la sienne. J'ai souri dans un rayon de soleil. J'allais rencontrer ses parents le week-end suivant. Il m'a répété : « Mon père va tellement t'aimer », et j'ai rougi comme une poupée russe. C'est drôle, mes amoureux ne prévoyaient jamais une entente particulièrement fructueuse entre leur maman et moi. Même pour eux, c'était de l'ordre de l'évidence : I could only be a daddy's girl.

J'avais hâte de rencontrer sa famille, qu'il avait quittée sur le tard. Il parlait à sa mère presque tous les jours. Ses parents semblaient normaux, d'un beau beige uni comme leur progéniture. Peut-être un peu gagas et surprotecteurs, mais certainement pas torturés. Encore mariés. Steak, blé d'Inde, patates. Peut-être m'adopteraient-ils pour l'éternité.

En établissant mes quartiers temporaires à Verdun, j'avais tiré quelques hypothèses scientifiquement aléatoires que j'ai énumérées pour amuser Benoît. La quantité de chiens saucisses per capita était la plus élevée du monde à Verdun.

À l'époque, les berges de Verdun avaient constitué un territoire paradisiaque à la végétation luxuriante dont la magnificence rappelait les plus belles plages des îles Vierges, d'où son appellation « vert d'un », qui signifiait « verdure unique ». Aussi, sur le territoire verdunois, il fallait obligatoirement prononcer tous les doubles « l » de la même façon que les simples, sous peine d'emprisonnement. Enfin, à Verdun, il n'y avait pas de couple plus beau que le nôtre.

Benoît avait eu le temps de siffler deux verres et demi pendant que j'en terminais un. Il s'est levé pour s'installer à côté de moi sur la banquette, a pressé ma cuisse, caressé mon genou. J'ai étiré le bras pour entourer ses épaules, mais comme je ne rejoignais que l'omoplate opposée, j'ai laissé pendre ma main sur sa nuque.

Sous un ciel sans nuages, les Verdunois, heureux, mais pas autant que nous, promenaient leurs chiens saucisses en engloutissant une crème glacée molle à la vanille (prononcé « vanile »).

Benoît a voulu prendre quelques selfies de nos faces en grimaces. Tandis qu'il en postait une en story, la serveuse est revenue :

— Un autre pichet ?

— Non, moi je vais prendre un ve...

— Oui, un autre !

Bon, je devais me rendre à l'évidence : je n'écrirais pas un traître mot ce soir. Mais la vérité, c'est que je n'en avais nulle envie. Et l'autre vérité, c'est que je n'en avais eu nullement l'intention.

La soirée a continué comme ça, joyeusement. Avec le soleil qui coulait sur nos joues. Les fous rires fréquents. Nous nous cajolions des yeux en élaborant des plans d'avenir proche et lointain. Tant qu'à aller rencontrer sa famille à Ottawa, nous pourrions aussi prévoir un souper avec mon oncle Stéphane, le benjamin des Marcil. La perspective de retrouver un des frères de mon père pour lui présenter «l'homme de ma vie» me remplissait d'un bonheur rare. Comme s'il y avait là une possibilité de transférer des liens filiaux du passé dans le présent.

À l'approche du souper, les terrasses de la Well ne désemplissaient pas. Au contraire. L'air se saturait de l'hyperactivité caractéristique des festivals de foules. J'en ai fait la remarque à Benoît.

— C'est les finales de hockey, ce soir!

Voilà. C'était mon signal pour lever les pattes. Je l'ai averti que je partirais après ce pichet-là, le troisième. Il a protesté:

— Nooooooon! Reeeeeeeste! On a du fuuuuuuuun!

Ses voyelles s'amplifiaient sous l'effet de l'alcool et Benoît perdait en neutralité; son beige se teintait de nuances pigmentées. Je lui ai rappelé que jamais, au GRAND JAMA', je n'assisterais à un match de hockey. C'était une question de principe. De vertu. De spiritualité.

À notre première *date,* il avait subi l'interrogatoire en règle composé des deux questions névralgiques permettant d'établir la correspondance des valeurs et des aspirations. À «Veux-tu des enfants?», il avait répondu par l'affirmative. Puis:

— Fais-tu partie de la secte des Go Habs Go?

— Hein?

— Es-tu un gros fan de hockey?

— Définis "gros fan".

— Vires-tu fou pendant les matchs?

Il avait ralenti un instant notre cadence de marche olympique et m'avait jeté un coup d'œil oblique. Mon profil devait lui avoir soufflé la bonne réponse, parce qu'il a déclaré:

— Non, vraiment pas.

— Donc, tu suis pas le hockey?

— Bah, de temps en temps, là. Mais je capote pas avec ça non plus.

Or, il s'était avéré que oui, justement, Benoît «capotait avec ça». Assez, par exemple, pour refuser de mettre son match sur pause le temps d'un prompt souper, oubliant que la technologie moderne était raffinée au point de lui permettre de reprendre à rebours les minutes perdues en compagnie de celle qui avait cuisiné son repas. Assez pour qu'il intègre des pools de hockey, passe des heures au téléphone avec ses «chums» pour parler de «la game», décortique les statistiques, écoute des balados sur le sujet et lise les journalistes sportifs dans les deux langues officielles.

Nous nous sommes obstinés quelques minutes. Je l'encourageais à rester, à consommer sa fièvre du hockey et à chest bumper les autres partisans si les Canadiens comptaient. La mine de Benoît s'est rembrunie, ses sourcils en broussaille comme deux arcs de foudre. J'ai demandé la facture à la serveuse.

En attendant de régler l'addition, j'ai pensé au week-end à venir: la rencontre avec les parents de Benoît, celle avec mon oncle Stéphane. Nous accéderions à un nouveau niveau d'intimité, d'engagement. J'espérais que sa famille devienne la mienne, et que la mienne, aussi fracturée soit-elle, devienne la sienne. J'étais là à revendiquer mon inaliénable droit de regard quant au non-regardage de notre sport national en séries éliminatoires, m'obstinant encore pour des broutilles, prouvant mon inflexibilité et mon manque d'intérêt pour les hobbys de celui avec qui je projetais partager ma vie. Ne faudrait-il pas que je fasse un effort? Que je pile sur mon orgueil, pour une maudite fois? Qu'est-ce que ça me coûtait, au fond, de lui accorder un match de hockey?

Benoît a pris une autre gorgée, le regard vacant sous ses longs cils, la tête nonchalamment tournée vers nulle part.

— OK, je reste avec toi.

Il a écarquillé les yeux en étirant un coin de ses lèvres. Pour un soir, je lui décrochais la lune et quelques étoiles.

— Mais à une condition!

— Quoi?

— Moi, je prends pas pour les Canadiens. Je prends pour les autres. Pis c'est eux que je vais encourager.

Une lune et quelques étoiles empoisonnées.

— T'es folle? Tu vas te faire tuer!

J'ai tout de suite failli revenir sur ma décision bienfaitrice. C'est exactement ce que je détestais des sports d'équipe nationaux: cette fierté aveugle et absolue, qui transformait les humains en invertébrés de l'ère précambrienne. Rien de plus laid que ce fanatisme – qu'il soit sportif ou politique – qui virait à la détestation des autres. Et tout ça parce que des petits monsieurs à gros bâton se renvoyaient un whippet à carapace dure en glissant sur des bottines coupantes.

Une fois, en Italie, j'avais assisté à un match de soccer/foot avec mon amie Alix. C'était Roma contre je-sais-pus-qui; Bologne, je crois. Pour l'occasion, nous avions peinturluré nos bras et notre front aux couleurs de je-sais-pus-qui-Bologne, sous le regard épouvanté de Giancarlo, notre hôte de couchsurfing. Pauvre G, qui avait failli se faire défoncer la margoulette dans un bar romain, seulement parce qu'il escortait galamment deux connasses canadiennes hurlant leur soutien à l'équipe adverse comme si leur vie en dépendait. Nous avions beaucoup ri, insouciantes, libres, certaines d'incarner à nous seules toute la frivolité du monde. La soirée s'était terminée par une saucette dans la fontaine de Trevi et une poursuite de la police. Une chance que la police ne courait pas assez vite. Eat pasta, run fasta: nos carbonara avaient porté leurs fruits.

J'ai dit à Benoît, qui me contemplait toujours avec son regard de partisan épouvanté :

— Si les Italiens m'ont épargnée, je vois pas pourquoi les Québécois feraient différemment.

Benoît n'a pas compris, mais n'a pas demandé d'explication.

En cette finale de hockey, l'ennemi commun était le Lightning de Tampa Bay, mes alliés pour la soirée, tout de bleu vêtus. À chaque but arrêté par mon gardien, j'applaudissais à tout rompre. Quand, à l'inverse, les rouges faisaient un bon coup, je huais des boooouuuuuh à m'en écorcher la gorge. Des visages mécontents s'inclinaient dans ma direction, des grognements de réprobation s'élevaient parmi mes cris. Benoît était à la fois mort de honte et heureux de m'avoir à ses côtés. Mes amoureux accueillaient mes excès avec ambivalence : ils chérissaient ce démarquage, tout en condamnant ses conséquences. Ils voulaient donc manger leur gâteau au beurre sur le cul de la crémière, avec son argent. Comme si toute qualité ne possédait pas son pendant négatif. Heureusement, les regards amusés et les rires ont vite pris le relais. Comme les Canadiens tenaient tête aux Éclairs, ma grossièreté passait plus grassement. Ma présence devenait peu à peu familière, j'intégrais le paysage de mes rivaux comme un mal nécessaire, une anomalie bienvenue : une lampe Tiffany géante dans un décor moderne aux lignes épurées. Des shots ont atterri devant moi, gracieuseté du clan rouge, à qui j'ai retourné la faveur. Après l'embarras initial, Benoît prenait plaisir à jouer le bon cop au sein de notre duo. Et moi, accompagnée de cet être raisonnable, Mario Bros à la moustache agréablement taillée, je me transformais en individu presque fréquentable, Bowser apprivoisé aux couettes orange.

Une éternité plus tard, les Canadiens ont gagné. J'ai tonitrué mon allégeance une dernière fois, avant de concéder :

— En tout cas, Patrick Roy pis Wayne Gretzky ont vraiment bien joué à soir. Pis que dire de Michael Jordan le magnifique ! Number nine forever !

J'ai fait le signe du devil et tiré la langue entre l'auriculaire et l'index. Rigolades et poignées de main se sont échangées. Benoît a soupiré de soulagement. La providence était de mon côté, les dieux du sport à la télé assuraient ma survie.

Nous étions saouls. Surtout Benoît, qui avait tout bu en double. Les propriétaires d'enfants ont pris congé pour aller libérer la gardienne, quelques adulescents sont restés, d'autres ont bougé dans une microbrasserie voisine. Un petit vent s'était levé, une fraîcheur à faire hérisser le duvet. Je n'avais pas apporté de manches ni de culottes longues, alors nous avons migré à l'intérieur. Au comptoir du bar, la nuit a avancé dans l'empilement des pintes. Je ne sais plus quelle heure il était quand Benoît a bafouillé :

— Je feel pas, je vais aller prendre l'air un peu.

— OK ! Je t'attends ici !

Comme toujours, en l'absence ne serait-ce que temporaire de partenaires de boisson, je m'en suis improvisé de nouveaux. Une belle blonde dans la fleur de l'âge (vingt-quatre ans) sirotait un gin-tonic en écoutant le barman lui raconter les détails de son week-end. Lorsqu'il est parti servir des clients, j'ai demandé à ma voisine si c'était son chum.

— Hum, mon amant. Genre.

— Il est gentil ?

— Comme il peut, selon les limitations que lui impose sa masculinité.

J'avais donc affaire à une sœur de cœur. Shot ! Chin-chin. Cheers. Kampaï. (Marcel) Prost. Nos mots s'envolaient sans laisser de traces. La nuit se floutait. On aurait dit qu'une machine à fumée crachait un brouillard tubulaire, éclairé aux néons, dans un coin du bar. Nouveau shot. Santé. Salud. Salute. Un moustachu s'est posté à ma droite. Il a même eu le culot de me saisir l'avant-bras.

— On s'en va ?

Mon cerveau a dû effectuer un vaillant effort pour computer les informations. Benoît/amoureux/rentrer maison. Une pinte neuve d'IPA trônait devant moi, pétillante de candeur et de promesses brisées. Nous étions sur les derniers milles, alors pourquoi abandonner le marathon juste avant de franchir la ligne d'arrivée ?

— Je vais finir ma bière, moi, OK ? Va te coucher, je te rejoins bientôt.

Il s'est éloigné sans un mot et j'ai repris ma conversation brumeuse avec la blondinette et son barman à la masculinité handicapante. Mes lèvres avaient beau s'humecter dans mon verre à intervalle régulier, le niveau de liquide refusait de déchoir. Comme j'allais déclarer forfait, le barman a posé ma facture devant moi. Un montant astronomique qui compilait les boissons communes de Benoît et moi, en plus de quelques tournées et d'une obscure nourriture à laquelle je n'avais pourtant pas goûté. J'ai soupiré en délogeant ma carte de crédit de sa tanière et laissé un pourboire de 20 % pour me sentir généreuse.

L'air était bon et la nuit claire, d'un beau cobalt lumineux. Les 500 mètres me séparant de chez Benoît se sont déployés, interminables, comme des mouchoirs sortis d'une manche de clown. J'avais hâte de retrouver mon bien-aimé au poitrail parfaitement velu dans son lit. Je m'endormirais en me tortillant pour sentir naître son érection au creux de mes reins. Au matin, il me pénétrerait en me regardant dans les yeux, le visage légèrement tordu par un rictus concupiscent.

À 100 mètres, j'ai retiré mes sandales sur lesquelles j'avançais en équilibre comme sur des échasses circassiennes. Je suis passée tout droit devant la bonne adresse cachée derrière du lierre grimpant, avant de revenir sur mes pas. Le sofa éventré sur lequel Zelda avait uriné il y a plusieurs semaines traînait toujours sur son porche. Des moineaux en picoraient le rembourrage, l'étalant comme des miettes de pain à l'entrée. J'ai mis la main sur la poignée, tourné, poussé, mais la porte a résisté. Ah, la sotte. Bien sûr, Benoît préférait garder la porte du balcon arrière débarrée plutôt que celle donnant sur la rue. J'ai refoulé sur Evelyn, traversé le stationnement et monté l'escalier de fer en colimaçon. La porte coulissante s'est cabrée. De l'autre côté de la vitre, Zelda jappait en branlant la queue. Le raffut allait bien finir par réveiller son maître. J'ai quand même cogné, puis attendu. Zelda était au supplice, donnant des coups de patte dans son reflet, sautillant au milieu de la cuisine jonchée du désordre de la veille : tasses de café, coquilles d'œufs, queues de radis et cannes de ton.

Les minutes s'écoulaient, Zelda ne déchantait pas et je commençais à m'inquiéter. J'ai fouillé mon sac à main en faux croco pour y dénicher mon cellulaire. Crotte de phoque ! Il était resté au bar et, à en juger par l'horizon qui jaunissait et au ciel qui virait sarcelle, je devinais que personne ne m'ouvrirait là-bas non plus. Barman devait s'être endormi du sommeil des braves, serré à son amante/ma meilleure amie d'un soir. Mais où se trouvait donc Benoît ? Avait-il été fauché par une voiture ? Était-il plongé dans un coma éthylique profond ? Le cœur battant, j'ai retraversé le stationnement, refranchi son porche avant et sonné. Le timbre agressant a retenti, une, deux, trois, quatre fois. Toujours rien.

La fenêtre adjacente à l'entrée donnait sur sa chambre. J'ai pensé ramasser un caillou pour le lancer sur la traverse comme dans un film pour ados, mais j'avais trop peur de briser quelque chose ou, pire, de le blesser lui. Le vrombissement du ventilateur me parvenait depuis l'entrebâillement. J'ai chuchoté d'une voix forte :

— Benoît ! T'es là ? Allôôô ! Ouvre-moi !

Les aboiements de Zelda se sont transformés en plaintes aiguës. Si ça continuait, ses voisins appelleraient la police. Soudain, j'ai entendu des draps se froisser. Des pas secrets, déposés plus doucement que d'habitude. Zelda s'est tue. Un grincement : le ressort d'un matelas, suivi d'un soupir discret.

Il était bien là. Éveillé. Incrédule, je me suis hissée sur le garde-fou du balcon pour mieux voir ce qui se passait dans sa chambre. Les rideaux n'étaient qu'à demi tirés, et j'ai entraperçu Benoît, couché en travers de son lit. Ses cuisses formaient un V avec son tronc et sa tête était camouflée sous son oreiller.

Instinctivement, j'ai repiqué du nez dans mon sac à main, uniquement pour me rappeler que mon cellulaire s'attardait sur un comptoir poisseux de sel, de lime et de tequila. Puis j'ai crié :

— Benoît ! Qu'est-ce que tu fais ?! Ouvre !

Je l'ai vu se retourner dans son lit et coincer le coussin au creux de son coude pour le presser plus fort contre son tympan. La réalisation m'a fait l'effet d'un uppercut dans l'estomac. *Il m'a volontairement embarrée à l'extérieur.* J'étais abasourdie. Complètement sidérée. Qu'est-ce que j'avais donc fait pour mériter ça ? Mon appartement était en sous-location pour une autre semaine et il m'avait offert de rester chez lui entre-temps. Toutes mes affaires s'y trouvaient. Sauf mon cellulaire.

Une nuée délétère a monté en moi, s'est répandue dans mon ventre, dans mes poumons, dans ma gorge. De ma bouche s'est échappé un hoquet, puis un râle qui a égratigné mes cordes vocales. Mon abdomen, comme ventousé à mes poumons, se comprimait à une vitesse alarmante. Je n'arrivais plus à expulser l'air que j'inspirais malgré moi à grandes goulées. Je me suis effondrée sur les marches du perron avec la certitude que j'allais mourir, de panique ou d'impuissance. Mes sens maintenant aiguisés annulaient l'ivresse. Par la fenêtre entrouverte, j'entendais la respiration de Benoît, régulière, calme. Cet écho-là, le souffle d'une sérénité que j'espérais feinte, exacerbait mon propre étranglement. Pourquoi ? Pourquoi ? Pourquoi ?

L'aube se dépliait, belle et indifférente, irisée de mauve, de rose et d'orangé, tandis qu'une va-nu-pieds en pleine crise de panique s'étouffait dans sa respiration sifflante, la tête entre les mains. Je suis restée là, vingt, trente, quarante minutes et quelques années encore.

— Madame, madame !

À contrecœur, j'ai relevé le menton. Une femme d'une quarantaine d'années, promenant son chien qui avait profité de cette pause pour lever la patte et uriner dans le bosquet, me contemplait avec autant de curiosité que de pitié.

— Ça va ? Je peux vous aider ? Vous voulez que j'appelle une ambulance ?

J'ai secoué énergiquement la tête et mon souffle s'est calmé aussi sec, comme si la honte conjuguée au spectre d'une facture de 125 $ plus taxes, plus frais de déplacement pour transport ambulancier, réussissait à faire entendre raison à ma respiration. La dame restait là à me regarder, à l'affût d'une nouvelle crise, tandis que son chien tirait sur sa laisse.

— Merci. Ça va mieux. Vous pouvez me laisser.

Sans un mot, elle a opiné et est partie.

Quelques minutes plus tard, Benoît débarrait la porte.

TROISIÈME PARTIE

Les enfermements

J'ai peur d'écrire un récit victimaire.

Je ne suis pas et ne serai jamais une victime.

J'ai choisi chacune de mes relations. M'y suis désespérément accrochée. Et qu'elles tournent à la catastrophe ne m'a pas empêchée d'en redemander.

J'ai trompé Olivier, Oli M, Arno. J'ai couché avec le meilleur ami d'Alex. J'ai couché avec le frère d'Alex. J'ai couché avec le père d'Alex (OK, quand même pas).

J'ai menacé de me suicider.

J'ai tenté de me suicider.

Je me suis entaillé les bras et j'ai porté des manches courtes pour qu'ils le voient.

Je leur ai écrit, sans arrêt, comme une folle, j'ai insulté («fuck you, t'es méchant») et j'ai supplié («laisse-moi pas, je t'aime»).

J'ai fait semblant de jouir, d'avoir du plaisir. Me suis persuadée d'un amour que je n'éprouvais pas.

J'ai dit oui en pensant non.

J'ai dit non en pensant oui.

J'ai fouillé dans leur ordinateur, dans leurs tiroirs.

J'ai bloqué, débloqué, rebloqué, débloqué, re-rebloqué.

J'ai envoyé des messages contradictoires.

Je leur ai téléphoné d'un numéro masqué.

Je leur ai raccroché au nez. Puis j'ai rappelé.

J'ai dit: «C'est fini, sors de ma vie.» Puis je suis revenue.

Je n'ai pas écouté leurs limites.

Surtout, surtout, je n'ai pas écouté les miennes.

Quand j'ai entendu le verrou de la porte d'entrée, j'ai pris un certain temps à me ressaisir. Ma punition avait-elle pris fin ou est-ce que d'autres représailles m'attendaient à l'intérieur ? J'ai franchi le seuil ; ma tristesse est restée derrière. C'est la colère qui lui succédait, m'avalant toute ronde.

Il était couché sur le dos, les yeux fermés, le drap replié à hauteur du thorax, les mains jointes sur le ventre et les doigts croisés en prière.

Je me suis assise au pied du lit. Mon poids délesté brusquement en a fait craquer les montants. Ma voix blanche, hargneuse :

— Là Benoît, tu vas m'expliquer ce qui t'est passé par la tête. Parce que je comprends RIEN.

J'ai secoué sa cuisse quand la réponse s'est mise à tarder.

— Dis quelque chose ! Pourquoi tu m'as embarrée dehors, ciboire ?

Il s'est retourné sur le flanc. J'ai tiré sur le drap, découvrant brusquement son torse et ses jambes. Il n'a pas réagi.

— Eille ! Je te PAR-LE ! Ça fait des heures que je suis pognée dans rue ! C'est quoi ton coliss d'osti d'problème ? RÉPONDS !

Le soleil était levé. Seul le chant des cigales et des grillons entrecoupait les vrombissements du ventilateur. Benoît a coincé sa tête sous son oreiller exactement comme il l'avait fait plus tôt, alors que je le suppliais de m'ouvrir.

Ma colère enflait, se tuméfiait comme s'il la rouait de coups, des coups de silence. Un peu plus et il se serait mis à pousser des ronflements caricaturaux, imitant le sommeil profond des personnages de dessins animés, une bulle de salive gonflant et dégonflant à la commissure des lèvres. Rien ne m'enrageait davantage que de me faire ignorer et il le savait trop bien. À défaut de me servir de mes poings – je n'étais pas de taille et, de toute façon, mes pulsions de violence physique ne dépassaient jamais la puissance de l'idée –, je me suis rendue à la cuisine, talonnée par Zelda, qui croyait qu'un jeu amusant se préparait.

J'ai saisi le chaudron retourné sur l'égouttoir à vaisselle et l'ai rempli d'eau tiède. En revenant vers sa chambre, j'ai pris bien soin de ne rien renverser sur le plancher, me déplaçant avec la méticulosité d'une petite fille qui apporte à son père son premier café du dimanche.

Sans hésiter, d'un grand geste fluide, j'ai déversé le contenu du chaudron sur la tête de Benoît. Il a sursauté comme s'il avait pris feu. En une fraction de seconde, il était debout, menaçant, poings serrés contre les hanches, cheveux et t-shirt trempés :

— C'est fini ! T'as dépassé les bornes, ostie de folle ! Tu câlisses ton camp, je veux plus rien savoir de toi !

J'ai pensé : l'arroseur arrosé.

Puis je me suis mise à pleurer.

Pendant qu'il retirait les draps de son lit en les maintenant à distance, au bout des doigts, comme si ce n'était pas de l'eau que j'y avais jeté, mais une substance immonde et salissante, je me suis confondue en excuses. Je l'ai supplié, la face grimaçante, déformée par la peur terrible, animale, d'être abandonnée.

J'avais déjà supplié ma mère de cette façon, adolescente. Nous étions dans ma chambre au bout du couloir de la rue Hutchison. Je ne me souviens plus du sujet de cette énième dispute. Elle me reprochait probablement mon ton cassant ou le désordre dans les espaces communs ; je lui reprochais sa désertion, sa démission de son rôle de mère. Elle disait :

— C'est trop t'avoir ici tout le temps, il faut que tu partes chez ton père, j'en peux plus.

J'étais tombée à genoux sur le tapis rêche couleur taupe de cette chambre d'invités qui ne m'appartiendrait jamais tout à fait et je l'avais implorée en empoignant l'ourlet de sa robe. En pleurs, je la suppliais d'être là pour moi, avec moi. D'être ma mère. De devenir ma mère. Acculée au pied du mur, elle s'était écartée, s'était *détournée* plus précisément, jusqu'à la porte qu'elle avait refermée derrière elle, en un claquement sec et contrôlé.

Benoît me contemplait avec amertume, les traits marqués par la lassitude, par une irritation teintée de dégoût. La même expression que ma mère avait eue pour moi, vingt ans plus tôt. Un boulet, j'étais devenue.

Ma colère s'est envolée d'un coup. Ne m'en restait plus la moindre précieuse miette. À sa place, un désespoir qui devait faire plus mal que la mort.

Benoît est allé préparer son assiette d'œufs brouillés et de radis crus. Je suis allée m'étendre dehors sur mon hamac accroché entre l'arbre et l'escalier.

Le soleil était à son zénith quand je suis rentrée sur la pointe des pieds. Benoît se trouvait dans la vaste pièce qui lui faisait office de salon et de bureau. Devant son ordinateur à écran double – celui de gauche renvoyant les statistiques de hockey, celui de droite diffusant une vidéo YouTube à propos de l'extrême centre politique –, il terminait son heure de lunch en mastiquant un sempiternel sandwich au thon. Sans bruit, j'ai retiré mes vêtements de la veille et me suis glissée toute nue entre le matelas humide et l'édredon pour y chercher l'odeur capiteuse de mon bourreau. Une atroce migraine me lacérait le crâne, comme si à force de pleurer, j'avais vidé mon cerveau d'une substance essentielle à son fonctionnement.

Au milieu de l'après-midi, il est venu me rejoindre. Fort d'un calme renouvelé, il s'est assis au pied du lit et, sans me regarder, il m'a expliqué que, de toutes ses trente-trois années d'existence, personne ne l'avait encore jamais traité ainsi. Je n'avais pas la moindre idée de ce dont il parlait. Même si j'avais peur de réveiller sa colère au premier mot mal choisi, j'ai dit :

— Je comprends pas. Comment je t'ai traité ? Qu'est-ce que j'ai fait ?

— Tu m'as abandonné.

— Hein ?

— Au bar. Je t'ai dit que je feelais pas, que j'allais sortir pour prendre l'air. T'es restée en dedans. J'ai attendu devant, cinq, dix, quinze minutes. N'importe quelle fille normale se serait inquiétée. N'importe quelle fille normale serait allée voir si son chum était correct.

— Mais Benoît ! J'étais complètement saoule ! Si tu m'avais dit que t'avais besoin de moi, je serais venue ! Je peux pas lire dans tes pensées. Je le savais pas !

Ses pupilles disparaissaient dans ses iris marron. Ses épais sourcils froncés, son front creusé de tranchées verticales. Il avait l'air implacable de ceux qui ont pris une irrévocable décision. Le verdict était tombé depuis longtemps, de toute façon : inadéquate.

Le cœur en miettes, je lui ai demandé de s'allonger près de moi. Il a levé les yeux au ciel avant de s'incliner. J'ai pris délicatement son visage entre mes doigts, l'ai enveloppé de mon regard le plus tendre, l'ai embrassé avec lenteur et intensité, en espérant lui jeter un sort qui conjurerait les dix-huit dernières heures. Les va-et-vient de sa langue se sont accélérés et approfondis comme un dard, il a inséré son majeur dans mon vagin, puis son index, a retiré en vitesse ses shorts, ses boxers, et m'a pénétrée. Il a joui rapidement, s'est rhabillé avant de retourner à son poste d'ordinateur.

C'était fini.

J'ai pleuré pendant deux semaines.

Entre deux crises de larmes, j'ai acheté un billet pour Mexico City. Trois jours plus tard, j'étais dans l'avion. Et je pleurais encore.

J'ai relu quelques entrées de mon journal de Mexico. «Ce qui me tue, c'est le décalage entre les mots et la réalité. Les gens disent n'importe quoi. Tout le monde s'en fout; c'est juste des mots. Qui s'envolent, puis se perdent dans l'atmosphère. Pour seul témoin, il reste la personne qui les a entendus, et qui se demandera, pendant ses nuits d'insomnie, si elle n'a pas rêvé toutes ces paroles en l'air.»

La veille de notre rupture, Benoît m'avait semblé plus amoureux que jamais. Il m'avait servi tous les compliments sous le soleil, avant de les retourner contre moi. J'avais été extraordinaire, puis anormale. Unique, puis toxique. On avait beau me dire démesurée, folle, moi au moins, je reconnaissais le poids des mots. Ce que je prononçais tout haut, je le pensais encore le lendemain.

Les gens ont tendance à s'enticher rapidement de moi. J'inspire les passions qui se consument aussi vite qu'elles se sont allumées, pas les amours qui font long feu. Que me manque-t-il pour susciter cette affection tranquille qui ouvre les possibilités et permet d'envisager un avenir en partage? Qu'ai-je en trop qui éblouit avant de brûler?

Dans ma vingtaine, j'avais choisi des garçons flamboyants, des personnalités limites comme la mienne, visiblement problématiques. Tout s'expliquait alors: deux shows de boucane ensemble, ça ne pouvait qu'enfumer. Il me fallait trouver des êtres humains qui me contrebalanceraient; j'avais donc tenté ma chance auprès de candidats plus équilibrés. Il y avait eu Étienne. Pierre-Luc. Des grands doux, des gentils. Pas plates, mais presque. Le feu prenait moins de mon côté, mais je persévérais pour renverser la tendance. Je voyais ma flamme monter haut dans leurs yeux, comme propulsée par un jet de gaz, avant de redescendre sans préavis.

Ma peur de l'abandon agissait comme un éteignoir. Sur un coup de tête défensif, je leur manifestais toutes mes réserves, tous mes doutes en espérant qu'ils redoubleraient d'efforts. Ce jeu dangereux, qui consistait à noyer le feu avant de souffler sur ses braises, échouait plus souvent qu'autrement. C'est au moment où ils se décidaient à me quitter que je me sentais soudain irrépressiblement amoureuse. Décidément, je ne gagnerais aucun prix pour mon originalité. Plus clichée que ça, t'es un selfie, boudoumchi.

Les grands doux gentils trimballaient leur propre baluchon de problèmes et ça, je le découvrais sur le tôt. Ma nature impudique et inquisitrice faisait ressortir leurs travers cachés. J'aimais leur tirer les vers du nez, poser des questions et formuler des hypothèses qui ébranleraient leurs certitudes. En gros, je n'étais pas une partenaire de vie confortable. Pas plus en amour qu'en amitié. Je cherchais toujours à extirper les mauvaises herbes, à la recherche de fleurs enfouies, et si on ne s'y opposait pas vertement, j'emmenais les gens près du précipice, là où la vue me paraissait la plus belle. Pour la majorité, le risque empêchait d'apprécier cette perspective inédite. Moi, c'était et ça avait toujours été mon mode de fonctionnement. Avec une mère qui prenait sa fille pour bouclier et un père invincible qui mourrait avant les autres, je ne semblais pas avoir réussi à développer un instinct de survie adéquat. Je n'avais pas peur de mourir ; pas de l'événement, en tout cas. Mais j'avais terriblement peur de la mort comme état. Peur de la mort comme point de non-retour. Peur de la mort comme j'avais peur des fins. Peur de ce terrible rien. De cette absence absolue.

En amour, j'aurais voulu pouvoir sauter les débuts. Arriver tout de suite au milieu, à cet endroit où règnent la confiance et l'intimité. Tous ces recommencements m'épuisaient. Une formule redondante dont je ne sortais jamais gagnante. Combien de fois encore faudrait-il que je déballe mon sac en me déshabillant devant un nouvel inconnu ? Je ne laissais rien à leur imagination : regardez ces nombreux défauts, cette accablante insuffisance, cette folie plus dure que douce qui saura vous décevoir juste après vous avoir séduits. Voyez si ce portrait vous parle suffisamment pour imprimer un contrat que vous signerez sur-le-champ. Les initiales ici, ici, et là. Une franche poignée de main et hop. Nous voilà unis par les liens sacrés d'une loi factice et d'un dénuement prématuré.

Commencer au milieu n'empêcherait pourtant pas mes relations de se terminer.

Je sais ce qu'est la perte d'un être cher. J'en connais la sensation, le processus – interminable – qui mène à faire la paix avec sa disparition. Quand mon père est mort, je n'ai pas eu si mal sur le coup. Ça me paraissait irréel. Ce n'était ni sa faute ni la mienne ; il n'avait pas eu le choix de m'abandonner. Dans l'immédiat, donc, la douleur n'était pas comparable à celle ressentie lorsqu'une personne encore vivante m'expulsait de sa vie. Parce que ce rejet-là, conscient, délibéré, je l'envisageais comme un désaveu complet. La faute me revenait ultimement : j'étais et je resterais inadéquate, inchoisissable, insupportable.

Le deuil engendre une souffrance de longue haleine, lancinante, qui ondule comme des vagues, monte et redescend comme les marées. Rien à voir avec la douleur d'une rupture, qui foudroie. Mais de ce raz-de-marée amoureux dont on émerge dévasté, il ne reste plus grand-chose quelques mois plus tard. On se demande alors ce qu'on avait tant aimé pour avoir le cœur brisé. On se demande même si cette brisure n'en était pas plutôt une d'amour-propre.

La mort des êtres chers nous écartèle petit à petit. Jusqu'à ce qu'on meure nous aussi.

Un an exactement après l'échec de ma relation avec Benoît, je vivrais un nouveau fracas au terme duquel je m'enfuirais en République dominicaine, complétant ainsi la trajectoire de l'ouroboros, l'aboutissement d'un lacet de deux années entropiques. Avec Benoît comme avec Olivier, je lutterais pour garder le lien vivant. Une lutte pathétique et solitaire. Pour retarder l'inévitable fin.

Ma psy me poussait à décrire les émotions ressenties à la suite de la rupture d'avec Benoît. À la suite de la rupture d'avec Olivier. Pas juste «j'ai mal», mais «de quelle façon j'ai mal». J'essayais de me prêter à l'exercice comme lorsque je demande à mes étudiants en création d'expliciter certaines de leurs formulations dans leurs textes. «C'était une femme magnifique.» Qu'est-ce qui la rendait magnifique? «Une odeur délicieuse est venue me chatouiller les narines.» Délicieuse comment? Qu'est-ce que ça *sentait*? L'écriture des sens pouvait me servir jusqu'en thérapie. La création littéraire partout. La réécriture partout.

Donc. Qu'est-ce que je *ressentais*?

— C'est comme un arrachement. Comme si ce que je croyais porter de plus beau, on crachait dessus, on le piétinait. Pis tout ce qui me reste au final, c'est ce que je déteste le plus de moi.

— Et qu'est-ce que c'est?

— Un trou. Une insuffisance qui rend fou.

— Une sensation de manque, alors?

— Oui, mais non. C'est plus que ça. Le manque, ça sous-entend qu'il y a quelque chose à combler. Ça suggère encore un espoir, une possibilité. Là, au fond, c'est la réalisation qu'il n'y a rien eu, qu'il n'y aura jamais rien.

— Le vide, donc? Un vide profond?

— Oui, mais pas juste. Le vide existe en relation avec un contenant qui a pas été rempli. Là, le contenant *est* un vide. Aucune manière de faire le plein. C'est la fin du possible. Non, pas la fin. L'inexistence.

Elle portait ses souliers noirs en cuir et une chemise crème nouée au cou. Une jupe fourreau. Elle s'est penchée un peu en avant, a déposé ses avant-bras au sommet de sa jambe croisée. J'ai fermé les yeux pour me concentrer sur la sensation physique. La douleur. Comment se *matérialisait*-elle ?

L'épine se logeait en plein cœur du ventre. Le choc faisait ricochet, irradiant dans l'abdomen, le poitrail, pour se renouer au niveau du plexus. Plus diffuse et insidieuse, la ramure se déployait en rhizomes dans la gorge et les épaules. Écrasement. Étouffement. Comme si chacun de mes organes et de mes os était un monstre anthropophage, qui s'absorbait en une matière compacte, puis se disloquait en morceaux sanguinolents. J'ai rouvert les yeux. Ceux de ma psy étaient foncés et sérieux. Indulgents. Une femme à peine plus âgée que moi, à mi-chemin entre la vieillesse et la jeunesse. Une femme temporairement intemporelle. J'ai lâché :

— Une rupture, pour moi, c'est la confirmation d'une illusion.

— Mais pourquoi ça fait si mal si ce n'était qu'une illusion ?

— Parce que j'y ai cru. Si j'étais pognée dans le désert, complètement assoiffée, le pire, ça serait de voir une oasis en mirage, même si, le temps du mirage, j'aurais espoir de m'étancher. Parce qu'une fois que j'aurais compris que c'était un mirage, ce serait encore plus souffrant qu'avant. Un vide qui creuse le vide. Tomber amoureuse d'un mensonge, c'est pire que pas tomber amoureuse du tout. Réaliser que le bonheur était illusoire, c'est pire que se sentir malheureux.

J'avais failli ajouter: «Je préfère ne pas rêver si la vie est un osti de cauchemar.» J'ai frissonné à l'idée que ça ait pu traverser mes lèvres. Il n'y avait rien de plus répugnant que cette posture de martyre masochiste. Ciboire, je n'avais été que trois mois en couple avec Benoît! Sept avec Olivier! Est-ce que j'avais *vraiment* mal à ce point? Ou est-ce que j'exagérais ce mal parce que, désespérée de ne pas être une vraie blessée, je faisais tout pour le devenir?

Ma psy m'a d'abord répété quelques banalités: chercher le bonheur ou l'amour au bon endroit, avec les bonnes personnes, comprendre que le malheur est aussi illusoire, aussi fugace que le bonheur, blablabla. La suite m'a paru plus intéressante, même s'il était encore question de ma mère. Comme si tout originait de là, comme si c'était le point d'ancrage de chacun de mes détournements. Le nœud à défaire. Un nœud coulant.

— Cette douleur que vous ressentez, elle est bien réelle, mais n'a absolument rien à voir avec eux. Ceux qui ont souffert de l'absence d'un parent ou d'une relation fortement carentielle développent une peur mortelle de l'abandon, justement parce que les enfants sont dépendants de leurs parents pour survivre, et particulièrement de leur mère. Et c'est pourquoi les rejets ou les abandons subséquents les ramènent à cet abandon premier, symboliquement mortifère.

— OK, mais ça, je l'ai déjà accepté! C'est du passé: ma mère a démissionné il y a longtemps. Pis elle changera pas, je le sais.

J'aurais voulu recentrer la conversation sur mes ex. J'en avais assez de parler d'elle. Ce sont mes amoureux que je pleurais, pas ma mère.

— Alors pourquoi êtes-vous encore autant en colère contre elle? Pourquoi vous sentez-vous constamment déçue ? Pourquoi vous acharnez-vous à lui demander ce qu'elle est incapable de donner ?

— Mais je lui demande RIEN ! Je veux rien d'elle ! J'ai pris mes distances. Je m'attends juste à une relation mère-fille normale. De base.

— Exactement. Sauf qu'il n'y en aura pas, de relation mère-fille normale. Elle vous l'a dit, elle vous l'a montré, et vous refusez de l'accepter. Vous faites pareil lors d'une rupture avec un amoureux : vous vous obstinez à lui demander ce qu'il vous a clairement manifesté être incapable de donner.

— Oui, parce qu'ils me l'enlèvent du jour au lendemain ! Parce qu'ils m'ont promis qu'ils voulaient, qu'ils étaient capables, justement ! Un jour, ils sont là comme s'ils partiraient jamais. Le lendemain, ils partent comme si j'avais rêvé le jour d'avant.

Même si elle le masquait de son mieux, ma psy s'impatientait. Il fallait refaire le travail chaque fois, sans cesse rétablir les mêmes conclusions :

— Une mère n'est pas censée rompre avec sa fille... Mais un amoureux, ç'a le droit de partir.

— Oui, mais il y a une façon de laisser les gens, non ? On a une responsabilité ! On peut pas faire ça n'importe comment sans se soucier des conséquences ! On peut pas se laver les mains des promesses qu'on a pas remplies !

Ma voix avait escaladé d'une octave, émergeant de mon coffre entre la plainte et le cri. Ma psy avait raison : je bouillais de colère, alors que c'est la tristesse qu'il me fallait invoquer. Les larmes coulaient sans retenue devant mes amoureux, mais devant ma psy, devant ma mère, devant mes amies, je me retenais, transcendais la tristesse, la transposais en d'insatisfaisants substituts comme la haine ou l'humour, qui me paraissaient plus dignes que le chagrin. Avec les femmes, je devais me montrer forte. Me répandre en une flaque gluante et salée devant un homme m'était plus supportable. Ça allait dans l'ordre des choses. Dans l'ordre du monde. Quoi de plus naturel pour une femme que de se sentir faible devant les hommes ? Quoi de plus insignifiant que de leur inspirer du mépris ou de la pitié ? Mon dernier terreau d'orgueil était proprement féminin.

— Comment ils vous traitent, ça ne vous appartient pas. Quand ils vous manquent de respect, ce n'est pas de vous que ça parle, mais d'eux. Ils ont leurs propres enjeux...

— Bien sûr que ça parle de moi. Même celle qui était le plus censée m'aimer s'est complètement désengagée...

Voilà. Décidément, je n'arrivais à berner aucune de nous deux. Tout me ramenait à ma mère et je n'avais encore rien accepté. Le « passé » rongeait mon présent, endiguait mon futur. Malgré moi, j'espérais encore. Un semblant de confort. De confiance.

Des brèches de lumière, des trêves au cours desquelles elle me demandait pardon venaient brouiller mes cartes. Même si ses excuses s'additionnaient d'un « mais » détestable, celui d'une remise en situation, d'une explication causale qui écrase la souffrance de l'autre – elle avait fait du mieux qu'elle avait pu avec son propre bagage de traumas et de souffrances –, elles me bordaient de nouvelles illusions anciennes. Évidemment, la trêve ne durait pas : ma mère recommençait à disparaître, à décevoir ; j'en perdais le mirage, le miroitement. Et chaque fois se rajoutait une couche de frustration.

Au moins, mes ex avaient le mérite de m'abandonner pour de bon.

J'ai atterri à « Déeffé », el Distrito Federal de Mexico, avec ma peine d'amour et mon carry-on. L'album *Phoenix* de Charlotte Cardin jouait en boucle dans mes écouteurs.

See the sun leading us
To the land of the lost and the reasonless
Hear the drum beating us
I forever surrender, the rest is meaningless

Je me traînais les savates dans Coyacán, Roma, Centro histórico, Condesa, La Reforma, foulant les rues en automate, comme si enfiler des kilomètres m'éloignerait de ma peine. Dans mon premier roman, *In between,* j'avais écrit: «Il faut rester étranger.» C'était encore vrai, encore salvateur pour moi d'exister ailleurs, dans l'anonymité de ma condition de touriste. Pourtant, je ne me considérais pas touriste comme les autres. Je n'allais pas en voyage pour devenir une citoyenne du monde avec des étatsuniensallemandsitaliens-japonaisisraéliens et compagnie. N'avais aucune envie de socialiser autrement qu'en espagnol. Non, j'allais au Mexique parce que je m'y sentais chez moi d'une autre manière. Quasi chicana, la Maria. Chicana de cœur, oui.

Calle Londres, je me suis arrêtée devant la vitrine d'un salon de tarot. J'avais coutume de consulter des voyants en voyage, même si une seule expérience m'avait paru signifiante au point d'en faire une habitude. À Paris, dix ans auparavant, un voyant m'avait fait des prédictions aussi troublantes qu'accommodantes. Il m'avait recommandé de prendre soin de mes dents, qu'il prétendait particulièrement fragiles – quelques mois plus tard, je me les faisais casser dans le quartier du Hédas, à Pau, par une bande de femmes SDF. Il avait relevé que ma mère s'habillait toujours en bleu et avait constamment froid, ce qui s'avérait exact en plus d'être plutôt précis. D'autres prédictions plus vagues: des succès littéraires, des périples, des morts, des naissances. Deux enfants de deux pères différents, qui seraient aussi les grands amours de ma vie (les pères ou les enfants?). Il m'avait aussi annoncé la venue d'Henri IV, le cochien, et d'Ariane, l'héroïne d'*In between*. Bon, j'avais consciemment choisi d'adopter un carlin et d'appeler ma narratrice de ce prénom que j'affectionnais, but who cared? Il fallait bien croire en quelque chose et, vaguement, je croyais à ceux qui prétendaient connaître mon avenir sans me connaître moi.

Sur la devanture, une espèce de Zeus disproportionné – au corps immense et à la tête minuscule – tenait une poignée d'éclairs qui ressemblaient à des gerbes de blé. Quelques personnes étaient attablées dans le commerce mystique qui avait tout d'un café ordinaire. Une dame à la tête de voyante – chevelure abondante remisée en chignon souple, longue jupe et châle brodé – était assise derrière une vieille caisse enregistreuse avec une calculatrice et un paquet de factures. Je lui ai demandé une consultation et elle m'a désigné d'un geste ample les gens qui attendaient patiemment leur tour, un café à la main. Avais-je envie d'attendre? Non. Elle m'a proposé un rendez-vous quelques heures plus tard et j'ai tué l'intervalle au parc du Bosque de Chapultepec.

À mon retour, la dame m'a souri des yeux et, telle une jeune vierge, j'ai affirmé: «je suis prête/estoy lista», en attendant qu'elle me propose de la suivre dans une pièce glauque empestant l'encens. Elle a secoué la tête – elle était la propriétaire de l'établissement, pas la tireuse de cartes, et m'a désigné un monsieur installé près de la fenêtre qui donnait sur la rue et qui n'avait pas du tout une tête de voyant. J'avais dû le prendre pour un client lors de ma première visite. Il avait l'air plus Européen que Mexicain avec son t-shirt de touriste à l'effigie de la ville de Cancun, imprimé en lettres multicolores, sa peau plus beige que brune et son crâne pelé à la toison blond cendré. Je me suis assise de l'autre côté de la table basse et, après un bref salut, il m'a passé les cartes que j'ai brassées, coupées, puis remises entre ses mains.

Le jeu se déployait devant moi comme un soleil, à toute vitesse, redoublant de rayons à mesure qu'il me parlait de moi. Il qualifiait ma pratique d'écriture de nécessaire à ma survie. Me diagnostiquait des démons du passé qui continuaient de m'avaler. J'aurais mal encore, disait-il. Et encore. Il fallait faire la paix avec ce sur quoi je n'avais aucune emprise, regarder devant et non derrière (tell me something I don't know). Mon doctorat? Je le terminerais, «con éxito». Des bébés? Un au moins. Et les amours? Un Sagittaire (Benoît) m'avait fait énormément souffrir. Il reviendrait. Il reviendrait et je devrais refuser ses avances. Il ne changerait pas, on ne change pas les narcissiques. D'ailleurs, ma valeur, que je cherchais dans le regard d'autrui, je devais me l'autoattribuer (tell me something possible). Il m'a dit que je serais davantage compatible avec un signe d'eau. Pour complémenter mon signe à moi (Taureau, signe de terre), il était préférable d'éviter les signes de feu. Un Cancer (Olivier) allait entrer dans ma vie.

Je n'avais jamais cru à l'astrologie, mais cette fois-ci, j'ai eu envie d'y croire. Au risque de me répéter: il faut bien croire en quelque chose.

Ce qui est comique, ou pas, c'est que ma mère aussi est Sagittaire.

Tout comme mon père.

Il me fallait éviter les signes de feu, avait dit le voyant.

Au sortir du salon de tarot, comme j'avais peu faim et très soif, j'ai décrété le moment idéal pour étrenner un speakeasy à propos duquel la Toile ne tarissait pas d'éloges. Le Hanky Panky avait même décroché une place sur la liste des meilleurs bars au monde, ce qui signifiait qu'il suffisait de passer ses portes pour rajeunir de quelques années et faire monter les enchères de sa personne. Qui plus est, money was no longer an object, le voyant m'ayant prédit succès et PhD.

À mi-chemin, le tonnerre a grondé, un éclair a zébré l'horizon. D'un coup, le ciel s'est vidé à grandes giclées tropicales et j'ai dû attendre la fin de l'orage dans un portique étriqué où des Capitolanos et moi recevions le crachin excédentaire. Une trentaine de minutes ont suffi à drainer les nuages. Tout le monde a quitté son abri en même temps, en étrangers, même si nous venions de nous frôler les coudes et d'échanger des soupirs complices.

J'ai vite rejoint les parages de l'adresse du speakeasy, mais j'avais beau dévisager les établissements, aucun ne semblait ne serait-ce que ressembler à l'un des meilleurs bars au monde, sans offense pour le quartier. J'ai arrêté quelques passants qui n'ont pu que hausser les épaules, puis je suis entrée dans une taquería typique aux murs bleu ciel et aux piñatas en forme d'étoiles, qui voisinait, sur Google Maps, la balloune rouge indiquant l'endroit recherché. Après avoir commandé une Dos Equis con limon, j'ai montré à mon serveur le bar sur l'écran de mon cellulaire. Il a jeté un œil derrière son épaule avant de m'adresser un regard interdit. Il me fallait peut-être prononcer une formule, un mot de passe VIP, exécuter une petite danse de connivence, n'importe quoi pour qu'il sache que je savais qu'il a su que je sais. Un quart d'heure plus tard, il me guidait jusque dans l'arrière-boutique, qui débouchait sur une arrière-arrière-boutique, qui débouchait sur un corridor zigzaguant. Derrière un faux pan de bibliothèque, le bar où parler serait facile s'est révélé pas plus grand qu'un boudoir. L'espace, tamisé par des luminaires modernes et un signe Hanky Panky éclairé au néon rouge, était meublé de causeuses capitonnées et d'un comptoir derrière lequel trônaient plusieurs centaines de bouteilles de spiritueux.

J'ai lu le menu cocktails en salivant, seulement pour commander un drink qui n'y figurait pas. Un Last Word pour commencer, mon préféré : ¼ chartreuse, ¼ gin, ¼ luxardo et ¼ jus de lime. Une petite story du néon, de ma coupe et de mon roman de Zadie Smith. L'endroit s'emplissait rapidement et un couple de jeunes Mexicains branchés s'est installé sur les tabourets voisins. J'ai écouté leur conversation en faisant semblant de lire ; il était question de leurs études respectives à l'UNAM, elle en informatique, lui en ingénierie. Au premier tiers de mon troisième cocktail, j'ai senti s'abattre sur moi une solitude étouffante, qu'exacerbait mon plus récent déchirement. J'ai consulté mon feed Instagram, fait défiler le nom des gens qui avaient consulté ma story, histoire de confirmer pour qui j'existais encore. Un pseudo a attiré mon attention : eyeflys. Drôle d'adon, celui de Benoît, que j'avais bloqué, était benflys. Le compte d'eyeflys n'avait aucun abonné, aucun abonnement. C'était bien lui, qui s'était créé un profil uniquement pour continuer à me suivre de ses yeux volés.

Ça y était, la prophétie commençait, le voyant avait déjà raison. Benoît reviendrait et il me faudrait être assez fière pour lui résister.

Il a officiellement rouvert la brèche deux semaines plus tard.

Entre mes séances de surf bi ou tri-journalières, je planais. Après un court séjour à Puerto Escondido où j'avais très clairement fait monter la moyenne d'âge, j'ai pris mes cliques et mes claques pour le parc national Lagunas de Chacahua, où m'attendaient des plages désertes aux vagues de magazines, des mangroves labyrinthiques, un ciel débordant d'oiseaux et beaucoup de camarones a la diabla. J'avais élu domicile dans une des cabañas del Piojo («Le pou»), attirée par les bas prix, les chiens galeux qui s'étendaient à nos pieds et les poules en liberté. Au sixième jour, j'avais obtenu la nouvelle tant attendue : on m'octroyait ma toute première bourse d'écriture. En plus, ma planche avait raccourci de onze gros pouces (de 7'10" à 6'9"), témoignant de mes récents progrès dans le swell du Pacifique. En plus plus, j'étais belle. Non, magnifique. Bronzée et svelte, picotée et affranchie. Solitaire, mais pas seule. Montréal n'avait qu'à bien se tenir. Si mon éclat en venait à brûler des yeux déshabitués à autant de lumière, ce ne serait pas mon problème. If you can't take the sunlight, wear sunglasses.

J'ai pris mes courriels en avalant un bol de céréales géant, déjà fébrile à l'idée de retourner dans la houle salée. Dans ma boîte d'indésirables, un courriel de Benoît T qui disait penser à moi tous les jours et se mourait de ne plus me tenir à proximité.

J'ai succombé, anéantissant d'un coup mes progrès de belle femme au bonheur renaissant en trip de surf. Un bonheur qui s'est aussitôt liquéfié dans l'image de Benoît. Je n'étais déjà plus au Mexique, mais de retour dans son nombril.

Quelques jours plus tard, il venait me chercher à l'aéroport, à ma demande. J'ai passé tout le trajet d'avion à fantasmer notre ré-unisson, échafaudant un bataclan pathétique de larmes de joie et d'étreintes à l'eau de rose. L'avion a atterri, pas moi. Nomade aguerrie, je transportais ma petite maison sur mon dos ; j'ai donc semé avec soulagement les passagers qui scrutaient d'un œil angoissé le tapis roulant du carrousel à bagages. Au trot, j'ai foulé les portes vitrées séparant le voyage de la vie, ne ralentissant que pour confier mon formulaire de déclaration aux douaniers.

Aucune moustache en vue. J'ai appelé Benoît, qui n'a pas répondu. Pendant que je faisais les cent pas, j'ai reçu un texto abrupt m'enjoignant de me dépêcher de le retrouver à l'extérieur. Stationné en double, il fixait son pare-brise illuminé par les feux rouges et bleus d'une voiture de police rangée derrière lui, les mains crispées sur son volant. J'ai ouvert la portière, le cœur fébrile; il n'a pas souri, ne m'a pas embrassée. Il était de mauvais poil: distrait, il venait de percuter le pare-chocs arrière d'une automobile. Heureusement, ni le conducteur ni le bolide n'avaient subi de dommages.

Il a déposé sèchement un bouquet de fleurs sur mes genoux. J'ai dit merci. Le trajet en voiture vers chez moi s'est déroulé dans le silence.

La semaine de mon retour, je participais au tournage d'*Un souper presque parfait*, convaincue que ma performance médiocre et mon sens de l'humour douteux me feraient vendre des exemplaires de mes romans qui basculeraient sinon bientôt dans l'obsolescence. À chaque souper, j'offrais un de mes livres à notre hôte, croyant stupidement que le cadeau et la dédicace survivraient au montage. La semaine s'était avérée éreintante, à des milles de la récréation imaginée. Un service n'attendait pas l'autre, il fallait vider nos assiettes à toute vitesse, et la productrice de l'émission semblait vouloir orienter chacune de mes réponses vers un scandale assuré. Comme si j'avais besoin de son aide.

Au terme de ce tournage épuisant, Benoît rompait avec moi. Le Rubicon franchi à nouveau et sans surprise: il n'était pas prêt à être en couple, n'avait d'énergie que pour lui-même. Le revenant s'autoproclamait trou de cul, me privant d'un privilège dont je me serais pourtant généreusement servie.

J'aurais voulu retourner me planquer dans les vagues à Chacahua, me saouler de soleil et de livres, me fondre dans l'anonymat et attraper le cancer de la peau. Mais il était trop tard, cette opportunité-là était échue, ma «carrière» de chargée de cours reprenait et je devais ravaler la peine qui m'assommait encore plus durement dans sa deuxième mouture.

Comme le voyant avait tout vu d'avance, cette fois-ci, il n'y avait que moi à blâmer.

Vraiment, il fallait le faire: même quand on me désignait les pièges, je fonçais droit dedans. Lorsque l'héroïne choisit sa mauvaise fortune sciemment, il ne reste vraiment plus qu'elle à mépriser.

De Chacahua, je n'avais gardé qu'une prolifération de taches de rousseur et des biceps découpés, alors il fallait en profiter. Retour aux classiques. Pour tromper ma peine, je me suis retapé les six saisons de *Sex and the City* et, au terme de ce visionnement familier, je me suis juré que l'époque Carrie était définitivement révolue. Il était temps de me reprendre en main en envoyant paître les Mr Big de ce monde, les miens surtout. Love me badly once, shame on you, love me badly twice, shame on me. Changer de personnage était la seule et unique solution. Je deviendrais libidineuse et sans attache, agentivée et impénétrable (moralement, du moins). Comme Samantha Jones, I was done with great love and back to great lovers. Je remplirais mes béances de membres inconnus. Je serais celle qu'on n'ébranlerait plus. Qui ne rappellerait pas. On m'avait souvent déclarée douée dans le domaine de la sexualité (quoique rien n'authentifiait officiellement un tel compliment), alors pourquoi ne pas chercher la valorisation là où elle se trouvait vraiment? Pourquoi continuer à m'investir dans une sphère – l'amour – qui m'avait maintes fois mise devant mon incompétence?

I would fuck my way back to self-worth.

Trente gars en trente jours. Ce n'était pas si sorcier comme défi. Et, qui sait, l'expérience donnerait peut-être naissance à un roman. Also fucking my way back to literature. Puisque je n'arrivais plus à écrire, ma fiction, je la fourrerais.

Le premier soir, j'ai rencontré mon match au Verre bouteille, un prof de littérature au cégep à la belle gueule et à la taille verticalement enviable (6'4"), qui n'avait heureusement pas Michel Houellebecq pour auteur fétiche. Mon ami Yoan, excellent bras droit pour ce genre de soirée, m'a accompagnée, entaché par sa propre peine d'amour et mu par le désir de combler des béances par son propre membre. Nous avons bu un verre tous les quatre (Yoan et moi, l'Enseignant et son ami) sans que la vague monte. Le lendemain, Yoan m'a répété ce que l'Enseignant lui avait confié durant ma pause pipi : il me trouvait « trop petite » à son goût. Eh bien, c'était une première. On m'avait dit trop maigre, trop grosse, trop virile, trop coquette, trop laide. Trop petite, enfin un prétexte tout neuf, merci, merci. De toute façon, aux toilettes justement, j'en avais profité pour écrire à un autre match plus appétissant, un Brésilien en couple ouvert qui m'avait rejointe au bar vingt minutes plus tard. Nous avions parlé feijoada et Rio ; la vague avait levé haut, les bouches s'étaient jointes. Il m'avait demandé de l'accompagner fumer dehors et nous avions fini par forniquer sans capote dans la ruelle derrière les poubelles de la Banque Nationale. 1/30, check.

Deuxième soir, un anglophone aux origines slaves m'a dépêché un taxi qui m'amènerait jusqu'à son sex donjon, à Longueuil. J'avais poli son membre assez énergiquement pour qu'il vienne dans ma bouche, exploit pour lequel il m'avait félicitée avec chaleur : « I rarely come being sucked off. » 2/30, check.

Il était deux heures et pico du matin quand j'ai repris le taxi, toujours payé par le propriétaire du donjon, direction maison. Mon ventre émettait des gargouillis compliqués, sûrement brouillé par la bouteille de rouge cheap que j'avais sifflée presque seule en regardant parler celui qui ne ressemblait pas tant à ses photos. Les lumières de la ville se fondaient les unes dans les autres derrière la vitre du taxi qui détalait le long de l'autoroute 116. Le mois d'octobre tirait à sa fin, ce qui ne m'avait pas empêchée de revêtir mes cuissards léopard, dernier effort de protestation contre novembre gris qui approchait dangereusement. Pour compléter l'ensemble, j'avais jeté mon dévolu sur un ancien t-shirt de métal de Benoît, troué à la gorge. « Behemoth », tracé en lettres dorées, surplombait un satyre et son glaive. C'était dans les chandails usés de mes ex, seuls héritages de mes relations brisées, que je me consolais. Il se trouvait dans l'acte de porter leur deuxième peau contre ma première une certaine réappropriation de leur départ. L'illusion de conserver une trace de l'avant-désaveu.

Benoît. J'ai repensé à cette funeste fin de nuit à mourir de panique sur son perron. Comment avais-je pu ne serait-ce qu'essayer de lui pardonner cet enfermement ? Pourquoi n'arrivais-je jamais à m'aimer suffisamment pour dire « non, plus jamais » ?

Peut-être parce que j'avais appris que dire « non » n'empêchait pas les hommes d'agir contre mon gré.

— Excusez-moi, monsieur. Changement d'itinéraire. En fait, j'aimerais que vous me déposiez à Verdun.

Je lui ai donné l'adresse de Benoît.

Une sensation grisante, presque euphorique, m'est montée à la tête au moment où nous avons dépassé l'île des

Sœurs. Verdun et sa rue Evelyn étaient tout près. Aucun plan particulier n'encombrait mes pensées. Je me sentais légère comme une nouille de riz.

J'ai sonné au lieu de cogner pour m'assurer de bien réveiller les occupants. Zelda s'est mise à japper de l'autre côté de la porte, j'entendais les battements exaltés de sa queue contre les parois du vestibule.

Mr B s'est ébranlé dans un concert de grognements, la lumière du porche s'est allumée. Mon sourire était béant lorsque la porte s'est ouverte sur un regard familier : irritation teintée de dégoût.

— What the fuck ? Qu'est-ce que tu fais ici ?

Zelda a pris son élan et m'a sauté dans les bras pour me polir le visage de salive. J'ai éclaté de rire, ébouriffé sa crinière frisée et l'ai suivie à l'intérieur, sans accorder la moindre attention au principal propriétaire des lieux. Zelda couinait et jappait en poussant son museau dans mes cuisses, comme si elle s'inquiétait de me voir déjà repartir. Je me suis installée sur le divan qui lui faisait office de lit et elle s'est couchée sur moi de tout son long, comme pour me cacher de son maître.

— Hey ! Sors d'ici ! T'es pas chez vous !

— Ah ben, je suis pas ici pour toi, je viens passer la nuit avec Zelda, c'est elle qui m'a invitée. Tu peux retourner te coucher ! Je vais être partie avant que tu te réveilles.

— Marie, je suis sérieux, décâlisse.

Pendant que Benoît criait après sa chienne (« Non, Zelda ! Débarque ! ZELDA, viens ici, tout de suite ! »), je lui susurrais des mots doux à l'oreille (« Pauvre belle toutou, c'est qui le méchant qui nous crie dessus, hein ? On veut juste se coller, nous ! On s'aime, c'est pas notre faute ! Oh, moi je lui ferais jamais ça, à la plus belle chienne de l'univers... »). Exaltée, elle promenait son pif dans mon cou parfumé, frottant son pelage contre ma peau pour capturer mon odeur. Les joues tombantes de Benoît viraient à l'écarlate et, alors qu'il répétait cette insulte si familière que j'avais appris à accueillir comme une vieille amie ou une sœur – crisse de folle –, j'ai fermé les yeux pour mieux profiter de l'étreinte avec Zelda. Les ouâ ouâ ouâ de Charlie Brown ont encore crû en décibels, jusqu'à ce que Mr B s'empare du collier de sa chienne pour l'enfermer dans sa chambre. Il a claqué la porte, Zelda a poussé une plainte de suppliciée, il a retraversé le couloir d'une démarche autoritaire, les bras croisés, en me serinant de crisser mon camp. Nonchalamment, j'ai jeté un œil à l'écran de mon cellulaire : 3 h 24.

— Oh, je m'excuse Benoît, mais ça sera pas possible, il est tard et je suis trèèèèès fatiguée. Je vais devoir faire une petite sieste dans le lit de Zelda. Bonne nuit !

Volupté. Régal. Un peu plus et je me serais léché les babines. Je jouissais carrément de le mettre hors de lui. J'ai souri, bâillé, me suis étirée avant de m'enrouler dans la doudou de Zelda. Un dernier « faites de beaux rêves » à la ronde, puis j'ai fermé les paupières. Un doigt raide s'est enfoncé plusieurs fois dans mon épaule. Encore ce visage bouffi de colère, méprisant, qui m'avait jadis inspiré une espèce d'amour.

— Que puis-je ?

— VA-T'EN. Sinon, j'appelle la police.

— Appelez, mon brave, appelez.

En attendant l'arrivée des policiers, j'ai somnolé. Benoît les a accueillis en trombe, leur expliquant à grand renfort de gesticulations la traumatisante situation dans laquelle je l'avais plongé. De mon côté, habitée par un calme inhabituel, j'ai parjuré à demi : mon ex gardait encore des biens m'appartenant et, comme il refusait de me les restituer, j'avais débarqué chez lui à l'improviste. C'était vrai en très petite partie : j'aurais bel et bien voulu ravoir le vélo que je lui avais offert, mais ça n'avait rien à voir avec ma présence ce soir-là. En tous les cas, les policiers m'avaient gentiment escortée jusque chez moi, divertis par le spectacle discordant auquel ils venaient d'assister : la furie contre la farce. Leur lift m'a sauvé un bon trente dollars de taxi, encore merci.

De retour chez moi, j'ai pleuré sans arrêt de l'aube à la brunante. La mission trente gars en trente jours était avortée. Opération changement de personnage, échouée. Encore et toujours, j'étais la même Marie.

Presque exactement un an jour pour jour après la mission Mettre-Benoît-hors-de-lui, je prenais une marche sur la piste du chemin de fer avec Olivier, l'ex suivant. Olivier aussi m'avait laissée. Dans des circonstances similaires. Pour des raisons parallèles. Sauf que cette fois-ci, désireuse de mettre un terme au satané cycle de ruptures et de ressentiments, j'avais tout essayé pour transformer notre amour raté en amitié.

Son ventre s'était arrondi. Sous la visière d'un béret qui lui donnait un air de Marseillais retraité, ses yeux s'assombrissaient de cernes profonds. Il m'a confié n'aller pas très bien et boire beaucoup. J'ai failli répliquer que c'était le prix à payer quand on repoussait la femme de sa vie. Il m'a demandé où j'en étais dans l'écriture de mes *Détournements*. J'en étais justement au moment où Benoît m'enfermait en dehors de chez lui. Olivier a lancé :

— C'est paradoxal, comme formulation.

— Quelle formulation ?

— Ben, de dire qu'il t'a "enfermée dehors". C'est paradoxal. D'habitude, on enferme à l'intérieur.

Ses angles d'analyse avaient le don de m'impressionner. Il réussissait à mettre des mots justes sur des situations qui m'étaient encore nébuleuses, à relever des détails qui n'en étaient pas.

— T'as raison. C'est paradoxal.

Nous étions arrivés à l'endroit où la piste du chemin de fer s'ouvre sur Des Carrières, scindée en deux par une courte clôture métallique : à gauche, une plateforme boueuse ; à droite, un cassis creusé dans l'asphalte. Un cycliste nous a frôlés pour éviter une flaque ; j'ai sacré et Olivier a proposé que l'on s'assoie sur des blocs de béton offerts au soleil.

— C'est sûrement pour ça que je suis allée chez lui.

— Tu veux dire, quand t'es débarquée en pleine nuit en prétextant vouloir dormir avec sa chienne ?

J'ai souri :

— Oui. Je voulais renverser le paradoxe. Ou le renforcer.

Il a rigolé.

Mais il n'y avait pas que ça. Je ne supportais pas que ma colère se tienne seule et c'est pourquoi j'avais ressenti le besoin de stimuler celle de Benoît.

— T'sais, c'est fou, mais je regrette pas. Même si c'était con, ça m'avait soulagée sur le coup. Bon, c'est sûr que le lendemain, je m'en étais un peu mordu les doigts. Je lui avais écrit un long courriel d'excuses. Mais au fond, je les pensais pas, mes excuses. Si c'était à refaire, je le referais.

Olivier a posé sa main sur ma cuisse. J'ai posé ma tête sur son épaule, il a entouré la mienne de son long bras. J'espérais encore qu'il se rende compte que me laisser avait été une grave erreur. La pire. Tous ses témoignages d'affection me rendaient aussi confuse qu'optimiste. Il l'a peut-être senti, car il a répété dare-dare, pour une énième fois, ne plus vouloir former un couple avec moi. Puis il a ajouté qu'il m'aimait encore, ce qui a d'un coup invalidé dans ma tête sa ritournelle précédente. Il m'a pressée fort contre lui, plaquant son front sur ma tempe. Ça m'a rappelé l'avidité avec laquelle Zelda m'avait enlacée lors de cette infamous nuit d'infraction. Zelda qui avait semblé vouloir me revêtir comme une seconde peau.

— Tu sais, peut-être qu'en rentrant chez lui, j'ai voulu effacer la fois enfermée dehors à hyperventiler sur son balcon. Comme si deux enfermements opposés – un dehors, un dedans – me ramèneraient au milieu, à un point neutre, pas menaçant.

Il a soupiré :

— Peut-être...

Nous sommes restés là de longues minutes, immobiles, collés. J'ai pleuré. Ça me prendrait encore quelques mois avant de réaliser qu'Olivier aussi m'avait enfermée dehors, à sa façon. Durant l'entièreté de notre relation, il m'avait jalousement privée de son intériorité, tout en consumant avidement la mienne. Il s'était roulé dans mes faiblesses pour repousser les siennes en périphérie.

Je réaliserais aussi que, malheureusement, pour que les choses finissent vraiment, elles doivent mal finir.

Moi, c'est moralement que je devais apprendre à quitter les gens.

Mes débuts avec Olivier avaient en quelque sorte pastiché ceux avec Benoît. On aurait dit un exercice de style, comme écrire « à la manière de ». La contrainte : deux écorchés tentent de retrouver l'amour. Dans le coin droit, un malheureux qui s'était fait laisser par celle qu'il avait cru être « la bonne ». Dans le coin gauche, une maudite qui provoquait la fuite de ceux qui se faisaient laisser par celle qu'ils avaient cru être « la bonne ». L'expérience avec Olivier s'était avérée plus réussie, le palimpseste mieux écrit que le texte source. Mais le manuscrit n'en était pas publiable pour autant.

Nous avions pris une longue marche en pleine pandémie : hivernale plutôt que printanière, en pente plutôt que sur le plat. Détail non négligeable, je n'avais pas passé ce premier rencart à écouter mon prétendant se gargariser d'un monologue complaisant. Olivier était attentif et curieux, prompt à prendre le rôle de l'intervieweur, à relancer la conversation au moindre signe d'essoufflement.

Nous avions échangé sur notre réalité partagée de surchargés de cours. Les demandes de pré-correction, de délais multiples, de révisions et d'exemptions injustifiées nous rendaient précocement séniles. Nous prenions des heures pour répondre à de longs messages angoissés, tenaillés par le sentiment de jouer davantage le thérapeute ou le coach de vie que l'enseignant. Enseignant, oui. Surtout pas professeur, comme en témoignaient les pinottes gagnées pour effectuer des tâches monstrueuses, auxquelles s'ajoutaient ces « activités connexes » qui finissaient par consumer les trois quarts de la journée. Heureusement qu'on nous accordait parfois des correcteurs qu'il était souvent plus exigeant de former que de faire le travail à leur place.

— C'est drôle, quand même. Des étudiants, consternés d'avoir reçu un B au lieu de leur A habituel, me demandent où ils ont perdu *leurs* points. Ces points-là, qui leur sont dus. Comme s'ils commençaient à 100 %. Comme si la question, ça serait pas plutôt de savoir ce qui manque pour les gagner.

J'ai médité l'observation d'Olivier sous l'éclairage de la lune, que réverbérait une fine pluie de flocons plus bleus que blancs. En traversant la couche superficielle de neige folle, nos bottes produisaient un son ébouriffé qui se transformait en craquement sourd lorsque nos semelles atteignaient la croûte glacée. Il avait raison : A+ était devenu la norme plutôt que l'exception. Lorsque mes étudiants se plaignaient de ma correction pointue, de mes critiques et suggestions nombreuses, j'avais pris l'habitude de répliquer que le passage à l'université n'était pas censé être aisé. Que la récolte d'excellents résultats n'allait pas de soi. Qu'il ne suffisait pas de remettre les travaux, de respecter à peu près les échéanciers ou de se présenter à la plupart des cours. Que souhaitaient-ils ? Que je distribue des A comme on se débarrasse de cennes noires, juste pour alléger ses poches, même si ça ne vaut rien ? Mes propres B, C, D m'avaient poussée à mettre les bouchées doubles, à m'interroger sur mes raccourcis intellectuels, à sortir des formules toutes faites qui empêchaient d'approfondir les réflexions. À me dépasser, tout simplement.

— Il me semble que j'ai jamais écrit à un prof pour lui poser des questions dont les réponses se trouvaient dans le plan de cours. Ni demandé à un prof de me répéter ce que j'avais manqué durant mes absences. Ni tenu pour acquis qu'il était responsable de mes mauvaises notes.

Je marchais vite, Olivier me l'a fait remarquer.

— Peut-être que c'est toi qui marches lentement.

Il a ri.

— Sérieux, on est en train de devenir amers.

— Oui. On est en train de devenir le monde qui dit : "Moi, dans mon temps."

— Moi, dans mon temps, les gens marchaient moins vite...

J'ai ri.

Olivier écrivait une thèse en socio sur le populisme et la démagogie. Ayant achevé un baccalauréat en communication politique dans une ancienne vie, je détenais quelques connaissances en la matière, ce qui me permettait de le relancer et de renchérir. Comme moi, il se sentait détonner aux études supérieures, investissant des sujets sous des angles qui n'avaient pas la cote. Comme moi, il se sentait tiraillé par une épreuve universitaire exigeante dont l'aboutissement n'offrait aucune garantie. Comme moi, il se questionnait à savoir si c'était bien *ça* qu'il devait attendre/espérer de la vie.

Au sommet de la montagne, juste avant la fourche où il faut choisir entre prendre à droite pour le Belvédère ou bifurquer à gauche pour faire le tour de la croix, je lui ai demandé s'il voulait emprunter le chemin le plus long – à gauche. J'espérais qu'il le veuille. Il le voulait. Nous avons contourné la croix en buvant les bières qu'il avait planquées dans son sac à dos.

Au moment de nous quitter, nous avons hésité. Nous aurions pu poursuivre, boire chez lui, chez moi, sûrement frencher, peut-être baiser. Mais d'un commun accord, nous nous sommes dit au revoir. C'était là un bon signe, me semblait-il. « À très bientôt. » Les étoiles du ciel d'hiver, elles aussi plus bleues que blanches, se répercutaient dans nos yeux.

Pour notre deuxième rendez-vous, comme Benoît, Olivier m'avait invitée à souper chez lui. Rosemont remplaçait Verdun. Une bolognaise contre une carbonara. Un autre plat de pâtes fades que j'avais enseveli sous les condiments.

Rue Molson, dans son petit appartement aux murs rongés par la moisissure, j'ai finalisé l'autoportrait entamé la fois d'avant. Je venais tout juste de déménager à deux pas de chez lui, quittant mon appartement de la rue Fullum pour mon premier condo-studio à vie : un 500 pieds carrés de plancher flottant, acheté sur plan et fausses promesses. L'automne précédent, je l'avais passé à me battre contre la hausse-surprise de 5 % que l'entrepreneur avait tenté de nous arracher un mois avant la livraison, claquant d'énergivores heures au téléphone avec l'ACQ, l'ACQC, la RBQ et la GCR, pour m'informer des recours à ma disposition. Un ami avocat, qui m'avait généreusement aidée à rédiger, *pro bono*, une espèce de pré-mise en demeure, m'avait aussi conseillée d'alerter des journalistes à ce sujet. L'article de Marie-Ève Fournier dans *La Presse*, titré « À vendre, condo neuf à prix variable », avait fini de dissuader ces petits bandits d'entériner leur majoration aux limites de la légalité (ou de l'illégalité, c'est selon). Au lendemain de l'article, le groupe Calex avait donc officiellement annulé la hausse pour tous les futurs copropriétaires.

Devenue mère Teresa défenderesse de la classe moyenne, Malcolm X du droit à l'acquisition d'un condo exigu et hors de prix, je m'étais attendue à davantage de reconnaissance de mes collègues de copropriété. Certains, qui s'étaient même montrés disposés à payer la hausse sans rechigner, n'avaient pas cru bon de me remercier pour les quelques dizaines de milliers de dollars sauvés. J'aurais pourtant volontiers accueilli un petit mille (999,99 sans taxes) pour ces heures de lutte non rémunérées. Même une carte prépayée ou leur prochain bébé auraient fait l'affaire.

J'avais raconté tout ça à Olivier en débouchant une bouteille de champagne Clandestin, brut nature 2018, 78 $ à la SAQ, puis en remplissant nos flûtes ornées du logo de Calex. Chaque nouveau propriétaire avait reçu ces bulles en guise de félicitations pour son arrivée sur le chantier. Chaque propriétaire, sauf Nazim, mon voisin au troisième qui leur avait aussi fait un solide bras de fer, et moi. Heureusement que Gabriel, celui d'en face, m'avait fait cadeau des siennes. Sur ma liste mentale de gens à abattre, son nom avait été rayé.

Bon public, Olivier m'écoutait, réagissant à mes pointes d'humour par des demi-sourires ou des ricanements, l'air de trouver tout ce que je lui exposais complètement charmant. Comme il fallait rééquilibrer mes vénérables exploits de petite bourgeoise par de plus réalistes défaites, je lui ai raconté ma rupture d'avec Benoît ainsi que mon invasion chez lui aux grosses heures de la nuit. Lui ai décrit ma posture nihiliste, qui n'allait qu'en empirant. Cette grande fatigue, cette angoisse, cette pression, cette peur et tous ces états d'âme qui me servaient à justifier ma lâcheté. Paresse, pessimisme, absence calculée de tout ce qui comptait pour moi, de tout ce qui me rendait plus faiseuse que fardeau. Pas travailler, pas écrire, pas cuisiner, pas bouger, pas me laver, pas socialiser, pas sortir, pas lire, pas rire.

Après le champagne, le vin. Après le vin, les bières. J'ai tenté à plusieurs reprises de faire dévier la conversation vers lui. Il avait perdu sa mère des suites d'une longue maladie. N'avait jamais terminé son secondaire, ce qui ne l'avait pas empêché de reprendre ses études une fois adulte et de se rendre jusqu'au doctorat. Ça m'impressionnait beaucoup et je tentais de déceler dans ses prudents aveux les signes qui confirmeraient le potentiel d'une union imminente et sacrée. Vite, je l'ai senti frileux. Très frileux, même, à l'idée de me révéler davantage que les lignes principales de son curriculum de vie. Il a reculé, a reblindé sa façade. Son père venait de l'Outaouais. Il avait une sœur. Sa sœur avait un chien saucisse. Une photo ? OK. Quelle belle saucisse. Bientôt, il n'y a plus rien eu à en tirer. Quelque chose bloquait. J'avais beau continuer de gratter la surface du billet en espérant m'approcher de la combinaison gagnante, il me résistait.

L'alcool aidant (à tout gâcher), je lui ai reproché de ne pas se dévoiler suffisamment. J'aurais pourtant dû me montrer ravie : n'avais-je pas blâmé Benoît de ne s'être jamais réellement intéressé à moi ? Olivier m'écoutait sans m'interrompre, et pas seulement dans l'attente d'intervenir ou de recentrer les enjeux sur lui. Il me posait des questions stimulantes, inattendues. Sauf qu'un décalage s'opérait déjà et j'étais là, nue comme un ver, alors que lui ne daignait retirer de son attirail d'hiver que sa tuque et ses mitaines. J'avais besoin de plus. Tout de suite. Je ne demandais au fond qu'un dépouillement minimal : voir son système nerveux palpiter sous sa chair, son sang circuler dans ses veines et les ventricules de son cœur se contracter.

En réponse, Olivier a calmement posé ses limites : il me faudrait faire preuve de patience, car il n'avait pas l'intention de se déshabiller de sitôt. Peut-être même ne se déshabillerait-il jamais à la hauteur de mes attentes.

Je ne sais pas pourquoi. Pourquoi je me suis levée soudain en disant que ça ne pourrait pas fonctionner. Probablement à cause de cette incapacité à me faire imposer des limites là où je n'en mettais pas aux autres. Probablement à cause de ce sentiment de solitude dans lequel me plongeait l'exposition isolée de mes plaies.

La soirée s'est terminée sur mon départ en coup de vent. Il m'a regardée me rhabiller du haut de son grand corps maladroit, les paumes ouvertes et l'air impuissant, tandis que je rageais de ne pouvoir reprendre mes secrets.

Au coin de Molson et de Bellechasse, de grosses larmes de crocodile se sont mises à inonder mes joues. Sur De Lorimier, j'éructais de bruyants sanglots, convaincue que je n'avais absolument plus rien à espérer de l'existence.

Je ne sais pas pourquoi. Pourquoi, rendue chez moi, j'ai aiguisé mon plus gros couteau.

Durant ma relation avec Benoît, j'avais recommencé à me couper. Rien de bien profond, des griffures rassurantes, qui saignaient à peine et qu'il n'avait jamais relevées.

Au bout d'une plainte suffocante, j'ai plongé la lame juste avant le mot « Respirer », tatoué sur mon avant-bras gauche. Un magnifique trait rouge s'est ouvert comme un sourire. J'ai arrêté de pleurer tout net. Trachéotomie maison réussie. Ça y était, je respirais mieux.

Le lendemain matin, j'ai écrit à Olivier pour m'excuser. J'étais déterminée à respecter son rythme, qui n'avait par ailleurs rien de déraisonnable. Un peu de lenteur et de prudence me ferait le plus grand bien.

La relation a donc repris.

Vitesse grand V.

Après quelques semaines seulement, les états amoureux étaient officiellement prononcés. Nous passions énormément de temps ensemble, entre son appart de la rue Molson et mon studio du boulevard Rosemont, soumettant le quartier à nos moindres désirs, indifférents à tout ce qui n'était pas nous. Chaque endroit fréquenté tombait sous le joug de notre couple, comme subjugué par notre démesure. La mienne, surtout, évidemment. J'avais pris l'habitude de me donner en spectacle dans mes relations d'amour ou d'amitié. Besoin de sentir l'autre diverti. Régalé, mais jamais repu. Pour ce faire, je ne connaissais qu'une manière : me montrer plus grande que nature. Je devenais Clémentine dans *Eternal Sunshine of the Spotless Mind.* Lily dans *Black Swan.* Ki-Jung dans *Parasite.*

Mary Poppins, superfuckingcalifragilisticexpialidocious.

Pour eux, je me voulais inoubliable. Irremplaçable. Et si je le voulais autant, c'est justement parce que je savais que des Marie, il y en avait des millions.

Nous étions amoureux. Enfin, je crois.

Nous ne faisions pourtant pas l'amour. Le moment venu, Olivier se perdait dans sa tête au point de perdre son érection. Il faut dire que moi aussi, à sa place, si j'avais eu à bander en début de relation, j'aurais succombé à la pression de mes pensées, soupesant toutes les variables inconnues que suggère la rencontre d'une nouvelle intimité. N'empêche, je prenais mal cette mollesse, la mettais sur le compte de mon corps épaississant, vieillissant. De ma personnalité, même, pourquoi pas.

Le premier coït n'est survenu qu'au deuxième mois. Entre-temps, de part et d'autre, beaucoup d'insécurités étaient apparues et elles ne disparaîtraient pas en un claquement de doigts. Lui émasculé, moi indésirée. La rumeur populaire veut pourtant qu'à l'aurore d'une relation, les humains se transforment en lapins lorsqu'il est question d'accouplement. S'il m'avait toujours fallu une phase d'apprivoisement pour arriver à ce stade libidinal, je concevais difficilement que ce soit équivalent pour Olivier. Être l'objet d'un implacable désir avait été une garantie dans mes relations passées. Même si les désaccords fusaient de toutes parts, dans le domaine de la sexualité, rien ne semblait vaciller chez l'autre. Là, c'était l'inverse. Nous nous entendions à merveille, sauf en ce qui avait trait à l'insertion de son sexe dans le mien.

Comme Benoît, Olivier m'avait peint un portrait conforme à ce qu'il aurait aimé être plutôt qu'à ce qu'il était vraiment.

Il paraît que c'est ce que font les gens normaux.

Olivier n'était pas cette personne calme, indépendante et mesurée qui avait jadis contourné avec moi la croix du mont Royal et m'avait servi une bolognaise sans goût. Au contraire, Olivier savait assaisonner ses plats à la perfection, surdosant parfaitement le sel et le piquant. Il manifestait une intensité proche de la mienne, et la surpassait même en certaines occasions. Ses besoins affectifs me paraissaient insatiables. Une caresse en appelait toujours une autre, une autre et encore une, un baiser devait absolument se prolonger, se démultiplier pour compter. Lorsque je m'écartais au bout d'une étreinte, je sentais le champ magnétique entre nous comme laissé en plan, vibrant d'insatisfaction. Je n'en donnais manifestement pas assez. C'était pourtant déjà beaucoup pour moi. Je n'avais jamais été ni ne serais la personne la plus câline. L'affection – jouer dans les cheveux, caresser du doux des doigts, se blottir contre une peau ou occuper celle qui procurerait un abri à l'autre – représentait pour moi une implication périlleuse. Une fellation ne détenait pas une charge intime équivalente à mes yeux. Je réfléchissais moins avant de mettre un pénis dans ma bouche que de saisir une main dans la mienne.

L'avantage, quand on suce, c'est de pouvoir camoufler son visage.

Les insécurités d'Olivier l'envahissaient à tel point que la remarque la plus banale – « ce plastique-là va pas au recyclage », « faut laver les champignons avant de les cuire », « pourquoi tu prends pas plutôt cette marque-là, c'est la même affaire moins cher » – se transformait en attaque. Même la méthode sandwich qu'affectionnaient nos étudiants ne fonctionnait pas avec lui. J'avais beau coincer une mince feuille de roquette de critique constructive entre deux épaisses tranches de pain bien garnies de compliments bacon, tomates, fromage, extra-extra mayonnaise, l'arrière-goût amer de salade semblait tout saboter.

En même temps, Olivier avait le compliment tellement facile qu'on se sentait vite bombardé, aussi bien en quantité qu'en qualité. Comment croire en l'authenticité de cette mélasse surabondante ? Comment y croire, surtout, si celui qui nous la servait se cherchait une réciprocité pure ? Il m'assurait que j'étais le plus beau spécimen du monde, pour mieux me demander ensuite si je pensais la même chose de sa personne.

— Non, bien sûr que t'es pas le PLUS beau. Mais t'es beau ! Très beau, même ! Moi, je te trouve beau, en tout cas !

Ça ne suffisait pas et mentir n'était pas une option. Parce que ma face est si transparente qu'à peu de choses près, les sentiments s'y écriraient en toutes lettres et à mesure.

Un jour, il m'avait fait cadeau d'un bijou qui ne me ressemblait pas. Cet événement, Olivier me l'a rappelé post-rupture, comme si résidait là une preuve constitutive de mon inadéquation.

Fébrile, il avait déposé au creux de ma paume une petite boîte de carton. Mon cœur s'était mis à battre à tout rompre. D'angoisse. Il lui était arrivé quelques fois de me désigner un morceau de guenille ou une bébelle superflue dans une vitrine en me demandant si c'était de mon goût. Ce ne l'était jamais. Je redoutais donc ce qui était sur le point d'arriver. Sous un carré de papier de soie se trouvaient un bracelet et des boucles d'oreilles agencées. Entre les billes rouges et lustrées s'enchâssaient de petites pièces argentées qui faisaient gueling-gueling. Un truc qu'aurait porté une sexagénaire spirituelle et colorée, adepte d'artisanat local, d'huiles essentielles et d'émissions de rénovation. Le geste était touchant, pas l'objet.

— L'aimes-tu ?

— C'est pas mon genre...

— ...

— Mais c'est gentil, hein.

— ...

— Peut-être que ça plairait plus à ta sœur ?

Son visage se décomposait, ses yeux reculaient dans leurs orbites, les os de ses joues s'appointaient. Je le tuais. Ce qu'il aimait de moi – ma franchise, mon obstination, mon aplomb – le tuait d'ailleurs de plus en plus souvent.

Il m'avait rencontrée dépressive, et dépressive je restais. Je peinais à respecter mes engagements. Me décommandais à la dernière minute sans aucune raison valable. Dormais de longues heures irrégulières. M'enfermais des jours durant sans mettre les pieds dehors. Larvais.

Ma douleur le contaminait. Ma douleur, il la prenait sur ses épaules, la superposait à celle qu'il portait déjà. Il voulait bien faire. Mais rien ne me rassurait moins que de le voir s'encombrer d'un poids qui ne le concernait pas. C'était un de ses détournements à lui : jouer au sauveur dans la vie des autres pour éviter d'affronter ses propres monstres. Je me surprenais à lui répéter ce conseil que ma mère m'avait prodigué tant de fois :

— Sois une bonne mère pour toi. Apprends à prendre soin de toi.

Ses impôts étaient en retard, des fongus toxiques dévoraient les murs de son appartement, il avait sa carte d'assurance-maladie à renouveler, les problèmes d'apnée du sommeil non diagnostiquée, les oreilles bouchées, besoin d'un dentiste, d'un médecin, d'un psy. Cordonnier mal chaussé. Il me faisait penser à mon père, le docteur aux artères bloquées. Comme Benoît, obnubilé par son nombril, m'avait fait penser à ma mère.

Mais parfois, Benoît et Olivier se fondaient dans une masse indistincte. Ils n'étaient plus que l'incarnation d'un genre. Un cliché. Un garçon, adolescent, frustré, gonflé à bloc, agressif. La charge explosive détonait au moindre verre ou mot de trop. Les insultes fusaient ; leurs yeux écarquillés, leur peau écarlate, leurs poings blanchis de rage. Toutes ces émotions détournées afin de se conformer aux diktats de la masculinité ressortaient d'un coup, plus vicieuses parce que pourries par le temps et la retenue, plus purulentes parce qu'ils n'avaient pas voulu reconnaître leurs blessures de carences ou de surplus.

Moi aussi, je devenais un cliché. Une bêcheuse indifférenciée. Au moment de la détonation, étonnamment, je me montrais assez raisonnable. Je quittais les lieux en invoquant un recul salvateur. Ou j'étreignais la Foudre dans mes bras, l'embrassais comme on le ferait, justement, avec un petit garçon colérique, temporairement redescendu de son nuage noir. C'est quand la porte se refermait derrière moi que la marâtre se réveillait. J'avais envie de punir. D'éveiller toute la culpabilité du monde pour obtenir juste réparation. Et j'excellais là-dedans : fourrer dans la blessure.

À la fin du mois d'avril, nous nous sommes envolés pour l'Équateur sur un coup de tête. J'avais accumulé assez de points pour nos deux billets et, un beau matin de dépression, je lui ai écrit que je l'emmenais à Quito.

Il ne m'avait pas répondu l'euphorique «oui» attendu. Il hésitait. J'allais lui présenter l'Amérique, la vraie, celle qui me sauvait périodiquement, et il hésitait. La vérité, qu'il m'avait avouée après que je lui ai tiré les vers du nez, c'est qu'il avait peur. Peur de prendre l'avion. Peur de ces histoires de cartel, de kidnapping et de gringos soumis à l'esclavage dans un champ de coca. J'avais ri. Était-il sérieux? Il avait cité tel article lu dans tel journal et j'avais juré que je le défendrais contre vents, marées et méchants Latinos. Et puis, s'il s'inquiétait de la dangerosité du voyage, ne désirerait-il pas justement m'accompagner plutôt que de me laisser partir seule?

Peut-être avait-il senti que s'il ne venait pas, quelque chose se briserait entre nous. C'était vrai. Je ne pourrais jamais être en couple avec un homme qui avait peur de me suivre en Amérique du Sud. Des limites, j'en avais peu, mais il fallait bien tracer une ligne quelque part. Ma ligne à moi, c'était le voyage.

J'ai serré sa main moite dans la mienne durant le décollage, les turbulences et l'atterrissage en lui promettant du soleil et des montagnes. Mes promesses ont été tenues, et bien plus.

Olivier s'émerveillait de tout, ses soucis disparaissant derrière chaque découverte. Il se débrouillait bien en espagnol, même s'il ne l'avait jamais pratiqué en immersion comme moi. Il avançait d'un pas plus sûr et plus léger, surplombant de plusieurs têtes les Équatoriens qui l'abordaient avec des regards curieux. Quelque chose en nous se déliait – une rigidité, un sentiment d'importance factice propre au Nord.

On entend souvent dire que l'un des meilleurs tests pour un couple, c'est le voyage. Ce test, nous le passions haut la main, *magna cum laude*: toutes nos envies se recoupaient, aucun compromis à faire. Un miracle. Mais le plus miraculeux, le plus beau, c'était de le voir m'aimer plus fort ailleurs. Comme si c'était moi qui lui offrais l'Équateur en cadeau. Comme si le pays, je l'avais inventé en l'y invitant.

Puis nous sommes tombés malades.

Au troisième jour à Quito, juste avant d'escalader le volcan Pichincha, j'ai proposé de nous rendre à proximité du TeleferiQo pour un déjeuner cheap et tipico. Le taxi nous a débarqués à l'adresse ravitaillant en tigrillos «out of this world, dude!», dénichée sur les Internet. Rien sur la devanture, ni affiche ni insigne; qu'une lourde porte en fer-blanc grillagée et cadenassée.

— Qu'est-ce qu'on fait?

— Je sais pas. On marche? On va ben finir par trouver un bouiboui dans le coin.

Quito, perchée à 2850 mètres, vallonnait sur des rues pavées de pierres inégales. Le souffle venait vite à manquer et Olivier suivait mon rythme d'expédition sans se plaindre, ce qui me rendait mon complice d'autant plus attrayant. À mi-chemin d'une rue pentue, un trio de policiers se flattait la bedaine sous l'auvent d'une terrasse. L'un d'eux déposait quelques pièces de monnaie dans la paume d'une vieille dame vêtue d'une lourde jupe en lainage pourpre. Un restaurant. Qui ressemblait davantage à une cuisine d'abuela. Plus tipico que ça, t'es Quiténien. J'ai jeté un regard victorieux à Olivier: c'est là qu'on déjeunerait, même si on y servait de la marde pis des patates. Ce qui, au final, ne serait pas loin du compte.

Au menu, une soupe épaisse à la farine de fève de lima, accompagnée d'une soucoupe de bigorneaux. Nous avons pris place sur des chaises en plastique, autour d'une petite table ronde recouverte d'une nappe fleurie. Les policiers partis, il ne restait plus qu'une famille de six que servait la mamie à la lourde jupe. J'avais beau prêter attention à leur baragouin, il m'était impossible de déterminer si celui-ci se tenait en espagnol ou en quechua. J'ai donc pointé un index sur la marmite géante que touillait la dame et levé l'index et le majeur de l'autre main, por favor, gracias.

Dès que la soupe est apparue devant nous, nos voisins se sont tus. Le spectacle commençait, et il n'y avait rien de plus drôle que ces deux gringos-là, qui n'avaient pas la moindre idée de ce qu'ils s'apprêtaient à avaler. La plus jeune, qui devait avoir à peu près mon âge, a pressé deux limes dans sa soupe en exagérant ses gestes pour nous montrer l'exemple, puis a renversé sa soucoupe de coquillages et ajouté environ une demi-tasse de sel à la mixture. Elle attendait que nous fassions de même pour poursuivre la leçon. Notre enseignante a ensuite plongé le pouce et le majeur dans sa soupe, récupérant un coquillage de la taille d'un frelon qui devait avoir approximativement cuit dans le mélange tiédi. La bouche en cul-de-poule et les yeux fixés sur nous, elle en a aspiré le contenu.

Tandis qu'Olivier rassemblait son courage, j'ai encerclé l'ouverture d'un coquillage de ma bouche et aspiré, sans succès. La prof a arrondi son regard comme pour dire : « Put your back into it. » Au second essai, j'ai expiré profondément avant l'effort et la famille quiténienne s'est esclaffée, comme on rit devant un petit singe qui imite les humains. Cette fois, une limace s'est joyeusement déroulée dans ma gorge et a entamé son épopée dans mon système digestif.

— Pis ?

— C'est crissement dégueulasse. Goûte.

Nous avons aspiré quelques coquillages en grimaçant le moins possible, mais ni l'abuela ni les clients n'étaient dupes. Au bout de quelques minutes, celle qui devait être la matriarche de la tablée, début cinquantaine, au port de cheffe, a agité un doigt dans ma direction. Ce que nous avions échoué de remarquer jusque-là, c'est que nos voisins n'absorbaient pas l'entièreté du mollusque. La dame a détaché une minuscule épave brunâtre de sa coquille en déclarant :

— Es pupu. Malo.

De la marde. Ne manquait que les patates, ici remplacées par une soupe à la consistance d'une flaque de boue au goût râpeux. Il n'aurait donc pas fallu tout manger du mollusque, l'extrémité comprenant ses déjections toxiques. Contrairement à l'estomac d'Olivier qui a rendu la soupe orange en ni une ni deux, le mien ne s'est pas retourné tout de suite. Il a attendu que je me trouve à 4500 mètres d'altitude sur le volcan Pichincha pour s'abandonner au vertige. Une trentaine de minutes avant le sommet, j'ai dû m'accroupir dans un bosquet pour éjecter la soupe aux limaces par l'autre trou.

À partir de là, le voyage a été teinté par les coliques, la fièvre et la gastro. Un nouveau niveau d'intimité qui passait par la description détaillée de plusieurs nuances de marron, diverses formes et textures que sculptaient nos corps intoxiqués. Ensemble, nous transformions le mal en humour. Main dans la main, entre les allers-retours aux chiottes.

Malgré tout, nous avons passé un beau voyage. À Guayaquil, bourrés d'Imodium, nous avons escaladé les marches de Las Peñas, longé la rivière Guayas sur le Malecón, flatté les lézards géants du parc Samanes et observé les crocos de l'île Santay. À Montañita, je me suis vaguement tenue debout dans la houle avant de revenir à mes valeurs sûres : sauter de cruciales étapes en suivant des surfeurs experts dans le pas creux jonché de rochers acérés. Après m'être entaillé les pieds, j'ai dû passer mes derniers jours équatoriens en sédentaire, à me badigeonner les talons d'onguent antibiotique entre les rasades de boissons enrichies aux électrolytes et de Pilsners ben frettes.

Olivier a été aux petits soins avec moi. Attentionné, doux, charmant. Nous étions chanceux dans notre malchance, compagnons d'infortune. Mais une autre ligne s'était tracée, une ligne marquant l'avant-soupe aux limaces et l'après-soupe aux limaces, à partir de laquelle une série d'inconforts et de drames, grands et petits, nous sont tombés dessus. Si bien que je me demande parfois si l'abuela n'avait pas concocté une potion. Une potion pour nous faire tomber en désamour. Ou pour nous faire tomber tout court.

Au retour de l'Équateur, je suis partie pour une tournée d'auteurs sur la Côte-Nord. Un coup d'argent dont j'avais absolument besoin pour renflouer mes coffres, même si ma santé traînait de la patte. Comme à mon habitude, j'avais davantage sympathisé avec les organisateurs de l'événement qu'avec le lot d'acolytes écrivains, gâché par une poignée d'auteurs mâles imbuvables. Un en particulier, qui m'inspirait une et une seule épithète, celle de moron. Un auteur dont je n'admirais ni le travail ni le caractère, qui brandissait son statut d'artiste multidisciplinaire – «créateur tout azimut» – comme un flambeau pour pallier son absence de personnalité. Lui et le porte-parole de l'événement, un musicien-vedette de télé-réalité qui, je venais tout juste de l'apprendre, écrivait des romans de croissance personnelle, avaient brûlé leur brassière le premier soir en m'entendant parler d'écriture littéraire comme d'un art qui n'était pas nécessairement accessible à tous. Bien sûr, quelle sombre imbécile je faisais de penser que tout le monde ne pouvait devenir un grand écrivain, au même titre que ne se transformerait pas qui veut en virtuose du violon ou en peintre d'envergure.

De nos jours, il n'était plus glamour de catégoriser/hiérarchiser les arts, littéraires en particulier. Moi qui avais pourtant toujours été la moins snob des départements de littérature, je me transformais soudain en celle qui nuisait à la démocratisation du livre. J'avais beau rappeler que j'écrivais, entre autres, des histoires pour enfants qui parlaient de pets de chien et de crottes de nez, je ne semblais pas avoir le droit de prétendre que toutes les littératures ne s'équivalent pas. Non, c'était un scandale d'affirmer qu'entre Delphine de Vigan et Guillaume Musso, il existe des différences de profondeur.

La vedette de télé-réalité semblait l'avoir pris particulièrement personnel: le lendemain, elle s'était déplacée de table en table pour acheter les livres de ses collègues de tournée, en contournant ostensiblement la mienne. Ma carrière ne survivrait probablement pas à ce 2,30$ de redevances en moins ou à l'absence de hashtag à mon sujet sur son compte Instagram.

Au terme de la dernière soirée, le Moron «tout azimut» avait profité de mon état d'ébriété plus qu'avancé – je me souvenais à peine de mon prénom – pour me faire des avances. Ce n'était pas la première fois qu'on attendait de me voir totalement vulnérable pour m'embrasser ou me tripoter. À ce niveau d'ivresse, j'aurais frenché n'importe qui, j'aurais baisé n'importe quoi me manifestant un brin d'intérêt. Un arbre. Un réfrigérateur. Une chaise capitaine. C'est toute une chance que ces choses n'ont pas tendance à papillonner.

J'avais donc trompé Oli et le lui avais avoué le lendemain, les doigts tremblants sur le clavier de mon téléphone. Mon aveu était purement égoïste. J'avais eu besoin de décharger ma conscience, tout de suite.

Arguer l'ivresse et la concupiscence sournoise de Moron qui, après avoir rezippé sa braguette, était tranquillement allé rejoindre sa blonde dans sa chambre à l'auberge, n'avait pas compté. Comment pouvais-je lui jurer que ça ne se reproduirait plus ? J'en étais en effet incapable. À moins de pratiquer la sobriété, ce que j'avais déjà essayé, mais que je ne m'illusionnais plus à réussir. J'étais alcoolique, un point c'est tout.

Olivier m'avait «pardonné». Un pardon qui volait en éclats dès qu'il buvait et que sa confiance en lui se voyait ébréchée par mon incapacité à deviner ses pensées ou à anticiper ses besoins.

Fin mai, alors que l'été se pointait le bout du nez et que nous rêvassions de journées à lire au soleil et d'escapades à

New York, j'ai posé le pied dans un nid-de-poule. Crac. J'ai tout de suite su que c'était cassé. Double fracture du péroné distal, ligament sectionné, déplacement des os. Opération. C'est Olivier qui a téléphoné à ma mère pour le lui annoncer. Je n'en avais ni la force ni l'envie. Comme elle s'inquiétait d'une voix suraiguë dans le haut-parleur, je me suis mise à l'imiter, articulant silencieusement ses phrases emphatiques, pire qu'une préado en crise de préadolescence. Olivier avait pris les prochains appels en écoute seule. Durant les trois journées passées à l'hôpital – l'opération ne cessait d'être reportée au lendemain –, il a continué de communiquer mes bilans de santé à ma mère. Il me rapportait ensuite ces conversations avec un optimisme qui se voulait contagieux :

— C'est cool, elle m'a dit qu'elle t'aiderait après la chirurgie, qu'elle s'occuperait de toi, qu'elle te ferait de la bouffe, des épiceries.

— Hahaha !

— Non, pour vrai !

— Ça, c'est ce qu'elle *dit*, Oli.

— Tu la perçois trop négativement. T'exagères. Tu vas voir, elle va te surprendre.

— Non, toi, tu vas voir.

Il avait vu. En presque trois mois de convalescence, ma mère est venue me prêter main-forte deux fois pendant deux heures. Je lui en étais reconnaissante : c'était déjà mieux que zéro fois zéro heure, ce à quoi je m'étais attendue. Mon pauvre Olivier s'était transformé en garde-malade à presque temps plein, poste qu'il avait gentiment et volontairement occupé en Équateur, mais ma fracture l'obligeait désormais à des services beaucoup trop soutenus pour sa santé mentale déjà précaire.

Puis, la tante d'Olivier est décédée. Puis, le grand-père d'Olivier est décédé. Deux morts en deux mois, c'était pas mal pire que rien que deux fois deux heures. Tout le monde s'appuyait sur lui pour du réconfort, pour de l'aide. Qui l'aidait, lui ? Sur qui pouvait-il s'appuyer ? J'aurais voulu pouvoir dire moi. Sauf que mon alitement m'avait plongée dans un état de désespoir proche de la psychose.

La potion de l'abuela n'avait pas encore fait effet : Olivier m'aimait encore et moi aussi. Mais un effet s'était quand même fait parce que, dès que j'ai pu recommencer à marcher, Olivier m'a laissée.

Je me serais fracturé le péroné cent fois encore plutôt que d'endurer cette fracture-là.

Il y avait eu Benoît, la rupture, puis ma fugue au Mexique. Il y avait eu Olivier, la rupture. Cette fois-ci, je n'avais pas tant envie de partir. L'été montréalais tirait à sa fin et je n'en avais pas profité une seule seconde. Je n'avais pas d'argent non plus. Mais pour mes *Détournements,* il fallait m'en aller. Pour compléter l'ouroboros. Pour qu'Olivier revienne, ne serait-ce que temporairement. Avant la fin définitive.

Dans l'avion pour la République dominicaine, où j'avais réservé un tout-inclus avec ma carte de crédit pleine, j'ai écouté un film basé sur un roman de l'autrice manitobaine Miriam Toews. J'avais dû me le procurer à l'époque pour mon club de lecture et, l'ayant perdu à peine dépassé la moitié, je m'étais gardée d'admettre ma bévue aux autres participants, ce qui ne m'avait pas empêchée de formuler des critiques comme si j'en connaissais le dénouement. *All my Puny Sorrows.* L'histoire d'une prodige de piano suicidaire et de sa sœur autrice récemment divorcée. Alors que l'autrice se trouve au chevet de la pianiste qui a raté sa mort et n'attend que sa sortie de l'hôpital pour la réussir, la première cite à la seconde une phrase de D. H. Lawrence dans *Lady Chatterley's Lover* : « We got to live, no matter how many skys have fallen. »

Pendant sept mois, Olivier m'avait fourni une raison de me raccrocher à la vie. Si ce n'était pas pour moi, ç'aurait été pour lui.

Son rejet représentait l'échec en trop. Le coup de grâce. Je voulais mourir.

Je ne pourrais plus jamais croire en quoi que ce soit.

« Il faut vivre, peu importe la quantité de ciels tombés. »

Je me suis mise à chialer si fort que j'ai réveillé ma voisine d'accoudoir.

Je n'avais jamais rien lu de plus beau et de moins vrai.

Il ne *faut* pas vivre. Vivre, c'est bien la dernière liberté qui nous reste.

Il était cependant clair, malgré mes pauvres petits chagrins, que quelques ciels tomberaient encore avant que je me décide à mourir.

Dans l'avion, à exactement 10 h 57, Olivier m'a répondu. J'avais insisté : je l'aimais, je voulais être avec lui, était-il bien certain de sa décision ?

Le verdict retombait, pareil à celui de l'an passé :

Je ne peux pas m'engager.

Un autre verdict, plus grinçant :

Je ne suis pas bien avec toi.

Il n'y aurait jamais d'argument plus convaincant.

Mais je l'aimais.

Un bébé a pleuré. Un film a joué. J'ai lu. L'avion est atterri.

Aux douanes, une femme magnifique aux sourcils en arc-en-ciel, mince comme dans mes rêves de moi, m'a souri en espagnol. En me remettant mon passeport, elle a lancé :

— Bonitos ojos.

Je l'aurais épousée.

L'aéroport était désert. Samaná le serait encore plus. En cette saison morte, la maigre réserve de Québécois s'était dispersée entre Punta Cana et Santo Domingo. Praise the lord of the heavensss.

Dans la fourgonnette blanche qui nous a menés au Luxury, j'ai fait la connaissance de Caro et Mario, Normand et Sylvie. Deux couples de quinquagénaires dont les enfants venaient de quitter le nid. Ils cumulaient respectivement presque trente ans de vie commune. Un exploit qui ne serait jamais le mien, ai-je pensé, en ravalant un sanglot.

Le premier matin, levée avant 8 h, chose qui m'arrivait environ 12 jours sur 365 au Québec, j'ai décidé de prendre le bateau pour Cayo Levantado, la petite île en face qui nous envoyait des clins d'œil lubriques sous son soleil permanent. J'ai vidé mon minibar dans mon sac à dos et oublié ma serviette.

Une caricature du nirvana : eau céladon, sable céruse, nuages en maïs soufflé. J'ai dénudé mes seins et ouvert *All About Love* de bell hooks. Incapable de me concentrer, j'ai finalement sorti mon cahier d'écriture et gribouillé :

Ce qu'il me reste : écrire.

Le Luxury portait bien son nom. Architecture coloniale espagnole, bâtiment rose orangé surplombant une petite péninsule à la plage recluse, chambres spacieuses avec vue sur la mer, lits baldaquin, planchers au carrelage étincelant, personnel aux petits soins. J'aurais dû être heureuse, me sentir choyée de pouvoir m'oublier dans ce décor faste deux semaines durant. Mais en revenant de Cayo Levantado, je me suis enfermée dans ma chambre, j'ai tiré les rideaux, avalé quatre comprimés de sertraline et une bouteille de rosé. Ne suis ressortie que trois jours plus tard.

Chaque cohorte en tout-inclus développe ses propres archétypes, élabore ses structures sociales et ses rituels. Il y a la bande de la piscine, celle pour qui la bronzette ne constitue pas qu'un effet secondaire de vacances au soleil, mais une finalité. Tant d'efforts pour une carnation qui ne durera que quelques semaines après le retour dans leur grisaille d'origine. À 16 h, ils se rassemblent autour de leurs bouteilles d'huile solaire pour le pain et les jeux: piña coladas en fût de slush et leçons de salsa. Il y a les hybrides, qui divisent leur temps entre la piscine et la plage. Ceux-là sont plutôt du type jeux de poche et cerveza locale. Les puristes, eux, se consacrent aux transats de la plage, à contempler l'horizon et flotter sur leur pneumatique en forme de beigne ou de banane. Le vin, pour eux, c'est le soir et à la carte. Ils ne se soumettent à aucune des diversions incluses, leur préférant les forfaits dispendieux; randonnée équestre jusqu'à des chutes encaissées dans la jungle, demi-journée de snorkeling dans les Cayos aux coraux intouchés – excursions qu'ils raconteront fièrement aux autres bandes en remplissant leurs assiettes au buffet.

Si j'avais déjà été tentée d'appartenir à l'une de ces bandes, cette fois, je n'avais ni l'élan ni la volonté pour m'insérer où que ce soit. Seuls Mario, Caro et Sylvie (Normand me fuyait comme la peste) me rappelaient que j'occupais une place – de paria – dans l'architectonie tout-incluse.

La plage, que je fréquentais plus assidûment que la piscine, était délimitée par un très restreint périmètre de bouées. À la moindre vaguelette, au moindre soupçon de vent, les sauveteurs hissaient le drapeau rouge pour avertir les vacanciers des dangers mortels que représentent l'ingurgitation d'un peu d'eau salée ou quelques secondes de brasse dans le creux.

Pour les quinze jours que durerait cette non-aventure, je m'étais apporté une dizaine de romans à dévorer. Après quelques pages seulement, mon regard se perdait dans l'entreligne, les mots se mêlaient dans ma tête, empêchant les phrases de se former et le sens de surgir. Mon cerveau, sous l'influence de mon cœur catastrophé, semblait résolu à ne me laisser penser à rien d'autre qu'au vide qui m'habitait. Il n'y avait qu'en nageant que j'arrivais à m'abandonner un peu, à me déposer dans une absence qui n'était pas dangereuse.

Un promontoire rocheux bordait le flanc est de l'hôtel. À mi-chemin de la saillie était juchée une espèce de plateau assez grand pour s'y asseoir. J'avais approché la courte falaise à la nage, dépassant les bouées sous l'œil inquiet des sauveteurs qui n'osaient souffler dans leur sifflet, de peur de déranger les puristes qui méditaient le bleu du ciel. La paroi me paraissait facile à escalader. Seule la surface représentait un certain danger : le roc, façonné par des centaines d'années de ressacs et de marées, était creusé de fossiles de coquillages et d'impuretés pointues. Je gardais au frais dans ma mémoire mes talons tailladés en Équateur, qui avaient pris des semaines à guérir à cause du sel et du sable.

Mais le désir était plus fort. L'eau profonde m'attirait irrésistiblement.

Il était midi, le soleil plastronnait et les purs comme les hybrides étaient partis faire le plein au buffet. Je me suis enduite de SPF 50, j'ai bu une longue rasade de ma bouteille d'eau tiède et j'ai nagé jusqu'au promontoire. À quelques mètres, j'ai laissé les vagues me pousser jusqu'au mur de pierre, sur lequel je me suis accrochée comme au poitrail d'un amoureux.

La surface n'était pas aussi coupante qu'escompté. Il suffisait d'y appliquer posément ses membres. J'ai escaladé sans difficulté les deux-trois mètres qui me séparaient du plateau. Une dernière manœuvre plus casse-cou pour m'y hisser : étendre la jambe gauche dans un angle insolite, tout en prenant levier de la main droite sur un appendice précaire. Ventre en premier, j'ai atterri sur le petit plateau dans un ploc mouillé. J'ai encore eu envie de pleurer, mais cette fois, parce que j'avais envie de vivre. De continuer, sans raison. Sans personne sur qui m'appuyer.

D'où je me trouvais, il n'y avait plus hôtel ni vacancier. Que le son des vagues qui se fracassaient et la mer qui s'abîmait dans l'invisible. Je me suis mise debout, sur la pointe des pieds, et j'ai levé les bras au-dessus de ma tête, comme pour faire un salut au soleil. Mais c'est la mer que je saluais.

J'ai plongé tête première, m'enfonçant dans la ruisselante comme dans une tanière où plus rien ne pouvait m'atteindre.

QUATRIÈME PARTIE

La *desdichada*

Mon éditrice me posait des questions auxquelles je ne savais pas répondre. Où s'en allait mon roman ? Quel en serait le dénouement ? Des interrogations qui valaient aussi bien pour ma vie. J'aurais eu envie qu'elle se laisse porter. Qu'elle plonge sans trop se poser de questions, en attendant la fin.

J'avais écrit trois parties. Cinquante mille mots, dont quelques milliers qui sauteraient sûrement en réécriture : un deuil normal, mais déchirant.

Pour la session d'hiver, je n'avais obtenu aucune charge de cours. Peut-être un mal pour un bien. La nouvelle directrice adjointe m'avait prise en grippe et semblait tout faire en son petit pouvoir pour miner ma légitimité et me mettre des bâtons dans les roues. Je décortiquais ses courriels, en analysais le ton, la ponctuation, j'envoyais nos échanges à des collègues pour qu'ils confirment mes soupçons. Étais-je en train de devenir folle ? Parano ? Pourquoi avais-je toujours l'impression que le monde se mobilisait contre moi ?

En ces moments où je sentais ma vie peuplée d'ennemis aux intentions les plus viles, je me faisais penser à Alice.

Il me restait donc la partie sur Alice et celle sur Loustau. Mon éditrice rechignerait sûrement à l'idée que j'appelle ce dernier par son nom de famille. Je n'avais pas le choix : c'est toujours comme ça que je l'avais appelé, Loustau. Il fallait que je sois égale partout. Au plus près du vrai partout.

Ne craignais-je pas les répercussions ? De possibles poursuites en justice ? Nous avions rajouté une clause à mon contrat pour protéger ma maison d'édition.

J'essayais d'y penser le moins possible. Je n'écrivais que ce que j'avais vécu. C'était un roman. Une autofiction. Je n'étais pas autobiographe. Je n'aspirais pas à d'autres vérités que la mienne, celle-là même que je découvrais en écrivant. Pour les parties sur Alice et Loustau, je ne me basais d'ailleurs que sur des échanges exhaustifs dont j'avais conservé les traces. Je reconstruisais à partir de preuves. En quelque sorte.

La partie sur ma famille se révélait autrement délicate. J'avais beau avoir averti ma mère, je savais que rien ne la préparerait totalement à *ça*. Je lui en avais quand même lu quelques extraits. C'est drôle à quel point elle tiquait sur des éléments qui m'apparaissaient banals. Par exemple, après lui avoir raconté la scène du bain, celle où je fais pipi dans nos eaux communes, elle avait fait remarquer :

— Il manque quelque chose d'important.

— Quoi ?

— Le bain, c'était un jacuzzi.

— Hein ?

— C'était un gros bain. On a déjà été quatre dedans quand vous étiez petits : toi, moi et tes frères.

— OK... Ben, je vais peut-être le préciser.

Je ne comprenais pas ce que la profondeur, la circonférence ou le diamètre changeait à l'essence de la scène. Ou ce qui pourrait la rassurer dans cet ajout.

Je lui avais également lu le passage dans lequel je mentionne que mon frère Alexis en vient parfois à taper les fesses de ses enfants. Ma mère était certaine qu'il n'approuverait pas, mais j'avais vérifié auprès de lui et, comme prévu, mon frère ne ressentait pas le moindre scrupule. Pourquoi en aurait-il ressenti, d'ailleurs ? Si on a honte de corriger ses enfants, c'est qu'on est convaincu de faire quelque chose de mal. Mon frère ne s'en cachait pas : il les élevait à sa façon, celle qu'il considérait comme la meilleure, toujours pétri de bonnes intentions. Il n'agissait jamais sous le coup de la colère ou en criant. Il n'essayait jamais de leur *faire mal.* C'était déjà plus que beaucoup de parents.

La seule chose dont Alexis n'était pas friand, c'est que je garde son prénom intact. Mais qu'est-ce que ça changerait pour lui ? Il ne savait trop quoi répondre. Nous avons négocié un montant ridicule – cinquante dollars – pour obtenir sa permission. Ce qui, au fond, me semblait vouloir dire : « Fais donc ce qui te chante, ma sœur. »

Ma mère avait cependant raison sur un point : je risquais de *faire mal* à des gens, en plus de porter atteinte à la pudeur familiale. Même mon éditrice me l'avait dit : « On ne parle généralement pas de ces choses-là. » Je ne désirais pourtant blesser personne. Et, en même temps, il m'arrivait de ne plus très bien savoir pourquoi j'avais autant besoin d'aborder cette vérité-là. Pourquoi cette soif de reconnaissance. Pourquoi ce besoin si criant d'être *vue, lue, comprise,* dans tous mes retranchements. Ceux qui m'avaient construite autant que ceux que j'avais moi-même érigés.

À quel type de réparation m'attendais-je ? N'allais-je pas ainsi seulement empirer des situations complexes et tendues ? Depuis quand la vérité servait-elle à désamorcer les conflits ? Il fallait me rendre à l'évidence : je m'étais lancée dans une entreprise dangereuse dont je ne sortirais probablement pas indemne. Des répercussions, il y en aurait. Inévitablement.

Même ma psy commençait à douter de mon désir de m'en sortir. Elle voyait clair dans mon jeu qui n'en était pas un.

— Quelque chose vous retient. Vous y trouvez votre compte quelque part. C'est une autre façon de vous protéger.

L'inertie comme énième détournement. Je choisissais peut-être la dépression pour la simple et bonne raison que je ne voulais ni vivre ni mourir.

Car oui, quelque chose me retenait. J'avais aussi peur de revenir à l'avant que de continuer comme maintenant. Peur de redevenir cette personne qui submerge ses journées de tâches et d'activités, de sorties, de rencontres et de travail, toujours dans une perspective de productivité optimale. Peur de me remettre à cumuler les expériences comme on remplit des coffres d'argent qu'on n'ouvrira qu'en de rares occasions, pas pour en dépenser le contenu, mais seulement pour attiser la convoitise. Peur de recommencer à compter les calories, à m'entraîner obsessivement, à lire pour avoir lu, à écrire pour avoir écrit, à écouter dans le seul but de parler, à fourrer pour me convaincre que mon corps est désirable. Que *je* suis désirable.

C'est cette compulsion qui m'avait fait sombrer dans la déchéance. L'abject. Cesser de me laver, d'acheter du papier de toilette, de la pâte à dents. Laisser le délabrement envahir mon appartement : les contenants de take-out qui s'empilent, croûtés, comme dans un mauvais mukbang, les cadavres de bouteilles de vin et de bière cheap, les vêtements sales en tas informes, les poubelles pleines qui recrachent les détritus, le matelas jaunâtre, sans drap contour parce que le chien a pissé dessus. Le corps amollissant, s'ankylosant, les cheveux aux pointes brisées qui déteignent, la peau asséchée, crevassée, les poils dont on n'a jamais voulu qui foisonnent, qui s'incarnent dans la chair.

Mais cet état-là non plus ne peut pas durer. À force d'immobilité, les malades développent des plaies de lit. Escarres de cubitus. Il faut changer de position pour éviter que la pression qu'exerce le corps du gisant contre une surface ne mène à des abrasions, puis des lésions, puis des nécroses.

Il faut se retourner, pas se détourner.

Ma psy avait néanmoins raison : ce qui m'emprisonnait me libérait aussi, en quelque sorte. Je me soustrayais ainsi à cette pression constante, à cette insupportable injonction au dépassement de soi, aux empilements d'accomplissements qui n'aboutissaient qu'à d'éternelles insatisfactions. En me murant dans la honte, je ne décevais plus personne. Même si je décevais tout le monde, moi y compris.

C'est l'équilibre qu'il me fallait, qu'il m'avait toujours fallu. Sauf que le propre de l'équilibre, c'est qu'il ne tient qu'à un fil. Conserver l'équilibre, c'est toujours être sur le point de tomber. Un état de qui-vive permanent, pour étirer l'éphémère.

À l'équilibre, j'ai toujours préféré la catharsis. Une montée à pic, suivie d'une chute et d'un choc. Puis remonter vers la cime jusqu'à la prochaine chute. Comme si, chaque fois, j'oubliais la violence de l'impact. Ne gardais que la grisée de l'ascension. Le problème, c'est qu'on peut toujours monter plus haut et tomber plus bas. Les sommets n'existent pas plus que les bas-fonds. L'humain trouvera toujours un moyen d'aller trop loin.

N'empêche, quelque chose devait changer. Je le sentais : si mon corps y parvenait encore, mon cœur, lui, ne le supportait plus.

Il fallait choisir entre vivre et mourir. Non, il fallait choisir entre vivre morte ou mourir vivante. Je préférais mourir vivante.

À mon retour de République dominicaine, je suis revenue ramper aux pieds d'Olivier. Nous avions eu quelques discussions depuis ma chambre d'hôtel du Luxury. J'avais terriblement besoin de comprendre les raisons de la rupture.

Comment avait-il pu, en l'espace de quelques heures, confirmer son amour, son engagement et annoncer notre fin?

Il disait préférer se taire, de peur de me blesser, puis, dans le même souffle, il condamnait l'entièreté de ma personnalité: je l'incommodais, mon impudeur portait atteinte à son image, allait à l'encontre de ses valeurs les plus fondamentales. Il ne voulait pas être associé à une femme qui disait tout, sans peur ni regret. J'aurais dû m'adoucir, me modérer, rire moins fort, me plaindre en privé. Cesser d'attirer l'attention inutilement, d'adresser la parole à des inconnus; faire moins de remous, prendre moins de place.

Or ne m'avait-il pourtant pas souvent répété que c'était cette franchise à toute épreuve, cette impudeur déstabilisante qui l'avait séduit? Et pourquoi ne s'était-il pas exprimé à mesure sur ses inconforts, pourquoi ne me les avait-il pas communiqués sur le coup?

Je ne l'aimais pas assez, je ne lui accordais pas l'attention qu'il méritait, j'étais égoïste, je ne me souciais pas suffisamment de l'avancement de son doctorat, ne tenais pas compte de sa peine immense, abyssale, qu'il me taisait, mais que j'aurais quand même dû reconnaître et soulager.

Ses reproches déboulaient comme la mélodie d'un Spirio, ces pianos qui jouent tout seuls, avec ses notes sorties de nulle part. Certes, certains de ces blâmes avaient déjà été crachés dans des moments d'ivresse ou de crise, mais toujours, il les avait démentis par la suite. Croyant acheter la paix, peut-être.

Moi, je ne me démontais pas, je m'obstinais à atténuer le tumulte: comment faire mieux attention à lui s'il ne m'en donnait pas la chance, s'il ne me fournissait pas les outils pour le comprendre? Pourquoi me mettre aussi brutalement devant le fait accompli?

Piégé par mes questions, irrité et pressé d'en finir avec la discussion, il lançait :

— C'est comme si j'avais pas le droit de te quitter.

— T'as le droit, mais il y a une façon de quitter les gens. Ceux qu'on dit aimer, surtout.

— J'en peux plus, Marie, j'étouffe ! Après, il faut juste couper les ponts et laisser le temps passer.

— Mais pourquoi tu renverses l'histoire comme ça ? On dirait que tu t'enfuis parce que tu te sens rejeté. C'est moi qui t'ai dit que j'avais besoin d'air. Moi qui ai parlé de prendre des distances...

Une semaine avant la rupture, j'avais en effet trouvé le courage de lui avouer ce que je pensais depuis nos débuts : j'avais besoin que nous formions un couple moins fusionnel. Mon alitement avait accentué cette espèce de syncrétisme, comme s'il n'existait plus vraiment de frontière entre lui et moi, comme si toutes mes douleurs devenaient siennes. Il me textait plusieurs fois par jour pour me demander s'il pouvait m'aider pour telle chose ou telle autre, passer par chez moi pour m'apporter un café, une bière, un sandwich, ou simplement me faire un câlin. Comment j'allais pour la cinquième fois aujourd'hui ?

C'était louable et gentil, mais aussi pesant. Personne n'a envie de répéter « non, merci » ou « ça va mal » autant de fois par jour. Son aide m'était très utile, voire nécessaire par moments, mais le reste du temps, j'aurais voulu qu'il vive sa vie à lui, qu'il se concentre sur ses propres blessures, sans me faire sentir à quel point les miennes le minaient. Qu'il cesse de s'oublier à travers moi. Puis, ce n'est pas un servant qu'il me fallait. Je savais formuler mes besoins sans qu'on essaie de les anticiper pour moi. Si je me sentais d'humeur exécrable ou désespérément triste, je m'efforçais de lui épargner ma présence. Et chaque fois que je déclarais mon désir de rester seule, j'avais l'impression d'enfoncer un clou rouillé dans son cœur.

— Je veux pas que tu me sauves, Olivier. Je veux que tu te sauves toi.

Au fond, il aura fini par prendre ma recommandation au pied de la lettre.

Pour être tout à fait honnête, je ne me décommandais pas seulement afin de le protéger de mes humeurs. C'est aussi sa présence à lui que je m'épargnais. Depuis le début de la relation, et ce, malgré ma dépression, c'était moi qui jouais le boute-en-train, celle qui égayait, qui faisait preuve d'initiative pour transformer le quotidien en aventure. Une escapade au chalet, une sortie, une marche sur la montagne, essayer cette recette, ce resto ou ce bar, écouter ce film ou découvrir ce livre. Me revenait naturellement la tâche de divertir, de faire rire et, en retour, on me sacrait digne d'être aimée malgré mes profondes lacunes.

D'ailleurs, Olivier n'était pas le seul. La plupart de mes proches semblaient s'attendre à ce que je sois celle qui anime la relation, comme le ferait un moniteur de camp de jour avec son prénom de chihuahua et ses chansons à répondre.

Il n'y a que ma mère qui ne profitait pas de mes dispositions d'amuseuse. Je la considérais comme indigne de ces efforts. C'est aussi que je savais, et tenais pour acquis, qu'elle ne m'abandonnerait jamais tout à fait. Ultimement, ma mère avait *besoin* de moi. Elle n'arrêterait jamais d'essayer, peu importe mon défaitisme ou ma noirceur, de rebâtir ce lien qui l'avait autrefois rendue si heureuse.

Avec Olivier, j'avais cru qu'enfin je pourrais éveiller l'amour avec mes insuffisances, sans toujours forcer la note de l'humour, de l'impertinence badine ou de la douce folie. Mais même en le gardant à distance de ma peine, de mes manques, ceux-ci finissaient par l'infester. Je ne pouvais donc manifester de moi que la partie la plus lisse. Soit, cette partie lisse était probablement plus rugueuse que pour la plupart des gens. Il n'empêche que le noyau névralgique, celui que je devais explorer pour briser l'abcès, pour fuir le lacet de l'ouroboros, je le maintenais dissimulé dans la honte. Et c'est ce pour quoi j'avais de moins en moins envie de partager du temps avec lui. J'en venais à préférer nos échanges virtuels. L'épistolaire me délivrait d'une part de cette comédie.

Ma fracture avait précipité ces déséquilibres. Je n'arrivais plus à tenir la réplique, à feindre ou emballer. À ravaler ou rire. Par conséquent, Olivier dépérissait. Nous croupissions chacun dans notre appartement pendant que l'été battait son plein d'allégresse.

Il était moi, et je lui faisais mal.

C'est pour cette raison, et parce que je commençais à étouffer franchement, que j'avais tenté d'amorcer une « défusion ». Pas une rupture, mais l'installation d'une modération, l'implantation de jardins qu'on cultiverait en retrait et auxquels l'autre n'aurait pas accès. J'avais besoin de me retrouver. De vivre ma peine sans l'infliger à quiconque.

Notre relation avait commencé sur un sprint, et je n'étais même plus capable de marcher. C'était bien la preuve qu'il fallait trouver un nouveau rythme.

Le lendemain de ma demande, à laquelle il avait stoïquement consenti, Olivier piquait une de ses fameuses colères. Se dressant comme une forteresse, il s'était mis à catapulter insultes et récriminations. Les yeux agrandis, la mâchoire coupante, les bras en suspension. Comme je le trouvais laid, dans ces moments. Ces accès de plus en plus fréquents étaient provoqués par des broutilles : un mot mal placé, un geste gourd, un regard obtus. La cause n'était que prétexte.

Olivier, comme mon père, gardait tout à l'intérieur puis explosait sans préavis.

Le surlendemain matin, comme d'habitude, il m'avait demandé pardon, par texto d'abord, puis en trois dimensions. Pendant qu'il sanglotait dans mon cou, je lui avais caressé les cheveux en me disant qu'avoir un amoureux demandait parfois de devenir une mère aimante. J'étais à la fois fière et préoccupée de passer aussi vite l'éponge. Je tenais à rembourser en pardon ses attentions qui me gardaient redevable.

La lune de miel recommençait. Olivier me livrait un bouquet de fleurs en faisant profil bas. Mais un nouveau bouquet atterrissait bientôt sur mon comptoir de quartz avant que le précédent ait pu se faner. Un cycle qui me rappelait celui vécu avec ma mère. Des crises, des explosions suivies de moments de complicité d'une rare intensité. Une relation qui fleurissait avec fulgurance jusqu'au prochain saccage. Mon vase toujours trop plein, toujours plus prêt à déborder.

J'aurais pris moins de fleurs et plus de racines.

C'est lors d'une consultation avec ma psy, tandis que je faisais du surplace en parlant d'OliBenoîtvier, qu'un souvenir s'est emparé brusquement de moi, pareil au froid hivernal qui saisit quand on sort d'un abri chauffé : le rituel du maquillage dans le cagibi de ma mère.

À ce rituel se greffe une pièce de théâtre rejouée avec des répliques apprises par cœur, guidées par des didascalies induites, aux intonations précises. Ma mère est magnifique et la regarder se préparer est un spectacle dont je ne me lasse pas. Elle me pose les questions habituelles : est-ce que je la trouve grosse, belle, vieille, devrait-elle revêtir cette robe ou celle-ci, ce collier ou celui-là. Elle me demande :

— C'est qui ta meilleure amie ?

— Toi. Toi, c'est qui ta meilleure amie ?

— Toi.

Le souffle chaud de nos paroles s'entremêle. L'interrogatoire continue. Je m'enquiers de ma valeur à ses yeux :

— Tu m'aimes jusqu'où ?

— Jusqu'à l'infini.

— Moi aussi… Maman, c'est quoi ma plus grande qualité ?

Cette fois, elle fait mine de réfléchir en déployant des gestes complexes : étirer un trait marron sur ses paupières, brosser ses cils vers le ciel, appliquer du rouge ou du rose sur ses lèvres en commençant par l'arc de Cupidon, puis en traçant les commissures et, finalement, le vermillon.

— T'es douce.

Je sais qu'elle n'évoque pas le grain de ma peau ni mon sens du toucher : je ne suis ni particulièrement affectueuse, ni spécialement câline. Alors moi, douce de caractère, vraiment ? J'ai beau n'avoir que cinq, six ou sept ans, je connais en partie mes forces et mes faiblesses, celles-là mêmes que je voudrais confirmer. Mon père, lui, ne me dirait jamais douce. Ni mes frères. Ni mes amies. Ni mes enseignantes. Je suis curieuse, intelligente, franche, vive, sensible, grandiloquente. Toutes des qualités qui, me semble-t-il, n'ont rien à voir avec la douceur. Puis des défauts qui dénotent même tout le contraire : criarde, brusque, maladroite, égocentrique. En évoquant la douceur, ma mère nourrit-elle une pensée magique ? Espère-t-elle qu'en formulant tout haut cette qualité qui me fait défaut, j'en viendrai à la développer ?

Ma psy a décroisé, recroisé les jambes. Je la sentais avide de placer un mot durant le récit que j'expulsais à toute vitesse, comme pour l'étourdir, l'empêcher de poser une hypothèse déstabilisante, ou pire, d'ébranlantes conclusions.

— Au fond, ce que vous dites, c'est que vous n'étiez pas *vue* par votre mère.

Sa réplique, pourtant simple, m'a sciée en deux. Elle formulait clairement ce que j'avais ressenti sans pouvoir mettre le doigt dessus. Un mot sur le bout de la langue.

— Non, c'est vrai. Elle me voyait comme elle voulait que je sois, pas comme j'étais vraiment.

— Puis, à l'adolescence, l'écart est devenu plus difficile à ignorer. En vieillissant, on s'affirme davantage, on se développe en dehors de la cellule familiale. Ça n'a plus été possible pour votre mère de continuer à vous cadrer dans une image projetée. Ni pour vous de soutenir cette projection.

Sciée en quatre. En douze. En mille.

— Je me sentais tellement... étrangère. J'étais décalée à l'école, décalée à la maison. Entre l'image que ma mère me renvoyait de moi, celle que me renvoyait mon entourage et la mienne, il y avait une distance... folle. Pourtant, déjà, très jeune, il me semble que j'avais saisi l'essence de ma personnalité. Cette espèce de... dissonance venait juste confirmer que je pouvais pas vraiment plaire ou être prise pour ce que j'*étais*. J'avais l'impression de décevoir tout le monde, tout le temps. Pis c'est peut-être pour ça que maintenant, je déjoue les attentes, en me révélant le plus vite et le plus totalement possible, en brûlant plein d'étapes. Comme pour décevoir en amont. Pour commencer en bas en espérant monter, au lieu de tomber de haut.

— Mais ça vous vulnérabilise aussi. Vos relations débutent sur un déséquilibre profond.

— Pis après, je passe mon temps à tirer la couverte de mon bord.

— Oui, et personne ne vous a demandé ce que vous révélez en trop...

Ma psy a haussé les sourcils et marqué une pause. Comme pour prendre le temps de contempler le nœud qu'on venait de réussir à lousser.

— Et votre père, lui ? Est-ce qu'il vous donnait l'impression d'être vue ?

La vérité, c'est qu'avant la séparation de mes parents, mon père n'existait que vaguement. Notre relation se limitait à nos séances de lutte devant la télé, quand il arrivait du travail juste à temps pour regarder les potins d'*Entertainment Tonight*. C'était un grand frère, plutôt. Le week-end, un oncle, ou un ami de la famille, en vacances. À cette époque, il n'y avait que ma mère, qui aspirait tout, avalait tout, comblait et creusait tous les trous. J'étais elle, et elle n'était pas moi.

Des fois, je me demande si je ne l'ai pas rêvé, ce père. Je n'arrive même plus à replacer la couleur de son iris. Brun foncé ? Noisette ? S'y cachait-il un éclair doré ? Une nuance roussie ? Ai-je inventé le ravissement, la pureté du regard qu'il posait sur sa seule fille ? Non. Puisque mon père n'avait pas les mots pour le dire, ce sont ses yeux qui racontaient que j'étais la personne la plus belle et la plus étonnante sur Terre.

— Je sais pas s'il me donnait l'impression d'être vue pour qui je suis, mais il me donnait l'impression d'être vue pour qui je voulais être.

Une bouffée d'affection douloureuse m'a forcée à déglutir. Déglutir pour ne pas pleurer. J'ai effacé une larme absente sous mes cils pendant que ma psy me contemplait d'une expression qui se situait au carrefour de la curiosité, de la perplexité et de l'empathie.

Ce regard que j'avais perdu, je continuerais à le chercher. Chez les hommes. Je me convaincrais qu'il brillait au creux des prunelles d'OliBenoîtvier, ce qui rendrait insoutenable son départ soudain.

Avant de me rappeler qu'on ne peut pas perdre ce qu'on n'a pas trouvé.

L'opération de défusion n'avait même pas eu le temps de commencer qu'Olivier a rompu. Au fond, c'est peut-être ce qu'il redoutait: défusionner, se reconnecter autrement. C'était plus facile de tout jeter que de rééquilibrer.

Nous étions au début du mois d'août. L'été et ses espoirs bafoués étaient presque derrière nous et j'avais enfin commencé à poser ma botte orthopédique au sol. Cet après-midi-là, nous avions bu quelques verres sur la petite terrasse du Rosemont, où nous avions pris nos habitudes. J'avais tiré quelques photos de nous deux, sans savoir que ce seraient les dernières. L'écran de mon cellulaire nous montre trois fois en date du 10 août. Nos visages ensoleillés paraissent presque heureux, mais sur aucun des clichés nous ne regardons dans la même direction. Un signe, peut-être.

Nous nous étions extirpés difficilement de notre ritournelle au débit de boissons et j'avais cuisiné pour la première fois depuis des mois. Mais je ne sais plus. Est-ce réellement au terme de ce souper, durant lequel il m'avait annoncé ne plus pouvoir se projeter dans l'avenir ni vouloir d'enfants, que la rupture s'était concrétisée? Je bute, ici. Les scènes se confondent.

Sinon, au retour du mariage de mon ami Jérôme, auquel j'avais assisté seule, quand Olivier avait prononcé les mots: «C'est fini.» Sauf que ça n'avait pas été fini, ça avait recommencé plein de fois encore. Ou plutôt: ça avait recommencé à finir pendant des mois.

Je ne possède plus la documentation, je n'ai pas les preuves à l'appui. Contrairement à ma correspondance avec Alice ou Loustau, j'ai effacé celle d'Olivier. Pour ne pas y replonger obsessivement, en analyser chaque inflexion, à la recherche de réponses impossibles, à la conquête d'insatisfactions certaines.

Pourquoi est-ce si important pour moi de connaître le point de bascule ?

Je ne sais plus ce qui a posé les jalons de notre rupture. J'écris, j'efface. Je réécris. Pourquoi m'obstiner à en chercher la raison ? L'important, c'est que ce soit fini, non ? N'est-ce pas une somme de moments indistincts, presque hasardeux, qui composent les suites d'une fin ?

Je cherche peut-être une raison pour en retarder le résultat. L'abandon. La solitude.

Je ne sais plus quoi raconter pour façonner du sens dans ce qui s'est passé. Une succession d'événements en apparence anodins desquels je n'arrive pas à tirer de ligne directrice. Une équation que je ne résoudrai pas.

Sept mois de relation. Six mois de rupture : de début août jusqu'au 14 février. Durant ces six mois d'agonie, j'avais tout fait pour nous réparer, revenant à la charge avec des arguments, de la tendresse, du sexe, pour nous inventer une suite ou même une nouvelle fin. Je m'humiliais à répétition, revivant les rebuffades, les crises, les insultes.

Le 14 février, ça s'est définitivement terminé. Il me fallait une date pour décrocher. Celle-là me semblait toute destinée. Mais ça ne sert à rien de m'éterniser, encore. Continuer à écrire sur Olivier ne constituerait qu'un autre détournement.

Ai-je écrit sur Benoît et lui en partie pour retarder mon chapitre sur Alice ? Pour ne pas écrire ce que j'ai le moins envie de dire, comme je m'étais pourtant promis de faire ?

Le chapitre sur Alice, c'est celui-ci, le quatrième. Alice, la *desdichada*. La malheureuse.

La malheureuse, c'est aussi moi.

Le terme «*desdichada*», je m'y suis arrêtée pour la première fois en écoutant les paroles d'une chanson magnifique, *Cuccurrucucú paloma*, écrite par le Mexicain Tomás Méndez en 1954. Une ribambelle d'artistes de par le monde se sont approprié cette chanson traditionnellement huapango pour la muter en balade et la roucouler en langues nouvelles. Moi, c'est la version du Brésilien Caetano Veloso qui m'a émue pour la première fois, dans la cuisine du chalet de ma mère, à Prévost. Je l'avais déjà distraitement entendue des années auparavant, en regardant le film *Parle avec elle* de Pedro Almodóvar, à une époque où je ne maîtrisais pas encore l'espagnol. Les mélodies me touchent toujours moins que les mots.

Ma mère, qui versait des pâtes dans l'eau bouillante tout en touillant une sauce à la crème, s'est emballée dès que la voix de Veloso a récité le premier vers. Elle a poussé un petit cri, m'a demandé d'augmenter le volume de la musique et s'est mise à chanter assez fort pour l'enterrer. Je lui ai demandé le silence afin de pouvoir comprendre les paroles et elle a obtempéré, légèrement offensée.

Dicen que por las noches/Ils disent que la nuit
No más se le iba en puro llorar/Elle n'allait plus qu'en pleurant
Dicen que no comia/Ils disent qu'elle ne mangeait pas
No mas sur le iba en puro tomar/Elle n'allait plus qu'en buvant
Juran que el mismo cielo/Ils jurent que ce même ciel
Se estremecia al oir su llanto/Frémissait en écoutant son cri
Como sufría por ella/Il souffrait tant pour elle
Que hasta su muerto le fue llamando/Que jusqu'à sa mort il l'appelait

Après ma rupture d'avec Olivier, j'allais souvent marcher la nuit avec la chanson sur repeat dans les oreilles. Les mots m'écorchaient de leurs bras doux, les bourrasques d'hiver soufflaient par-dessus mes écouteurs et Robert Robert, mon bébé griffon, gambadait joyeusement sur mes talons tandis que je versais des larmes qui gelaient sur mes joues. La chanson raconte le chagrin d'amour d'une femme devenue fantôme, dont l'âme se serait transformée en colombe (*paloma*), d'où le titre qui rappelle son cri (*Cuccurrucucú*).

Ce mot, *desdichada*, je l'ai chanté plusieurs fois avant d'en chercher la signification. Il apparaît dans le deuxième couplet, alors que l'âme transformée en colombe attend le retour de sa malheureuse. Que c'est beau. Durant un chagrin d'amour, ce serait donc notre âme qui attend notre retour. Qui espère que l'on se débarrasse du fantôme de soi pour réintégrer notre esprit. Enfin, une chanson d'amour qui oblitère l'objet d'une passion pour le transformer en prétexte. La quête d'amour devenue quête de soi. D'un retour à soi.

À chaque écoute, je m'accrochais à ce mot superbe: *desdichada*. D'une douceur tranchante. Je le répétais *ad nauseam* dans ma tête, comme pour en induire un sens nouveau. *Dicha* signifie bonheur. Le préfixe *des,* comme «dé» en français, exprime la négation, le contraire. *Desdicha*: malheur. Le *da* se rajoute à la fin pour former l'adjectif, accordé au féminin. Donc, *desdichada*: malheureuse.

Début janvier, dans un moment de faiblesse où j'avais la mort dans l'âme, j'ai écrit à Olivier. Nous nous sommes revus, ça n'a pas duré. C'est au cours de cette énième reprise que j'ai réalisé que je détournais mon roman en lui, avec lui. Que je faisais fausse route, que j'en transformais l'enjeu à travers ce chagrin d'amour. Olivier n'avait été qu'un symbole, qu'un symptôme.

C'est Loustau que je devais écrire.

Et avant Loustau, il y avait Alice.

Je me suis remise à écouter la chanson, mais je n'y trouvais plus la même signification. *Desdichada,* ça ne voulait plus que dire malheureuse. Le mot portait un sens que seuls des initiés perceraient à jour, grâce à un effort d'imagination et de retournement. Alice, l'oiseau de malheur. « Écrire ce que j'ai le moins envie de dire. »

Decir: dire. *Dicho*: dit. *Dicha*: dite. *Desdicha*: qui n'a pas été dite.

Il manque une syllabe pour compléter l'adjectif: *da. Da,* le suffixe qui transforme le verbe en adjectif au féminin. *Perder* (perdre): *perdida* (perdue). *Comprender* (comprendre): *comprendida* (comprise).

Desdichada: personne qui n'a pas été dite.

Alice.

Tout le monde m'avait assurée que de rebrasser cette histoire me ferait du tort. Qu'il valait mieux me taire pour éviter de nouvelles représailles, de nouvelles médisances. Les gens avaient oublié, de toute façon.

D'accord, eux avaient peut-être oublié. Moi pas.

L'histoire avec Alice avait concrétisé ma plus grande peur, celle de ne pas être vue.

Avec ma mère, j'avais souvent eu l'impression de devenir folle. Nos perspectives sur une situation, sur un conflit, étaient tellement opposées qu'il n'y avait aucune réconciliation possible. Elle niait des événements, en inventait d'autres. Qui disait vrai? C'était grâce aux autres que je réussissais à reconstituer ma vérité. Des amis de ma mère, les miens, des membres de la famille. Les versions différaient, mais le sens convergeait. Certains me rappelaient même des épisodes oubliés que j'aurais préféré laisser au néant. Oui, d'autres que moi avaient vu. Je n'étais pas folle. La réalité est plus transparente que ce que l'on croit.

L'histoire avec Alice, elle, s'était passée à l'abri des regards, principalement à l'écrit. Lorsqu'elle m'a dénoncée, je me suis demandé si je devenais folle, encore. Si j'avais tout rêvé. Si mes mots avaient vraiment pu porter ce qu'elle me reprochait. Je pouvais admettre de moi tant de laideurs, tant d'impuretés et d'erreurs, mais pas celles-là.

Depuis Alice, je n'étais plus éditrice. Depuis Alice, je n'étais plus écrivaine.

La thérapie ne me suffisait pas. Je devais comprendre pourquoi Alice avait tué la littérature en moi, en la faisant justement renaître par ce qui avait causé sa mort.

Je me souviendrai longtemps de ce jour précoce d'automne où Marie m'a confié une collection littéraire. Septembre était plein, de lumière et d'opportunités. J'enseignais ma première charge de cours à l'Université de Montréal et mon deuxième roman pour adultes, *Les désordres amoureux*, paraîtrait le mois suivant. Tandis que ma vie professionnelle étirait ses branches bourgeonnantes, Montréal rougissait de se mourir d'une autre saison, avec autant d'éclat. À l'automne 2017, ma vie professionnelle, elle, était au printemps du possible.

Marie m'attendait au feu Placard, adossée à l'inconfortable banquette en cuirette vert forêt, la tête légèrement appuyée contre le mur de briques bordeaux. Elle avait cet air sympathiquement sérieux des gens qui en gèrent d'autres. Son accent aux relents européens – qui provenait en fait du Saguenay, apprendrais-je plus tard – et son port sobre et distingué me la rendaient intimidante. Elle a payé mon smoothie avec sa carte. J'ai dit :

— C'est pas toi qui payes de ta poche, j'espère, hein?

Elle a souri:

— Non, ça passe sur la maison.

Excitée, j'ai pensé: «Un jour, moi aussi, j'inviterai des gens sur la maison.»

Après de brèves présentations, je lui ai servi ma salade sur la Young Adult literature étasunienne et sur la littérature jeune adulte québécoise. J'ai parlé de voix neuves et irrévérencieuses, qui s'affranchiraient de la timidité ambiante, de la mollesse et de la bien-pensance qui pesaient sur le milieu littéraire. J'ai parlé d'«extrême contemporain», d'influences motrices, d'ouverture et de changements. On aurait dit que je lançais un parti. Au terme de mon discours, Marie a lancé:

— J'achète!

Les dés étaient jetés et j'avais réussi mon Yum au premier coup. Il ne me restait plus qu'à rencontrer le grand patron pour finaliser l'entente. En sortant sur l'avenue du Mont-Royal, j'ai remercié Marie pour la douzième fois, sans me douter qu'elle deviendrait ma plus grande alliée dans ce périple compliqué.

C'est en atelier d'écriture que j'avais eu la piqûre. Lire les textes de mes collègues, les analyser, en pointer les forces et les faiblesses, en débattre, lancer des pistes de réécriture, argumenter, trancher: toutes ces opérations m'avaient fait entrevoir le processus éditorial de la plus formatrice des façons. Le travail intime et solitaire de l'écriture en devenait un d'équipe. Tout le monde se regroupait autour d'un même objectif: élever un texte et son auteur. Une entreprise aussi passionnante que désintéressée. Pas totalement désintéressée, en fait, parce que chacun attendait (ou redoutait) son tour; qu'en équipe, on s'attarde à son texte.

On avait beau être débutants, on voulait être «bons», whatever that meant, en partageant un brouillon. Survenait le premier choc, brutal: les commentaires et les critiques, qui ne hurlaient jamais au génie, avec raison. Nos textes se ressemblaient, tombaient dans les mêmes pièges – prise en charge, incohérence, effets de réel ratés, formulations creuses, clichés, courbe narrative aplatie – et recelaient des mêmes erreurs – registre inégal, concordance des temps fautive, ponctuation maladroite, formulations alambiquées, effets de liste, surcharge adjectivale ou adverbiale. C'est en jouant les éditeurs pour nos collègues que nous devenions meilleurs, pas en composant nos propres textes. Identifier nos lacunes à mesure, les anticiper, sortir de soi pour devenir un lecteur lambda et imaginer à sa place les longueurs et raccourcis, se positionner en étranger devant nos écrits pour mieux les appréhender en gros et en détail, pour en repousser les limites et en reconnaître les acquis, ça viendrait plus tard. Avec la réécriture, beaucoup, beaucoup de réécriture.

En atelier, j'avais découvert comment me transformer en éditrice. Puis, j'avais trouvé comment m'exercer à devenir écrivaine. Avec une telle formation, on ne pourrait plus dire que j'avais hérité ma plume de ma mère.

N'est-ce pas?

— On réécrit toujours un texte au moins trois fois.

Ma mère était assise sur sa chaise de bureau, je me tenais debout devant elle: nous étions de la même grandeur. Je l'ai regardée de la même façon que me regardait mon père lorsqu'il était témoin de mon remplissage chaotique du lave-vaisselle: un sourcil levé, le blanc des yeux en exergue.

— On efface tout et on recommence?

— Des fois, oui. Mais surtout, on travaille par-dessus.

Même si je n'y comprenais pas un rond, j'ai opiné du menton. Dans mes cahiers de calligraphie, je me pratiquais à tracer des lettres attachées jusqu'au bout de la ligne, avec un résultat mitigé : mes « e » ressemblaient à des mouches ou à des frisottis, mes « r » à des vaguelettes ou aux merlons d'un château. Est-ce que ma mère écrivait comme ça plusieurs fois un même mot ou une même phrase, au moins trois fois d'affilée ? À quoi bon ?

Elle a déposé une pile de feuillets entre mes mains et s'est retournée vers son ordinateur, un Macintosh à l'écran minuscule. Je me suis installée dans la longue chaise couleur crème, celle sur laquelle elle modulait pour mes frères et moi des voix de loups, de sorcières et d'enfants. Le manuscrit de *Toto la brute* posé sur les genoux, j'ai dessiné des cœurs dans sa marge le long des passages qui m'amusaient et fait onduler des serpents sous ceux qui m'ennuyaient. Quand j'éclatais d'un grand rire, ma mère tournait la tête vers moi, emballée :

— T'es rendue où ?

— À quand Alexis prépare le sandwich pour Toto...

Elle hochait la tête, ravie, souriant à son Macintosh. Il n'y aurait sûrement jamais plus grand bonheur pour elle que celui de faire rire un enfant.

Quand j'ai eu fini, j'ai hurlé mon exploit à ma mère, qui a lâché ce sur quoi elle travaillait pour s'emparer des feuillets. Je l'ai regardée pendant qu'elle révisait chacun de mes symboles appréciatifs ou dépréciatifs, griffonnant des mots au passage ou barrant de longs segments d'un trait sévère. Réécrire. « Travailler par-dessus. »

— Merci, ma belle. Si tu savais comme ça m'aide !

À six ans, j'étais éditrice.

En sortant du restaurant inutilement dispendieux de l'avenue Outremont où m'avait donné rendez-vous le patron, mon cœur étroit s'enflait d'une félicité peu commune. Comment avais-je pu jouir d'autant de chance ? Méritais-je un tel cadeau ? On m'offrait, à moi, banale petite autrice peu connue, une collection littéraire sur un plateau d'argent serti de diamants, d'émeraudes et de petits oursons qui fredonnent ton nom quand tu leur pèses sur le bedon. J'aurais soin de sculpter mon coffret du début à la fin : choisir son nom, son logo, définir son créneau, approcher des écrivains, recevoir des manuscrits, les éplucher, les épouser, établir un calendrier éditorial, élaborer des stratégies promotionnelles de communication.

Tâches ardues, certes, mais parties de plaisir surtout ! On me payerait en pourcentage (2 %) sur la vente des livres édités. Ce qui signifiait que je serais rémunérée d'ici quelques années, à raison de quarante cennes par exemplaire pour un livre de vingt dollars, sachant qu'un roman moyen se vend habituellement à moins de mille copies.

Mais je n'avais pas fait le calcul et, de toute façon, pour l'instant, il m'importait très peu. Tout ce qui comptait, c'est que j'allais devenir directrice d'une collection pour laquelle j'aurais presque carte blanche. De l'édition *libre*. J'étais une apprentie journaliste à qui on demandait de remplacer Pierre Foglia quand ça lui chanterait. Je contribuerais à faire briller de nouveaux auteurs ou à auréoler autrement des écrivains d'expérience, à édifier leurs textes et à les mettre en valeur dans l'espace public, dynamisant le milieu du livre québécois, diversifiant son offre, enrichissant les facultés de lettres, l'histoire du livre, l'Histoire tout court.

Je changerais le monde, quoi.

Après quelques mois à parcourir des manuscrits à la recherche de perles qui se dérobaient à la novice que j'étais, et même à approcher des perles déjà découvertes qui vouaient une fidélité shakespearienne à leur éditeur, j'ai dû me résoudre à ce qui faisait pourtant évidence depuis le début : bâtir une collection digne de ce nom ne serait pas si simple.

Il me fallait tricoter petit à petit des liens de confiance et, d'abord, faire paraître un premier titre qui paverait la voie. En parcourant les lignes éditoriales de mes compétiteurs, je réalisais que maisons et collections, la mienne y comprise, revendiquaient des missions semblables : singularité des voix, encadrement rigoureux, innovations formelles, thématiques contemporaines. Ce ne serait donc pas avec des promesses généralistes au phrasé punché que je me démarquerais. Ce qui constituerait la force de ma collection se situerait dans le processus même. J'aborderais les textes avec une ardeur et une intensité peu communes, réaliserais un travail méticuleux et exigeant. Des auteurs, je préférerais en avoir peu pour leur donner tout. Leurs livres deviendraient plus importants que les miens à mes yeux, et je ne demandais qu'à m'effacer derrière eux.

En tant qu'autrice, plus j'écrivais et plus j'avais besoin qu'on me remette en question, qu'on me pousse au-delà de ma zone de confort. J'avais peur de la paresse qui gagnait autant les auteurs que leurs éditeurs : pourquoi s'acharner sur un texte correct qui saurait vendre un nombre satisfaisant d'exemplaires ? Pourquoi mener plus loin ce qui avait déjà franchi le fil d'arrivée ? Le monde littéraire ne faisait pas l'économie de la logique capitaliste. On publiait de plus en plus de livres, le marché se saturait, chaque saison croulant sous une avalanche de titres dont certains ne voyaient le jour que pour sombrer aussitôt dans la pénombre. Les nouveautés mouraient vite, souvent pilonnées, jusqu'à ce que l'ultime exemplaire en lambeaux disponible à la bibliothèque du quartier soit définitivement noyé dans un sac à dos par un kombucha mal vissé.

Mon approche un peu maniaque ne ferait pas l'unanimité et c'est ce qui rendrait d'autant plus précieux le mariage entre auteur et éditrice, entre texte et collection. Parce qu'il me semblait que du travail de réécriture, on devait sortir complètement écœuré, à bout. Que si on ne s'interrompait pas juste avant de vouloir foutre le feu à son manuscrit, c'est que l'œuvre n'était pas achevée. Bien sûr, je voulais que mes auteurs trouvent un certain plaisir à travailler avec moi. Bien sûr, je devrais réviser mes attentes, me plier aux besoins de chacun. Mais sur la rigueur, sur l'investissement éditorial et le désir de dépassement, je ne ferais aucune concession. Si ça ne convenait pas aux écrivains, si certains préféraient tourner les coins ronds, alors le mariage n'était tout simplement pas destiné.

Parmi les projets développés pour la collection « Tête dure » (j'avais choisi son nom en lien avec la maison qui l'abritait), il y avait celui de rassembler des autrices autour d'un collectif de nouvelles féministes. Sur les rayons en librairie, il ne manquait pas d'essais féministes écrits à plusieurs, mais des recueils de fictions féministes, aux formes éclatées, attroupées autour d'un thème précis, je n'en connaissais pas. Ayant moi-même participé à des œuvres collaboratives et grandi grâce à leurs contraintes créatives, je trouvais le projet tout indiqué pour faire coexister les voix et les générations. Une idée m'est venue grâce aux réseaux sociaux, alors que je lisais les commentaires outrés sous une publication féministe: «crisses de folles», «toutes des frustrées», «sales misandres qui conspirent la mort des hommes». Il aurait fallu remercier ces détracteurs pour le titre galamment suggéré: *Folles, Frues, Fortes*, donc *FFF*.

C'est aussi sur les réseaux sociaux que j'ai fait la connaissance d'Alice, si on peut prétendre faire connaissance sur ce genre de plateforme. J'avais déjà beaucoup entendu parler d'elle avant de devenir son amie virtuelle. Dans la foulée du mouvement #agressionnondénoncée et avant la première vague #metoo, Alice avait témoigné publiquement contre son agresseur, puis subi une rogne populaire d'une violence cavalière. Au sein des cercles masculinistes et dans leur orbite, c'est-à-dire chez ces individus autoproclamés «modérés» et dotés de «raison», qui s'appuyaient sur des préjugés pour discréditer les dénonciations, chier sur Alice était devenu une pratique rigolote, presque performative. L'espèce d'arrogance avec laquelle on balayait des allégations graves me donnait froid dans le dos.

Égoïstement, je ne m'étais pas impliquée outre mesure dans le mouvement de dénonciation avant l'agression que j'ai vécue à l'hiver 2017. Ce n'était pourtant pas la première – et ce ne serait malheureusement pas la dernière. Mais cette fois, j'avais décidé d'aller au bout de l'affaire en entamant des poursuites criminelles. Parce que je possédais des preuves écrites. Précisément, mon récit tenait de la parole de l'agresseur lui-même.

Je m'étais réveillée dans mon vomi au lendemain d'une soirée très arrosée dans un bar que je fréquentais avec assiduité. Pour remettre en place les pièces du puzzle, j'avais contacté un des barmen, une ancienne fréquentation dont j'étais restée l'amie, avec lequel je me souvenais avoir jasé avant la fermeture. Par texto, il m'avait annoncé que nous avions baisé, sans condom, et qu'il se sentait comme un «esti de trou de cul» pour avoir «abusé d'une fille saoule». Ces mots-là, exactement. Il m'avait également décrit mon état de la veille, que je devinais à l'odeur des souillures maculant mon t-shirt et mes draps. Comme j'étais incapable de marcher, il avait dû me reconduire en voiture, même si moins de 200 mètres séparaient mon appartement du bar. Un bon gars. Après avoir sorti mon chien pour le faire uriner, il était rentré chez moi et m'avait fourrée tandis que sa voiture, stationnée sur quatre clignotants, stroboscopait dans la nuit. Les «feux de détresse», donc, actionnés pour l'occasion. Si seulement on avait su que ces feux s'appliquaient à la passagère, débarquée du véhicule, rentrée «en sécurité» à son adresse.

L'histoire de l'agression d'Alice ne ressemblait pas du tout à celle que j'avais subie, mais le récit de l'après, lui, y faisait tristement écho. Comme elle, j'avais porté plainte un an après les faits. Et comme dans le cas d'Alice, le DPCP avait décidé de ne pas poursuivre. Même si je n'avais pas pâti d'un battage médiatique comme celui dont Alice avait été victime, j'avais connu tout un enfer en dénonçant ledit barman à son patron et ses collègues, qui m'avaient dépeinte comme une folle furieuse, tout en refusant de reconnaître la désastreuse mentalité de l'entreprise, mise en lumière au passage. «Culture du viol»; j'avais osé l'imprononçable. Parce que si mon agresseur était celui qui s'était rendu le plus loin, ce n'était pas le seul à avoir franchi des limites. Un autre employé m'avait fait des avances après son close, durant lequel il m'avait invitée à rester pour partager plusieurs échantillons de bière dispendieuse. Malgré mes refus, il avait insisté, trois, quatre fois pour que je monte ensuite chez lui prendre «un dernier verre». Un autre, que j'avais vu passer sur Tinder, était venu me demander des comptes sur place : pourquoi ne l'avais-je pas swipé ? Que lui manquait-il donc ? N'étais-je pas intéressée ? Je me souviens m'être sentie un peu flattée, mais surtout piégée par ces questions qui me forçaient à justifier mes préférences personnelles. Un autre m'avait embrassée au bar alors que j'étais en pleine dérape. Sa blonde était débarquée quelques heures plus tard et j'avais découvert sur le tas que non, finalement, il n'était pas dans une relation « ouverte ». Il l'avait enlacée en posant un doigt sur sa bouche pour me faire signe de rester coite. Puis un autre encore, qui m'avait frenchée pendant son shift, une fois, en fin de soirée.

Rien de tout cela ne m'aurait semblé aussi grave sans l'agression. Je m'étais laissé faire. Mais il fallait bien admettre des patterns qui sautaient aux yeux. Le mien : je buvais trop. Le leur : ils en profitaient.

C'est mon agresseur lui-même qui m'avait révélé, avant la dénonciation, que j'étais devenue le dindon de la farce de l'établissement. Une véritable traînée, avec qui on pouvait facilement tirer un coup quand elle avait quelques verres dans le nez. Un ancien ami, qui avait continué à fréquenter le bar après la catastrophe, les avait entendus discuter du cas de cette Marie Demers, autrice dévergondée qu'il fallait éviter de frôler, sans quoi on risquait des accusations d'agression sexuelle. Son récit m'avait anéantie.

Je voulais obtenir réparation. Laquelle ? Aucune idée. Mon agresseur s'était excusé, mais ce n'était pas assez. Sincèrement, rien ne serait jamais assez. Et pourtant, mon rêve le plus cher n'était pas qu'il se retrouve derrière les barreaux. Mais je voulais *quelque chose*. Quelque chose qui les dissuaderait, lui et ses confrères, de continuer d'agir impunément. Il fallait tellement, tellement que ça cesse.

Après la débandade de ma dénonciation au bar, puis celle, renouvelée, de ma prise de parole sur les réseaux sociaux contre la culture du viol à l'œuvre dans ledit établissement, la direction du bar m'avait envoyé une mise en demeure à laquelle j'avais riposté par une lettre d'avocat restée sans réponse. Il ne me restait donc plus qu'à porter plainte officiellement.

Les policières ont accueilli mon témoignage avec beaucoup d'humanité. Elles m'ont cependant avertie : ce ne serait pas facile, le processus en traumatisait plus d'une et les cas se rendaient rarement en cour, même avec une preuve comme la mienne. Dans leur regard aux prunelles rétrécies autant que dans les rides de pitié qui battaient leurs tempes, on pouvait lire : « Notre système est défectueux, on s'excuse d'avance. »

Presque deux ans après la plainte, le procureur de la Couronne, un trentenaire aussi blanc que beige, m'avait escortée jusqu'à une salle vitrée qui surplombait un gouffre administratif cerné par le quadrilatère d'étages et de corridors du Palais de justice.

— Écoutez, madame, en lisant l'échange de textos, au début, j'ai été agréablement surpris. Je me suis dit : "Enfin, un cas facile, clair comme de l'eau de roche : l'agresseur admet sa faute en partant." Puis, j'ai vu que ça se corsait... Vous l'excusez, vous revenez à la charge, vous le revoyez...

— Pis, ça ? Qu'est-ce que ça change ?

— Ça change que vos motifs pour l'accuser ne semblent pas complètement... purs.

— Qu'est-ce que vous voulez dire ?

Il pédalait vite, mais je le voyais venir à cent milles à l'heure. J'ai tout de suite su qu'il ne poursuivrait pas.

— Dans la discussion suivant l'agression, qui s'étend sur quelques semaines, vous lui proposez de recommencer à vous fréquenter, puis vous vous impatientez parce qu'il entretient une liaison avec une autre fille et qu'il tarde à y mettre fin, et... c'est pour cette raison, au final, que vous semblez avoir coupé les ponts.

— Mais qu'est-ce que ça change aux faits ? Est-ce qu'il m'a moins agressée à cause de comment j'ai réagi après ?

— Ça change qu'une fois sur le stand, lorsqu'il serait appelé à témoigner, il pourrait dire ce qu'il veut... Que vous étiez amoureuse de lui, que vous avez soif de vengeance... Cet échange-là, malheureusement, il vous nuit et...

— PIS, ÇA ? C'est écrit, osti ! Vous entendez parler pour la première fois d'une femme qui retourne vers son agresseur, qui essaie de s'en faire un amoureux, justement pour changer à rebours le cours des événements, pour *ne pas* se sentir comme une victime ? Bien sûr que j'ai essayé de m'inventer une version digérable ! Pis savez-vous quoi ? Ça m'a pris des mois encore pis un shitload de discussions avec des amis avant de réaliser que j'avais été violée. J'étais dans le déni, crisse !

Je me trouvais devant le blanc beige depuis cinq minutes seulement que, déjà, je pleurais de rage. Il a continué en plaidant la franchise de mon agresseur, le fait qu'il semblait repentant. De mon côté, je lui resservais les définitions les plus basiques, avec l'impression d'être traitée comme une personne atteinte du syndrome de la Tourette. « Une agression sexuelle désigne tout acte sexuel de nature non consentie. » « Le consentement sexuel est compris comme l'accord libre et éclairé donné par un individu pour la participation à une activité sexuelle. » Croyait-il qu'une femme en état d'ébriété, qui ne peut plus marcher ni formuler un point de vue cohérent, puisse encore offrir un consentement libre et éclairé ? Est-ce que cet état d'inconscience que mon agresseur avait décrit avec force détails n'était pas suffisamment évident ? Au lieu de répondre à mes questions, il réitérait sa conclusion, tranchante comme un couperet : il n'était pas certain de pouvoir prouver la culpabilité de mon agresseur « hors de tout doute raisonnable ».

Comme moi, Alice était retournée vers son agresseur, ce qui avait nui à la judiciarisation de son cas. Sans compter ce cirque télévisuel qui n'avait fait d'elle qu'une bouchée avant de la recracher en morceaux épars. On s'était arraché cette jolie petite marionnette, avide de lui soutirer les plus choquantes contradictions. Avait-elle dit non ? Pourquoi avait-elle accepté de le revoir ? Pourquoi n'avait-elle pas porté plainte immédiatement ?

J'étais l'alliée d'Alice avant même de la connaître. Je partais à la recherche des fils de commentaires à son sujet pour discréditer les trolls qui l'intimidaient. Des heures à m'obstiner avec des inconnus sur les réseaux sociaux, à partager des mèmes condescendants ou des emojis passifs agressifs, à finir par bloquer des profils que je n'aurais jamais recroisés de toute manière.

Qui m'avait défendue, moi, contre mes agresseurs, contre Loustau ? On m'avait toujours crue assez résiliente pour surmonter n'importe quelle épreuve, assez dégourdie pour dénoncer les gens qui me causaient du tort ou me sortir de relations toxiques. C'était vrai, en partie. C'était pesant, aussi. À l'âge d'Alice, j'aurais eu besoin qu'on me protège de ma grande gueule en prenant parfois la parole pour moi, en criant plus fort encore. J'aurais eu besoin qu'on me couve, qu'on accuse certains coups à ma place.

Dès le début, ce n'est pas Alice que j'ai défendue. Ce n'est pas Alice que j'ai vue. C'est moi.

Je l'ai ajoutée comme amie sur Facebook, chose que je faisais rarement. Un jour, à la suite d'un de ses posts témoignant de la haine récoltée quotidiennement, je lui ai écrit pour lui affirmer mon soutien et mon empathie. Je n'aurais pas voulu me retrouver dans ses souliers et traverser ses tempêtes. Je lui ai aussi dit vouloir lui donner mon livre *Les désordres amoureux*, ce qui ne réparerait rien, mais mettrait peut-être des mots sur des blessures partagées. Alice me faisait penser à Marianne, mon héroïne. Elle m'a remerciée, puis a déclaré avoir déjà commandé mon livre dans une librairie de son coin de province.

Alice se procurait même mes *Désordres* de sa poche. Il ne m'en fallait pas plus pour l'adopter.

J'ai dû la débloquer pour avoir accès à notre échange. Une nausée m'a prise en lisant son dernier message, puis son premier. J'ai repensé à ces jours où j'avais voulu mourir plus intensément que jamais auparavant.

Toute ma haine est revenue.

Alice m'a écrit que mon livre était beau et qu'il faisait mal. Compliment suprême. Je l'ai remerciée à mon tour.

La discussion aurait dû se terminer là. Tous ces tourments qui auraient pu s'éviter…

Un mois et demi plus tard, elle m'écrivait à nouveau pour me demander conseil. Elle caressait le rêve de devenir écrivaine : pourrais-je lire des extraits de sa poésie et évaluer son potentiel ? Avais-je une maison d'édition à lui recommander ?

Ça tombait dans le mille. Pourquoi n'avais-je pas pensé à elle pour la collection Tête dure ? Même si je n'avais lu d'Alice que des pamphlets et des textes d'opinion, je lui ai manifesté mon enthousiasme. Son ton vitriolique, empreint d'une sensibilité orageuse, me plaisait. Une plume prometteuse, de la graine d'autrice. Prendre quelqu'un comme Alice sous mon aile, c'était la raison pour laquelle j'avais voulu devenir éditrice. Transformer des écrivants en écrivains. Mettre au jour des paroles inédites. Je l'ai tout de suite avertie de mon manque de tact et de mon perfectionnisme maladif. Ça lui allait parfaitement. Même que c'est ce dont elle avait besoin.

Alice avait besoin de moi.

En 2016, la publication de mon premier roman pour adultes dans une maison d'édition où ma mère n'avait aucun titre, ni paru ni à paraître, avait marqué un point tournant dans notre relation. En intégrant une sphère où elle n'avait pas laissé sa marque, en développant mon propre créneau, les tentations et tendances à la compétition, à la comparaison s'amenuisaient. Il y avait là le germe qui nous permettrait de devenir de vraies alliées.

Dès mes débuts en tant qu'autrice jeunesse, ma mère m'avait confié astuces et conseils précieux. Ces informations de chasse gardée n'auraient été accessibles à des auteurs novices qu'au terme d'années d'expérience, si elles le devenaient un jour. Mais moi, je faisais partie d'une catégorie à part : celle des filles à sa mère. Tout de suite, elle m'avait appris à exiger plus que le minimum. Personne ne me faisait de faveur en me publiant, et je devais apprendre à défendre ma carrière et mes écrits.

— Marie, un contrat d'édition, ça se négocie.

— Oui, mais s'ils changent d'idée parce qu'ils trouvent mes demandes too much ?

— S'ils décident de pas te publier parce que tu défends tes intérêts, alors tant mieux. Ça voudra dire que c'était pas le bon éditeur pour toi.

Elle m'avait indiqué les clauses problématiques à rayer, les addendum à ajouter, les pourcentages à revoir. Elle m'avait incitée à m'enrôler dans le programme de Culture à l'école, à inscrire mes titres au DPP et à Copibec. Toutes ces choses que personne ne nous apprend quand on devient écrivain au Québec.

Des opportunités s'étaient évidemment présentées *parce que* je suis sa fille. Si, d'un côté, je désirais m'affirmer en dehors de ma vedette de mère, d'un autre, je n'hésitais pas à sauter sur une occasion en or. Ainsi, on nous avait offert la coprésidence d'honneur du Salon du livre de Rouyn-Noranda. J'avais fait avec elle la une du premier numéro de *Lettres québécoises* consacré à la littérature jeunesse, dans lequel nous avions cosigné un texte. La couverture nous représentait engoncées dans le même col roulé géant, chacune prostrée sur sa moitié de page aux couleurs différentes, elle de face, moi de profil, avec à nos pieds nos pitous respectifs ; un yorkshire miniature aboyant, le sien ; un pug inoffensif à l'air bêta, le mien.

M'aurait-on lancé ces invitations sans ma mère ? Non, bien sûr que non. Et je ne regrette plus d'en avoir profité. Ce sont des souvenirs que je chéris et qui ont autant contribué au développement de notre relation qu'à celui de ma carrière. Qu'on me traite de parvenue, qu'on nous accuse de népotisme : j'étais fugacement heureuse en sa compagnie, et c'est tout ce qui comptait.

N'empêche, ce traitement de faveur m'a torturée des années durant. Comme si rien de ce que j'accomplissais ensuite ne pourrait avoir de valeur dans son sillage. Tout était teinté par ces passe-droits qui venaient effacer les heures de travail, les efforts investis et les échecs essuyés. En parallèle, je luttais si fort pour me construire loin de son ombre. Pour attraper les rayons qui brillaient à l'écart, me gorger d'une lumière qui ne serait pas réverbérée par son personnage. Jusqu'à ce que je décide de cesser de me battre contre ce naturel qui revient au galop. Admettre la vérité m'a libérée : je ne serais jamais devenue écrivaine sans elle. C'est ma mère qui m'avait présentée à la littérature. Ma mère qui m'avait introduite à ce métier qui combinait, à mesure égale, remède et malédiction.

Il aura d'ailleurs fallu que je cède à ce constat, que je reconnaisse sa prégnance, son apport majeur dans mon rapport à la lecture et à l'écriture pour que mon identité d'autrice luise à part entière. À ses yeux et aux miens.

La première fois que j'ai senti que ma mère me voyait pour moi et non pour une progéniture magnifiée, déformée par des attentes ou des aprioris, c'est au Salon du livre de Rouyn-Noranda, après nos discours respectifs en tant que coprésidentes d'honneur.

L'heure du cocktail d'ouverture allait sonner, je l'ai rejointe dans sa chambre d'hôtel pour lui lire le discours que je m'apprêtais à prononcer devant des inconnus pour qui j'étais tout aussi inconnue. Mon texte l'avait fait sourciller : j'abordais des enjeux de diversité, notamment celui de la représentation des femmes et des personnes racisées, minorisées, et la nécessité d'ouvrir le milieu désespérément clos, hermétique de la littérature québécoise.

— Je suis d'accord avec tout ça, mais... penses-tu vraiment que c'est le moment de parler... politique ?

— Ben, c'est un événement public. Ça serait quoi, sinon, le moment ? Crime, le thème de cette année, c'est quand même “la couleur des mots”.

Esther, la directrice générale de l'événement, nous attendait au lobby de l'hôtel pour nous escorter jusqu'au Salon, tenu dans un aréna tout près. Ma mère portait une longue robe bigarrée, ses cheveux blonds raidis caressaient ses oreilles où brillaient des pierres bleues. Je me suis regardée dans la glace, avec la certitude soudaine d'être tragiquement inadéquate avec mon veston foncé, mes jeans froissés et ma crinière rousse qui moutonnait sur mon front. Je lui ai demandé si elle voulait à son tour me lire son discours avant de descendre. Elle n'avait rien écrit – elle avait l'habitude, elle improviserait. J'ai pris une bouchée de mon index et nous avons emprunté le chemin de l'ascenseur.

C'était ma première fonction officielle de ce genre. Ma mère s'est adressée à la petite foule en premier; au lieu d'écouter, j'ai dévoré mon annulaire et mon majeur. Des applaudissements ont retenti. Puis j'ai entendu mon nom. Sous mes aisselles s'agrandissaient des ovales de sueur et mes mains tremblaient, agitant la feuille brandie devant mon menton. J'ai lu mon texte en quittant mon corps.

Contre toute attente, à la fin de cette harangue introductive, deux ou trois personnes se sont avancées pour me féliciter, dont une autrice noire, que je connaissais de nom et qui s'est dite touchée par mes mots. À quelques mètres derrière l'épaule de mon interlocutrice, le regard perdu dans le vague, ma mère se tenait debout, seule. Personne ne l'avait congratulée. Béate, j'ai serré la main de l'autrice avec l'envie de la prendre dans mes bras, puis je me suis approchée de ma mère qui, entre-temps, avait entamé une discussion avec un bénévole. Quand nous nous sommes finalement retrouvées seules, ma mère m'a toisée comme si je venais de retirer mes lunettes et de me démaquiller pour la première fois.

— C'est vrai qu'il était bon, ton discours.

Alice ne m'a finalement rien envoyé de son recueil en chantier : son ordi était tombé kaput et elle n'avait pas fait de back-up. À partir du message dans lequel elle me dévoilait ses ambitions d'écriture, nos échanges amicaux s'étaient multipliés. Alice me posait des questions sur ma vie, mes rencontres, le TPL dont j'avais été diagnostiquée durant ma vingtaine et qui l'affligeait mêmement. Elle avait un shooting photo à Montréal et nulle part pour le tenir, pourrait-elle utiliser mon appartement ? Elle me demandait mon avis pour des titres de chapitres, pour des scènes, des personnages. À tout, je répondais : « Oui, bonne idée. » Parce que ce l'était.

Lorsque *FFF* s'est mis en branle, Marie et moi, les deux Marie donc, avons constitué une liste d'autrices potentielles : des femmes de toutes les générations, d'origines et d'orientations diverses. J'avais longuement bûché sur un texte qui approfondissait la thématique du recueil, sa mission, ses exigences, les dates de tombée, le cachet, etc. Puis, en approchant les autrices, surtout les novices, je formulais mes dernières mises en garde :

— Attends-toi à beaucoup, beaucoup de commentaires.

— T'inquiète, je suis habituée.

— OK, sauf que je te promets qu'avec moi, c'est plus que ce à quoi t'es habituée. Évidemment, c'est toi qui décides à la fin. Mais je pose beaucoup de questions, j'interviens pour que rien soit laissé au hasard.

Constituer l'équipe n'a pas été de tout repos. Pas que l'annonce de mon zèle ait rebuté qui que ce soit, au contraire. Les refus tombaient pour d'excellentes raisons : manque de temps, d'argent (les collectifs, c'est très demandant et peu payant), d'intérêt, épuisement, participation à des projets similaires, voyages, résidences, etc. À ma surprise, certaines ne se revendiquaient pas comme féministes. D'autres n'ont jamais répondu. D'autres n'ont jamais vu mon message, tombé dans leurs pourriels (je l'ai appris plus tard).

Alice, elle, a dit oui tout de suite.

De ma vie d'adulte, ma mère et moi n'avions jamais été aussi proches qu'après la publication d'*In between*. Mon premier roman parlait pourtant de la mort d'un père et d'une relation conflictuelle entre une fille et sa mère, ce qui ne l'avait pas réjouie. J'avais réécrit plusieurs passages qui la vexaient. Nous nous parlions tous les jours, parfois des heures durant.

Lorsque des changements structurels sont survenus chez son éditeur principal, lui faisant perdre sa directrice littéraire fétiche, elle m'a téléphoné, en panique.

— C'est la merde ! Je sais plus avec qui travailler.

— Ben... avec celle ou celui qui va la remplacer ?

— Je suis tannée... Ils font jamais assez de commentaires, ils poussent pas pour la réécriture. J'ai beau leur en redemander, ils me répètent tout le temps que tout il est bon tout il est super il est génial et parfait.

Elle a débité sa petite diatribe en appuyant sur les « l » avec une tonalité mielleuse qui m'a fait pouffer de rire.

— Je te dirais jamais ça.

— Ben justement.

— Justement quoi ?

— J'ai pensé à toi.

— De kessé ?

— T'es très critique. Presque trop. Je sens que t'es la seule qui aurait le niveau d'exigence auquel je m'attends, la seule qui me remettrait vraiment en question.

— Ah, ça, pour te remettre en question, en question je te remettrais.

— Voudrais-tu ?

— Quoi ? Devenir ta directrice littéraire ? Mais maman... Penses-tu que c'est une bonne idée ? Je veux dire... T'as pas peur qu'on se chicane ?

— Ouin. Non. Je sais pas, Marie, j'ai besoin de toi. Il y a personne d'autre qui peut le faire. Penses-y, au moins...

J'ai raccroché en me demandant si c'était la pire ou la meilleure idée du monde.

Mais ces mots-là, ces cinq petits mots – « j'ai besoin de toi » – m'émouvaient encore davantage que ces trois autres que tout le monde se lance comme des patates chaudes. À choisir, je préférais être nécessaire qu'être aimée.

FFF s'est avéré un projet éprouvant. Je me mettais beaucoup de pression : ce serait le premier projet de Tête dure, soit qu'il entérinerait ou qu'il enterrerait la collection.

Le problème des collectifs, disait-on, résidait dans leur inégalité, dans leur manque de cohésion. Je cherchais justement le contraire : que toutes les nouvelles, également excellentes, se complètent et s'emboîtent organiquement. J'essayais de m'adapter à chaque autrice, sans y réussir vraiment. Une, qui vivait de grandes difficultés sur le plan personnel, n'avait pas donné suite après son premier jet. J'avais proposé à une autre de travailler plutôt avec ma collègue Marie, ne me sentant pas en mesure d'éditer efficacement un texte à ce point opaque et dont le sens me résistait ; elle avait décliné l'offre de continuer avec mon acolyte. Une m'obstinait pour transcrire l'entièreté des paroles d'une chanson populaire dont nous ne détenions pas les droits, ce qui avait mené à une prise de bec, puis à son abandon. Deux avaient écrit un texte intéressant, mais qui ne cadrait pas du tout avec la ligne éditoriale ou la thématique.

Plus d'une fois, j'ai appelé Marie en me lamentant :

— Coudonc, qu'est-ce que je fais de mal ? Pourquoi c'est compliqué de même ?

— Ça se passe bien avec plein d'autrices, tu reçois plein d'éloges sur ta direction littéraire, t'es super rigoureuse, c'est pas un défaut ! Tout ce que tu vois, c'est le négatif. Pourquoi tu te concentres pas sur ce qui marche plutôt que sur ce qui marche pas ?

Elle avait raison. Les textes retenus étaient emballants. Le travail éditorial se déroulait comme un charme avec certaines. Pourquoi fallait-il toujours que j'obsède sur les défaites au lieu de me réjouir des réussites ?

Alice m'avait remis son texte avec plus d'un mois de retard. Son ordi était tombé kaput encore une fois et, encore une fois, elle n'avait pas sauvegardé ses documents sur un autre port. D'autres autrices aussi m'avaient demandé des prolongations : rien de dramatique, donc. N'empêche, les circonstances me rappelaient ce premier projet qu'elle ne m'avait finalement jamais fait parvenir.

Je l'avais rencontrée en chair et en os à deux reprises. La première fois, nous avions planifié une réunion informelle pour discuter de ses projets d'écriture. Au Darling, je l'ai trouvée assise en bordure de la vitre qui donnait sur Marie-Anne, avec un homme d'environ mon âge au torse épais, dont la moitié du visage était camouflée par une coupe biseautée de cheveux filasses. Elle m'a présenté Samuel, un doctorant hâbleur qui m'a tout de suite déplu. Alice et moi n'avons pas échangé un mot sur ce pour quoi nous nous étions donné rendez-vous : l'écriture, son roman en chantier.

Quelques semaines plus tard, j'ai vu un onglet se dérouler dans le coin droit de mon ordinateur, avec le nom de Samuel :

As-tu des nouvelles d'Alice ? Je m'inquiète vraiment.

C'était un mardi, il était presque 11 h du soir. Alice et moi avions repris rendez-vous pour nous parler *vraiment*, cette fois, de ses projets littéraires, une dizaine de jours plus tôt. Mais le temps venu, elle n'avait pas répondu à mes messages et la rencontre n'avait donc pas eu lieu. Samuel m'a envoyé une capture d'écran de leurs échanges, sur laquelle figurait la photo d'une bouteille de vin et de lames de rasoir que je n'avais pas remarquées au premier coup d'œil. Je ne comprenais pas. Il a expliqué qu'elle avait l'intention de se tuer. Mais pourquoi m'écrivait-il à moi, une inconnue avec qui il devait avoir passé en tout et pour tout une grosse demi-heure ? Je ne savais rien d'elle, ni où elle habitait ni d'où elle venait, et je ne possédais même pas son numéro de téléphone puisque nous communiquions uniquement par messenger. Qu'attendait-il de moi et, surtout, qu'allait-il *faire* ?

Rien.

Rien ? Son ton alarmiste était devenu nonchalant et, soudain, il ne s'inquiétait plus, l'urgence était « dure à évaluer », elle « fai[sai]t tout le temps le coup ». J'ai demandé pourquoi il ne voyait plus d'urgence à la situation.

Ou bien elle s'est tuée pour vrai ou bien elle est internée.

Si j'avais eu l'énergumène à portée de main, je l'aurais certainement giflé. Il fallait appeler la police, bien sûr ! Comme il n'en avait nullement l'intention, j'ai pris l'initiative. Une heure et demie plus tard, la police me rappelait : Alice était saine et sauve, on avait finalement rejoint sa mère.

Cette nuit-là, j'ai à peine dormi. Je me suis rappelé ma propre vingtaine, à enchaîner les tentatives de suicide, les séjours en urgence psychiatrique, la clinique externe de l'hôpital Notre-Dame dont on m'avait renvoyée parce que j'avais renouvelé ma prescription d'antidépresseurs avec ma médecin de famille plutôt qu'avec la psychiatre en fonction, les thérapies de groupe au Douglas, puis les rencontres avec ce médecin spécialiste en troubles alimentaires, un jeune homme tiré à quatre épingles qui s'exprimait comme un DG d'agence de publicité.

Un vent d'inquiétude s'était levé. Mon instinct me soufflait que cette relation avec Alice prenait une direction dangereuse. Comme si on m'avait acheté à mon insu un billet aller simple pour une destination exotique, en pleine saison des tornades. La mission n'en valait pas le risque. Il fallait installer une distance sécuritaire entre elle et moi. Je ne pouvais devenir ni sa grande sœur ni sa grande amie. Impossible de sauver quelqu'un de la noyade lorsqu'on a soi-même de la difficulté à garder la tête hors de l'eau.

Quelques mois après la saga avec l'autre abruti, Alice m'a invitée à son anniversaire. J'attendais son texte. Quand j'en prenais des nouvelles, elle me répondait :

Je ne t'oublie pas.
Tu es ma priorité.

Je voulais que son texte le soit, pas moi. Elle m'a demandé plusieurs fois si je serais présente au restaurant et je n'ai pas eu le cœur de refuser. Et peut-être que de voir son éditrice à son anniversaire la motiverait à terminer sa nouvelle ?

À l'heure du rendez-vous, j'étais la première arrivée. Peu à peu, des jeunes vingtenaires, petites femmes de la modernité, se sont assises autour de la table réservée à la fêtée en me jetant des œillades circonspectes. What is that middle age lady doing at our table? Alice nous avait finalement rejointes avec une heure de retard. J'ai passé la soirée à triturer ma serviette en papier, dominée par ce sentiment d'imposture qui me donnait envie de prendre mes jambes à mon cou. Elles étaient toutes très gentilles, très cool, issues du même cercle d'amis. Mais un vieux blaireau s'était joint à une tribu de louveteaux et ça incommodait tout le monde, sauf Alice. J'avais néanmoins persévéré : entrée, plat, dessert et feux de Bengale, jusqu'à ce que chacune règle son addition. Les louvettes allaient boire un verre ailleurs, allais-je me joindre à elles ? La blairette avait sacré son camp aussi vite que le lui permettait son vélo one speed quatre saisons et ses jarrets moyen musclés.

Le texte d'Alice est finalement arrivé, bourré de défauts et de potentiel. Comme je la sentais fragile, j'ai opté pour une approche que je ne privilégiais sûrement pas assez souvent : j'ai mis des gants blancs. Quand je la lui ai retournée, sa nouvelle fourmillait de commentaires, de suggestions, de questions : là-dessus, j'étais égale avec tout le monde. M'investir à ce point dans ma lecture serait, je l'espérais, perçu comme un gage de respect, une marque de l'engagement que je portais à l'autrice et à son travail. Mais puisque Alice m'avait avoué n'avoir jamais été exposée à un véritable travail éditorial, j'ai tenté de la rassurer en amont, en forçant un peu la note de certains compliments. Tout pour ne pas la décourager : elle devait réussir. Je ne pouvais pas la sauver, moi, mais l'écriture, elle, le pourrait peut-être.

La relation de travail avec ma mère s'est corsée après un an de collaboration environ. Il faut dire que cette entente professionnelle tenait déjà du miracle.

Travailler sur ses textes était stimulant. Avec elle, j'enlevais complètement mes gants, n'enjolivant plus mes commentaires de locutions adverbiales et de verbes euphémisants : « ça me *semble un peu* flou », « j'ai *l'impression* que ça *pourrait être* abrégé » ou de questions indirectes : « est-ce le bon mot ? », « couper ? » Elle m'avait voulue comme éditrice ? Alors elle m'aurait sans compromis. J'affirmais : « ce mot-là plutôt », « reformuler ceci », « maladroit cela », « des longueurs ici ». En honneur de mon enfance éditoriale, j'apposais aussi des cœurs en marge de ce que je trouvais le plus glorieux.

Ma mère et moi passions des heures à discuter de ses personnages, des scènes qui posaient problème, du lectorat cible, de la stratégie commerciale à adopter, de ses inquiétudes et aspirations. Ces conversations, quoique passionnantes à leurs heures, me grugeaient énormément de temps et d'énergie. Si tout est question de mesure, dans le langage de ma mère, le mot n'a jamais existé.

Le roman était prévu pour l'automne, puis soudain, elle le voulait sorti dès le printemps. Mon horaire était jeté aux poubelles et je devais réorganiser ma vie à l'aune de cette parution accélérée. Alternativement, je devenais son agente, sa psy, sa cheerleader, son attachée de presse, sa complice, son bourreau. J'étais tout, sauf sa fille, et ces rôles successifs, parfois même simultanés, m'avalaient aussi bien professionnellement que personnellement. Ma santé mentale battait de l'aile et j'avais beau le lui en faire part pour alléger mon fardeau, ses exigences avaient préséance sur son empathie. À quelques reprises, dépassée par ses demandes, je lui avais conseillé de se trouver une autre éditrice. Mais elle revenait avec les cinq petits mots magiques : « J'ai besoin de toi. »

J'aurais pillé plusieurs planètes et allumé de nombreux incendies pour me prouver à la hauteur de cette nécessité.

Mais un jour, j'ai explosé pour une broutille. Je me trouvais en pleine tournée d'auteurs à l'Île-du-Prince-Édouard quand elle m'a demandé de composer sa biographie d'autrice – ce genre de trois-quatre lignes impossiblement totalisantes, qui se veulent un résumé de plus de trente ans de carrière et de soixante de personnalité, qui serviront pour la quatrième de couverture ou la légende d'une photo sur un site Internet.

— Maman, les auteurs écrivent leur propre bio.

— J'ai jamais fait ça.

— Excellent moment pour commencer.

— Marie, mes éditeurs l'ont toujours fait pour moi. Je vois pas pourquoi ça changerait parce que t'es ma fille.

Oh que non, elle ne changerait certainement pas une miette de quoi que ce soit parce que j'étais sa fille. Bien au contraire.

Une dizaine de jours auparavant, en pleine célébration de mon trente-troisième anniversaire, mon téléphone avait vibré, faisant apparaître à l'écran son surnom du moment, « Queen D ». J'avais décroché pour récolter des vœux qui n'étaient jamais venus. Au lieu, elle s'était mise à disserter de longues minutes sur la mise en pages insatisfaisante d'un roman jeunesse fraîchement imprimé dont j'avais fait la direction littéraire : les caractères trop petits, les lignes trop serrées, collées aux marges ; ce n'était pas du tout ce qui avait été convenu. À la fin des palabres, j'étais retournée à mon vieillissement le cœur assombri. Elle ne s'était aperçue de sa bourde que deux jours plus tard ; *mea culpa*, bonne fête en retard. Ce n'était pas la première fois qu'elle oubliait mon anniversaire, mais cette fois me blessait suprêmement, peut-être parce que nous étions si proches.

Mais qui était proche de qui ? Moi d'elle, pas elle de moi. Elle n'aurait pas pu nommer trois de mes amis ou en reconnaître un seul dans la rue, même si elle avait passé des week-ends entiers en leur compagnie. Lorsque je revenais sur des épisodes marquants de ma vie, elle disait ne se souvenir de rien, plaidant à la blague l'Alzheimer précoce. Il n'y avait pourtant à blâmer que l'énormité de son nombril, puits sans fond qui aspirait absolument tout ce qui ne l'impliquait pas directement. Tout ce qui la présentait sous un mauvais jour, tout ce qui endommageait son image à ses propres yeux était relégué aux oubliettes, s'entassait dans un tiroir verrouillé dont elle détruisait la clé.

C'est au courant de la discussion téléphonique sur sa bio à pondre que j'ai pété un plomb aussi soudain que monumental. Je lui ai crié que travailler avec elle était un enfer, que je n'en pouvais plus, qu'elle me pourrissait la vie, que tout le monde la trouvait insupportable dans le milieu littéraire, qu'elle ne savait que se faire des ennemis, qu'elle m'avait demandé de devenir son éditrice seulement pour m'empêcher d'écrire, pour que je m'efface derrière elle, pour qu'elle puisse continuer à prendre toute la place, encore, tout le temps, accaparer tout l'espace, le piétiner, le vider, puis recommencer ailleurs.

C'était injuste. Méchant. Je voulais lui faire mal. Je réussissais.

Tout ce fiel déversé sur ma mère rendue muette ne m'a soulagée de rien. J'ai raccroché, pleine d'une rage qui détournait la honte. La honte d'être incapable de poser mes limites en temps et lieu, la honte d'être esclave de ces cinq petits mots qui ne me donnaient ni l'influence promise ni la valeur recherchée. Cette phrase toxique, « j'ai besoin de toi », qui se retournait contre moi dès que je réalisais ce que sa mise en œuvre comportait comme barrages intrinsèques. Quel attrait recelait cette nécessité si elle n'engageait qu'une personne sur deux ? Si elle ne me permettait pas, à mon tour, de me déverser parfois ? J'avais tant besoin d'être celle qui prend appui aussi, qui s'accote pour ne pas perdre pied, pour se soulager, quelques secondes, de son surpoids. On ne peut être en permanence un pilier pour personne. Surtout pas pour sa mère.

Avec Alice, j'avais finalement réussi. À poser mes limites. Mais là encore, trop tard, beaucoup trop tard. En enrobant nos échanges de précautions exagérées et en comblant d'empathie chacune de ses démissions, j'avais déroulé tout mon fil de patience et usé sa corde. Ouater un objet brisé en prévision de son transport ne change rien au fait qu'arrivé à destination, l'objet sera au moins aussi brisé qu'avant. Ce qui est rompu ne se répare pas en le protégeant.

J'ai renvoyé à Alice son texte édité un 8 décembre. Ce premier jet, qu'elle aurait probablement dû relire encore quelques fois avant de me le remettre, comportait les mêmes erreurs que celles commises par mes étudiants en création à l'université (et, plus parcimonieusement, par tous les écrivains du monde) : discordance des temps, registre inégal, sauts du coq à l'âne, imprécisions, incohérences, longueurs et raccourcis, etc. Rien de plus normal : Alice avait le même âge et une expérience d'écriture à peu près équivalente, mais aussi, en surplus, une habileté à fomenter des métaphores vibrantes et une histoire addictive d'écorchement écorchant.

Deux semaines après lui avoir transmis son texte édité, j'ai pris de ses nouvelles pour savoir comment elle se sentait face à mes commentaires et pour fixer une date de tombée pour la V2. Elle s'est dite « secouée ».

Secouée comment ? J'étais-tu trop rough ?

Elle a tout de suite répondu :

Non, pas rough. Full nécessaire.

Fiou. Je l'ai rassurée à nouveau : son texte s'incarnait parfaitement dans *FFF* et son propos était hautement pertinent.

Je veux jamais que tu doutes de ton talent.

J'ai néanmoins rajouté que ce rare talent ne pourrait fructifier pleinement qu'au terme d'un travail soutenu...

Sa deuxième version était due à la fin du mois de janvier. Le 1er février, Alice m'a envoyé sa V2. Le 9 février, nous avions rendez-vous dans un café pour travailler. Pendant quatre heures, je l'y ai attendue. À trois reprises, je lui ai écrit pour lui signifier que j'étais là, que je lui conservais une place alors que le café s'emplissait. Elle voyait mes messages, mais n'y répondait pas. Ses stories sur Instagram s'accumulaient cependant. Le 11 février, je lui ai envoyé un message pour lui expliquer à quel point ça me blessait de me faire ignorer. Que je préférais qu'on me signale un empêchement de dernière minute, plutôt que de me laisser poireauter plusieurs heures sans nouvelles au lieu de rendez-vous. J'ai terminé en formulant ce qui aurait dû l'être dès le départ : nos liens seraient probablement plus féconds s'ils se limitaient au rapport éditrice/autrice. Pour toute réponse, Alice m'a envoyé des captures d'écran de messages écrits par des tiers que je ne connaissais pas, au sujet de F, son amie d'origine autochtone, qui vivait de grandes difficultés. Rien d'autre. Je ne saisissais pas bien le rapport. Mais de mon côté, j'avais mis mes limites et je me sentais soulagée d'être sortie de cette obtuse relation qui me plongeait dans un embarras croissant.

Le 19 février, dix jours plus tard, j'ai eu fini d'éditer sa deuxième version et lui ai proposé que l'on se rencontre pour passer au travers de mes commentaires avant sa nouvelle réécriture. Je ne lui ai rien dit de mes impressions par rapport à cette seconde mouture rudimentaire, mais parce qu'elle ne s'était pas sérieusement penchée sur les problèmes soulevés, j'avais dû faire le même travail deux fois. Une hypothèse: Alice, se sentant coupable de ses retards passés, avait préféré me renvoyer son texte à temps et grossièrement révisé plutôt que de me transmettre une version tardive mais plus aboutie. Autre hypothèse: peu habituée au travail de réécriture, Alice n'avait pas compris la majorité de mes commentaires ou avait confondu une retouche de surface avec un réaménagement de fond. Encore, je me suis demandé: n'avais-je pas été assez claire? Étais-je à blâmer pour cette nouvelle version bâclée? À ce point-ci, je ne voyais d'autre solution que de nous asseoir côte à côte et d'aborder ensemble les enjeux de forme et de fond. Le calendrier éditorial était de plus en plus serré et j'espérais qu'en l'aidant directement, en lui donnant les outils nécessaires pour réécrire efficacement son texte, un temps fou serait sauvé. Pour elle et pour moi.

Au lieu de répondre à mon message concernant une rencontre éditoriale prochaine, Alice a répondu à celui qui datait de dix jours auparavant, faisant suite à son ghostage. En gros, elle s'excusait et acceptait que nos rapports se limitent désormais à un cadre plus professionnel. Elle parlait de sa santé mentale fragile, des troubles occasionnés par son amie F. Je comprenais. Vraiment.

C'était le 20 février. Je lui ai donné quelques disponibilités, lui ai demandé les siennes, nous avons fixé une date pour la rencontre. Elle s'est inquiétée: le rendez-vous avait-il pour objet de l'exclure du projet? C'est la deuxième fois qu'elle me posait cette question alors que cette avenue ne m'avait même pas traversé l'esprit. Je lui ai assuré que je tenais à sa présence dans *FFF*, que j'aimais beaucoup son texte et que tant qu'elle serait prête à fournir les efforts nécessaires, je serais prête à les égaler.

Puis, le matin de notre rencontre, Alice a annulé. Elle a dit détester les obligations matinales, souffrir d'insomnie. Comme elle partait pour cinq jours, nous devrions nous reprendre à son retour. Le problème, c'était qu'à son retour, je serais à mon tour absente. Je l'ai relancée pour planifier une nouvelle rencontre dans une dizaine de jours. Rendu là, le retard accumulé s'était fait sentir et mon stress avait augmenté de plusieurs crans. L'avant-veille du rendez-vous, je lui ai réécrit pour confirmer. Pas de réponse. La veille, je l'ai relancée encore. Alice m'a fourni une nouvelle date : le mercredi 6 mars, de jour. D'accord. Le 5, je lui ai écrit pour lui demander à quelle heure elle serait disponible le lendemain. Pas de réponse. J'ai mis mes autres rencontres sur stand-by en attendant. En soirée, elle m'a envoyé un message pour me dire qu'elle ne serait finalement disponible que le soir ou à une autre date. Ayant revu tout mon horaire à la lumière de ce rendez-vous qu'elle avait elle-même choisi, je devais, encore une fois, le réaménager. Pourquoi donc ? C'est alors qu'elle m'a avoué que sa meilleure amie V était en ville et qu'elle voulait profiter de sa présence, qu'elle se sentait déprimée, fatiguée, stressée, et qu'elle ne se croyait plus capable de faire face à la pression des échéanciers.

> Et je m'excuse sincèrement et je comprendrais si tu préférais qu'on s'arrête là.

Je lui ai répondu, dans un message un peu tranchant, que si elle n'avait pas deux heures de sa journée à me consacrer le lendemain, c'est probablement que le projet ne lui tenait pas suffisamment à cœur. Qu'elle s'attendait à beaucoup de compréhension, beaucoup d'empathie, mais qu'elle en manquait pour autrui, en l'occurrence moi, qui préférerais aussi voir ma meilleure amie plutôt que de travailler sur son texte.

Un moment donné, je fais plus que ma part. Si tu fais pas la tienne, je peux pas la faire pour toi.

Ça s'était terminé ainsi le 5 mars. Je n'en pouvais plus. Et en réalisant à ce moment précis que je n'en pouvais plus, je m'apercevais à quel point je n'en pouvais plus depuis longtemps.

Le problème, c'est que ça ne s'était justement pas terminé ainsi.

J'arrive au moment. Le 1er août 2020.

Toute la journée, j'ai éclaté en sanglots pour tout, pour rien. Puisant dans mes dernières réserves de courage, je me suis répété la promesse de mon avant-propos : écrire ce que j'ai le moins envie de dire.

Été 2020. La pandémie ralentit. Comme tout le monde, j'ai passé un hiver dystopique, duquel je ne me suis néanmoins pas trop mal sortie, professionnellement du moins : j'ai travaillé sur *Leslie,* avancé plusieurs projets chez Tête dure et aidé mes étudiants de deux universités différentes à terminer leur session en pleine apocalypse. Sur le plan personnel, j'y ai laissé plus de plumes. Je viens de déménager sur Fullum, après cinq ans dans un trois et demi sur

De Lorimier que je me suis résolue à quitter parce que mon propriétaire, fâché de me voir refuser sa hausse de loyer exagérée, s'est mis à me menacer verbalement et physiquement. C'est avec beaucoup d'aigreur, un chien mourant et un recours à la Régie contre mon proprio que je me suis résolue à quitter ma plus stable maison depuis celle de mon enfance.

Les avant-midi ensoleillés, je fais la file à la piscine du parc Baldwin pour intégrer la cohorte restreinte de baigneurs qui pourront profiter d'une cinquantaine de minutes d'eau ultra-chlorée et de lecture à la vitamine D, avant la cloche et l'arrivée d'une nouvelle cohorte assoiffée d'extérieur. À deux coins de rue de chez moi, l'avenue du Mont-Royal, exclusivement piétonne pour la première fois en période estivale, me rappelle le bonheur d'habiter ce périmètre : les croissants au fromage des Co'Pains, le poulet de Cornouailles de la Maison du Rôti, les légumes bon marché du Passion des Fruits, la Yakima au Terminal. Parfois, la fontaine du parc Baldwin se remplit d'une mousse luxuriante, se transforme en un immense bain interdit et les enfants s'y bousculent pour s'emparer d'insaisissables poignées de ces bulles qu'ils lancent comme des boules de neige.

C'est l'été d'un répit. Une accalmie en pleine calamité.

À partir de juin 2020, une nouvelle vague de dénonciations déferle sur le Québec, et le milieu littéraire n'est plus en reste. Des groupes privés de femmes autrices, éditrices, libraires se fondent dans l'optique de révéler les abus en vase clos. Des collègues et des connaissances du milieu sont dénoncés. J'accueille du mieux que je peux ces témoignages, qui me ramènent à l'échec de ma dénonciation passée. Des débats qui secouent les fondements, qui choquent les esprits. L'été n'a plus rien d'une accalmie, c'est une bougie d'allumage, un incendie. Au milieu des horreurs, il y a au moins cette sororité qui tisse un filet de protection, qui comprend et console. Finies les rivalités, les guéguerres ; on les oublie pour discuter de ce qui est plus grand et grave que nous.

Mais bientôt, l'incendie local s'emballe, se répand en feux de forêt qui mettent en péril tout l'écosystème. Le discours dérape et la machine à dénonciations perd les pédales. Je ne suis ni juge ni jury, mais mon malaise grandit. Tout se mélange, tout s'amalgame, tout devient abus au même titre. Est-ce qu'un french volé et un viol méritent la même lapidation publique ? Est-ce que d'avoir fait preuve de chauvinisme ou d'impolitesse justifie d'être dénoncé dans ce contexte particulier ? Où est la frontière entre inconduite et mésentente ? Entre intérêt public et diffamation ? N'existe-t-il pas une échelle de gravité ? Des nuances à apporter ?

S'il fallait rapporter chaque attouchement indésiré, chaque avance pressante, chaque parole grossière, j'aurais dénoncé des centaines de gens, à des centaines d'occasions. Et moi, m'aurait-on dénoncée ? J'ai repassé en boucle ce soir où, complètement saoule, sans même songer à lui demander la permission, j'avais mis les mains sur la poitrine de mon amie Laurence. Je riais à gorge déployée, elle aussi. C'était un geste inconscient, posé dans le vif de l'ivresse. Ça n'en était pas moins une inconduite à caractère sexuel. Le lendemain, complètement mortifiée, je m'étais profusément excusée. Et encore quand nous nous étions revues. Laurence avait souri, haussé les épaules : « C'est vraiment pas grave. » Mais si... Mais si, des années plus tard, après que notre amitié se fut terminée sur une querelle, ça *devenait* quelque chose de grave ? Avais-je déjà formulé des gags racistes, capacitistes, grossophobes ou homophobes ? Oui. Avais-je été vulgaire, déplacée ? Oui, plusieurs fois. J'avais été lâche, stupide, inconsciente, hautaine. Je le serais sûrement encore. Et qui pouvait prétendre autrement ? Où se situe la frontière entre l'erreur et l'avilie ? À quel niveau de conscience doit-on s'élever pour s'absoudre de ses fautes passées ? Qui saurait se jucher sur un piédestal en jurant ne plus jamais en tomber ?

Fin juillet, éclot sur Instagram une nouvelle page de dénonciation au sujet d'influenceuses du domaine de la mode et de l'édition. Voyeuse, j'y fais mon tour pour lire les accusations : escroquerie, intimidation, abus. Je connais vaguement l'une des filles accusées, que je trouve un peu imbuvable. N'empêche, à la lecture de tous ces #jevouscrois, je frémis. Le hashtag, qui servait à particulariser la réception des témoignages d'agression sexuelle, est désormais utilisé pour des situations de conflits ou d'abus au travail. Ce qui manifestait un engagement sororal face à des injustices systémiques s'emploie désormais pour attaquer des femmes, fautives peut-être, mais pour des raisons complètement étrangères à celles dont il est question dans le contexte #metoo. Les enjeux de honte intrinsèque, la souillure dans l'abject, le corps décimé, la culpabilité, le tabou de la sexualité assortie d'un laisser-faire ambiant, de toute une culture cautionnant la dévaluation des femmes, rendant pratiquement impossible la judiciarisation de ces assauts criminels commis dans la sphère privée, sont-ils les mêmes pour des situations toxiques au travail ? Non.

Bien sûr que non.

Nous nous munissons des mauvaises armes au combat. Confondons les batailles, les ennemis. Les têtes coupées, de plus en plus indifférenciées, s'empilent sur le charnier, sans réparer quoi que ce soit, sans nuire au patriarcat. Auquel nous donnons même raison en nous entretuant.

Le 1er août est un matin ensoleillé. J'enfile une robe légère par-dessus mon maillot de bain, attrape un livre, une serviette, de la crème solaire et faufile mes gros orteils dans la languette en caoutchouc de mes gougounes. Avant la piscine, un coup d'œil à mes nouveaux messages. Tiens, cet éditeur avec qui je communique rarement m'écrit :

Je suis derrière toi, Marie.

Derrière moi ? Mais pourquoi donc ? Il répond :

Ah, tu sais pas encore.

Sur la page consacrée à ces influenceuses abusives se trouve une nouvelle publication. En grosses lettres est écrit : Marie Demers.

Le témoignage est livré anonymement, mais je reconnais tout de suite Alice. Elle commence par décrire ses problèmes de santé mentale, sa fragilité, sa vie tourmentée. Comme si je l'avais groomée en connaissance de cause, me servant de ses faiblesses pour abuser d'elle psychologiquement. Car je suis une gaslighteuse sans merci et je l'ai méchamment exclue de ce projet pour lequel elle s'était livrée corps et âme. Je l'ai démolie et j'ai démoli son texte. Des guillemets encadrent des phrases que je n'ai jamais formulées. Elle réorganise aussi le narratif, expliquant qu'au dernier faux bond, elle s'est lancée à la rescousse de son amie autochtone, F, gravement suicidaire, et que je me suis montrée intransigeante, l'excluant unilatéralement du collectif. Je me souviens parfaitement de nos échanges, mais je retourne les lire une, deux, trois, quatre, dix fois. F, c'était son premier lapin posé, à la suite duquel elle ne m'avait pas répondu pendant dix jours. Le faux bond ultime, c'était V, sa meilleure amie que j'avais rencontrée à son souper de fête. Pourquoi avait-elle ajouté ce détail, erroné par ailleurs, à sa dénonciation ? Qu'espérait-elle ainsi démontrer ? Mais de toute façon. De toute façon. De toute façon.

Bien sûr, je panique. La publication a été vue par des milliers de personnes déjà. Parmi les commentaires :

#Jetecrois #courage
C'est horrible ce que tu as vécu.
Honte à cette femme.
Who's that bitch anyway ?

J'ai écrit directement à la personne (aux personnes ?) responsable de cette page, qui portait un nom étrange, « alliées autodéclarées », et qui m'a répondu rapidement. Alliées de qui, au juste ? Et « autodéclarées », qu'est-ce que ça signifiait ? J'ai expliqué brièvement la situation, mon grand dénuement. Sur quoi se basait-on pour publier un tel témoignage ?

Nous avons lu des captures d'écran.

Quand je lui ai demandé lesquelles m'incriminaient à son avis, elle a affirmé publier « le ressenti des gens », m'a recommandé de lui envoyer nos messages afin de préparer mon propre témoignage, puis m'a suggéré d'en discuter avec Alice. Parler à Alice ? Ça me semblait être la pire des idées du monde, mais si celle qui l'aidait à répandre son venin publiquement me disait de le faire, je le ferais.

Hey, Alice, on peut-tu se parler ? Je vais moi aussi mettre mon témoignage sur Internet, je voulais savoir si tu voulais qu'on se parle avant.

Ça ne lui en a pas pris davantage pour qu'elle avertisse les administratrices de la page que je professais des menaces à son égard et que, pour cette raison, elle désirait supprimer son témoignage. Elle avait « peur de moi ». C'était le comble de l'absurde : celle qui venait carrément de semer la terreur dans ma vie avait peur de *moi* ? Ne craignait-elle pas plutôt que je publie l'entièreté de nos échanges sur les réseaux sociaux, sans le couvert de l'anonymat ? Que je surligne les demi-vérités et les mensonges ?

L'administratrice m'a tout de suite écrit pour me signaler qu'elle retirait la publication, mais que la peur exprimée par Alice prouvait ma culpabilité. Puis une nouvelle publication est apparue sur la page, stipulant cette fois que la méchante agresseuse du témoignage précédent proférait des menaces à sa victime, ce pour quoi cette dernière avait décidé de le retirer. Mais n'était-ce pas cette administratrice qui m'avait suggéré de lui adresser la parole ? Qui m'avait encouragée à bâtir mon propre témoignage ?

J'avais émergé de la dystopie générale seulement pour plonger en plein cauchemar personnel. Ma vie devenue film d'horreur. Il fallait que je me réveille. Il fallait me réveiller ou me tuer.

Les soixante-douze heures suivantes pourraient aisément remplir des centaines de pages, faire l'objet de dizaines de milliers de mots. L'enfer. Jamais je n'avais été étouffée par un tel sentiment d'injustice. Jamais je n'avais cru une telle enflure possible. Pas pour moi. Ce genre de choses arrive aux autres.

Puisque Alice avait demandé aux administratrices de retirer sa publication, légalement, il devenait dangereux de publier nos échanges pour me défendre. Théoriquement, il n'existait plus de témoignage diffamatoire à dénoncer. J'ai quand même résumé la situation dans mes mots sur les réseaux sociaux, les émotions en champignons nucléaires, en nuançant de mon mieux : sa fragilité, la mienne, les rendez-vous ratés, les relances, l'abondance de commentaires pour la réécriture, mon manque de tact. Car je ne ferais pas une Alice de moi : je raconterais les événements en soupesant les failles de chacune, au-delà du seul ressenti. Mais parce qu'il suffit de se défendre pour paraître coupable, j'aurais probablement dû me taire.

En plus de raconter ma version des faits, j'avais offert à quiconque le désirait de consulter en privé les captures d'écran dans lesquelles j'avais caviardé le nom d'Alice, et plusieurs avaient demandé à les voir. Tout ce qui me restait pour m'innocenter, c'était mon absolue transparence. À d'autres, des collègues, des connaissances du milieu, des éditeurs, des auteurs et même à des étudiants qui s'apprêtaient à donner une conférence dans mon cours à l'automne, j'avais envoyé la correspondance en les priant de la lire pour en juger par eux-mêmes. Je craignais que des liens littéraires et professionnels soient rompus, que la peur d'être contaminé par mon nouveau statut d'agresseuse ne fasse fuir mon entourage.

La conclusion était unanime : rien, absolument rien ne justifiait les accusations d'Alice. Au contraire. J'avais été trop patiente, trop compréhensive, et j'aurais dû mettre mes limites plus tôt. En permettant à Alice de me ficeler à ses besoins et humeurs, je lui avais fourni la corde pour me pendre. Dans le lot, deux personnes m'avaient cependant signifié que le ton de mon dernier message était trop sévère. J'en convenais sans le croire.

Cependant, dans ma boîte d'indésirables s'accumulaient des doléances et des injures. On me disait immorale de me défendre, j'aurais dû me taire, être à l'écoute de la souffrance de ma « victime ». Et ma souffrance à moi ? Pourquoi aurais-je dû m'effacer pour quelqu'un qui m'avait causé du tort ? On disait qu'Alice était reconnaissable rien qu'à la teneur de la conversation partagée et que je manquais cruellement de considération pour son anonymité. Mon nom avait été sali noir sur blanc, je caviardais celui de celle qui en était responsable et j'étais encore fautive. C'était fou. Bat shit crazy. Une haine dévorante s'infiltrait dans chacun de mes pores, pourrissant cette peau que je voulais quitter. Comment pouvait-on me punir d'avoir ainsi donné à perte ?

Les messages de solidarité et d'encouragement glissaient sur moi comme l'eau sur le dos d'un canard. Je ne retenais rien de l'appui reçu, convaincue que ma carrière, comme ma vie, était terminée. L'administratrice de la page sur laquelle j'avais été dénoncée ne répondait plus à mes messages et, bien que mon nom en ait disparu, il n'y avait rien de résolu. Parce qu'il n'y avait pas qu'Alice de problématique dans cette histoire. Je voulais dialoguer avec ces individus qui avaient cru bon de lui ouvrir grand la porte de ma destruction. Sur le compte de « ressentis », jusqu'où irait-on ? Était-ce une course ? La première à raconter sa blessure deviendrait victime et l'autre se transformerait en agresseuse.

Le soir du 3 août, j'ai décidé de mourir. Je ne m'en remettrais pas. À quoi bon vivre dans un monde où n'existent plus que des vérités individuelles ? J'avais été attaquée dans la seule sphère qui me procurait encore un semblant de bonheur : la littérature. Il n'y avait plus de sécurité nulle part. Il n'y en aurait plus jamais.

Pour avoir fait plusieurs tentatives de suicide par surdose de pilules et d'alcool, je savais cette méthode inefficace. Les premières fois, j'avais traversé d'écœurantes nuits à vomir une solution semi-liquide de charbon de bois devant des infirmières qui menaçaient de m'intuber si je n'arrivais pas à garder la substance. La dernière fois, après que j'eus avalé cent cinquante Tylenol extra-fortes et une vingtaine d'antihistaminiques avec somnolence, on m'avait injecté du NAC intraveineux et j'avais cru que mon corps entier prenait feu. J'avais hurlé des heures durant, suppliant le personnel médical de m'abattre afin de stopper cette torture. Le lendemain après-midi, le médecin s'était gravement assis au bout de mon lit civière et m'avait signalé ma chance : j'étais passée à deux doigts de me massacrer irrémédiablement le foie. Cette mort que j'avais espérée rapide et indolore n'aurait mené qu'à une lente agonie, laquelle m'aurait vue jaunir en attente d'une greffe.

Me trancher les veines me semblait aussi trop incertain. Et si, paniquée par l'écoulement de tout ce sang, j'abdiquais en appelant le 9-1-1? La perspective d'un autre séjour en urgence psychiatrique, au cours duquel je devrais feindre le repentir et convaincre des psychiatres infantilisants de ma soudaine soif de vivre, me décourageait.

Dans l'immédiat, il ne restait qu'un choix : la chute.

Quand j'étais petite, mes frères et moi avions élevé au rang de blague ou de chantage la volonté de nous jeter du haut du pont Champlain.

Ma mère nous faisait honte devant nos amis, on lui répondait :

— Ark, si tu continues je vais me pitcher dans le fleuve.

Mon père nous punissait en nous interdisant la télévision :

— Tant qu'à ça, je vais aller sauter en bas du pont !

En me remémorant ces souvenirs, j'ai trouvé à cette façon d'en finir une symbolique romantique. Quelque chose comme un retour en enfance et une promesse tenue.

Sur Google Maps, j'ai calculé la distance qui me séparait du pont Champlain. Une quinzaine de kilomètres. Tant pis pour le romantisme mémoriel, le pont Jacques-Cartier se trouvait tout près. En vélo, j'y serais en moins de quinze minutes.

Tandis que je fouillais dans mes tiroirs à la recherche d'une tenue confortable pour mourir, une odeur de merde s'est dressée derrière moi. Petit soldat malodorant, Henri, mon bébé doux d'amour, me regardait de ses gros yeux luisants.

— Maman, j'ai déféqué dans ma couche.

Depuis presque un an, il était atteint d'une myélopathie dégénérative, une maladie s'attaquant aux nerfs et provoquant la paralysie graduelle de ses membres inférieurs. Son sphincter anal avait lâché en premier, puis son sphincter urétral, ce qui signifiait qu'il faisait pipi un peu partout, tout le temps. Il ne souffrait pas encore, m'avait assuré ma vétérinaire. Mais ça viendrait, lorsque la maladie atteindrait ses organes. Elle lui donnait encore quelques mois, maximum un an.

À part moi, qui s'occuperait de ce chien empestant l'urine et la merde et dont il fallait changer la couche plusieurs fois par jour ?

En pleurant, j'ai défait les velcros de sa culotte souillée. Il se laissait complètement faire, gaga, pattes en l'air, langue sortie. Je lui ai lavé le postérieur avec la douche téléphone, l'ai séché, lui ai enfilé une nouvelle couche propre en tissu, munie d'un trou pour sa queue en tire-bouchon. Pendant ces quelques minutes à m'occuper d'Henri, je n'avais plus pensé à Alice, à sa dénonciation et aux messages haineux qui s'accumulaient dans mes indésirables.

La réalité du cauchemar est revenue m'écarteler d'un coup, comme au matin du 1er août. Je devais me sauver de ma peau, déserter mon corps et ses entrailles bouillantes. Laisser s'évaporer mon âme loin du monde des vivants.

Mais Henri... Henri doux.

Je l'ai pris dans mes bras. Le contact de son petit corps épais, vulnérable, a fait redoubler mes sanglots. La tête renversée en arrière, j'ai frappé contre le mur, une, deux, trois, quatre fois. Luc, mon voisin, a reniflé bruyamment de l'autre côté de la cloison en papier mâché, par hasard ou pour me signifier ce tapage tardif. Mes jambes ont cédé sous mon poids, j'ai basculé. Ce n'est qu'au dernier moment que j'ai étiré un bras pour amortir la chute et protéger Henri, encore blotti contre ma poitrine. Il a poussé un curieux gémissement.

— Maman, qu'est-ce qui va pas ?

Mon fils me contemplait avec un tel abandon... Même indisposé par l'étroitesse de mon étreinte, il ne faisait pas un geste pour s'échapper. Moi aussi, j'avais besoin de lui. Mes larmes morveuses s'échouaient sur son pelage sablonneux, dans lequel j'ai enfoui mon visage. J'ai pleuré comme ça durant ce qui m'a semblé des heures et Henri n'a pas bougé d'un poil, soumis à ma tristesse, disponible et généreux. C'était lui l'humain et moi l'animal. C'était lui le parent et moi l'enfant. Immobile, il me berçait.

Avant de m'endormir, cette nuit-là, fourbue et déboussolée, j'ai soulevé son oreille rabattue pour y glisser :

— Mon Riri, tu m'as sauvée.

Ce n'était malheureusement ni le premier mâle ni le dernier à devenir ma raison de vivre.

L'une des choses les plus importantes que j'ai apprises en thérapie, c'est que les sentiments n'ont pas valeur de vérité. Tout est question de perception, d'angles et d'approches. Ce n'est pas parce qu'on se sent humilié, blessé, rejeté, donc, que quelqu'un nous a définitivement humilié, blessé ou rejeté. C'est possible, certes, mais l'émotion qui en découle ne constitue pas une preuve infaillible. La réalité est une histoire que l'on se raconte. À nous d'en choisir la narration. À nous de choisir notre rôle.

Pendant les deux ans qui ont suivi la dénonciation d'Alice, je suis devenue une victime. J'ai consacré toutes mes minutes éveillées à démissionner. Je n'étais responsable de rien : la vie et les gens s'acharnaient contre moi. J'ai abandonné l'édition, l'écriture. J'ai continué à enseigner par nécessité seulement, pour payer mes dépenses, avec la peur au ventre. Henri est mort à l'hiver. Ma nouvelle propriétaire s'est avérée presque aussi exécrable que le précédent. Il y a eu Benoît, puis Olivier, à qui je me suis accrochée pour me donner des raisons d'exister. Tout a échoué. Moi, la première.

En écrivant sur Alice, je réalise que je ne suis pas plus une victime qu'elle. Pas plus une agresseuse non plus. Mon agresseur était-il un agresseur, lui ? Ou un homme inconscient, ayant commis une faute lamentable ? Je ne veux pas minimiser, mais peut-on être les deux en même temps ? Chacun n'incarne-t-il pas tout et son contraire ? Moi, victime et agresseuse, et ni l'une ni l'autre. Juge ou jugée, je ne sais plus, je m'en fous, finalement. Je n'ai plus envie de savoir. La vérité n'est plus aussi importante une fois qu'on s'est échiné à la trouver.

Je choisis d'écrire sur ces incidents tortueux, potentiellement dangereux, alors que rien ne m'y oblige, à part mon instinct, ou mon penchant pour le hara-kiri. Je choisis ma narratrice : moi. Mon rôle : ni victime ni agresseuse, peut-être les deux. Et j'emmerde autant que je respecte ceux et celles qui voudront me ranger dans un camp figé. Eux aussi ont le droit de se raconter leur histoire. En ce qui me concerne, je ne risque pas de faire marche arrière. Parce que ce sont ces récits qui me gardent en vie, ceux dont je creuse le sens et interroge les acquis. Parce que cette place qui m'est propre et ma vision qui la porte ne peuvent s'encombrer à l'infini de ce qu'en penseront les autres. Ce livre est le mien et c'est de l'écrire pour moi qui assure ma survie.

CINQUIÈME PARTIE

Les nœuds paternels

J'ai songé à mettre le point final après la quatrième partie.

La marée montait à Popoyo, léchant la poupe du bateau bleu et blanc sous la terrasse du Red Pepper. Ma haine était tombée, comme le vent. La plage se creusait de ridules en souvenir des bourrasques. Comme ma peau. Pas un seul nuage dans l'azur du ciel, qui leurrait de son si puissant soleil ; on aurait pu croire qu'aucune tempête ne viendrait troubler l'horizon à nouveau, que la suite du monde ne serait qu'une infinité de brillances apaisées.

J'ai tout de suite envoyé le texte à Jacinthe, mon éditrice. À Marie. J'avais besoin de savoir si elles pensaient que je pouvais m'arrêter là. C'était la première fois que je faisais lire mon manuscrit à mesure, que je prenais le pouls de mes lecteurs idéaux à chaque étape. Je me cherchais peut-être une raison d'abandonner en partant à la pêche aux avis défavorables.

Il était à peine 14 h. J'ai attrapé mon cellulaire pour consulter l'application Magicseaweed. High tide : 15 h 33. Vitesse et direction du vent : 28 mph, offshore, ENE. Hauteur des vagues : 0,7 – 1,1 m. Il était trop tard pour Beginner's Bay, à fréquenter à marée basse. Le point break de Popoyo constituerait la meilleure option, mais les vagues risquaient d'être achalandées. « Point break », point de rupture des vagues où louvoient les surfeurs. Il faut l'avoir vécu pour comprendre le sentiment d'invincibilité. Rien ne me griserait jamais davantage que de dévaler une lame d'eau s'abattant contre ma planche.

J'étais partie à Popoyo pour mourir. J'avais confié Robert Robert à Élyse, qui s'en occuperait royalement. C'est drôle, elle s'était procuré un carlin après avoir gardé Henri IV, puis une griffonne après avoir gardé Robert Robert. Décidément, j'avais le chic pour les chiens. Elle ferait une mère adoptive idéale, et mon fils gagnerait un grand frère, Albert, et une petite sœur, Simone. Comme Henri avait fait obstacle à mes plans de terminaison après l'affaire d'Alice, il fallait que je case Robert pour mener à bien le projet. Loin de ceux qui avaient besoin de moi – ma mère, mon chien –, j'aurais enfin le courage d'orchestrer ma propre fin.

Parce qu'il faut en effet beaucoup de courage pour s'abandonner définitivement au désespoir. Il n'y a pas plus tragique rupture amoureuse que celle d'avec la vie. Et comme j'avais beaucoup de mal à quitter mes amoureux, je peinais à quitter le plus beau, terrible et décevant d'entre tous : le monde. Je devais rendre les armes. Accepter d'avoir perdu la bataille. Quoi de plus courageux pour une mauvaise perdante comme moi.

Mon plan n'était pas parfaitement limpide, mais j'avais décidé de me jeter dans la mer, sous un ciel béant nocturne et ses étoiles en satellites. Peut-être m'empaler au bout de la péninsule qui séparait Playa Sardina de Playa Popoyo, sur les rochers frappés par la houle. Ou partir de Guasacate vers le large, ramant sur ma planche jusqu'à épuisement, un soir de grandes rafales. Ces vents, parfaits pour le surf et soufflant presque toujours en direction de l'océan, me perdraient. Pourtant, j'avais peur de me noyer. Même que c'était la façon de mourir que je trouvais la plus effrayante. La plus romantique, aussi. Au pire, je me suiciderais dans ma petite hutte de paille, en laissant une liasse de billets pour le propriétaire qui devrait nettoyer tout ce sang.

J'en avais parlé à ma psy et à Marie. Les deux avaient encaissé l'information sans l'invalider, sans dire : « Tu peux pas faire ça. » Car je *pouvais* le faire, justement. Elles ne croyaient pas que c'était *la bonne solution*, s'en trouvaient profondément attristées. Ma vie comptait. *Je* comptais, assuraient-elles. Ça m'avait fait du bien de le leur dire, sans que les signaux d'alarme soient lancés, sans qu'il soit question d'irrationalité ou d'intempestivité. J'avais besoin d'y avoir droit. C'est ma vie, après tout.

L'avant-veille de mon départ, j'avais écrit à Olivier. Le sujet du suicide était revenu quelques fois au courant de notre relation. D'abord, il avait perçu mon discours comme un chantage. Une immature menace. Puis, il en était venu à l'ignorer, tout simplement. Pensait-il que j'essayais de le tester, que je cherchais une réaction ? Il aurait eu raison. Pour la réaction, pas pour le test. Je souhaitais qu'il entende, qu'il reconnaisse ce désir, sans le contredire ou le modérer. Peut-être aussi qu'il me dise que ma vie comptait pour lui. Que de ma mort il ne se remettrait pas.

Il y a de ces mensonges que l'on cherche à entendre, même si personne n'y croit.

Avant de partir, je lui avais écrit que je terminerais mes jours à Popoyo. Cette fois, cette dernière fois, je me confiais pour qu'il prenne la mesure de sa contribution à ma chute. Je voulais le punir de sa dernière crise, si violente. Le rendre responsable de ma démesure et de ma débâcle.

Lors de mon ultime soirée avec Olivier, celle de l'explosion finale, nous avions discuté d'un article de *La Presse* qui revenait sur le cas de cet humoriste accusé d'agressions et/ou d'inconduites sexuelles par neuf femmes. Deux ans plus tard, deux de celles qui avaient témoigné se retiraient plus ou moins de la cohorte de dénonciatrices, ce qui avait soulevé des réactions épidermiques dans les deux camps

– celui vilipendant l'humoriste, l'autre l'excusant ou le blanchissant carrément. La première, son ex, avait fait la paix avec son agresseur et tiré un trait sur leur histoire. La seconde, Alice (une autre), disait ne pas être une victime et déplorait que son récit ait servi à cette condamnation publique.

Selon Olivier, l'article soulignait un autre dérapage du mouvement #metoo, prouvant l'effet conspirationniste d'une initiative qui faisait dire à la réalité autre chose que la vérité.

— Ça te choque pas ?

— La violence en ligne contre lui, oui, l'acharnement, les menaces de mort, le manichéisme, ça me choque. Mais t'sais, c'est pas parce que cette fille a pas été dérangée par son insistance que c'était pas dérangeant.

— T'étais pas là, Marie. Elle admet que c'était fait à la blague. Que si elle avait pas eu de chum, elle aurait sûrement accepté...

— Ouais, pis ? C'est souvent comme ça, au début, avant que ça dérape. C'est drôle, c'est léger, jusqu'à ce que ça le soit plus. Elle a dit non plein de fois. Elle a répété qu'elle était engagée dans une relation monogame. Alors pourquoi il insiste pour coucher avec ? Et si c'était tombé sur une autre ? Une personne incapable de mettre ses limites, de répéter la syllabe haïe, trois petites lettres tellement difficiles à assembler : n-o-n. Alors elle serait rentrée avec lui, complètement saoule, elle aurait trompé son chum, il y aurait eu des conséquences...

C'est à ce moment qu'Olivier s'était mis à fulminer. Il était convaincu que j'essayais hypocritement de justifier, par histoires détournées, ma propre infidélité. Encore, on y revenait : à cette fin de nuit d'ivrogne sur la Côte-Nord avec l'artiste « tout azimut » à la noix. Peut-être avait-il raison et qu'inconsciemment, je tentais bel et bien de me déculpabiliser. Mais en débutant la conversation, j'avais plutôt eu Alice en tête. Moins celle de l'histoire de *La Presse* que celle de mon histoire à moi.

Au fond, l'article venait mettre en évidence que, pour certains, des actes devenaient répréhensibles seulement s'ils provoquaient des tourments ou d'irréparables conséquences. Comme si une faute se définissait par ses effets. Pourtant, on peut très bien être accusé d'un crime qui a échoué, et donc, qui n'aurait pas, en théorie, causé le tort prévu. Un procureur de la Couronne peut même poursuivre sans l'accord de la victime s'il juge les preuves suffisantes et la culpabilité hors de tout doute. Il est aussi possible d'innocenter un coupable qui, en s'expiant de son crime, a cherché à en renverser les conséquences à rebours – comme le voulait en quelque sorte la version de l'ex de l'humoriste. Mais que le crime ait nui ou non et que la personne ait formulé tous les mea culpa du monde n'enlève rien au fait qu'une faute a été commise.

En méditant sur cet article, une intuition floue s'était transformée en certitude : nous vivions à une époque où les émotions avaient valeur de vérité. Où les sentiments étaient brandis comme des preuves de bon ou mauvais traitement. Où le contexte était moins important que les conséquences. Comment savoir ce qui avait provoqué quoi ? N'était-il pas nécessaire de revenir à la source ? Aux faits bruts ? Ou même de retrouver les motifs, inconscients ou manifestes ? Si le bien se transformait en mal ou si le mal finissait bien, qui serait tenu responsable ?

Olivier avait raison sur un point : l'histoire de cette Alice de l'article ne racontait ni agression ni inconduite sexuelle. Il y avait eu potentialité sans actualisation. Alice de mes *Détournements,* elle, avait témoigné d'abus inexistants. Pas de potentialité, donc, mais une actualisation par le discours. La première niait une certaine forme de harcèlement, la qualifiant de badine en l'absence de conséquences, la seconde attestait de tourments qui devaient prouver l'existence d'un méfait. J'avais l'impression que ces deux témoignages, formulés à moins d'un mois de distance, dans le même contexte sociopolitique, se rejoignaient quelque part, représentant les faces opposées d'un même enjeu.

Il était question, à des degrés divers, de l'appropriation ou du rejet du statut de victime. Les deux partis avaient raison, à leur façon, dans leur vérité propre : l'une s'en tenant strictement aux événements, l'autre à la seule écoute de ses sentiments. Mais comment concilier ces deux versants pourtant complémentaires ? Chacune mettait en lumière cette tendance universelle à ségréger des variables complexes en une simple formule. À se raconter des histoires accommodantes pour préserver une vision de soi conforme aux attentes personnelles et partagées.

J'étais à la veille de commencer la partie sur Alice et j'aurais voulu pouvoir discuter de toutes ces épineuses questions avec Olivier, qui savait se montrer par moments si clairvoyant. Mais une fois de plus et pour des raisons qui m'échappaient en partie, sa digue avait cédé. Son visage se chiffonnait, rougissait, ses gestes devenaient mimiques ; il tenait ses poings serrés, les épaules en char d'assaut, la voix tonnante et, alors que je lui répétais de partir, de sortir de chez moi, il m'avait craché que je n'étais qu'une pauvre petite victime. L'insulte suprême. Si je détestais autant ce mot, c'est parce que je le savais partiellement vrai. Moi aussi, je m'arrangeais de certaines histoires, de certains rôles, en refusant de considérer ce que contenaient des récits divergents. Je me promenais moi-même, de façon opportune, d'un extrême à l'autre sur l'axe de la victimisation : de l'appropriation complète au rejet radical. D'une Alice à l'autre. Pourquoi était-il si ardu de m'écarter de cette polarisation ? Que m'apportaient ces visions tronquées ?

J'avais bel et bien trompé Olivier avec cet écrivaillon qui ne m'y avait pas forcée, même si ce dernier avait attendu que je sois complètement ivre pour faire ses avances. Et mon agresseur, je ne l'aurais peut-être jamais dénoncé s'il avait décrit autrement la soirée ayant mené au coït indésiré. Son honnêteté lui avait coûté, en quelque sorte; il aurait très bien pu se taire ou mentir – quoiqu'en l'absence de moyen de protection, il devait bien s'assurer que je prenne des mesures pour lui éviter une catastrophe qui aurait fini par se savoir. En tous les cas, comme je ne gardais aucun souvenir des événements, pouvais-je affirmer hors de tout doute que, sur le coup, je ne l'avais pas autorisé ou même attiré dans mon lit ? C'est ce qu'avait craint le procureur. C'est ce que je craignais aussi, même si je n'osais pas me l'avouer. N'y aurait-il alors pas eu agression ? Vu mon état, vu le contexte, le viol m'apparaissait clair, et encore davantage si l'on considérait les définitions du consentement postulées par la loi. Mais les nuances, elles, et les hypothèses, bien que nécessaires pour saisir la situation dans toute sa complexité, me blessaient. Me blessaient presque autant que l'agression elle-même.

C'était étrange : j'en voulais désormais davantage à l'écrivaillon qu'à mon agresseur. À cause des conséquences, justement, plus immédiates. Parce qu'elles n'avaient pas atteint que moi, mais mon couple aussi, et Olivier surtout. L'écrivaillon se détournait presque en symbole. Il représentait ces hommes qui se foutaient bien de mon intégrité lorsqu'il s'agissait de répondre à leur désir. Il symbolisait mes dérapages. Mon amour brisé. Sans cesse, la question martelait mon cœur dépité : et s'il n'était rien arrivé avec l'autre insignifiant, est-ce qu'Olivier et moi serions encore ensemble ?

La différence entre mon agresseur et l'écrivaillon : le premier avait admis ses torts, se *savait* coupable, et pas le second. J'avais d'ailleurs écrit au second pour lui exprimer mon malaise, ma frustration. Mon sentiment d'injustice. Dans son message, il rejetait l'entièreté du blâme et, surtout, banalisait une situation qui m'affectait encore profondément.

Personne ne devrait parler de nos blessures comme d'égratignures. Que l'on soit victime ou non.

Quant à Alice, qui m'avait rendue victime de diffamation, n'était-elle pas justifiée de s'être sentie rejetée et blessée ? Il m'avait fallu trois ans de recul et un roman pour réaliser que je m'étais bel et bien servie d'elle. C'est Marie que j'avais voulu trouver en Alice – la Marie vingtenaire en crise, qui avait tant besoin d'écrire pour expier ses manquements et ses peines. Qui avait désespérément besoin d'une éditrice pour porter son entre-deux, surtout après la perte de Loustau. La Marie en manque de mère et de père, d'un être à aimer inconditionnellement, de qui être aimée inconditionnellement. La Marie sans limites, qui réclamait de l'aide à tous ceux et celles qui étaient le moins en mesure de lui en offrir. Cette Marie d'avant qui, au fond, n'est pas si loin de celle d'aujourd'hui. Quand Alice s'était révélée au lieu de cette Marie mirage, je n'en avais plus voulu. Mon inconditionnalité d'apparat était tombée telle une noix de coco trop mûre, en risquant d'assommer la personne en dessous. Je n'avais vraiment voulu aider que moi à travers ce mentorat éditorial épuisant. Comme si, en réussissant à publier Alice, c'est moi que je réparerais.

M'étais-je, moi aussi, détournée en symbole pour elle ? Symbole d'autres blessures, d'autres rejets ? Avais-je représenté un travers plus général à éradiquer ? Étais-je devenue l'un de ces monstres qui la hantaient ?

Contextes, conséquences. Failles. Toujours pas de réponses. Beaucoup d'hypothèses et de questions. De la colère encore, mais la haine, elle, disparue. Pour l'instant.

Quand Olivier avait rompu, j'avais tenté, durant des semaines, des mois, de débusquer à qui incombait principalement la faute de notre fin. Lequel de nous deux devait être tenu responsable ? Sage, il m'avait souvent répété :

— Marie, ç'a pas besoin d'être la faute de personne. Ç'a pas marché, c'est tout.

Mais j'étais obsédée. Il fallait bien pointer quelqu'un du doigt… Qu'est-ce que nous avions tous à vouloir nous placer du bon côté des choses ? Personne n'avançait ainsi. Tout le monde se terrait dans ses certitudes.

J'étais coupable de tellement et il ne me restait plus qu'à l'assumer. La grande blessure de ma vie, c'était de ne pas m'être sentie vue. De ne pas avoir été aimée pour celle que je suis, que j'étais. Mais moi, arrivais-je à les voir, celles et ceux-là qui gîtaient dans ma vie ? Je n'avais vu ni Alice, ni Benoît, ni Olivier, ni ma mère, ni mon père. Je les avais tous considérés pour ce que j'aspirais à combler. Et en cela, j'avais été incapable de les aimer véritablement. Dans leur vérité à eux.

Est-ce ce constat dont je n'avais encore que le pressentiment qui me heurtait au point de vouloir mourir ? La vie valait-elle la peine d'être vécue si on ne savait pas aimer ? Si on ne sortait pas victorieux de son propre récit ?

Partir pour mourir. Mourir pour ne plus perdre.

À l'aéroport de Miami, en route vers Popoyo, j'avais commencé à mieux respirer. Dans l'avion pour Managua, j'avais souri en regardant les ailes de métal fendre les nuages. À Managua, j'avais cherché, le cœur curieusement léger, le chauffeur de taxi qui me mènerait à Popoyo. Le gros monsieur en sueur avait remonté la foule à ma rencontre, avec, dans une main, une pancarte fripée ornée du logo de l'établissement où j'allais demeurer et dans l'autre, une cannette de Coke humide. J'avais dû me retenir pour ne pas les renverser d'un câlin, lui, sa pancarte et sa cannette.

C'est dans le taxi que j'avais compris que je ne me tuerais pas à Popoyo. Entre deux rondes de bavardage en espagnol, j'avais versé quelques larmes discrètes sur la banquette arrière. Le soleil et la mer m'attendaient de pied ferme.

Je ne mourrais pas, parce que je refusais de mourir en victime. Je ne mourrais pas, parce que j'avais un roman à terminer et des vagues à surfer. Je ne mourrais pas, parce qu'il faut encore plus de courage pour continuer à se battre sans certitude que d'accepter d'avoir perdu sans grâce.

Un mois plus tard, après avoir terminé la partie sur Alice, je regardais la plage en me demandant si j'avais trop la flemme pour surfer ce jour-là.

Oui, j'avais trop la flemme pour surfer.

Non, je ne mettrais pas le point final avant d'avoir écrit la partie sur Loustau. Peu importe ce qu'en dirait Marie ou mon éditrice.

Il me fallait raconter l'histoire de cet agresseur qui ne m'avait pas agressée. De cet amant à qui je n'avais jamais fait l'amour. De ce parent avec qui je ne partageais aucun lien de sang. De mon ami le plus cher et mon ennemi le plus pervers.

De cet homme qui m'avait vue, en tout premier.

Le dernier nœud à défaire.

Mais avant d'écrire Loustau, j'allais écrire à Olivier pour m'excuser. Je voulais lui dire que je ne me tuerais pas tout de suite et qu'il n'en aurait été, de toute façon, jamais responsable.

On est toujours responsable de soi-même.

En 2019, j'avais passé trois semaines à Popoyo, après deux semaines au Belize. Le Belize n'avait pas comblé mes attentes. Un pays magnifique, certes. Des Cayos jonchés de cocotiers géants, aux eaux turquoise les plus limpides, des bourgades colorées au peuple gentil et chaleureux, s'il en est. Mais il y régnait une ambiance très reggae qui ne me plaisait pas – un mélange de Pura Vida costaricaine vendue malgré elle aux États-Unis et de coolness relaxée à la marijuana qui se mariait très mal à ma propre intensité pas du tout buena onda. Le Belize avait été une *date* Tinder qui ne déboucherait pas sur un deuxième rendez-vous.

Popoyo ne devait constituer qu'une escale parmi d'autres au Nicaragua. Après ma semaine à surfer, j'avais pris le traversier à Rivas pour Ometepe, monté le volcan Maderas et admiré la brume au sommet, m'étais rincée dans les eaux douces du lac Cocibolca, avais zigzagué en scooter sur les vallons de l'île, dormi au milieu d'une plantation de bananes dans un hostel désert au bout d'un rang peuplé de poules et de cochons. J'aurais pu rester longtemps à Ometepe si je ne m'étais pas rendue avant à Popoyo, où j'avais fait la connaissance de Morrie, un instructeur de surf, et d'Irene, une Italienne hyperactive devenue ma partenaire de vagues. Morrie m'avait appris à me lever en quatre étapes : d'abord, la position du chat en yoga, mais avec les jambes bien à plat sur la planche, puis le genou droit remonté vers le coude en équerre, ensuite le pied gauche qui s'avance entre les mains, et pour finir, le tronc redressé, les cuisses fléchies, avec un bras replié à la tempe et l'autre ouvert sur la direction choisie.

J'avais mis sur le compte de sa technique mon succès dans les roulantes, même si je crois maintenant que c'est le déferlement unique de la houle popoyenne qui m'avait fait rapidement passer de débutante à intermédiaire.

Morrie, un Néo-Zélandais dans la quarantaine, habitait le Nicaragua depuis cinq ans et ne connaissait toujours pas plus que cinq phrases en espagnol. À la première leçon, j'avais écouté d'une oreille distraite son long exposé sur le fonctionnement des vagues, du vent et des marées, puis il m'avait fait pratiquer sa technique de montée des dizaines et des dizaines de fois. Sur une large plateforme en bois qui servait aussi à des cours de yoga, sous le soleil cuisant, je suais ses quatre étapes en répétant :

— Again ?

Au bout d'une demi-heure, il avait répondu :

— No, let's go surf now.

Morrie m'avait accompagnée sans planche, équipé seulement de petites palmes pour se déplacer dans la mer et, après une heure de ramage et de remontées, sans m'avertir, il était monté derrière moi sur mon board pour m'aider à « paddle faster ». Son menton s'était planté directement dans le rebondi de mes fesses, tandis que ses épaules cadraient l'intérieur de mes cuisses écartées. À chaque mouvement, ses biceps, ses avant-bras et ses mains balayaient mon corps. Même si nous avancions effectivement plus vite en ramant à deux, une envie pressante de quitter ma planche et de nager aussi loin que possible de lui aiguillonnait chacun de mes muscles.

Après la leçon de surf, il m'avait entraînée sous le tuyau bancal extérieur pour que nous débarrassions notre peau et nos maillots du sable et du sel accumulés. Son regard cherchait le mien, et je l'évitais à tout prix. Alors que je fouillais mon sac à dos à la recherche des dollars US que me coûtaient mes leçons, il avait posé ses mains dans mon dos et entrepris de le masser longuement, en se concentrant sur l'amorce du fessier. Rongée par le malaise et la honte, je l'avais laissé faire. Je l'avais même poliment remercié quand il avait relevé la beauté de mon cul. Morrie ne m'attirait pas, il m'inspirait même un léger dégoût, bien qu'il ne fût pas laid.

Le lendemain, il m'avait invitée à souper dans un resto local, à une dizaine de kilomètres de Guasacate, la plage près de Popoyo où nous étions voisins. Il y avait très peu d'options de restaurant à proximité et j'avais accepté. En route, dans le 4x4, il m'avait annoncé que nous irions d'abord relaxer dans les eaux thermales de Nahualapa, un spa naturel et soufré qui faisait des miracles pour les muscles endoloris des surfeurs. Je n'aimais pas l'idée, mais j'avais haussé les épaules.

Une lune blafarde bleuissait l'eau noire du bassin creusé dans le roc. Des zancudos virevoltaient dans la vapeur qui donnait au visage de Morrie un aspect fantomatique. En trempant dans la soupe chaude, nous avions bavardé de son ancien métier de guide touristique en Nouvelle-Zélande et de son ex américaine dont les seins avaient servi de modèles pour la sirène nue qui figurait sur le mur de sa petite maison en béton. Dès que je distanciais mon corps du sien, Morrie se rapprochait, comme si chaque mouvement de recul était pour lui une invitation à envahir un nouveau territoire. Il avait fini par m'enlacer, puis m'embrasser. Je n'avais pas protesté, je n'avais rien dit. J'avais payé d'avance pour toute une semaine de leçons et je me sentais un peu prisonnière.

Même s'il ne m'intéressait pas, son désir à lui, manifeste, impérieux, envoûtant, m'excitait étrangement. Petite, c'était la même sensation que j'éprouvais en regardant la scène du film *Robin des Bois, prince des voleurs* où le shérif de Nottingham, interprété par Alan Rickman, tente de prendre de force Lady Marianne. Ou en regardant le film d'animation *Le lac des cygnes*, réalisé par Kimio Yabuki, pleine de la fièvre que le sorcier puisse triompher du prince, condamnant à jamais la princesse à l'animalité et la séquestration. Ou en lisant le conte de madame Leprince de Beaumont, souhaitant à demi que la Bête ne se transforme ni en beau ni en gentil pour la Belle. Que l'homme reste monstrueux et colérique, épris d'une femme qu'il rebute.

Je m'étais promis qu'au moins, je ne coucherais pas avec Morrie. Tant que ce dégradant pelotage n'impliquait ni fellation ni pénétration, je préservais globalement mon intégrité. Mais au bout de la semaine de surf, nous avions baisé. Son approche était si autoritaire, ses gestes si sûrs – comme s'il ne concevait même pas la possibilité d'un refus. En le suçant, sa verge turgescente poussant contre ma luette, j'avais ravalé des haut-le-cœur qu'il semblait trouver attendrissants. En me pénétrant ensuite, durement, vitement, il avait retiré le condom, sans quoi «he wouldn't come». Il avait éjaculé sur mon ventre.

Tout au long de cette séduction délétère, Irene m'avait servi de confidente. Elle me demandait ce que je trouvais à Morrie (nada), pourquoi je ne refusais pas ses avances (no sé). Je lui racontais chaque frontière transgressée, chaque atteinte à ma pudeur, chaque attouchement indésiré. Elle ne comprenait pas; moi non plus. J'étais consentante.

Puis, rendue à Ometepe, j'avais correspondu avec Morrie: je m'ennuyais déjà de la mer, de cette toute-puissance ressentie lorsqu'une vague me portait jusqu'au rivage. Il m'avait proposé de revenir habiter chez lui pour mes dix derniers jours de voyage. J'hésitais, j'avais déjà réservé mon hostel à Maderas. Irene m'écrivait des comptes-rendus de la Baie et de sa houle grossissante. Après cinq jours à Ometepe, Morrie était venu me prendre à Rivas pour me ramener à Popoyo. Je savais ce qu'il me faudrait céder pour loger gratuitement chez lui ainsi qu'avoir accès à une planche de surf, un coach, un survêtement de néoprène, de la cire fraîche.

Bien sûr, il n'y avait pas que le surf, les vagues ou Irene qui faisaient pencher la balance. Il y avait aussi le désir de Morrie, plus fort que lui, que moi, et qui m'attirait obscurément. Sa façon de me dévêtir du regard en permanence. Son insistance malgré mon aversion apparente. Sa poigne, ses doigts qui pressaient obséquieusement ma peau, comme si elle lui appartenait. Morrie ne me violait pas, mais une partie de moi se *sentait* violée et j'en redemandais.

La 51 m'a recrachée devant l'oratoire Saint-Joseph en pantalon plissé et polo blanc. De l'autre côté de la rue m'attendait mon collège, une digne bâtisse aux angles sévères qu'on aurait pu retrouver sur un campus universitaire américain. Autrefois pensionnat pour garçons, elle abritait encore des Frères croulants, en chair et surtout en os.

Ma dernière année du secondaire s'amorçait sur une fin d'août torride, de celles qui devraient faire reporter la rentrée à plus frais. Tout l'été, j'avais parcouru en vélo les 25 kilomètres de côtes abruptes qui séparaient le 281, chemin du Tour-du-Lac-Supérieur du Centre nautique Pierre Plouffe, où j'avais surveillé des gosses de riches plaignards au camp de jour du même nom. « Ah non, pas des sorties de ski nautique et des balades en manège pneumatique ! », « Ah non, pas des après-midi de baignade à partir d'un ponton motorisé ! », « Ah non, pas encore un cornet de crème glacée ! » Je n'avais été la monitrice préférée de personne.

— Attention à la jeune dame blonde.

Un père a tiré la manche de l'uniforme dans lequel flottait son fils qui se traînait les savates en descendant du mauvais côté de l'escalier. Le petit garçon a ravalé une exclamation de surprise alors que je l'évitais de justesse pour gravir à vive allure les marches jusqu'au cinquième étage. Il m'avait fallu quelques secondes pour réaliser que cette «jeune dame blonde», c'était moi. Ma teinture rousse avait effectivement pâli sous les rayons réfléchis par le lac Tremblant. Je n'avais pourtant rien d'une dame: à seize ans, j'en paraissais quatorze tout au plus, avec mes crottes de souris en guise de seins et mon IMC de 18,5, masse musculaire exclue. Depuis la séparation de mes parents, j'étais passée de rondelette à anorexique.

Premier cours de ma dernière année au secondaire: Histoire du XXe siècle. L'an passé, on nous avait martelé l'importance de choisir les sciences pures et dures au lieu des sciences humaines, dites sales et molles. Le lavage de cerveau ne m'avait pas réussi: je n'avais pas hésité à choisir histoire-géo, au lieu de physique-chimie. Bouhouhou, certaines portes me seraient fermées. Bouhouhou, je ne deviendrais jamais médecin ni ingénieure.

Seule inquiétude dans mon élection des sciences sales et molles: Loustau, le prof d'histoire. Je m'en étais sauvée l'année précédente en Histoire du Québec et du Canada en changeant de groupe pour retrouver ma meilleure amie, Marie-Christine, dans la classe de madame Pothier. Loustau était un prof excentrique, adoré de (pour ne pas dire adulé par) la grande majorité des élèves. J'avais toujours haï ce genre d'enseignant qui se donnait en spectacle, qui prenait ses élèves pour des amis, mais s'insurgeait ensuite de les voir se comporter comme tels. Ce genre d'enseignant qui valorisait davantage la socialisation que l'instruction. Les sentiments que le savoir. Bref, si j'avais pu m'en sauver l'année d'avant, cette fois, ce serait impossible : il n'y avait que lui qui enseignait l'Histoire aux deux classes pécheresses de cinquième secondaire.

Entre chaque foulée, mes souliers de ville faisaient craquer le parquet centenaire. Que je sois en retard ou non, je courais, tout le temps. C'était ma nouvelle posture : pressée. De partir et d'arriver. Les plafonds hauts et les murs denses répercutaient chaque vibration, chaque son, comme dans une église. Les voix modulantes des ados, mêlées à celles, plus rares et plus graves, des adultes, créaient un concert dissonant et familier.

Point d'orgue : Loustau était là, nonchalamment appuyé au chambranle de son local, les godasses croisées, le sourire aux lèvres. Il accueillait chaque élève d'un clin d'œil, d'une grimace arrogante ou d'un hochement de tête plus sérieux, s'adaptant à son public. Nonchalamment, il nous invitait à choisir notre place, alors qu'il ne se trouvait absolument rien de nonchalant dans la répartition spatiale des énergies adolescentes qui formerait une cosmogonie déterminante pour l'année à venir. J'avais élu un siège au milieu de la première colonne, pour pouvoir m'adosser contre le mur et évader mon regard par la fenêtre. Comme je venais de franchir le seuil avec froideur, mon masque d'indifférence dûment revêtu, j'ai senti ses yeux peser dans mon dos, m'accompagner jusqu'à mon bureau, analysant peut-être la place choisie.

Une fois toutes les créatures pubères installées, il a pris la parole. Sa voix, très belle, une basse profonde et chaude, ronde et enveloppante. Lui, par contre, particulièrement laid. Court sur pattes, un visage ingrat, quoique sympathique, des lunettes rondes posées sur un nez en patate, des petites dents pointues, une tête auréolée d'une couronne grisonnante et frisée, un dos cyphosé, prolongé par un cou ambigu, presque absent, qui s'étalait en une série de plis de chair. Loustau semblait connaître la majorité des élèves du groupe, la plupart ayant peut-être même choisi le cursus sale et mou uniquement pour consolider leur complicité avec la coqueluche professorale du collège. Des anecdotes pour initiés, des références à des événements dont je n'avais pas été témoin fusaient de sa bouche et de celles des habitués. «Charles-Antoine, déjà prêt pour la guerre froide?», «Monsieur Loustau, comment ça vous portez plus vos bretelles?», «Franchement, Mélissa, dis-moi pas que t'as perdu ta médaille!» Il a poussé quelques blagues, fait quelques allusions à sa vie privée, à son été. Pourquoi ces détours avant d'entrer dans la matière? Qu'est-ce que ces historiettes avaient à voir avec l'Histoire?

Enfin, Loustau nous a présenté l'anatomie du cours, qui devait aboutir, en toute dernière étape, à une thèse miniature d'une vingtaine de pages. Des objections se sont levées comme des aiguillons; le petit roi, faillant à ses sujets, momentanément déchu de son trône: «Miniature, mon œil!», «Ben là, ç'a pas de bon sens!», «Vingt pages, c'est long comme la Bible!», «On est pas à l'université, quand même!» Les lèvres inexistantes de Loustau se sont jointes en une sinuosité indulgente, taquine; il disait avoir confiance en nous, en nos capacités, en notre intelligence. Il nous transmettrait une méthodologie qui faciliterait notre travail, qui nous préparerait au cégep et même à l'université. Qui nous rendrait autonomes, qualifiés. Pas de panique encore: nous avions toute l'année pour produire ces vingt pages. Pour l'instant, il fallait seulement prévoir une problématique et la lui envoyer par courriel.

Loustau venait de marquer beaucoup de points avec moi. Les protestations des autres avaient fait taire les miennes.

Cet étrange prof promettait ce que mes parents, tout absorbés par leur présent, semblaient avoir perdu de vue : une préparation à l'avenir, un accompagnement vers le futur. Loustau nous prenait au sérieux tout en nous tendant la main. Il se montrerait exigeant, mais tant que nous serions prêts à fournir les efforts demandés, Loustau les égalerait au moins. Ce que cet adulte nous proposait, au fond, c'était une relation. D'égal à égal. De donnant à donnant.

J'allais tout faire pour écrire le meilleur travail de ma vie. Le meilleur travail du monde.

Popoyo me ressuscitait. J'écrivais et je surfais. Les couchers de soleil suivaient les levers. Les touristes se succédaient dans la maisonnette voisine de la mienne. Nous échangions quelques phrases poliment désintéressées. Aucun lien n'était tissé. C'était la vie qu'il me fallait : simple et solitaire. Courte et comprimée. J'étais sauve. Jamais totalement saine, mais au moins hors de danger.

C'était la deuxième fois de ma vie que je revenais quelque part ; j'avais aussi remis les pieds à Pau, pour une semaine, après y avoir vécu pendant plus d'un an. Mon ami Diego m'avait fait don de ses Air Miles qui allaient expirer, et j'avais choisi de rentrer en terre paloise. Pourquoi ? Pour m'assurer que l'endroit mythique existait bel et bien en dehors de Loustau ? Que je n'avais pas rêvé l'écriture de mon premier roman sur la rue Carrère, ni l'adoption d'Henri, ni la mort de mon premier fœtus, ni la disparition de mon deuxième père ? M'avait-il fallu réinvestir ce territoire, affranchie de lui et de ses fantômes, pour compléter son deuil ? Je n'en savais rien, je n'y avais même pas pensé ; ces questions naissaient des années plus tard, au crépuscule d'une écriture qui se cherchait une fin.

Cette fois, je rentrais à Popoyo pour deux mois, affranchie de Morrie. J'avais voulu y mourir d'abord, certes. Mais on peut mourir n'importe où et dans des endroits moins beaux, qui inspirent davantage l'agonie. J'avais peut-être aussi eu besoin de me réapproprier le lieu, maintenant que mon ex-prof de surf l'avait quitté. Refouler la plage de Guasacate au rythme du fracas de ses vagues immenses. Effectuer le trajet à pied jusqu'à Beginner's Bay avec ma propre planche sous le bras, pas celle qu'un homme avait daigné me prêter en échange de ma peau. M'inventer une chambre à moi où je ne baiserais avec personne. Retomber amoureuse de ce sport unique, libérée du regard pesant de séduction de cet enseignant qui me l'avait rendu plus accessible.

Pau et Popoyo : deux terres adorées, marquées par des figures professorales captieuses. Forçais-je encore la main du réel pour boucler un récit ? Le pattern se traçait-il naturellement ou est-ce moi qui l'obligeais à se former, en faisant prendre à la réalité autant de détours que de raccourcis ?

Après mon séjour à Ometepe, j'avais donc logé chez Morrie à Popoyo, dans sa maison cubique sur laquelle figuraient les seins de son ex. Pendant dix jours, j'avais joué à incarner sa petite femme passagère. Nous cuisinions à tour de rôle ou sortions manger une pizza au Casitas ou un curry au Red Pepper. Un soir, nous étions allés rejoindre un couple d'amis à lui. J'avais particulièrement cliqué avec la moitié mâle du duo, professeur d'histoire dans une université du Midwest, avec qui j'avais longuement conversé, enfilant boutades et anecdotes d'enseignement. Morrie avait boudé toute la soirée, comme dépité de me voir occuper l'avant-scène plutôt que terrée sagement en coulisses. Il ne s'était animé que pour parler de surf avec la gentille fille, qui l'avait écouté attentivement, le relançant avec les questions attendues.

Au retour, j'avais encore moins envie de coucher avec Morrie que d'habitude. Mon humeur guillerette ne venant pas à bout de son air renfrogné, j'avais feint de m'endormir au moment où ma tête avait touché l'oreiller. Le lendemain avait été tendu, nous étions allés surfer avec Irene et il m'avait ignorée dans les vagues, préférant prodiguer des conseils non sollicités à de jolies surfeuses inconnues. Nous n'avions pas baisé ce soir-là non plus, ce qui avait fait monter la tension à son comble. Cette cohabitation monétarisée par mes jambes ouvertes n'avait pas de valeur pour moi si l'expert en surf me privait de son expertise. Puisqu'il ne respectait pas sa part du contrat, pourquoi respecterais-je la mienne ?

Le lendemain, alors que je travaillais sur un de mes contes culottés depuis son lit, il avait écarté mes cuisses et plongé son visage dans ma fente. Je m'étais tortillée pour me déprendre, sans grande conviction : l'ayant privé de sexe durant quarante-huit heures, il me semblait malgré tout que j'avais contracté une dette. J'avais joui dans sa bouche, puis je l'avais laissé me pénétrer. C'était interminable et douloureux, mais je gémissais néanmoins pour l'encourager. Il avait encore retiré le condom et éjaculé sur mes seins.

C'est l'avant-veille de mon départ que notre rapport avait capoté pour de bon. Nous revenions de Casitas, il avait passé la soirée à me parler de la maison de sa mère en Nouvelle-Zélande, où j'étais la bienvenue pour aussi longtemps que je le souhaitais. À la lueur des chandelles, il avait pris ma main dans la sienne, l'avait même caressée du pouce. Je le trouvais presque attirant, comme ça, le regard attendri, une étincelle d'innocence née au creux de ses prunelles lorsqu'il s'était mis à me vanter sa mère. Morrie ne buvait pas ; moi, je m'étais enfilé quelques coupes de vin. Il aurait préféré que je demeure sobre. Nous étions quand même rentrés chez lui avec une impression de complicité nouvelle. Le cœur à la fête, je m'étais décapsulé une Victoria, après quoi je l'avais rejoint sur sa terrasse, dans le hamac adjacent au sien. À quelques mètres, la mer rugissait sous la nappe d'un ciel ajouré de ses plus brillantes constellations. Toute la semaine, nous avions écouté une playlist courte et répétitive où s'alternaient les succès de Sublime, de Bob Marley et de Radiohead. Ce soir-là, j'avais osé lui demander d'apprivoiser aussi ma musique : je choisissais une chanson, puis c'était son tour. Je le sentais irrité de se voir imposer d'autres sonorités, il ne semblait qu'attendre la dernière note de ma sélection pour pouvoir remettre une mélodie à son image.

Je ne sais plus comment la discussion est arrivée sur le sujet des femmes maories en Nouvelle-Zélande. Il prétendait qu'elles avaient collectivement décidé de leur sort, préférant être reléguées à la sphère privée avec la cuisine, l'entretien de la maison et le soin des enfants. Le terrain glissant s'annonçait grossièrement ; une girafe dans une botte de foin. À plusieurs reprises durant mon séjour que je savais aussi temporaire que cette relation, j'avais dû tenir ma langue. À quoi bon m'obstiner avec ce gars qui disparaîtrait bientôt de mon existence ? Mais le vin aidant et la bière aussi, ma langue s'était déliée, sans se tourner au préalable. Je le questionnais tout en lui cédant un peu de terrain, accordant que *certaines* femmes se contentaient peut-être bel et bien de ce rôle. Cependant, comment pouvait-il postuler que *toutes* les femmes issues de cette culture désiraient la même chose ? Comprenait-il ce que signifiait le patriarcat ? Savait-il que plusieurs sociétés autochtones étaient fondées sur un ordre matriarcal, promouvant des valeurs d'inclusion, d'égalité et de partage ? Ma voix se modulait d'une indulgence condescendante – le ton qu'on adopte pour s'adresser à une personne fragile. Il s'était senti tout de suite attaqué, affirmant qu'il en connaissait beaucoup plus que moi sur le sujet. Quand j'avais demandé quels livres, quels auteurs il avait lus, plutôt que de répondre, il avait statué que je n'étais qu'une pauvre snob, une petite intellectuelle à deux sous. Il martelait : puisqu'il était Néo-Zélandais, il savait tout de la culture maorie. Il avait même plusieurs amis autochtones ! Mes yeux roulaient malgré eux dans leurs orbites, mes répliques vibraient d'une ironie que je peinais à contenir. En proie à une crise de nerfs, il avait fini par brailler :

— You're a racist ! That's the problem ! You don't respect their culture !

Ça, c'était bien le bout, venant d'un Kiwi qui vivait au Nicaragua sans parler espagnol, ne tissant des liens qu'avec des étrangers, et qui s'enrichissait en donnant des cours de surf à gros prix sans payer la moindre dîme au peuple qui partageait avec lui ses paysages et ses ressources. J'avais rétorqué qu'on pouvait critiquer des systèmes de valeurs qui fondaient des injustices sans être raciste, en lui fournissant un exemple : l'excision des petites filles en Afrique de l'Est. Était-il raciste de trouver cette pratique cruelle ? Fallait-il cautionner le geste pour prouver son cosmopolitisme ? Ses joues s'étaient enflammées, il s'était relevé précipitamment, piétinant le sol, son regard dépouillé depuis belle lurette de l'étincelle qui me l'avait fait trouver presque beau. Ses yeux hagards, ses poings blanchis, son ego meurtri. Il ressemblait à tous les hommes qui, frustrés d'être pris en flagrant délit de malhonnêteté intellectuelle, se laissaient exploser.

— You're so fucking smug ! I'm done with you. First thing tomorrow morning, you get the fuck out. Pack your shit.

Il avait fermé toutes les lumières et s'était emparé de la couverture sur son lit pour s'installer sur le sofa. J'avais paqueté mes « shit », claquant la porte au beau milieu de la nuit, sans savoir où j'irais. Pas question de rester une seconde de plus chez Morrie.

Deux ans plus tard, Benoît m'embarrait en dehors de chez lui après s'être senti abandonné.

Trois ans après, Olivier me quittait après que je lui avais demandé de prendre de légères distances.

Morrie venait de m'inviter chez sa mère en Nouvelle-Zélande, Benoît m'avait tout juste réitéré sa hâte de me présenter à sa famille, et Olivier m'avait confié quelques jours avant la rupture que faire l'amour avec moi était, au-delà d'une expérience jouissive, un acte presque spirituel, parce qu'il sous-entendait une procréation future.

Il fallait bien admettre que les schèmes se reproduisaient d'une relation à l'autre, même si les hommes eux-mêmes n'avaient pas grand-chose à voir entre eux. Qu'est-ce que je donnais ou demandais, en moins ou en trop, pour aboutir toujours à ce point de fracassement avec les hommes ? Pourquoi, après ces démonstrations d'affection, inspirais-je d'aussi violents revirements ? Avais-je tort de croire que ces rejets prenaient source dans ma détermination à rester affranchie ? Que c'était lorsque je leur rappelais mon appartenance à moi-même, mon refus de m'effacer au profit de leur vulnérabilité que je leur donnais l'impression de n'en plus valoir la peine ? Qu'ils réalisaient alors que je coûtais trop cher pour ce qu'ils s'attendaient à recevoir ?

Amours. Famille. Voyages. Tout se mêlait encore, se fondait en un seul et même mouvement ou se morcelait en arrêts sur image infinis. Si bien que je me demandais si l'écriture me rapprochait ou m'éloignait de mon but. Si ce n'était pas une erreur d'extraire ces bribes d'existence pour en tirer une unité factice.

Dans quel but, justement ? Une lectrice avait formulé ce questionnement à propos des *Désordres amoureux* sur un site de notation et de critique de livres: «J'avais parfois de la difficulté à voir où s'en allait ce roman... Quel était son but, son symbole?» En faut-il nécessairement un? L'écriture peut-elle s'autosuffire? Il n'y a ni but ni symbole ici, sauf le désir, très brut, d'inscrire mon histoire dans l'Histoire. Mon personnage et moi n'existons bien qu'en tant que reflet du monde et je n'aspire à rien d'autre que de représenter ce monde au plus proche de sa vérité.

Car il n'y a rien de plus universel, de plus commun que soi.

J'ai refermé le couvercle de mon ordinateur, regardé l'heure: 19 h 50. Il me restait encore quelques minutes avant que ne ferme l'Ocean Market à quelques pas de chez moi. Envie d'une Victoria. Ou deux.

En quittant ma chambrette débouchant sur le jardin du TwoTen, je me sentais seule et libre, habitée d'un vertige familier, celui de tanguer entre deux pôles aussi inséparables qu'inconciliables. D'un côté, un champ de possibilités, infinies, et de l'autre, ma responsabilité, totale, dans l'actualisation de ces possibles. *C'est peut-être ça, le bonheur. Ce vertige.*

Sur la route de Guasacate, le vent chaud charriait des odeurs florales de pétrichor. Une chèvre bêlait dans le lot voisin, on aurait dit les éructations d'une bête fantastique tellement son cri était guttural. En fond sonore, les bourrasques sifflantes ponctuaient de notes plus aiguës le battement de la houle.

Le ciel brillait de ses plus belles constellations. Je n'en reconnaissais aucune. J'ai marché lentement les 150 mètres qui me séparaient du petit marché, la tête renversée vers l'arrière, la bouche ouverte, comme pour attraper des flocons.

Quand je suis arrivée, le commerce avait fermé ses portes. Pas de Victoire ce soir. Demain, peut-être.

Durant le divorce, mon père avait acquis un condo de quatre pièces et demie sur l'avenue Laval, en plein quartier portugais. Cuisine, salon et salle à manger s'ouvraient sur le même espace sans cloison, bordé d'une large fenêtre qui nous exposait aux passants. À chaque coin de ce quadrilatère sans cachette, deux chambres se partageaient les murs d'une salle de bain. L'annonce pour décrire le condo avait dû aller comme suit: moderne et aéré, situé au cœur du Plateau, parfait pour un jeune professionnel, seul ou en couple. Il s'avérait que le «couple», relativement jeune si on faisait la moyenne de nos âges, serait formé de mon père et moi.

Ma chambre, modeste périmètre aux murs d'un orange pâle hideux et liséré d'un papier peint à motifs de sphinx, avait hérité du mobilier de son ancien bureau: une commode de noyer à six tiroirs aux poignées en bronze, une lampe de banquier verte, une chaise de travail en plastique au revêtement délavé, un box pour le matelas, une couette générique. Rien dans ce cubicule froid ne me ressemblait ou n'avait été acheté spécialement pour moi. Chez ma mère, tout était bien plus joli. Mais chez elle, il ne se trouvait personne, surtout pas ma mère.

Une semaine sur deux, le dimanche, je traînais Michel au supermarché pour faire avec lui l'épicerie de la semaine. Mon père se serait bien contenté de ce dont recelait son garde-manger, et il ne se retenait pas pour me le signifier en soupirant. Il avait apporté avec lui l'entièreté du «Club Price» de notre maison brossardoise, ainsi qu'on appelait le recoin du sous-sol dédié aux impérissables vieillissants – paquets de nouilles et de pommes de terre déshydratées, boîtes de barres tendres, de céréales et sacs de chips éventés. N'avais-je aucun scrupule à gaspiller ces mets tout à fait comestibles qui auraient comblé de bonheur une foule affamée? Je haussais les yeux au ciel, incapable de lui avouer ce qui déterminait désormais mon existence: manger quotidiennement 1500 calories d'aliments frais, non transformés, sans sucre ni gras, et en brûler au moins 500 en activités cardiovasculaires anaérobiques.

La semaine, je commençais tôt et mon père finissait tard. Il arrivait après le souper et, si je ne lui avais pas laissé un tupperware à réchauffer, il se débouchait une bière et s'ouvrait un de ces sacs de chips éventés devant la télé, tandis que j'étudiais dans ma chambre. Quand les rires en canne et les voix radiophoniques nuisaient trop à ma concentration, je passais la tête dans l'embrasure pour lui demander de baisser le son. Je voyais la barre de son sur l'écran pâlir d'un bâton et poussais un soupir exagéré pour lui faire comprendre que c'était trop peu. Un autre bâton pâlissait et je soupirais encore, de résignation cette fois, avant de refermer la porte.

Les week-ends ensemble étaient plus agréables. Nous partions en ski de fond, cordions du bois, soupions en tête-à-tête. Il faisait le feu et la vaisselle, moi, le repas. Il dévorait tout, reconnaissant, chaque fois ébahi par mes recettes pourtant ultra-basiques:

— C'est meilleur qu'au restaurant, Marie.

Mon père était plus présent qu'il ne l'avait jamais été. Cependant, il n'était pas plus un père que ma mère n'était une mère. Il était devenu mon mari ou mon fils. Parfois les deux en même temps.

Du plus loin que je me souvienne, j'ai été affectée par ce que d'aucuns appellent des daddy issues, typiques des jeunes filles ayant souffert de l'absence et/ou de l'indisponibilité émotionnelle de leur père. Ainsi, je projetais, transposais, fantasmais mes carences affectives sur mes profs, mes coachs, les pères de mes amies et sur des personnages masculins de romans, d'émissions de télé ou de films. Mon complexe d'Œdipe, doublé d'une fusion à Électre, rendait les rapports père-fille spongieux, en ce sens que cette identification à ma mère faisait de moi l'autre femme de mon père, sa sœur jumelle, en quelque sorte. Les garçons de mon âge me faisaient peu d'effet. Seuls les amis de mes grands frères réussissaient à me tirer quelques palpitations. Si je sortais avec les rares chérubins de ma classe qui voulaient de moi, j'y consentais seulement pour le standing, parce que ça me rendait plus intéressante aux yeux de mes amies.

Dans l'autobus, au début du primaire, je m'asseyais souvent seule sur un des premiers bancs et, durant tout le trajet, les yeux fermés, le visage pressé contre la vitre qui prenait la texture des saisons, je m'imaginais être férocement désirée par un homme adulte. Prise de force. Capturée. Emprisonnée. Mon agresseur n'avait ni visage ni voix. Je n'imaginais pas de coït, à peine même quelques étreintes et baisers volés, de grandes mains qui s'approchaient de certaines parties de mon corps, mais sans jamais s'y poser vraiment. Mon fantasme résidait dans la sensation d'un regard inconnu, plus âgé, fixé sur moi. Susciter une convoitise belliqueuse, une obsession telle qu'elle ferait perdre la tête. Je deviendrais alors un être irrésistiblement magique, aussi puissant qu'asservi à celui qui n'avait plus d'autre envie que de me posséder. Une prise, l'autre épris. Les deux soumis.

Les rapports d'autorité m'attiraient particulièrement. Surtout ceux qui mettaient en jeu l'expertise ou le savoir. En troisième secondaire, j'étais tombée amoureuse de mon prof de français, un jeune homosexuel qui devait croire que je le détestais, vu tout l'effort que je déployais à lui témoigner mon indifférence. À moins que ma comédie ne l'ait pas dupé. Je pense encore parfois à lui, avec sympathie. Ce que les adolescentes comme moi devaient être complexes à gérer, à saisir en termes d'humeurs et de paradoxes…

Mon fantasme du viol reposait également sur une représentation romantisée des récits d'agression qui avaient bercé mon enfance. Les princesses en captivité qui se prenaient d'affection pour leur bourreau, les adjuvantes obligées de se dévêtir pour un héros qui leur procurait finalement d'inavouables plaisirs. De bien des façons, j'étais, ou du moins, je croyais être une femme enfermée dans un corps de petite fille. Ce corps, que je ne reconnaissais pas, en décalage avec la personne que je me sentais incarner, provoquait rage et frustration. Honte. Qui était cette enfant qui me regardait dans le miroir? Pourquoi l'image de moi n'illustrait-elle pas mon histoire?

Je connectais facilement avec les adultes: des profs me prenaient pour protégée, des moniteurs me confiaient des secrets que je n'avais pas cherché à percer, des parents me parlaient comme à une amie, me témoignaient leur admiration, se surprenaient ouvertement d'avoir eu une conversation aussi intime avec une enfant. Je ne compte plus le nombre de fois où j'ai eu l'impression, en présence d'un adulte, de me trouver face à un égal, ou même une créature plus vulnérable que moi.

Un soir de déprime hivernale, j'ai rouvert la boîte courriel de l'adresse de mon adolescence: the_great_banana@hotmail.com. La pandémie battait son plein. C'était l'hiver suivant la dénonciation d'Alice et je survivais seulement. L'isolement et la solitude, autrefois recherchés, ne me nourrissaient plus maintenant qu'ils étaient contraints. J'étais encore en froid avec ma mère, je ne lui avais pas adressé la parole depuis Noël, que j'avais passé complètement seule, en orpheline. Dehors neigeaient des aiguilles balayées par un vent perfide. Ces tourbillons de flocons qui poussaient comme des geysers et cognaient aux vitres me rappelaient les soirées au chalet avec mon père, à regarder le feu crépiter depuis notre cocon chaud, tandis qu'au-dehors la tempête mugissait et le lac gelait dans l'obscurité. J'avais été prise de l'urgence de relire le message que m'avait envoyé Michel le matin de son dernier jour.

J'avais appris sa mort au téléphone, en 2007, au Viêt Nam. Une scène que j'ai racontée dans mon premier roman pour adultes, *In between*. Si mon père n'était pas décédé de cette abrupte façon, à l'été de ma vingt et unième année, je ne serais probablement jamais devenue écrivaine. Il m'avait fallu l'influence combinée de mes deux parents pour me transformer en autrice : celle de ma mère, littéraire, et celle de mon père, existentielle. À l'annonce de son décès, une espèce de dissociation diégétique s'était produite. Mon identité s'était, d'un coup, scindée en deux : entre le personnage et la narratrice. La nouvelle m'avait détournée d'une partie de mon être ; je ne m'habitais plus tout à fait, un fragment de moi s'était transféré dans une narratrice-dieu, plus vraie que nature, qui voyait la Marie de fiction évoluer en surplomb. Puisque ces drames-là ne pouvaient arriver qu'aux autres, je m'étais devenue étrangère. Les émotions appartenaient à l'héroïne, mais pas à cette conteuse qui flottait à l'écart, à la fois prégnante et absente. C'est cet écartèlement qui avait mené à l'écriture de mon premier roman : la narratrice avait décidé de raconter ce qui était arrivé à son héroïne, que j'avais appelée Ariane. Pour passer de Marie à Ariane, il suffisait de transformer le « m » en « n », de le déplacer vers la fin et d'ajouter un deuxième «a» au début. Voilà l'autofiction: quelques transformations, déplacements et ajouts.

Hoi An était ma pénultième destination avant le retour à Montréal. Dans un café Internet suffocant, j'avais lu le message de mon père un peu rondement, sans savoir que ce serait le dernier:

> L'année universitaire qui s'en vient sera une autre aventure, un autre voyage et tu as de plus en plus d'expérience des voyages. De toute façon, la vie est un voyage et il faut profiter de chacune des étapes du trajet, car on ignore si on en profitera arrivé au terme du voyage de la vie.

Des lignes qui, à présent, paraissent presque arrangées avec le gars des vues… La preuve que la réalité dépasse toujours la fiction, même quand cette fiction *est* réalité.

À ses obsèques, en guise d'éloge funéraire, j'avais lu son message, qui se terminait sur ces trois petits mots, que mon père ne professait pas à tout vent: «Je t'aimes.» Avec la faute d'accord qui révélait son amour au pluriel. Un témoignage aussi doux qu'imparfait.

En cette soirée de nostalgie pandémique, j'étais tombée dans la spirale de nos courriels, un clic en générant un autre, un pincement au cœur succédant à un éclat de rire. Mon père avait répondu à chacun des messages envoyés à la liste des correspondants avec qui je partageais le récit de mes aventures solo en Asie du Sud-Est. Des propos précieux et philosophes qui s'étaient complètement effacés de ma mémoire.

Il répondait à mon récit d'escalade à Hat Rai Lay:

> Dans l'escalade on apprend l'importance d'avoir plus d'un point d'appui et on cherche, malgré le risque inévitable, à se donner une relative sécurité. Je me dis que la vie c'est pareil.

Il écrivait : « à bientôt, ma fille », « bravo, ma fille ». J'étais *sa*. La sienne, à lui. Dans un autre message, envoyé trois semaines avant son décès, il me racontait un accident de vélo dont je n'avais gardé aucun souvenir :

> Je suis un peu amoché aujourd'hui. Vendredi j'avais décidé de me rendre au lac Supérieur en vélo à partir de Montréal. Rendu à Saint-Jérôme j'ai été frappé par une auto. J'ai flyé par-dessus le capot et je me suis retrouvé de l'autre côté de l'auto sur l'asphalte. Heureusement rien de brisé, mais des courbatures. Le vélo a la roue et la fourche brisées, l'auto a l'aile et le capot amochés. Je suis plus sage depuis l'incident, mais je pense recommencer la semaine prochaine si je récupère à temps.

Dire que trois semaines avant de faire une crise cardiaque à vélo, il avait été fauché par une automobile, à vélo encore. La vie, la mort, ces mystères d'ironie. Est-ce que le premier accident aurait dû lui servir d'avertissement ? Quoi qu'il en soit, mon père était de ceux qui ne s'arrêtent pas. Le Grand Tour, il l'aurait fait même avec une jambe en moins.

Entre les messages de mon père, un nom revenait souvent dans l'interface de la boîte de réception : celui d'Harold Demers, mon grand-père, le père de ma mère. Dès qu'il avait appris à se servir d'Internet, nous avions correspondu régulièrement. Ayant épuisé les mots de mon père, le cœur aussi vide que plein, j'ai exhumé ceux de mon grand-père, le deuxième homme le plus important de ma vie.

Harold avait réussi un exploit dont bien peu de gens pouvaient se targuer : en vieillissant, il s'était emmieuté. Les années l'avaient adouci, mais sans lui faire perdre son humour grinçant et sa répartie. Mon grand-père était la preuve qu'on pouvait changer à n'importe quel âge. On n'apprend peut-être pas à un vieux singe à faire la grimace, mais il peut y arriver par lui-même en pilant sur son ego. Comme il me manque, mon grand-papa. Comme je voudrais le retrouver à l'entrée du sous-sol du 388, rue Cécile, dans son *man cave* qui sentait la sciure de bois. Il m'accueillerait de ce regard pétillant et taquin propre aux Demers, ses lunettes rafistolées au duct tape suspendues à la poche poitrine de sa chemise carreautée. Il me dirait qu'il revenait tout juste de nager ses 1000 mètres quotidiens à la piscine municipale, ou qu'il avait mis la touche finale sur une chaise berçante fraîchement gossée, ou qu'il était en train d'écouter le *Concerto n° 2* de Chopin lorsqu'il avait entendu la porte s'ouvrir sur sa petite-fille. *Sa* petite-fille, la sienne.

Cinquante ans nous séparaient, mais nos âmes étaient voisines. Nos échanges avaient été une constante heureuse dans ma vie. Un reposoir sur lequel je pouvais prendre appui quand mes autres relations me donnaient du fil à retordre. En avançant dans la lecture de notre correspondance, je m'approchais du 25 décembre 2013, date de son décès. Un de ses derniers courriels, écrit un peu plus d'un mois avant sa mort, est adressé à ma mère et moi, même s'il concerne principalement sa petite-fille. Son objet: «Les deux écrivaines de mes rêves.» Dans ce message, il faisait référence à *C'est moi qui décide!*, un roman jeunesse que je lui avais dédié: «Bien écrit, drôle et éducatif.» Signé: «Ton grand-père ébahi.» Il était mort quelques jours avant que je puisse embrasser ses joues parcheminées à notre réunion familiale pour les fêtes.

Comment pouvais-je me croire si seule, quand ces hommes m'avaient profondément aimée? Comment ces amours géants et purs ne pouvaient-ils pas me satisfaire jusqu'à ma propre mort? Quel dommage de m'accrocher au contraire à ces amours romantiques temporaires qui ne m'apportaient pas grand-chose, si ce n'était, peut-être, de me rapprocher de moi-même...

Entre mes larmes est soudain apparu le nom de Loustau. Les lettres ont grossi, se sont assises en caractères gras sur ma rétine. Jusque-là, j'avais de mon mieux joué à saute-mouton avec ses courriels qui pointaient entre ceux de Michel et d'Harold. Loustau aussi était mort, quelques mois après mon grand-père, parce que je l'avais de mon mieux effacé de ma mémoire. Or il ressurgissait toujours au pire moment, attisant une mélancolie qui basculait vite dans l'amertume.

Le temps était venu de réveiller le monstre. D'évoquer le fantôme de cette anomalie, de cet amour filial romantique. D'en dépoussiérer les décombres.

Toute notre correspondance s'y trouvait, intacte, à partir du 28 novembre 2002. Je ne sais ni comment ni pourquoi, mais nos premiers messages semblaient avoir disparu dans le néant virtuel. De septembre à fin novembre, rien. Pourtant, ces échanges qui s'étaient déroulés sur plus d'une décennie avaient bien dû commencer quelque part.

Au début, j'avais seize ans. Lui en avait trente de plus, exactement comme ma mère, donc quarante-six. J'étais sûrement à l'origine du premier message, qui devait lui signifier ce sur quoi j'avais l'intention de travailler pour ma micro-thèse : la Révolution culturelle chinoise, un sujet choisi en raison du voyage en Chine au printemps dont j'espérais faire partie et pour lequel lui et le professeur de sciences physiques seraient accompagnateurs.

J'aimerais tant pouvoir consulter ces missives perdues afin de les décortiquer, de les disséquer à la virgule près. Qui avait déclenché l'intensité qui caractériserait ensuite nos échanges ? Qui en était venu à se confier d'abord ? Qui avait pour la première fois testé les limites qui régissent (ou devraient régir) une relation entre enseignant et élève ?

Mon travail sur la Révolution culturelle chinoise s'empoussière encore parmi un tas de reliques que je trimballe de déménagement en déménagement. Une soixantaine de pages, lourd paquet de feuillets ennuyants, bourrés de faits historiques, de citations, de chiffres, de pourcentages et de détails. Les années suivantes, j'étais devenue une véritable légende de la classe de monsieur Loustau : l'extraordinaire élève qui avait pondu une vraie thèse, un document dense et sérieux, à seize ans à peine. Le nombre de pages de mon ouvrage enflait au fil des ans, passant de 60 à 80, de 80 à 100, de 100 à 150, et ainsi de suite. À la fin de sa carrière, Marie Demers, son ex-élève devenue autrice, devait avoir pondu l'équivalent du *Grand Robert* sur Mao Tsé-Toung.

Il va sans dire que Loustau avait tendance à l'exagération.

J'étais une élève dégourdie, travaillante et contestataire. Votée la plus revendicatrice par mes pairs, comme en témoigne l'album des finissants 2002-2003. Lorsque les enseignants sondaient notre opinion, j'étais souvent celle qui cassait la glace, le bras droit comme une barre, le doigt pointé vers le ciel. J'allais parfois jusqu'à professer le contraire de ce que je pensais, seulement pour mousser le débat ou le provoquer carrément. Seulement pour dire n'importe quoi à un public captif. J'avais tellement soif d'idées. De dialogues. De prises de bec, même. Ma mère était disparue, jouissant d'une adolescence à retardement. Mon père, lorsqu'il ne disparaissait pas lui aussi avec sa mégère, se transformait en conjoint ou en fils. À défaut d'en avoir un à la maison, mon auditoire, je me le commandais ailleurs.

C'était une époque difficile. Je pesais 90 livres. J'essayais d'effacer mon corps, de le pousser à sa propre disparition pour qu'il n'ait plus besoin de rien ni personne. Pour n'exister plus que par la parole, l'écrit et le lu. Ces tanières où il était moins épouvantable de se retrouver seule à seize ans.

Il était monsieur Loustau pour les autres, Loustau tout court pour moi. Jamais je ne l'ai appelé par son prénom. Jamais je ne cesserais de le vouvoyer, peu importe la teneur de nos échanges. Déjà, adolescente, j'avais tracé cette frontière, bien consciente qu'il revenait à moi seule la responsabilité de le faire.

Après l'avoir rayé de ma vie de but en blanc, j'avais enfoui notre relation dans un coin reculé de ma tête et de mon cœur. Et pourtant, je rêvais encore souvent à lui. Dans mes songes, il revêtait tantôt la figure de l'amant, tantôt celle du parent. Tantôt celle de l'agresseur. Trois rôles qu'il n'avait jamais réellement incarnés, mais desquels il s'était dangereusement approché. Au réveil, j'étais hantée. Des heures durant. Des jours durant. Son spectre refusait de me lâcher. Peut-être parce que, justement, je le savais encore bien vivant.

L'année de ma cinquième secondaire, nous nous étions écrit quotidiennement ou presque. En relisant nos échanges, j'ai été surprise par le flux de ses relances. Il ne tolérait aucun silence, aucune distance. Même pendant les congés et le week-end, il venait me chercher :

Tu es là ???

Il m'écrivait jusqu'à six fois par jour. Lorsque je ne lui répondais pas, il m'envoyait des billets insistants :

Bonjour ????
Deux jours sans nouvelles !!! Dois-je m'inquiéter ???
J'ai fait une gaffe ????
Allo !?!
Si tu es là, peux-tu m'écrire ?
Toc ! Toc !

Il me complimentait beaucoup sur ma plume, me disait qu'il aurait à apprendre de moi. Je ne vois pas trop ce qu'il trouvait de particulier à mon «style» ou mon propos. Mon écriture d'adolescente était bourrée de répétitions et de superlatifs, de mots approximatifs, d'erreurs, de balbutiements et de clichés. J'avais des soucis classiques, les mêmes hantises millénaires que tout le monde: sentiment d'être incomprise, peur de vieillir, de mourir, anxiété de performance, insécurités et angoisses multiples. J'en arrive à la conclusion que ce n'est pas mon écriture que Loustau enviait, mais ma transparence. Mon absence d'artifices. Incapable de me moduler autrement, j'étais déjà, à seize ans, incontestablement moi-même, avec tout ce que ce «moi» impliquait en termes de brusquerie et de sincérité. De vulnérabilité.

Le 29 novembre 2002, je lui confie ceci:

> À l'écrit vous êtes quelqu'un de totalement différent. Vous y êtes un peu timide, je dirais. Tandis que moi à l'écrit, je suis totalement extravertie, je n'ai aucune borne, j'ai l'impression que les mots passent, sans frontières, que toutes mes pensées se concrétisent. Tout le contraire de quand je parle; mes idées se confondent, ma tête s'embrouille et j'ai seulement envie de m'asseoir, de faire la muette ou de me changer en caméléon.

Me changer en caméléon. Me changer en une créature changeante, donc. Jeune et déjà si immuable, égale à moi-même, sans égard pour la disparité de mon auditoire.

Loustau, lui, était incapable d'être au monde sans séduire, sans jouer. Il arrivait en retard, commençait son cours lorsque bon lui semblait, se perdait dans de longues envolées lyriques, se dévoilait, sautait du coq à l'âne, s'adressait personnellement aux élèves, piquait des crises de colère ou d'euphorie.

Je me suis souvent demandé s'il n'essayait pas ainsi de nous distraire de sa laideur. Quand il m'avait montré une photo de G, sa conjointe, j'étais restée interloquée. Évidemment, c'était vieux comme le monde de voir un petit homme bedonnant et au visage ingrat au bras d'une grande et jolie femme. Mais qu'en plus, ce soit un adulescent qui décroche sa lune ? Là encore, sûrement rien de surprenant. N'empêche, il aura toujours été difficile pour moi de réconcilier l'homme de nos échanges avec celui qu'il mettait en scène.

Une certaine naïveté se dégageait de ses confidences. Une pureté. Il lançait son cœur dans le vide, sans filet, en espérant que je l'attrape. Et je l'attrapais.

Personne encore ne m'avait lancé son cœur.

Je m'étais toujours crue douée pour l'appréhender au-delà de son image patentée. Les artifices ont tendance à filtrer ou à fausser le message. À l'oral, en trois dimensions, il se montrait caractériel, théâtral, verbeux, verveux. À l'écrit, sans l'orchestration du geste et de la voix, il se retrouvait pour ainsi dire dépouillé. Incapable de compenser ses lacunes en grandiloquant.

Notre correspondance était un espace de liberté où je pouvais me manifester sans concession devant un adulte. J'étais exaltée. Mon opinion n'avait jamais autant compté pour qui que ce soit. Jusque-là, jamais ma maigre expérience n'avait fait le poids. Il ne disait pas : « Tu n'as que seize ans. » Il écrit plutôt :

> J'ai quarante-six ans et je me découvre ! On croit tout savoir et…

J'étais ses points de suspension.

Si j'ai toujours trouvé dangereuse cette absence de limites en classe, à l'écrit, j'en profitais. Pour lui cracher mes vérités. Pour l'insulter, badinement. Comme je le faisais avec ma mère, depuis que j'étais toute petite. Nous nous traitions de connes en public, nous dressions notre majeur avec une moue taquine, nous balancions des « Va chier ! » en souriant ou criant. Amis et famille grinçaient des dents ; on s'étonnait de nous voir nous renvoyer la balle aussi vulgairement. Le rapport d'autorité mère-fille était exempt des codes classiques et cette hiérarchie déboutée se reproduisait dans ma relation enseignant-élève avec Loustau.

Le 1er novembre, il m'écrit :

> Nous avons commencé ces échanges ici (sur Hotmail) parce que j'aime te lire et que ta façon de m'écrire (« Vous me faites chier !!!!! ») serait difficilement compréhensible pour ma femme. Elle ne comprendrait pas que je laisse mes élèves me parler sur ce ton.

Ce passage que j'ai souvent relu m'emplit chaque fois de ressentiment. Est-ce une simple maladresse ? Il affirme avoir commencé nos échanges entre autres *parce que* ma façon d'écrire serait difficilement compréhensible pour sa femme. Mais je crois qu'il commet plutôt là une erreur syntaxique – un pronom relatif en trop ? Un « et » à changer en « mais » ? –, en ce sens que la deuxième partie de sa phrase n'entre pas *réellement* dans un rapport de cause à effet avec la première. Ma façon d'écrire et mon ton qui seraient difficilement compréhensibles pour sa femme n'ont rien à voir avec le fait que nous ayons commencé à correspondre. N'est-ce pas ? N'empêche, et c'est là que ça me dérange, il met en lumière mon étrangeté dans notre rapport, ma façon de m'adresser à lui comme incongrue, sans jamais se questionner sur la sienne. C'est là, en quelque sorte, que commence à s'inscrire le mensonge.

Loustau me parlait ouvertement de sa famille: de ses parents, de sa femme et, surtout, de sa fille. Je les avais croisés un jour au restaurant, lui et sa fille, et, gênée, je m'étais gardée d'aller les saluer. Le lendemain, il m'avait dit regretter de ne pas nous avoir présentées. Il lui avait parlé de moi; je l'avais «impressionnée».

Même si je n'ai jamais clairement formulé la chose intérieurement, je crois qu'à force d'entendre parler de sa progéniture unique, j'ai commencé un peu à me voir comme sa grande sœur. J'avais toujours rêvé d'une sœur cadette et, depuis l'éclatement familial, mes frères n'appartenaient plus qu'à une parenté distante, que je côtoyais rarement. Dans ma tête, j'étais devenue le quatrième membre émancipé de la famille Loustau.

La sublimation de mon père en Loustau ne s'est produite que plus tard, après la mort de Michel. À la base, c'est bien ma mère que j'ai cherchée dans ce professeur extravagant, qui me semblait incarner à la fois un de ses personnages jeunesse iconiques, la charmante Mademoiselle Charlotte, et John Keating du film culte *La Société des poètes disparus*, cet enseignant de lettres anglaises aux approches pédagogiques inusitées, auquel Loustau faisait parfois référence, rebattant nos oreilles de «Carpe diem» pseudo-inspirants. Ma mère n'était pas une vraie mère, et Loustau n'était pas un vrai professeur. Leurs intensités respectives se rejoignaient drôlement dans leur domaine professionnel. Deux êtres profondément charismatiques et démesurés, adulés des enfants. Des adultes-jeux. Des héros grandeur nature. Ce que m'avait donné ma mère autrefois, Loustau me l'offrait désormais comme un buffet à volonté. Jusqu'à écœurement. J'étais choisie. Comme jadis ça avait été le cas de ma mère, Loustau semblait avoir désespérément besoin de moi.

Dès le mois d'octobre, il s'était mis à me faire cadeau de livres. Il posait ses achats sur le coin de mon pupitre, au vu et au su de toute la classe. Il lui arrivait même de pointer du doigt la pile qui m'attendait ou de l'annoncer à haute voix :

— Ils sont pour toi, Marie.

Je songeais alors : « N'a-t-il pas honte d'étaler si vertement ce traitement de faveur ? Ne craint-il pas que des élèves envieux se plaignent à la direction ? »

Avec lui, tout était décalé, mais à découvert. Tellement que son comportement ne semblait pouvoir comporter de faute ou d'interdit. Ce prof hors norme me considérait comme sa préférée et il ne s'en cachait pas. Le secret m'aurait paru suspect. En plus, il agissait familièrement avec tant d'autres adolescents... Avec moi, la complicité atteignait un niveau supplémentaire, une impudeur plus marquée encore à l'écrit, mais qui étais-je pour dire que c'était exagéré ? N'avais-je pas, justement, grandi au milieu de surenchères semblables ?

Le 12 décembre, je lui écris :

> Souvent, quand je vous écoute, j'ai l'impression d'être toute seule à vous écouter, mais qu'il y a une vitre qui nous sépare. Un peu comme si je vous épiais en train de vous parler à vous-même.

J'avais tellement l'impression de le connaître, de le *voir* comme je n'avais encore jamais connu ni vu personne. Heureusement qu'une vitre nous séparait encore. Une cloison invisible, qui soulignait nos solitudes respectives, tout en les empêchant de s'unir.

Le 13, il m'appelle « Marie Jeanne » pour la première fois. Jeanne, c'est mon deuxième nom de baptême (Marie Dominique Jeanne) et, incidemment, celui de sa fille. J'y avais vu un autre signe de paternité cosmique. Le sobriquet est resté, il m'en affublait de temps à autre. Tendrement.

Ses suggestions littéraires, cinématographiques et musicales déboulaient à une vitesse folle dans ma boîte courriel. As-tu lu ceci, écouté cela? Connais-tu cette peinture, ce poème, cette chanson? Il m'avait fait lire *Le banquet* de Platon (abandonné après une cinquantaine de pages), Albert Londres, Normand de Bellefeuille, José Saramango, Ying Chen, Shan Sa, Romain Gary. À cela s'ajoutaient la préparation du voyage en Chine – demandes de visas, vaccins, rencontres d'information, etc. –, la recherche pour cette micro-thèse historique que je souhaitais monumentale et ses injonctions à lui écrire toujours davantage, en fréquence et en abondance. J'étais prise dans une spirale étourdissante, un tourbillon étouffant. Si bien que le 18 décembre, j'avais composé un manifeste, le FLL, qui tenait pour Front de la Libération de la Lecture, et dans lequel je stipulais, en trois articles, qu'il n'avait plus le droit de m'offrir de livres en cadeau ou de me bombarder de suggestions. Il devait aussi se montrer patient et comprendre que mes travaux scolaires demeureraient ma priorité.

Mais son tourbillon d'offres et de demandes ne m'étouffait pas seulement, il m'aidait aussi à respirer. En me servant de (trop) nombreuses distractions, Loustau m'aidait à oublier ma mère absente et sa galerie de chums, mon père-mari-fils et sa nouvelle flamme. Cette année-là, 2002-2003, a été l'année Loustau. Peut-être la plus consumante de ma vie.

Il a continué à m'écrire pendant le congé des fêtes.

Après Noël, un nouveau vent d'intensité s'est levé. Comme si cette brève séparation avait décuplé son avidité. Il s'est mis à m'inviter au Musée des beaux-arts. Il disait vouloir, entre autres, me montrer *Le penseur* de Rodin. Je refusais de façon évasive, remettais à plus tard sans proposer de date.

Il insistait, s'y rendait parfois quand même, m'écrivait un message pour me dire qu'il m'y attendrait jusqu'à telle heure.

Loustau ne connaissait absolument rien à la littérature jeunesse et je m'étais donné pour mission de la lui faire découvrir. Je lui transmettais un à un les titres de mes romans préférés, ceux que ma mère, ma passeuse par excellence, m'avait fait connaître durant mon enfance. Il avait ainsi lu *Sudie* de Sara Flanigan, *Shabanu* de Suzanne Fisher Staples, *Le héron bleu* de Cynthia Voigt, *La guerre des chocolats* de Robert Cormier, *Le passage* de Louis Sachar, *Annabelle* de Marie Laberge, *Mon amitié avec Tulipe* d'Anne Fine, les *Mystères de Harris Burdick* de Chris Van Allsburg. Bon élève, Loustau dévorait tout. Rien ne le décevait.

C'est toi qui es en train de faire mon éducation.

Nous commentions souvent les articles de Foglia, que nous affectionnions particulièrement. Un jour, en réponse à une de ses chroniques, j'ai écrit au journaliste une missive incendiaire, à laquelle il a immédiatement répondu. Pleine de fierté, j'ai transmis sa réponse à Loustau, avec un baveux :

Vous êtes jaloux ?

Mais il se disait jaloux de Foglia, pas de moi : il aurait espéré rester mon unique correspondant.

Loustau m'interpellait de plus en plus souvent en classe. Au détour d'une phrase, il cherchait mon regard : « On va demander à Marie ce qu'elle en pense ! » ou « Tu dirais quoi de tout ça, toi ? » Ma parole valait son pesant d'or en histoire. Si j'avais d'abord été flattée par ces projecteurs, vite, je m'étais mise à les détester. Son éclairage nuisait à mon effacement physique.

C'était en revenant du congé de Noël. À deux reprises durant le cours, il m'avait prise à partie devant tout le monde. La veille, mon amie Isabelle m'avait lancé d'un ton railleur :

— Coudonc, couches-tu avec Loustau ?

Elle avait posé la question en clignant de l'œil. Sans y croire, mais pour m'entendre démentir la rumeur.

La deuxième fois que Loustau s'est interrompu pour demander : « T'en penses quoi, toi, Marie ? », j'ai brusquement détourné la tête et croisé les bras. Mon menton s'enfonçait dans mes clavicules, mon cœur battait la chamade ; je bouillais de colère. Loustau a répété sa question et je suis restée muette. Je l'aurais étripé. J'ai fixé la fenêtre jusqu'à la fin du cours. C'était quoi, son problème ? N'était-ce pas suffisant pour lui ? Ne transgressions-nous pas assez de limites ? Pourquoi fallait-il en plus qu'il me mette sur un piédestal devant les autres ?

La cloche a sonné. Pendant que les élèves se précipitaient vers la porte comme si des flammes les pourchassaient, j'ai empilé lentement mes cahiers sur mon pupitre. Loustau m'attendait, la mine rembrunie, assis à son bureau en avant de la classe.

— Qu'est-ce qu'il y a, Marie ?

— Je vous avais dit d'arrêter.

— Arrêter quoi ?

— De me donner des cadeaux ! De me demander tout le temps mon opinion devant tout le monde ! C'est fatigant ! Pourquoi vous faites ça ? Tout le monde me regarde croche, tout le monde sait que je suis la chouchou du prof. Vous pensez que c'est ça que je veux ? Laissez-moi tranquille ! Écœurez les autres, à la place !

Ses yeux se sont emplis de larmes. Au lieu de m'attendrir, sa réaction m'a jetée hors de mes gonds. Je me suis penchée vers lui, les ongles enfoncés dans mes paumes, la mâchoire barrée, et j'ai baissé la voix, menaçante :

— Là, vous allez m'écouter. Je veux plus jamais, jamais que vous m'achetiez de livres. Compris ?

Il a hoché la tête. Aucune larme ne perlait encore, on aurait dit qu'il attendait que je parte pour pleurer.

— Pis aujourd'hui, c'était la dernière fois que vous prononciez mon nom à haute voix dans votre classe. C'est-tu clair ?

Il a encore hoché la tête. J'ai poussé un profond soupir et je suis sortie.

Nous ne sommes jamais revenus sur cet « échange ». Il ne m'a plus acheté de livres sans permission et ne m'a plus adressé la parole en classe, à moins que j'aie la main bien levée.

C'est durant ma quatrième secondaire, juste avant l'année Loustau, que Christiane est entrée dans la vie de mon père. Il m'avait semblé impossible qu'un homme aussi anéanti puisse refaire sa vie avec une autre femme et, pourtant, Michel s'était accouplé en un temps record. Dans une course hippique à l'amour entre mon père et ma mère, on aurait tout misé sur elle, jument svelte et forte au pelage satiné. Sauf que c'est le petit canasson brun et bourru qui l'avait remportée. Ma mère est restée seule, collectionnant les étalons de passage. Une indomptable célibataire, une coureuse autosuffisante, comme le deviendrait sa fille.

Christiane était une femme sévère, sans fantaisie ni charme. À l'esprit sèchement cartésien. J'avais beaucoup voulu l'aimer et j'avais beaucoup voulu qu'elle m'aime. Ni l'un ni l'autre n'avait réussi.

L'entre-saison s'était installé depuis peu et j'essayais de m'habituer à ma nouvelle vie montréalaise, ma vie de fille unique en garde partagée. La veille, j'avais officiellement intégré l'équipe de basket comme *point guard* et je me repaissais de cette petite victoire. Je n'avais pas encore eu la chance d'annoncer la nouvelle à mon père et j'espérais lui en faire part ce soir-là. Je savourais d'avance son « brrravo », qui roulerait jusqu'à mes tympans.

Je suis sortie du métro Sherbrooke avec mon sac à dos trop lourd en retenant ma jupe à plis qui virevoltait dans la brise automnale. J'ai monté la rue Saint-Denis, bifurqué sur Roy, puis tourné sur l'avenue Laval en direction du condo. J'ai tiré sur la poignée, en espérant qu'il y soit déjà, mais sans surprise, j'ai dû débarrer. J'ai lancé mon sac à dos sur le sofa et je m'y suis affalée en allumant la télé. J'avais à peine eu le temps de zapper quelques chaînes que trois coups ont frappé à la porte. Une première chez mon père. À Brossard, les visiteurs affluaient – des amis de mes frères, des voisins qui m'invitaient à une partie de cachette –, mais à Montréal, personne ne nous sollicitait. Je me suis penchée sur la baie vitrée qui donnait sur l'avenue en espérant apercevoir qui toquait ; des témoins de Jéhovah, peut-être ? J'ai collé ma joue contre la vitre, incapable de distinguer l'entrée au-delà d'un tronçon d'escalier. Deux autres coups ont retenti. J'ai lissé ma jupe, puis ouvert.

Une femme blonde dans la fin quarantaine, au port altier et discret, me contemplait avec un sourire forcé. Elle était vêtue d'une jupe crayon et d'une blouse de secrétaire. Une femme absolument ordinaire, ni jolie ni laide.

— Bonjour, est-ce que ton père est là ?

Je trouvais étrange qu'elle s'adresse à moi ainsi. Comme si je n'existais pas en dehors de ce parent supposé. Je n'étais pourtant plus une enfant ; on pouvait m'aborder sans chercher l'adulte de la maison.

— Non, pourquoi ?

Elle a esquissé une drôle de grimace, a reculé d'un pas.

— Écoute, j'ai rendez-vous avec lui... Je m'appelle Christiane.

— Euh... OK?

— Bon, bien, je vais l'attendre dans ma voiture. Juste lui dire, quand il va arriver, que Christiane est là. Qu'elle l'attend.

— OK.

Je me suis réinstallée sur le sofa, devant la télé, un peu sonnée. Mon père était au courant que je n'aimais pas ce condo, que je m'y sentais étrangère et à l'étroit... Avait-il demandé les services d'une agente immobilière pour trouver quelque chose de plus adapté pour lui et moi? Je regardais la télé sans la voir quand, une quinzaine de minutes plus tard, la porte s'est ouverte en coup de vent. Michel. Essoufflé, il s'est débarrassé de ses chouclaques en me saluant.

— Papa, il y a une femme qui t'attend... dans son char. Je sais pas si elle est encore là...

Il a figé une fraction de seconde, a porté une main à sa tempe.

— Ah oui, ça doit être Christiane.

— C'est qui?

Il n'a pas répondu, s'éclipsant dans sa chambre pour se changer à la hâte. Dans l'intervalle, trois coups ont retenti. Elle, encore. Elle avait vu mon père entrer. Cette fois-ci, Christiane s'est introduite dans le vestibule et a refermé la porte derrière elle. Je ne comprenais toujours pas.

— Vous êtes... qui, au juste?

Ses lèvres dessinaient une courbe énigmatique où se mêlaient pudeur et fierté.

— Ça, ça va être à ton père de te le dire.

Michel est apparu derrière moi. Il avait troqué sa chemise blanche de haut fonctionnaire de la santé contre une autre, carreautée vert et bleu, que mon grand-père Harold lui avait refilée l'année précédente.

— Tu t'arranges pour souper, Marie ?

— Euh, oui...

Il a déposé une main sur l'épaule de Christiane, a grimacé un sourire, découvrant ses dents comme pour une photo imaginaire, puis ils sont sortis ensemble, bras dessus, bras dessous.

C'est alors que j'ai compris que mon père, que j'avais cru éploré de chagrin, éperdument amoureux de ma mère, s'était fait une nouvelle blonde.

Un mois que j'étais à Popoyo et il n'était pas tombé une seule goutte de pluie. Moi qui détestais le temps gris, j'aurais quand même pris quelques heures d'ennuagement et une bonne giboulée tropicale.

En revenant de la baie, j'avais dû m'arrêter plusieurs fois pour me reposer. Le vent soufflait si fort qu'il menaçait d'emporter ma planche neuve, une belle 7'6" volumineuse rose pêche striée de traits noirs, que j'avais baptisée « Madame ». Je devais la porter comme une guitare, le bras droit encerclant la partie supérieure et le gauche serrant la planche contre ma hanche, tout en l'orientant dans un angle de quarante-cinq degrés pour couper les rafales. La marche de vingt minutes en prenait plus de trente-cinq dans ces conditions. Les autres porteuses de mid lengths ou de long boards que je croisais me souriaient entre deux injures jumelles à mère Nature, en prenant bien soin de redoubler leur prise sur leur planche au cas où une nouvelle risée ne viendrait à sévir. Comme nous étions somme toute peu nombreuses dans l'océan, il fallait faire preuve d'une solidarité particulière, sachant les défis de s'imposer dans les vagues parmi des experts, masculins de surcroît.

Les rayons tombaient dru et je sentais carboniser la peau de ma nuque et de mes épaules. Ce jour-là, la marée avait atteint son point le plus bas autour de midi et je n'avais pas eu le choix de m'exposer aux UV maudits. L'épaisse couche de zinc dont je m'étais tapissé le visage était disparue depuis belle lurette, tout comme la lotion résistante à l'eau dont je m'enduisais généreusement le corps avant de m'enfoncer dans la mer.

Les muscles de mes bras, bandés depuis des heures, se lamentaient. Mon endurance revenait tranquillement après mes mois d'inertie post-fracture, mais ces longues sessions à lutter avec les vagues, combinées à cette marche interminable à lutter contre le vent, me laissaient fourbue. Mes comprimés de Seroquel restaient intouchés ; le soir, je tombais comme un billot après avoir lu deux lignes d'un roman.

Comme écrire et surfer constituaient mes deux seules activités journalières, mes *Détournements* avançaient rondement. Avec cette accélération venait la hantise de m'approcher de la fin. J'avais pris ce rythme de croisière grisant et je craignais d'en voir l'aboutissement autant que j'avais hâte. Cette écriture me faisait vivre. Non, cette écriture me faisait sur-vivre, en ce sens que j'existais très fort, au-dessus de moi comme en dedans. La scission n'opérait plus, narratrice et personnage s'unissaient dans une symbiose nouvelle. J'avais trouvé une langue, une forme pour me dire sans compromission, sans avoir l'impression de protéger qui que ce soit, surtout pas moi. L'entreprise relevait de l'obsession, me plongeait dans un état presque monomaniaque, fanatique, mais il me semblait n'avoir rien produit d'aussi significatif auparavant. Jamais je n'avais écrit aussi près de mes préoccupations, aussi près de qui je suis.

Mais la fin allait tomber. *Devait* tomber. On ne peut se tenir en haleine de cette façon sans s'étrangler. Un autre problème se profilait alors : comment achever un roman qui ne raconte qu'une moitié d'existence ? Certainement pas par la mort ou la renaissance. L'absolu était impossible : il n'y aurait ni grand drame ni révélation-choc en guise de chute. En fait, il n'y aurait pas de chute. Ce roman, je le voulais à l'image de ma vie : une accumulation d'inachèvements, de retours en arrière, de fuites en avant et de captures du présent. Des passages à profusion, des portes ouvertes comme les ailes d'un papillon, qui ne se refermeraient jamais complètement. On ne règle pas son passé, on apprend à composer avec. Il fallait que ce roman se termine sur une incomplétude certaine. Ou sur une incertaine complétude.

Par moments, j'arrivais à faire taire les voix qui me rappelaient les conséquences probables de cette publication, ses potentiels effets pervers. Ce livre affecterait des gens que j'aime. Le projet s'annonçait donc comme un échec programmé. Je ne pourrais que décevoir. Moi y compris.

Alors j'allais surfer. Paradoxalement, surfer m'aidait à m'ancrer. Dans l'océan, il ne servait à rien de penser à toutes les vagues en même temps, il fallait envisager la prochaine, la prendre et s'y consacrer entièrement. Le surf est un sport pétri d'échecs. Les éléments se révèlent souvent trop puissants. Les vagues absentes ou insurmontables, les courants endiablés, les rochers pointus, le vent changeant et sans merci, la nuit imminente, le soleil et le sel brûlants, la pluie aveuglante, l'eau glacée. Il faut se plier, sans arrêt. Entre les miracles.

La sensation d'être à la fois tirée et poussée par la vague m'est d'une étrangeté familière. Elle me rappelle ces séances de lutte avec mon père, devant la télé, à son retour tardif du travail. Sa main mastodonte qui m'accrochait le fond de culotte et me soulevait de terre avant de me renverser sous lui. Je hurlais d'excitation et de peur, battais des bras et des jambes. Des fois, j'arrivais à me déprendre, à lui tordre une épaule ou à lui écraser des doigts pour établir ma très brève dominance. Alors je riais, grisée, jusqu'à ce qu'il reprenne le dessus.

La mer me rappelle aussi beaucoup ma mère, que rien ne rend plus heureuse que de nager à ciel ouvert. Au chalet de mon enfance, nous traversions souvent le lac en famille : Alexis et moi dans la chaloupe avec mon père, ma mère et Simon dans l'eau. Elle traçait son chemin avec tant d'intensité qu'on la suivait facilement des yeux, son passage marqué par des éclaboussures exagérées.

Moi, j'ai toujours été très terrestre. Il n'y a rien au monde que je préfère que de courir ou de grimper une montagne. Je suis une sportive piétonne, dépourvue en technique, qui ne sait compter que sur son endurance. Je n'ai pas peur de l'eau, j'ai fait pas mal de plongée sous-marine et je me suis bien enfilé des kilomètres et des kilomètres de natation lorsque je m'entraînais en triathlon. Mais la mer n'est pas mon élément. J'ai besoin de sentir mes deux pieds fouler une surface relativement stable. Besoin de pouvoir me tenir debout, les talons à plat, socles de ma charpente inconstante. Épaules pointées vers le ciel. Poids de l'atmosphère sur ma tête.

Le surf est une façon pour moi de négocier avec l'élément maternel. Je me pose sur une matière fuyante, montante, descendante, grondante. Gigantesque et magnifique. Avec ma planche, je la dompte, la surmonte, littéralement. Littoralement.

La vague, c'est plutôt mon père. Une force imprévisible, parfois absorbée par la mer, fondue, aplatie, parfois émergente, schismatique. Alliée ou adversaire redoutable, explosive, qu'il faut prendre au moment opportun, dans la bonne position, le bon angle. La communion est délicate, mais inégalée lorsque fructueuse. La vague et moi nous adonnons à cette prise de lutte, à ces acrobaties qui se terminent soit par un atterrissage extatique, soit par une raclée.

Du vivant de mon père, je n'ai pas détesté Christiane. Au contraire, j'ai essayé de lui plaire, d'établir une complicité avec cette femme qui aurait pu, peut-être, remplacer ma mère. Mais Christiane n'avait pas l'intention de remplacer qui que ce soit. Elle se cherchait déjà son propre remplacement, un conjoint dans sa famille à elle, composée exactement comme la nôtre, avec un aîné, un benjamin et une cadette. Son plus vieux avait quelques années de moins que moi et sa plus jeune entamait l'école primaire.

La première année de leur relation n'a pas changé grand-chose à ma vie. Christiane et mon père se fréquentaient en retrait. J'avais mon père pour moi seule une semaine sur deux et je le sentais avide de partager du temps de qualité avec sa fille.

La présence de Christiane s'est imposée graduellement et d'une étrange façon. Elle me retirait mon père, plutôt que de s'immiscer dans notre vie. Mon père me téléphonait pour m'inviter au chalet; j'acceptais son invitation. Le téléphone sonnait quelques minutes plus tard et, d'une voix hésitante, il prétextait que les plans avaient soudain changé. En arrière-plan, j'entendais Christiane ruminer par mots-clés: «en amoureux», «juste nous deux», «mes enfants».

Petit à petit, nos fins de semaine en double sont devenues triples. Christiane a pris le rôle de la femme de la maison. La femme de ma maison. J'avais tellement besoin de redevenir la fille, l'adolescente, que j'aurais toléré une foule d'injustices. N'empêche, au début, j'ai tenté de ne pas les voir.

C'était l'été de mes seize ans. L'été avant la rencontre de Loustau.

J'ouvre la porte du frigo, au chalet de mon enfance. Christiane lance derrière mon épaule :

— Qu'est-ce que tu fais ?

— Un sandwich.

— T'oublierais pas quelque chose ?

— Hein ? Quoi ?

Je sors la tête du frigo, me retourne vers elle. Enfoncée dans son siège, elle a les pieds relevés sur les barreaux inférieurs de la chaise voisine et les bras croisés.

— Marie, il faut que tu demandes la permission.

— Pour quoi ?

— On demande avant de se servir dans le réfrigérateur des autres...

Encore l'été de mes seize ans. Marie-Christine et moi sommes au sommet du mont Washington, calées contre nos sacs à dos sous un auvent de rochers. Grelottantes, nous mangeons une barre tendre en attendant que les pépères d'adultes nous rejoignent. Mon père, premier de la file, enjambe les derniers mètres à pas lents et sûrs. Son sourire s'élargit en me voyant. Il s'étend à mes côtés en poussant un soupir de satisfaction, sort un Ziploc de mélange du randonneur. Nous contemplons l'horizon blanchi, ondulé de sommets, et les nuances jaunes et vertes des terres en contrebas, alternativement baignées d'ombre et de lumière. Christiane, le visage suintant, arrive finalement à notre hauteur. Elle dépose son bâton de marche, se blottit contre mon père. Déjà, je songe à la descente qui nous attend :

— P'pa, y est quelle heure ?

Il ne répond pas. J'attends. Puis je répète ma question avant de glisser mon regard dans sa direction. Christiane a posé une main sur sa montre, de façon à l'empêcher de consulter le cadran. Ses sourcils sont froncés, sa bouche serrée en un pli repoussant:

— On dit "s'il vous plaît".

Je jette un œil à Marie-Christine avec un demi-sourire ironique. Mon père reste muet, les yeux vides.

— Quoi?

— Quand on demande quelque chose, on dit "s'il vous plaît".

Sonnée.

— S'il vous plaît, p'pa, y est quelle heure?

Christiane découvre le poignet de mon père et répond à sa place.

Le voyage en Chine approchait. J'avais tellement hâte. Nos courriels s'échangeaient au rythme d'un métronome accéléré, proportionnel à cette année scolaire qui raccourcissait trop vite. Loustau me demandait souvent de rester en ligne «au cas où». Me reprochait de n'être pas suffisamment prolixe ou d'être trop lente à répondre. Je devais être disponible, à portée de mots, toujours. Les paragraphes de ses courriels s'allongeaient, s'y bousculaient des réponses aux questions posées dans l'urgence, auxquelles s'ajoutaient de nouvelles interrogations tout aussi urgentes. J'avais consenti à relâcher les règles du FLL et il avait fait encadrer pour moi ses photos de voyage préférées, prises en Chine, en Russie, en Thaïlande. Des garçons à la coupe champignon jouant avec une bulle de savon géante. Un bébé joufflu, de profil, la bouche en cul-de-poule. De jeunes filles en uniformes d'écolière, l'œil joyeux, le sourire retenu. D'autres clichés dont je ne me souviens plus. Je me suis débarrassée de tous ces portraits, qui m'ont suivie pour quelques déménagements.

De Loustau, j'ai d'ailleurs tout jeté. Même le vieux Nikon dont il m'avait fait cadeau et qui aurait pourtant enchanté n'importe quel hipster adepte de l'argentique. Il aurait été trop inconvenant de refiler ou de réutiliser ces objets contaminés. Je me suis départie de son souvenir comme on brûle les photos d'un ex toxique : en prononçant quelques incantations et en implorant la providence de ne plus croiser son chemin. Dans l'exercice, j'avais presque oublié la permanence de nos courriels, perclus dans des limbes à l'épreuve du feu.

Il répétait souvent : « Merci d'être là. » La coqueluche de l'école, de trente ans mon aîné, me remerciait d'exister. Sans cesse, il me demandait : « Qui es-tu ? » Une question étrange, puisque je lui donnais tout ce que j'étais sans compter. Il me faisait me sentir fascinante. Je n'avais jamais été fascinante pour personne. Enfin, pas autant, pas ainsi. Et j'avais si peur de ne plus jamais l'être. Qu'à seize ans, j'aie atteint le point culminant, adorée par un adulescent de quarante-six. Que ce soit celui-là, le plus grand amour passionnel dont je ferais l'objet.

L'objet, oui. Là était le problème. Les gens deviennent des objets lorsqu'on ne sait plus les replacer dans le réel, lorsqu'on les oublie pour servir des buts narcissiques, en les enfermant sous des cloches de verre. On ne les regarde plus, on les épie. Finalement, la vitre derrière laquelle j'avais dit observer Loustau m'enfermait moi, et pas lui. M'avait-il apprivoisée seulement pour renflouer les coffres de son ego ? Qu'allait-il chercher, que retirait-il de son côté ?

Il me parlait de *Petite Marie* et de *L'encre de tes yeux* de Cabrel, qui figuraient sur les compilations CD qu'il me gravait. Il me réitérait les paroles d'*Ain't No Sunshine* de Bill

Withers lorsque j'étais absente ou distante. Il m'avait fait relire *Le Petit Prince* :

> ... tu es la rose du petit prince... une chance, tu as de bonnes épines.

Il passait me voir jouer au basketball après l'école. Il avait assisté, un dimanche, au centre Rockland, à un spectacle de danse que j'avais chorégraphié. Ni mon père ni ma mère n'étaient présents à mes matchs ou à mes spectacles. Après la représentation, il m'avait comparée à Louise Lecavalier, qu'il avait rencontrée à dix-neuf ans, et qu'il disait très belle.

Début avril, Loustau m'avait annoncé qu'il irait voir Richard Desjardins aux Bobards, une buvette qui se trouvait juste à côté du condo maternel. Desjardins y donnerait un micro-concert gratuit en l'honneur du parti politique qu'il appuyait, l'Union des forces progressistes. J'adorais ce parolier, aussi favori de mon père, depuis que j'étais toute petite. De la poésie québécoise, je ne connaissais que ses textes. C'est la seule fois que j'ai vu Loustau en dehors du contexte scolaire alors que j'étais son élève. Il était arrivé après les discours partisans et le début du concert, si bien que j'avais cru qu'il ne viendrait pas. Je m'étais sentie à la fois soulagée et déçue. Puis, soudain, il était apparu, juché sur un tabouret à quelques centimètres de moi. Son parfum Lacoste très prononcé envahissait tout l'espace. J'avais de la difficulté à me concentrer sur la musique ; j'étais tendue, inconfortable. Lorsque la musique s'est tue, je me suis tournée vers lui, je l'ai regardé. Mon cœur battait une cadence irrégulière, mes mains étaient moites. Ses yeux souriaient, pétillants, ses lèvres fines se retroussaient légèrement en une moue indiscrète, il tenait son coude appuyé près de son verre de blonde, le menton sur la main. Je ne me souviens pas de ce dont nous avons parlé. Ça n'a pas duré longtemps. La soirée s'est terminée et mon cœur s'est remis à battre normalement.

Après, il est souvent revenu sur ce soir-là, jurant que je lui avais alors lancé un inoubliable regard, que je reproduisais encore parfois à mon insu, le regard « type Bobards » :

> Si je ne devais retenir qu'une chose qui te rappelle à moi et que même sourd, muet et aveugle je pourrais m'en rappeler, c'est ce regard aux Bobards que je garde gravé dans ma mémoire, ce regard de la Marie qui m'écrivait.

Lui aussi avait donc de la difficulté à raccorder la Marie de l'écrit à la Marie de la vie. C'est ce qui me frappe en relisant ses courriels : son incapacité profonde à concevoir que j'étais une jeune fille de seize ans et qu'il était mon enseignant. Formulait-il consciemment toutes ces allusions ? Prenait-il un plaisir malsain à valser sur les frontières du dicible ?

À rebours, j'imagine ce regard « type Bobards » un brin affolé. Inondé d'une inquiétude que Loustau est trop stupide, trop avare pour détecter. Qu'il méprend pour de l'attraction. Je me souviens du sentiment de danger éprouvé tout à coup, au bar, à son arrivée. La réalisation soudaine qu'au fond, je connaissais si peu cet homme qui prétendait me confier tous ses secrets. Je n'en demandais pas tant et je ne savais pas les refuser. J'avais perçu cette charge comme un privilège.

En relisant notre correspondance, j'ai essayé de le haïr. La colère m'a emportée, fidèle et puissante, mais pas la haine. Même que mon amour ambivalent revenait, presque intact. Comme une vivace, comme une maladie chronique. Un amour aussi puissant que les regrets.

Il n'y avait pas de malice en lui. J'en suis presque certaine. Pas de malice ni dans ses courriels, ni dans ses compliments, ni dans ses confidences. Une inconséquence profonde, certes. Un manque criant de responsabilité. Mais n'est-ce pas ce qu'on peut attendre d'un homme-enfant? Sauf, peut-être, quand on est soi-même une enfant, une vraie.

Au printemps, Loustau s'est mis à me vanter le lieu de résidence secondaire de sa famille à moitié française: Pau, «la plus belle ville de France». Il me promettait de me la faire visiter un jour en louant la beauté des Pyrénées. Il m'avait même transmis l'adresse paloise de ses parents, en me priant de m'en souvenir. De plus en plus souvent, Loustau se laissait envahir par la nostalgie, m'avertissait des larmes qu'il verserait au dernier cours, qui prenait d'avance un aspect mélodramatique presque tragique; il décrivait le vide qui s'installait déjà en lui. Le joueur se montrait moins enjoué, plus taciturne et romantique, livrant avec une impudeur proche de la commisération ses états d'âme, ses «bleus», comme il les appelait. Je lui ai volé l'expression, que j'utilise encore. Moi, à cette époque, quand j'étais triste, j'évoquais un oiseau de malheur qui me dévorait le ventre. Au fil de ses épanchements, quelque chose s'était ouvert en moi. Ses aveux appelaient les miens:

> Ça va mal ces temps-ci. Chez moi. La grosse merde. J'ai l'impression d'avoir perdu ma mère. Elle n'est plus elle-même. J'en ai assez d'être la mère. D'être raisonnable. Vous pouvez pas savoir comme j'en ai assez. Je parle souvent dans le vide. Je lui dis. Je lui dis tout. Et rien ne change. Et puis, je pourrais bien aller vivre avec mon père, j'ai essayé, je vous jure que j'ai essayé. Mais rien ne marche. Je suis découragée. Je partirais bien très loin, mais je n'ai pas assez d'argent.

Vous allez dire que rien ne sert de fuir. Mais des fois, rien ne nous retient.

J'avais seize ans et seul Loustau me retenait. Qu'est-ce que j'aurais fait sans lui ? J'aimerais parfois le savoir. Encore longtemps après, il m'a retenue. Des attaches en fil de soie. Des attaches quand même.

À la suite de la séparation, ma mère s'était procuré un nouveau chien, un yorkshire-terrier miniature. Une petite crotte d'à peine cinq livres, bruyante et butée. Nous avions pourtant encore notre Max, un golden retriever que ma mère avait adopté huit ans plus tôt pour l'anniversaire de mon père. Un cadeau destiné à tous les membres de la famille, sauf mon père qui n'avait jamais voulu de chien.

Elle avait appelé son nouveau toutou « Poucet ». Oh, the irony. Dans le conte retranscrit par Perrault, le Petit Poucet, dernier-né mal-aimé de sa famille, est abandonné avec ses frères par ses pauvres parents au milieu d'une effrayante forêt. Ayant semé des cailloux derrière lui pour marquer leur chemin, le Petit Poucet retrouve son foyer avec sa fratrie. Mais les parents décident de les perdre à nouveau, en privant cette fois le plus jeune d'outils pour s'orienter. Le Petit Poucet ne peut qu'abandonner au chemin des morceaux de pain, qui seront mangés par les oiseaux. C'est alors que Poucet découvre la maison d'un Ogre et décide de s'y réfugier...

Après l'acquisition du yorkshire, j'avais piqué une crise de colère épique à ma mère. Le petit connard aux oreilles pointues paradait dans le condo en poussant des jappements stridents, tandis que le doux golden, silencieux, fatigué, ramassait la poussière sur le plancher.

— T'en as déjà un, chien ! Tu te rends pas compte que Max est déprimé ? C'est pas juste pour lui ! On abandonne pas un chien plus vieux comme ça pour s'en choisir un nouveau !

Je me portais à la défense de Max en feignant le désintéressement, transférant ma frustration dans l'analogue pour conserver ce qui me restait de fierté. Il n'y avait rien à faire : ma mère avait beau aimer Max, c'est l'insupportable petit yorkshire qui avait droit à tous ses attendrissements. Le cliquetis hystérique de ses griffes dans le corridor et ses grognements ridicules m'avertissaient que ma mère était rentrée au bercail. Pour combien de temps ? Je n'en avais aucune idée. Petit à petit, elle s'était mise à me demander de m'en occuper lors de leurs visites : « Peux-tu promener ton petit frère ? » « Peux-tu nourrir ton petit frère ? » Elle faisait bien sûr référence à Poucet, le yorkshire. Alors qu'elle avait tout faux : Poucet, c'était moi, la petite dernière mal-aimée, perdue dans une forêt maléfique.

Insultée, je la conjurais de cesser de l'appeler ainsi.

— Pourquoi ? Je suis votre mère à tous les deux ! Alors c'est naturel que vous soyez frère et sœur ! me répondait-elle, la bouche fendue jusqu'aux oreilles.

Après, pas étonnant que je me sois réfugiée chez un ogre.

Mon séjour à Popoyo tirait à sa fin. Je m'étais fait une seule amie, Sara, une Vancouvéroise au seuil de sa cinquantième année. Une femme affable qui avait tout quitté pour se réinventer une vie ailleurs. Nous nous décloîtrions ensemble, parlions de nos angoisses au cours de longues marches sur la plage, en suivant des yeux la trajectoire du soleil. Nous n'aurions probablement pas été amies à la maison, mais comme le voyage s'y prêtait et que les proches pleuvaient encore moins que la pluie, par défaut, nous nous étions entichées l'une de l'autre.

Après m'être améliorée en surf, j'avais atteint une espèce de plateau. Il fallait me résoudre à ce constat : je n'excellerais jamais dans ce sport adoré. Comme je n'excellerais jamais dans grand-chose, en fait. J'avais une certaine facilité pour tout, mais rien qui ne dépassait l'aisance brute. Vite, je plafonnais. Était-ce aussi le cas en écriture ? À quoi pouvais-je aspirer au-delà d'une certaine agilité avec les mots, d'un don basique pour raconter des histoires qui n'en étaient pas ?

Le voyage me ramenait à mon insignifiance. En dehors de chez moi, on se foutait bien de mon petit métier et des drames puérils qui m'habitaient. On voulait savoir où j'étais allée, d'où je venais et où j'irais. Mon être n'avait d'importance que dans sa faculté au déplacement, dans son appartenance primaire à un pays. De belles idées se partageaient parfois entre deux bières tièdes, entre deux destinations éclair, sans plus. Seules Sara et moi, semblait-il, restions derrière. Temporairement terrées à Popoyo.

Le soir avant mon départ, nous avons marché jusqu'au Mag Rock, cette haute bâtisse couleur rouille perchée sur le cap entre Popoyo et Guasacate, pour un dernier souper en tête-à-tête. Chaque fois que je contemplais l'hôtel-restaurant et son empattement de quatre étages un peu lugubres, je me rappelais le roman d'Agatha Christie dont on ne peut plus prononcer le nom, songeant que c'était dans un manoir de cette trempe que mourraient neuf étrangers. Nous nous étions mises en route plus de deux heures avant la marée haute et, malgré tout, il fallait avancer en retrait du rivage, loin du bris des vagues pour éviter que nous happent ces murs qui s'érigeaient en refoulant violemment roches et débris. Le ciel ne tarissait pas d'azur, mais les oiseaux le sillonnaient en tracés erratiques, malmenés par un vent récalcitrant. La nature semblait tendue, comme électrisée par un orage qui ne venait pas. Après avoir trébuché sur une branche remontée avec brusquerie dans l'écume, Sara s'est frotté le pied en disant :

— Looks like Mother Nature is mad. Maybe it's because you're leaving.

J'ai ri :

— I'm pretty sure Mother Nature doesn't give a fuck about my presence.

Elle m'a prise par une épaule et a plongé ses yeux très bleus dans les miens, verts.

— Marie, yes she does care.

Je ne savais plus de quoi il était vraiment question en filigrane. Mais je me suis sentie soudain drôlement nostalgique, tristement joyeuse.

En nous quittant, plus tard ce soir-là, je lui ai dit :

— Who knows, maybe we'll see each other again.

— Yeah, maybe in Popoyo. Same time, next year ?

— Yeah.

Je savais bien que je ne reviendrais pas à Popoyo et que nous ne nous reverrions plus. J'avais accompli ce pour quoi j'y étais venue : faire mourir une chose, en ressusciter une autre. Pour une fois, la conclusion serait heureuse. Sans flafla ni larmes. Que des souvenirs tranquilles, qui finiraient par s'en aller, eux aussi.

Nous ne nous sommes jamais rendus en Chine, finalement. Le SRAS avait commencé à faire les manchettes à la fin de 2002. Le syndrome respiratoire aigu sévère qui sévissait en Chine s'était répandu en Inde, en Australie, en Russie. Il y avait eu des centaines de morts. La situation avait été évoquée par Loustau à l'hiver, mais on nous assurait qu'il n'y avait pas lieu de paniquer : nous partirions sans danger. Puis le SRAS avait aussi fait des morts au Canada. La ville de Hong Kong avait fermé ses portes. Je m'inquiétais ; les nouvelles étaient mauvaises, mais Loustau s'obstinait à répéter que nous partirions quand même.

Début avril, le voyage a été officiellement annulé. La Chine, cancellée. Nos accompagnateurs avaient dû se résigner au moment où les vols vers notre destination étaient suspendus. J'étais détruite et en colère contre nos profs de nous avoir fait miroiter ce départ jusqu'à la dernière minute. Cependant, Loustau essayait d'élaborer un plan B. Il fallait absolument que nous allions quelque part.

L'année d'avant, ma mère m'avait offert un dollar des sables en revenant d'un séjour professionnel dans les Maritimes. Elle m'avait dit qu'à l'intérieur se cachaient cinq oiseaux d'argile, qui représentaient chacun un vœu. Si on les lançait dans un plan d'eau qui se jetait dans la mer en formulant un souhait, celui-ci s'exaucerait. Extraordinairement, au lendemain de l'annonce du voyage annulé, ma mère était présente. Extraordinairement, je lui ai demandé de me conduire jusqu'au Vieux-Port. Extraordinairement, elle a accepté. Dans l'auto, en larmes, j'ai cassé le dollar. Une minuscule et fragile forme blanche, qui ressemblait bel et bien à un oiseau, s'est échappée des débris. Il n'y en avait qu'un, les morceaux restants étant trop effrités pour ressembler à quoi que ce soit. J'ai enfoui l'oiseau et ses miettes dans une poche de mes jeans et, pendant que ma mère attendait dans la voiture, je me suis hissée sur la rambarde de la Tour de l'Horloge. Les talons plantés sur le premier barreau, le plexus appuyé contre le métal froid, j'ai formulé mon vœu, les yeux fermés. *Faites que je parte en voyage avec Loustau.* J'ai projeté l'oiseau de toutes mes forces dans le fleuve.

Deux semaines plus tard, nous quittions pour l'Europe de l'Est. Un voyage de dernière minute, qui tenait du miracle. Autriche, Hongrie, République tchèque. On aurait pu partir pour Chibougamau que j'aurais été ravie. Tant que je partais avec Loustau.

Durant le voyage, je lui ai très peu parlé. Je le voulais présent, mais en périphérie. À portée de voix, mais pas de bras. De loin, j'attrapais son regard qui louvoyait furtivement ou l'objectif de sa caméra qui se détournait après m'avoir pointée. Il m'arrivait même de deviner ses yeux sur moi, instinctivement, sans avoir besoin de lever le menton ou de tourner la tête dans sa direction. Jamais je ne m'asseyais près de lui au restaurant. Dans l'autobus, je m'arrangeais pour dénicher un siège à distance. Des filles de mon groupe avaient relevé quelques remarques et gestes déplacés de sa part; il avait dit à Catherine qu'elle aurait été de son goût s'il avait eu son âge, Véronique m'avait raconté qu'il avait cogné à la porte de sa chambre d'hôtel, tard le soir. Rien d'incriminant, il voulait seulement prendre des nouvelles de son estomac barbouillé. N'empêche, il s'était présenté en boxers, camisole et chaussettes, et elle s'était sentie profondément mal à l'aise.

Je n'avais pas pensé grand-chose de leurs aveux. Je mettais ces incartades sur le compte de son statut d'homme-enfant. Je me disais même que l'attention qu'il leur donnait, tous ces commentaires et ces comportements importuns, m'était épargnée grâce à elles. Quel soulagement de n'être pas la seule cible de ses intensités...

Au cours du voyage, fidèle à mes habitudes, je m'étais prise d'affection pour un nouvel adulte : notre guide, Elmar. Il était très grand, avec une chevelure noire clairsemée et des yeux de daim. Nous nous réveillions à l'aube pour aller jogger ensemble dans les parcs de Vienne, Salzbourg, Budapest et Prague, avant les visites prévues à l'horaire. De ce voyage, c'est à peu près tout ce dont je me souviens : nos matins embrumés de course. La voix douce d'Elmar, aux accents toniques à la fois gutturaux et chantants, répondait calmement à mes abondantes questions sur sa vie et son pays, l'Autriche, entre les longs silences ponctués par nos souffles courts. Immanquablement, je finissais par surprendre Loustau, assis sur un banc, piétinant lentement l'herbe couverte de rosée ou appuyé contre un tronc épais, qui me regardait courir avec Elmar. Je ne le saluais pas, faisais semblant de ne pas le voir. Sa présence me perturbait autant qu'elle me remplissait d'importance.

Nous nous étions très peu écrit pendant le voyage et je m'ennuyais cruellement de nos échanges virtuels. J'avais voulu partir avec lui, mais pourquoi, au fond ? C'était notre correspondance, l'immatérialité de notre relation, ce va-et-vient intime entre ses mots et les miens qui m'étaient nécessaires. Pas son aura ambiguë, son omniprésence ambivalente, visqueuse, exagérée.

Après le voyage, il s'était mis à me demander :

Après quoi cours-tu ?

Je n'ai jamais pris la peine de répondre à cette question rhétorique. Je courais après les regards désirants. Après la reconnaissance. L'appréciation de mes dévoilements. Je courais, surtout, après un amour qui ne pâlirait pas d'être partagé. Un amour qui ne serait ni secret ni honteux.

Il ajoutait :

De quoi te sauves-tu ?

Je me sauvais de ces mêmes choses exactement.

SIXIÈME PARTIE

La fin du milieu

Le roman s'étire, je le sais, je le sens. La couverture est dessinée, la date de parution prévue. Je ne peux plus reculer, à moins de tout casser. J'ai tenté de négocier avec mon éditrice : et si on le sortait à l'hiver ? Si elle avait accepté d'en retarder la publication, j'aurais probablement continué les négociations : et si on le sortait au printemps ? À l'automne prochain ? Dans deux ans ? Dans dix ? Elle se doute peut-être qu'il faut forcer la fin, sans quoi je n'en quitterai jamais l'écriture. Encore, je me vautrerais dans l'inconfortable commodité de l'inachèvement.

Je suis revenue de Popoyo. Le travail a repris : l'enseignement, la correction.

Le temps des lilas est arrivé, reparti. Le printemps est mort dans l'été.

Il faut que j'arrête. Que je rompe avec mon livre. Sinon les scènes continueront à s'accumuler, les souvenirs à se superposer ; de nouveaux sens naîtront. Mais je dois bien tracer un trait quelque part.

Je n'aurai pas défait de nœud, donc. Juste tiré cette ligne oblique, que je temporise. La limite si difficile à admettre : je n'arriverai pas à me dire entièrement. Toujours prise dans ce décalage que Loustau me soulignait sans cesse : la Marie de l'écrit et celle de la vie. Le regard du Bobards et l'autre qui fuit. Entre les mots et l'existence ; entre raconter et être. Impossible de se conjuguer totalement dans ces deux mouvements, au même temps.

L'année scolaire s'est terminée. Je me rappellerai toujours ce grand déchirement. Les larmes. Une lettre de ma part, manuscrite, d'adieu, suivie de ses messages enflammés. La certitude du changement qui vient avec la rupture. C'était la fin d'un inimitable paroxysme. Il me répétait :

Souviens-toi de moi.

Comme s'il allait mourir au bout du mois de juin.

Nous avons bien entendu continué à correspondre après notre séparation scolaire. Il vivait difficilement la rentrée au collège sans moi, m'écrivait des « tu me manques » plusieurs fois par semaine. J'essayais de le rassurer sur ses connexions futures – « il y en aura d'autres ! » –, sans savoir à quel point je disais vrai. Il continuait à insister pour que l'on se voie et j'y ai finalement consenti six mois plus tard. La veille de notre rendez-vous, j'ai eu mon premier rapport sexuel. Avec un garçon magnifique, Maxime, une créature de roman pour ados, un éphèbe ténébreux de chick flicks. J'avais très envie que ma première fois se déroule avec lui, moins par désir réel que parce que son personnage cadrait avec mon roman intérieur. Son pénis, long et soyeux, s'était buté à ma paroi vaginale complètement barrée. Après de nombreuses tentatives, il avait abandonné. J'insistais pourtant pour qu'il pousse, pour qu'il force l'entrée, sans égard pour mon corps ou le sien. Quand il est parti au petit matin, j'ai pris l'oreiller sur lequel il avait étendu sa longue chevelure et l'ai emporté dans ma chambre pour y plonger mon nez. J'avais couché avec lui dans le lit queen de ma mère absente.

J'ai attendu l'heure du midi dans un état d'énervement peu commun. Nous avions rendez-vous à quelques pas seulement, au Frite Alors! de l'avenue du Parc. D'un côté, j'avais peur que ma première expérience sexuelle se lise sur mon visage. D'un autre, j'avais envie de confier à Loustau que je n'étais plus une enfant parce que je venais de caresser le pénis d'un garçon magnifique.

Quand j'ai eu dix-huit ans, ma mère m'a fait comprendre qu'elle n'en pouvait définitivement plus : je devais quitter son condo pour la laisser vivre en paix avec son chum. Même si j'habitais pratiquement seule depuis mes quinze ans, elle décrétait son rôle de parent officiellement terminé. Bel adon : la loi lui donnait raison. Mon tout premier appartement, je l'ai choisi sur la rue perpendiculaire à la sienne. Pas plus d'une vingtaine de mètres séparaient son adresse de celle que je partageais avec une trentenaire, qui s'était jadis entraînée dans le même club de triathlon que moi. Deux mois ont suffi pour que ma tenancière me montre la porte : elle préférait habiter seule et me trouvait finalement trop jeune pour mériter une chambre dans son quatre et demie. Elle a gardé le dépôt que je lui avais versé, sans justifier la raison pour laquelle elle prenait cette somme en otage. Mon père, plein d'une colère qui lui donnait un air dangereusement calme, était venu avec moi lui demander des comptes. Il avait haussé le ton, la femme nous avait claqué la porte au nez. Les mains et la mâchoire tremblantes de rage, il s'était retourné vers moi :

— Cette femme est affreuse.

C'était une jolie femme, et j'avais trouvé sa façon de dire très juste.

J'ai ensuite déménagé près du métro Joliette, pas très loin du cégep, cette fois chez une vingtenaire inconnue qui m'avait bien fait comprendre que je n'étais pas son premier choix de coloc. Puis, au terme de cette deuxième et dernière année d'études collégiales, je suis partie pour un voyage «humanitaire» en Amérique latine.

À mon retour, je me suis installée sur la rue Basile-Routhier avec une amie, dans Ahuntsic, sur la même rue que mon père, qui vivait avec Christiane et ses trois enfants. Pas plus d'une cinquantaine de mètres séparaient sa porte de celle de mon appartement. Décidément, Petit Poucet devenu grand n'était pas encore prêt à se laisser perdre complètement. Il avait refait le chemin, celui qui le ramènerait à ses parents, à rebours, à contre-courant. Sans succès.

Juillet. Les incendies de la Jamésie jettent une chape de plomb sur Montréal. Malgré l'air suffocant, le ciel si lourd et les prévisions de fin du monde, je vais plutôt bien. Mieux que depuis au moins deux ans. Mieux qu'au début de mes *Détournements*. Un surcroît de sens doublé d'une lucidité nouvelle me fait croire que ma vie n'est pas terminée. En raison de ce calme retrouvé, d'une miette d'espoir revenue, je me réessaie, pour ce qui me paraît être la cent douzième fois, aux applications de rencontre. Un retour qui ne se fait pas sans heurt, mais au lieu d'y voir une façon de trouver l'amour, je le conçois comme un exercice pour apprivoiser la solitude, la déception.

Pour la première fois depuis presque un an, je vais sur une *date*. L'homme est gentil, dégourdi, pas laid. Mais sans plus. Je ne suis pas prête : je cuve encore mes peines d'amour. Celles de Loustau, de mon père. D'Olivier. De ma mère. De toute façon, l'homme ne semble pas plus intéressé de son côté. Nos échanges virtuels étaient plus agréables. L'oral n'est encore pas à la hauteur de l'écrit.

Il s'assoit en face de moi. Je rabats le couvercle de mon ordinateur portable sur lequel je pianotais à son arrivée. Mon roman gît là, dans sa boîte de métal, sur la table entre nous. Il est presque vivant. Tellement, semble-t-il, que ma *date* me bombarde de questions à son sujet. L'homme a de la difficulté à comprendre ce qui caractérise mon entreprise : l'autofiction.

Je lui déballe ce discours maintes fois répété lors de mes cours et ateliers : l'autobiographie comme pacte de lecture faussé d'avance, l'autofiction comme manière de se mettre en danger, de dire une vérité sur soi impossible à atteindre.

— Mais alors, tu mens, dans ton livre ? demande-t-il.

Patiemment, je tente de nuancer :

— Non, je mens pas, mais je raconte la portion de ce que j'ai vécu, avec ce que ça implique comme angles morts et zones d'ombre. Il y a plein d'autres pans à considérer, d'autres histoires ; la leur, justement, qui me concerne pas, qui m'appartient pas.

À un moment, il pose une question qui me traverse déjà, qui me remplit tour à tour d'inquiétude, de doutes, de remords :

— Mais pourquoi ce roman ? Pour les dénoncer ?

— Non.

J'ai répondu sans réfléchir. Alors, je me reprends :

— Je crois pas. C'est un roman pour... comprendre. Pour décortiquer. Pour faire de ma vie et de mes expériences une histoire. Une histoire imparfaite, incomplète. Comme moi.

— T'as pas peur ?

— De quoi ? Des représailles ? Oui, un peu.

— Non, mais aussi... t'as pas peur de... les blesser ?

Je voudrais pouvoir dire oui. Pour me donner l'air d'une meilleure personne que je le suis. Mais parler de mon roman en mentant délibérément serait comme écrire des mensonges délibérés. C'est de mes blessures qu'il est question, celles-là qui m'importent avant tout.

— Pas vraiment, sincèrement. En un sens, j'ai pas l'impression de parler d'eux. C'est de moi que je parle.

— Sauf que... leurs noms... Pourquoi pas les changer?

— Je change pas le mien non plus. Je vois pas pourquoi je devrais les protéger davantage que moi-même.

— Oui, mais eux, ils ont rien demandé.

— Je leur demande rien non plus.

— Justement...

Il prend une gorgée de son café glacé, qu'il a demandé à la serveuse de remplir à moitié de lait froid, ce que j'ai trouvé mignon. Un homme qui boit du lait. Un homme-enfant.

— Tu sais, je *veux* blesser personne. Je veux pas me blesser non plus. Mais force est de constater que ce roman blesse, *va* blesser, moi et d'autres. Ça reste un roman... Ça reste *ma* vie.

Il hoche la tête, mais visiblement, il doute encore. Je le comprends : moi aussi.

De ce voyage chinois en Europe de l'Est, il m'est surtout resté une puissante sensation de possibilité. Une mise en bouche de ce à quoi pouvait ressembler la liberté. Dès qu'on nous en octroyait la permission, je partais en éclaireuse, me détachais du groupe pour monter une butte, franchir un quartier, flâner dans un musée. J'ai eu la piqûre : celle de me perdre à dessein, sans que personne m'abandonne. Dès lors, j'ai commencé à voyager seule.

L'été après ma première année de bac, je partais en Asie du Sud-Est pour trois mois. Je quittais l'appartement de la rue Basile-Routhier pour déménager avec deux amis qui avaient accepté de mener mes meubles à bon port pendant que je me trouverais avec mon sac à dos en Thaïlande, au Laos, en Malaisie, au Viêt Nam. Deux semaines de flottement, au cours desquelles je serais sans domicile fixe, précédaient mon départ. J'avais appelé mon père pour lui demander d'être hébergée chez lui. Il avait répondu qu'il consulterait d'abord Christiane. Cette seule remarque m'avait fait grimper aux rideaux, même si je n'en avais rien laissé paraître. Pourquoi avait-il besoin de l'accord de cette femme pour abriter sa fille pendant quelques jours dans sa grande maison, alors que lui-même partageait son quotidien avec ses trois enfants à elle? Quand le refus est tombé, je l'ai pris comme un vol: on me confisquait mon cornet avant même que j'y aie goûté, sous prétexte que je risquais de tout salir sur mon passage. C'est Christiane qui ne voulait pas, avait dit mon père. Là, j'avais grimpé aux rideaux en le lui montrant le plus ostensiblement possible.

— Pourquoi? C'est quoi sa raison?

— C'est sa maison, Marie...

— C'est toi qui l'as payée! Pis c'est ta maison aussi!

— C'est décidé, c'est comme ça. T'es une adulte, maintenant. Débrouille-toi.

J'aurais voulu lui cracher tant de venin... Revenir sur toutes ces fois où enfant, adolescente, j'avais dû me débrouiller sans lui. Lui dire enfin que tout ce qu'il cherchait chez Christiane, c'était une petite mère irascible à l'image de celle qu'il avait eue, une gérante d'estrade contrôlante avec plus de couilles que son conjoint, qui flattait son ego en lui donnant le sein. Avec ma mère, je trouvais toujours les insultes les plus efficaces. Avec lui, je restais bouche bée, asphyxiée d'injustice. J'étais une petite fille frustrée qui tapait du pied en répétant: «Pourquoi, pourquoi, pourquoi.» Ça n'avait pas besoin d'être aussi grave, me répétait-il. Je n'avais qu'à demander à des amis ou bien louer une chambre. J'étais trop dramatique, comme ma mère. D'ailleurs, pourquoi n'allais-je pas chez elle, plutôt ?

Pourtant, avant de s'accoupler à nouveau, il avait tant voulu que je vive avec lui. Puis, quand j'avais décidé de ne plus continuer la garde partagée, il m'avait donné l'impression de lui rompre le cœur en plus de miettes que lorsque ma mère avait divorcé. La vérité, c'est que j'étais et j'avais toujours été, pour lui, superflue. Interchangeable. Dès lors qu'il avait trouvé une femme qui le prendrait en charge, ma présence devenait accessoire. Il avait choisi Christiane. Son amour paternel était conditionnel. Transactionnel. Son amour était mou. Son amour était laid.

Je suis partie en Asie du Sud-Est très en colère contre lui. J'avais failli ne pas le mettre sur ma liste d'envoi de courriels communs, pour le punir. À la dernière minute, je me suis ravisée.

Deux mois et demi plus tard, j'attrapais la fièvre typhoïde dans la jungle au Laos. Dans un hôpital privé de Saigon, j'ai essayé de rejoindre ma mère pour lui dire où j'étais et dans quel état : seule et mal en point. Plus que tout, je voulais entendre sa voix veloutée me souffler : « Pauvre cocotte », « Ma belle », « Je suis inquiète ». Je n'ai jamais réussi à la rejoindre. Alors j'ai appelé mon père. Son ton était calme, pas velouté du tout. Pas plus soucieux que si je lui avais expliqué que je venais de rater mon autobus ou de faire une crevaison à vélo. Il « dédramatisait », comme chaque fois. Comme si mes drames, même les vrais, les prouvés, les éprouvés, n'existaient pas. La dernière chose qu'il m'a lancée au téléphone, c'est :

— Marie, la fièvre typhoïde, c'est comme une grosse gastro.

Une gRosse gastRo. La phrase a vrombi, avec ses « r » prononcés à l'ontarienne, qui m'ont roulé dessus. Je l'aurais étranglé. Étouffé dans ses euphémismes.

— Sais-tu c'est quoi, toi, être toute seule au bout du monde à vingt et un ans, hospitalisée, sous intraveineuse et soluté ? Pourquoi le médecin d'ici me dit que j'ai attrapé une maladie mortelle, pis toi, tu compares ça à une indigestion ?

J'ai raccroché avant de risquer d'entendre que, comme ma mère, j'exagérais encore.

Dix jours plus tard, j'apprenais sa mort.

Le 8 août 2007, Loustau s'est présenté aux funérailles, tout comme Nathalie, ma prof de français de cinquième secondaire. C'est elle qui, des années plus tard, m'a rappelé leur présence aux obsèques. Tout le monde était invisible et la vie, irréelle. De l'événement, je me rappelle seulement avoir désiré très fort monter dans le cercueil, me recroqueviller contre mon père et refermer la boîte sur nous deux.

Dès que nous avons commencé à nous voir en dehors de l'école, ma relation avec Loustau a pris un autre tournant. Comme si notre rencontre « en vrai » avait rendu secondaires nos échanges de courriels. Nous allions luncher ensemble plusieurs fois par année, il prenait par écrit des nouvelles ici et là, je lui suggérais encore des lectures. Mais pas d'aveux poignants comme avant. Pas de sa part, en tout cas. Lui, il semblait m'avoir déjà tout dit :

Tu es la personne qui me connaît le plus au monde.

Il n'y a qu'à faire défiler ma boîte de réception sur Hotmail pour comprendre ce qui a espacé nos échanges. Entre le nom de Loustau en apparaissent graduellement d'autres, de plus en plus nombreux, de plus en plus variés.

Mon monde s'est ouvert. Je me suis fait de nouveaux amis, des amoureux, des amants. J'ai commencé à séduire, à devenir l'objet de désirs tangibles. Je ne représentais plus uniquement un fantasme, une idée; j'étais une vraie jeune femme avec un vrai corps. Loustau est passé de premier rôle à figurant.

Puis, mon père est mort et la relation a pris un tournant supplémentaire. Loustau ne remplaçait plus cette mère de laquelle j'avais pris de grandes distances. Loustau est devenu un père, le genre que je n'avais pas eu. De figurant, il est repassé protagoniste. Je me suis mise à lui confier mes enchantements et mes catastrophes en primeur, ce qu'il prenait pour un privilège. Il n'essayait jamais de les modérer ou de les éteindre. Au contraire, il en rajoutait parfois en s'inquiétant démesurément. J'en étais venue à lui dire que si je me mariais un jour, je voulais que ce soit lui qui me mène à l'autel. J'en étais venue à lui dire que mon premier roman lui serait dédié.

Un jour, il m'a rendu visite avec sa femme à la crémerie où je travaillais. J'étais enchantée de rencontrer G. J'espérais lui plaire, comme j'avais espéré plaire à Christiane. Loustau nous avait présentées et G avait juste bredouillé un «Ah, enchantée...» qui ne traduisait absolument aucun enchantement. Tandis qu'elle étudiait distraitement le menu des saveurs affichées sur le mur derrière moi, j'essayais en vain d'échanger un regard, un sourire. C'est comme si elle me regardait au travers. Alors, c'était tout? Je m'étais attendue à ce qu'elle plante des baisers sur mes joues, à ce qu'elle me serre étroitement dans ses bras. N'étais-je pas, un peu, par défaut, sa deuxième fille? Puisque Loustau m'avait maintes fois brossé le portrait de G – une louve territoriale, plutôt froide et austère –, j'en avais conclu que c'était là simplement sa personnalité et qu'elle ne souhaitait pas s'immiscer dans notre amitié, surtout que Loustau en avait si peu, d'amis. Il allait même jusqu'à dire que j'étais sa seule et unique. La seule vraie, qui savait tout.

Son père est décédé au printemps 2011. Il avait besoin de moi et je l'ai consolé du mieux que j'ai pu, équipée de ce supplément de sagesse qui vient avec l'expérience de la mort d'un parent. Je comprenais sa peine, même si j'avais partiellement sublimé la mienne à travers lui. Entre nous, je sentais que les rôles s'inversaient. Que c'était moi, soudain, le père. À l'image de celui que j'avais connu, je ramenais Loustau au raisonnable, je modulais ses drames.

Après la mort de son père, qui comme le mien avait été guide en montagne et premier de cordée, Pau avait pris des accents mythiques. Loustau me parlait de la capitale des Pyrénées-Atlantiques avec une insistance qui frôlait parfois l'obsession. De sa belle voix grave, cette voix faite pour réciter des poèmes, il cajolait Pau avec tendresse, comme s'il pouvait la toucher, me répétant sans cesse vouloir me la montrer, de la même façon qu'il avait voulu me montrer cette fameuse statue de Rodin, en cinquième secondaire. De la même façon qu'il avait voulu me montrer la Chine. Un jour que je réfléchissais tout haut à la possibilité d'aller écrire mon mémoire de maîtrise à l'étranger, son visage s'est éclairé de mille feux. Pourquoi pas Pau ? L'appartement de son père était vide !

C'est étrange comme j'ai vite fait de son projet le mien. Je n'allais pas seulement écrire mon mémoire : je partais en mission, en pèlerinage, suivant les pas sacrés de son géniteur.

Il me fallait d'abord rencontrer sa mère, propriétaire officielle des lieux. Une magnifique septuagénaire aux cheveux courts très blancs, douce et enjouée. Avec elle, le déclic s'est produit instantanément. Nous avons dîné tous les trois dans un petit bistrot du chemin de la Côte-des-Neiges. J'avais taquiné Loustau comme à mon habitude, devant l'œil attendri de sa mère, qui avait pris part à mes moqueries. Si ce n'était pas une réunion de famille, ça, je me demandais bien ce que c'était.

Mon billet pour Pau était acheté. J'y débarquais le 23 juillet, à sa demande, alors qu'eux repartaient le 26. J'étais un brin déçue par cette date qui ne nous laissait que deux jours. Rien que deux courtes journées ensemble, dans sa Pau adorée. Ce n'était pas du tout à la hauteur de ce qu'il m'avait dit rêver pour nous.

Quelques semaines avant mon départ, il m'a écrit pour me demander de changer mon billet de train. Finalement, il voulait que je les rejoigne la veille de leur départ et pas avant. Je ne comprenais pas : pourquoi tant d'embrouilles pour deux maigres journées ? Il m'avait répondu évasivement, prétextant des imprévus, une situation difficile à expliquer. Quelque chose clochait. Un nuage gris qui ne m'était pas étranger, le même que j'avais vu se former lors de ma rencontre avec G, s'est pressé dans mon ventre, près de l'oiseau de malheur. Soudain, j'avais le sentiment que ce voyage était potentiellement dangereux. Bien plus qu'une virée seule en Inde ou au Honduras. Comme les billets étaient hors de prix et que ce changement subit me coûterait une centaine d'euros, Loustau a plié : j'arriverais le 23 comme prévu. Mais le cœur n'y était plus.

Il est venu me chercher à la station SNCF de Pau, au pied du funiculaire et du Gave. Sa silhouette difforme s'est avancée d'un pas lent et voûté vers moi et mes deux immenses valises. Ses mains creusaient ses poches, comme à la recherche d'une porte de sortie, et ses lunettes glissaient sur le bout de son nez. Je le sentais aussi ému que tendu. Il m'a parlé sans tarir du vélo qu'il m'avait déniché grâce à un ami, de son adorable voisine qu'il me présenterait, de cette autre connaissance qui fabriquait du fromage dans les montagnes et qui attendait ma visite, du forfait cellulaire que je devais m'acheter le lendemain, de quantité de détails à régler avant de me léguer son appartement pour au moins un an…

— C'est tellement dommage qu'on ait pas plus de temps ensemble…

— Et dire que vous vouliez que j'arrive dans deux jours.

Il n'a pas relevé le sarcasme.

À l'appartement, sa mère m'a accueillie avec chaleur. G, toujours froide mais polie, semblait se résigner à ma présence. Entre les arrangements, les directives et les derniers préparatifs, ces quarante-huit heures ont passé à toute vitesse. Nous avons pris une seule bière en tête-à-tête, à La Tireuse, le petit bar sur Bourbaki derrière chez lui. Je ne crois pas que nous y soyons restés plus d'une heure. Moi qui m'étais imaginé jouer les touristes avec Loustau : un café ici, un verre là, des promenades en ville ponctuées d'anecdotes sur son père, peut-être une randonnée en montagne ou la visite du château d'Henri IV… Pourquoi avait-il tant insisté pour que je m'installe à Pau, si ce n'était que pour m'ouvrir la porte et repartir ?

Mon année paloise a été pleine de rebondissements. J'ai écrit mon premier roman d'autofiction, *In between*, que Loustau a lu en premier. Je me suis fait de nombreux amants, quelques amoureux. J'ai vécu des amitiés fulgurantes, et des déchirures tout aussi fulgurantes. À partir de Pau, j'ai pris le train ou la voiture pour Paris, Bordeaux, Toulouse, Marseille, Avignon, Clermont-Ferrand, Lourdes, Bayonne, Saint-Jean-de-Luz, Biarritz, San Sebastian, Barcelona, Cadaqués. Je me suis envolée pour l'Italie, l'Irlande, la Belgique, le Portugal, le Cap-Vert. J'ai travaillé dans deux restaurants différents. J'ai adopté un bébé chien. Je me suis fait avorter.

L'appartement était décrépit, mais sympathique. Des moquettes élimées, des murs à la tapisserie jaunie, un prélart égratigné, des bibelots et des cadres partout, des chaises aux barreaux rongés par les termites, des collants décoratifs sur les vitres, une horloge grand-père qui valait «une fortune», des fauteuils aux motifs cachemire défoncés. La laveuse était tombée kaput, j'avais dû faire des pieds et des mains pour la réparer. La gazinière fuyait de temps en temps. Je prenais soin des lieux du mieux que je pouvais, mais avec la sensation qu'on m'avait laissé un aïeul mourant sur les bras.

Loustau déplorait que je ne lui écrive plus que pour l'informer des problèmes et obligations liés à l'appartement.

La vérité, c'est que j'avais gardé un goût amer de notre rencontre paloise.

Mon grand-père Harold m'avait écrit:

> Pourquoi aller en France pour écrire ton roman... qu'est-ce qui t'aidera à écrire cedit roman?

Je me posais la même question exactement.

En mars, Loustau a commencé à préparer son retour estival à Pau. Il planifiait rénover l'appartement en trois semaines: refaire les planchers, la peinture, la tapisserie, en plus de multiples et nécessaires réparations. Il me demandait de prendre des mesures, de l'aider à choisir certains matériaux. À un moment, j'ai voulu savoir si, cette fois, il en profiterait pour passer du temps avec moi. Il a répondu qu'il essaierait, mais qu'il ne pouvait rien me promettre. Chaque fois, c'était la même histoire : il me laissait en plan, puis regrettait, se rongeait les sangs, élaborait de nouveaux rêves. Alors, je me suis mise en colère.

> Vous vous complaisez dans la nostalgie. Mais quand je suis là, vous en profitez pas. [...] Moi, j'en ai assez des amitiés virtuelles. [...] Les gens qu'on aime, on leur fait du temps.

Ma bouderie a dû l'ébranler, car, enfin, il me l'avoue : G n'apprécie pas qu'il entretienne des contacts avec ses anciens élèves. Il ne lui avait jamais parlé de nous deux, jusqu'à ce qu'il y soit obligé, c'est-à-dire juste avant mon arrivée à Pau. D'où son courriel pour me demander de changer mon billet de train.

> Je suis pris entre l'amour que j'ai pour elle et l'affection que j'ai pour toi... Tu peux comprendre ça merde ? ? ? ?

Sur le coup, inexplicablement, je me sens soulagée. Je le remercie même pour son honnêteté, bien que tardive. Je songe qu'enfin, toutes ses cartes sont sur table et que tout s'explique.

Mais non, rien ne s'expliquait.

Je ne m'arrête pas une seule seconde à ces cachotteries qui durent depuis plus de dix ans. Et si G rechigne à ce qu'il garde contact avec ses anciens élèves, que penserait-elle de ce qu'il m'écrivait quand j'avais seize ans ? De toutes ces fois où il m'invitait à le rencontrer en dehors de l'école ? À cet instant, je ne me pose aucune de ces questions. Probablement parce que je suis incapable de le faire sans m'écrouler. Alors je m'accroche aux illusions et je détourne, pour quelques mois encore.

En post-scriptum de ce courriel d'aveux, il me somme de l'effacer aussitôt lu, comme s'il était informateur pour la CIA :

Après avoir lu ce message, tu le détruis OK ???!

Il ajoute, comme s'il anticipait déjà la fin :

C'était pourtant une bien belle histoire.

Mais une histoire de quoi, au juste ? Si lui entendait sûrement par là une authentique histoire d'amour et d'amitié, moi, je lis maintenant le récit pour ce qu'il est : un mensonge inventé de toutes pièces, comme ceux que l'on raconte aux enfants pour nous en faire aimer davantage. Éventuellement, l'enfant découvre le pot aux roses, et cet amour se trouve gâché par ces enjolivements. Car un amour magouillé ne peut mener qu'à l'amertume.

En mai, ma mère est venue me rendre visite. Pau n'était pas du tout sa destination rêvée, mais elle s'ennuyait de sa fille, et sa fille s'ennuyait de sa mère. À cette occasion, elle s'est avérée une compagne agréable et flexible. Elle me félicitait d'avoir entretenu cet appartement dont elle qualifiait l'état de « déplorable ». Moi, je l'aimais bien, ce quatre pièces et demie délabré. C'était ma maison, celle de mon bébé chien, Henri IV, et celle de l'un de mes grands-pères, le père de Loustau. Fièrement, j'ai présenté à ma mère tous ceux et celles qui peuplaient ma vie française. Tous mes amis et amants l'ont trouvée charmante.

Début juin, mes seins se sont mis à m'élancer. Chacun pesait plusieurs tonnes. J'étais pliée en deux de fatigue et mes copains palois me trouvaient de plus en plus irritable.

Un jour, l'un d'eux a même lancé, alors que nous buvions un verre à L'imparfait, dans le quartier du Hédas :

— Toi, si t'es pas enceinte, t'es devenue une vraie connasse !

Après avoir ri jaune, j'ai passé un test de grossesse. Positif. L'ovule aurait pu avoir été fécondé par deux donneurs différents. J'étais dans tous mes états. Le « père » présumé n'en voulait pas. Je n'en voulais sûrement pas non plus, mais j'aurais quand même aimé avoir le choix sans qu'il le renie d'avance.

J'ai écrit à Loustau, en panique :

Je suis enceinte.

Il a répondu :

Wow

Puis, il m'a demandé de prendre d'autres mesures dans son appartement.

Le lendemain de mon avortement coïncidait avec le retour des Loustau, qui reprenaient possession des lieux pour l'été et les rénovations. J'avais fait un gros ménage, que j'avais même étalé sur toute la semaine précédente afin de ne rien laisser en reste. Loustau m'avait avertie que G était maniaque de propreté et je ne voulais surtout pas lui donner l'occasion de me détester davantage. Même que j'avais encore espoir de m'en faire aimer.

Il ne me restait plus que les draps à laver, mais j'avais traîné au lit toute la matinée, complètement fourbue. L'IVG médicamenteuse n'étant plus possible passé neuf semaines, j'avais dû subir la procédure chirurgicale. J'avais été prise de convulsions, j'avais vomi, je m'étais évanouie.

Mon corps était en ruine. Ma tête m'avait désertée. De mon cœur ne restait plus que les sédiments. Je me disais que c'était sûrement ma seule et dernière chance d'avoir un enfant.

J'en étais au dernier aller-retour entre le 8 bis et la buanderie pour ramener une pile de draps frais, quand je me suis retrouvée nez à nez avec eux. Il m'a à peine saluée :

— T'es encore là ?

Je les ai assurés que j'avais déménagé toutes mes affaires et qu'il ne restait plus qu'à refaire les lits avec les draps propres. G, qui était montée dare-dare inspecter l'appartement, est redescendue aussi vite pour me demander de la suivre. Avec moi, elle en a fait le tour. M'a montré une chaise brisée, un renfoncement au plafond. J'étais terrorisée, incapable de lui avouer que j'avais en effet donné un coup de balai, une nuit, pour faire taire le voisin qui gueulait, et que le balai s'était écrasé dans le gypse comme dans de la pâte à modeler. Elle m'a sermonnée comme si j'avais détruit l'entièreté de leur nid douillet, sans un mot sur la propreté ambiante. Même l'intérieur du frigo et du micro-ondes brillait. Mais ça ne suffisait pas. Je n'avais pas traité sa noble demeure avec respect. Elle me parlait comme s'ils m'avaient accordé une faveur, comme s'ils avaient donné l'aumône à un sans-abri. J'avais pourtant payé un loyer mensuel pendant un an, loyer plus cher que ceux que je déboursais en colocation à Montréal.

J'étais tellement, tellement triste. Tellement déçue, frustrée de mon séjour chez eux. Un aspirateur venait de me tirer mon premier bébé hors du ventre. Je ne tenais plus à rien. Mais j'ai encaissé silencieusement ses récriminations pendant que l'autre imbécile, celui qui avait insisté pour que j'habite ces lieux, laissait sa harpie me traiter comme du poisson pourri.

À Pau, il m'a rappelée. Il voulait qu'on se parle. Il voulait s'excuser. Nous nous sommes rencontrés au parc Beaumont. J'étais encore furieuse. Il a admis que G avait été injuste, brutale.

— Pourquoi elle me déteste autant ?

— Elle te déteste pas. Elle te connaît pas.

— En effet. Parce que vous m'avez cachée.

Au fond, je pouvais la comprendre, G. Elle comme moi avions été placées dans une situation injuste. Dans un mensonge prolongé. À sa place, j'aurais aussi mal réagi. G ne me devait rien. Le problème, c'était lui. Ça avait toujours été lui.

Je ne l'ai pas revu de son séjour. J'ai écrit à ma mère que je n'en pouvais plus de Pau. Elle m'a répondu avec un de ses messages drôles et charmants dont elle seule avait le secret. Elle m'encourageait à revenir, je la sentais pleine de manque de moi, puis, en terminant, elle a écrit :

Je t'aime fort et fuck Loustau et sa gribiche.

J'ai ri, puis j'ai acheté mon billet pour rentrer à Montréal. Pau n'avait plus rien d'un mythe. C'était une petite bourgade, mignonne et arriérée, où j'avais tué mon premier bébé. Où j'avais tué mon deuxième père. Je voulais rentrer, que ma mère m'embrasse, me serre, elle qui m'aimait sans le moindre secret, le plus publiquement possible.

J'étais peut-être devenue une seconde fois orpheline, mais il me semblait désormais clair que ma mère qui n'en était pas toujours une avait toujours été là. Imparfaite, certes, mais là. Inconditionnellement. Et ma mère était la personne la plus vivante que je connaissais.

De retour à Montréal, Loustau m'a refait signe : il voulait que l'on continue à se voir et à s'écrire, mais sous condition de communiquer avec lui à une nouvelle adresse courriel, inconnue de G. J'ai refusé sur-le-champ. Il m'envoyait des mots larmoyants, manipulateurs :

> En amitié, c'est comme en amour... pour le meilleur et pour le pire... je pensais qu'on jouait sur la même patinoire... [...] Tu tires la plug sans même me laisser tenter de t'expliquer... ?

Il insistait pour me rencontrer. J'ai refusé encore. Puis, deux mois plus tard, il a fini par trouver les mots, à l'écrit. Il m'a raconté que je n'étais pas la seule ancienne élève avec qui il entretenait des liens. Ça, je m'en doutais. Un jour, il avait mis G, aussi enseignante, en contact avec une ancienne étudiante pour une histoire de suppléance, et ça s'était très mal passé. Cette mauvaise expérience lui avait fait craindre pour notre relation et c'est pourquoi il avait décidé de la garder secrète.

> J'ai bien essayé de lui expliquer cette relation d'amitié, mais elle avait déjà de la difficulté à admettre que je veuille faire des voyages avec des élèves, imagine!!! Entretenir une relation d'amitié avec une fille de trente ans plus jeune que moi!!! Inadmissible...

Puis, disait-il, en mai, G avait surpris un message qu'il m'envoyait pour ma fête dans lequel il m'appelait « Petite Marie ». G avait pété un câble. « Petite Marie », c'était censé être le surnom affectueux pour sa fille. Dire qu'elle colérait sans savoir que son mari m'affublait délibérément du même prénom composé.

Nous avons échangé encore quelques messages ; moi de plus en plus dégoûtée, lui de plus en plus pitoyable. À brûle-pourpoint, je lui ai demandé si une attirance sexuelle avait teinté pour lui nos échanges, si le désir venait compromettre le lien de son côté. Il m'a assuré que non :

Je t'aime comme ma fille…

Ses messages étaient mous. À son image. Il s'effaçait derrière G pour justifier ses mensonges et sa lâcheté. Il mettait sur mon dos tout le poids de la continuité de cette relation, comme si seuls mon pardon et ma compréhension pouvaient la faire revivre. Mais rien ne peut faire revivre quelque chose qui n'a pas existé. Rien ne concrétise une illusion.

Ellipse. Retour dans le futur. Un soir bleu de confinement, il y a de cela plus de deux ans, j'ai rouvert la boîte courriel de mon adolescence. Après m'être baignée dans l'amour de mon père et celui de mon grand-père, je me suis noyée à nouveau dans l'obtuse passion de Loustau. Relire une partie de nos échanges m'a successivement surprise, choquée, attendrie (par moi, pas par lui), dégoûtée, enragée. Je n'avais pourtant alors que parcouru des bribes, des extraits pris au hasard. Je ne savais encore rien du chapitre dont Loustau ferait l'objet dans mes *Détournements* ni des heures tortueuses que je mettrais à suivre, chronologiquement, obstinément, le cataclysme de notre relation.

À la suite de cette première lecture agitée, j'avais fait une publication sur les réseaux sociaux pour évoquer ces rapports d'autorité tordus, ces fausses amitiés tyranniques, ces hommes de pouvoir imbus d'eux-mêmes qui profitent de l'aura que leur confère leur statut pour se jouer d'innocents.

J'ai vaguement mentionné un prof que j'avais eu en cinquième secondaire et qui avait ainsi dévoré presque onze ans de ma vie.

Quelques heures plus tard, j'ai voulu effacer la publication. Mais à ma grande surprise, des messages à son propos m'attendaient. Certains disaient : « Ah, tu parles de Loustau, hein ! Quel étrange personnage c'était ! » D'autres recelaient des témoignages. Deux en particulier ont retenu mon attention. Deux filles de ma cohorte.

Je leur ai demandé leur numéro de téléphone et je les ai appelées à tour de rôle. Chacune m'a généreusement accordé plus d'une heure de son existence adulte pour rebrasser des souvenirs retors. Rien d'absolument grave, Loustau n'étant pas allé aussi loin avec elles qu'avec moi ; il avait continué à valser sur les limites. N'empêche, elles avaient été suffisamment troublées pour partager leur récit, qui les révélait hantées, à divers degrés et des années plus tard. L'une des répliques de Véronique, poignante de franchise, m'a particulièrement marquée :

— T'sais, j'étais un peu jalouse de l'attention qu'il te donnait. Chaque fois, j'aurais aimé que ce soit moi.

C'était étrange qu'elle nomme un sentiment si diamétralement opposé à celui que j'éprouvais à l'époque.

— Tu vois, moi, ça me pesait. C'était trop, tellement trop. J'aurais voulu qu'il t'en donne plus si c'était pour m'en demander moins.

Catherine, elle, m'a raconté sa dernière rencontre avec Loustau, peu après notre « rupture ». Il l'attendait au restaurant, complètement défait, hagard et à fleur de peau. Catherine avait tenté d'installer la légèreté coutumière de leurs rencontres, qui avaient lieu une ou deux fois par an, en prenant de ses nouvelles, en lui donnant des siennes, mais Loustau était intarissable à mon sujet :

— Il arrêtait pas de me demander t'étais où, tu faisais quoi. Il m'a dit que ça s'était mal terminé entre vous. Il espérait que je lui donne de tes nouvelles. C'était tellement bizarre, Marie. Il avait l'air de se retenir pour pas pleurer. Et c'est là que j'ai su. Je me suis dit: "Cet homme-là est malsain." C'est là que j'ai compris. Il me parlait comme s'il était en peine d'amour. Une peine d'amour d'adolescent. J'étais tellement choquée, Marie. Si tu l'avais vu... Après, j'ai coupé les ponts.

Je mentirais si je n'avouais pas m'être sentie partiellement rassurée par ce que m'a dépeint Catherine. Répugnée aussi, un peu. Je me figurais bien ce Loustau gluant de sentiments, cet amoureux immature, désespéré et aveugle. Oui, je lui en voulais. Mais j'étais rassurée de savoir que je lui avais manqué, que je l'avais marqué. Qu'il m'avait aimée. Que sa lâcheté avait eu des conséquences et que je n'avais pas été seule à subir ce deuil.

Grâce à Nathalie, qui avait été mon enseignante de français durant ma cinquième secondaire, j'avais appris que Loustau ne travaillait plus au collège. Il était parti brusquement, s'envolant pour un poste au primaire peu après notre séparation.

En 2016, après la publication d'*In between,* j'avais réécrit à Nathalie, d'abord pour la remercier pour son influence et ses encouragements passés, qui m'avaient accompagnée tout au long de mon parcours en création, et ensuite pour savoir ce qu'elle pensait de mon premier roman pour adultes. Elle avait proposé que l'on se rencontre pour en discuter.

Je lui ai donné rendez-vous au Café Parvis, où elle m'attendait, détendue et souriante. Dans ma tête d'adolescente, Nathalie avait un accent français radio-canadien et des airs ennoblis qui la rendaient un peu inaccessible. Mon souvenir avait tout faux: Nathalie n'avait pas plus le parler mondain que le sceptre intimidant. Je réalise seulement qu'en tant qu'enseignante au secondaire, elle s'efforçait de garder une saine distance entre elle et ses élèves, notamment en nous vouvoyant.

Elle n'avait pas beaucoup aimé mon roman et nous en avons vite fait le tour. Elle s'est cependant dite troublée de m'avoir reconnue dans mes écrits, n'ayant pu détacher le personnage d'Ariane de son ancienne élève à la mine torturée. Je ne sais pas si c'est cette remarque qui m'a fait lui raconter la débandade avec Loustau, mais Nathalie m'a écoutée patiemment, sans démontrer le moindre signe de surprise ou de choc. J'ai alors songé: «C'est peut-être moi qui en ai fait tout un plat pour rien. Encore un drame que je m'invente.»

Quelques années plus tard, quand j'ai eu ma première charge de cours de littérature en didactique, j'ai tout de suite pensé à Nathalie, cette excellente enseignante de français, qui avait tellement à cœur de faire aimer l'écriture et la lecture à ses élèves. Elle nous avait proposé des performances publiques, des séances d'écriture automatique, des activités de création parascolaire, des choix de romans diversifiés et abondants. Je lui ai donc écrit pour lui demander conseil. Avait-elle de la théorie à me suggérer? Accepterait-elle même de donner une conférence dans mon cours? C'est à la fin de cette conversation qu'elle m'a dit que Loustau, qui enseignait désormais le français au primaire, était revenu vers elle un peu comme je le faisais maintenant, pour lui poser des questions sur ses méthodes. Nathalie lui avait répondu très sèchement qu'elle n'avait ni matériel à partager ni conseils à lui offrir.

— Crisse, t'es ben bête, Nathalie! C'est quoi ton problème?

— Trois mots: Marie Demers-Marcil.

Il avait tourné les talons sans prononcer un mot de plus.

J'ai hésité à aller voir son employeur pour lui raconter mon histoire. Ou même à en informer mon école secondaire à rebours. Mais à quoi bon? Qu'auraient-ils pu faire, concrètement? Que pouvais-je dénoncer à part une montagne de courriels échangés vingt ans auparavant? Et puis, de toute façon, il m'a semblé que Loustau serait moins pernicieux au primaire. Un amour enfantin est toujours moins glissant qu'un amour adolescent. J'ai quand même continué à penser aux élèves qui m'avaient succédé au collège. Aux filles, surtout, dans la vie desquelles Loustau était passé. Avait-il commis d'autres désastres? Avait-il englouti d'autres adolescentes?

Je ne le savais pas et n'avais pas le courage de le découvrir. Je n'étais pas prête à assumer les remords qui m'enseveliraient si je réalisais ce que mon silence avait permis.

Loustau n'est pas un ogre, évidemment. Je l'ai aimé et il m'a aimée aussi. J'ai projeté sur lui mes parents et même certains de mes amoureux. Mais une chose est sûre: dans ce récit-là, dans cette relation-ci, je ne suis coupable de rien. Je suis une pure victime. Le dire m'humilie, mais je n'apporterai pas de fausses nuances. Parce que les enfants n'ont jamais à se reprocher d'accorder leur confiance à un adulte réputé pour la mériter.

Et si Loustau, finalement, ne m'avait pas tenue secrète auprès de G? Ou si je ne l'avais gardé dans ma vie qu'à distance après cette année de correspondance adolescente? Serait-il alors absous? Je ne crois pas. Une faute irréparable avait été commise, une frontière sacrée transgressée: on ne joue jamais avec l'intimité d'une enfant.

Tout de Loustau ne m'avait pas fait mal. Il avait temporairement rempli du vide, colmaté superficiellement certaines brèches. Mais somme toute, le mal surplombait tout le reste et faire semblant du contraire n'aurait été que complaisance hypocrite. Détournement.

En écrivant sur lui, sur nous, j'ai réactivé une douleur ensevelie trop loin, ce genre de douleur qui ne se manifeste totalement qu'au moment où l'on sombre à dessein. J'ai dû plonger sous terre pour la retrouver, ouvrir la tombe et me coucher à l'intérieur. Je ne regrette pas cet enfouissement temporaire. Il faut creuser ce qui continue à nous tirer vers le bas.

Mon père m'avait expliqué comment m'extirper d'un tourbillon mortel : me laisser emporter vers le fond, pour me libérer dans ses profondeurs ensuite. En suivant son conseil, j'avais bel et bien émergé de l'autre côté. Le souffle court, certes. Meurtrie, mais forte. Presque heureuse.

Juillet brûle encore et j'y contribue. Sous mon air climatisé réglé à vingt et un, le bout de mon nez reste froid. La lassitude recommence à m'emboîter le pas, comme une vieille amie. La météo indique que, dehors, il fait un ressenti de trente-six avec l'humidité dans le tapis. À la dernière minute, j'écris un courriel à ma psy pour que notre rencontre se déroule sur Zoom. Ça fait plusieurs rendez-vous que je reporte au virtuel, trop lâche pour me déplacer, pour côtoyer la canicule et les gens. Je fournis des excuses, parfois vraies, parfois inventées : douleur à la cheville, insomnie, débordement, virus. J'attends dans l'antichambre de Zoom qu'elle me laisse entrer. Je n'ai pas envie, aujourd'hui, de me retourner.

Son toupet apparaît en premier, traversé de quelques fils argent. J'aimerais lui demander quels souliers elle porte, mais je me retiens. Sûrement les noirs pointus avec la boucle, pieds nus parce qu'il fait trop chaud.

— Alors, comment ça va ?

— Moyen. Ça va. J'ai presque terminé mon roman. Il me reste une ou deux scènes à écrire.

— Félicitations !

Après plus de deux ans et je ne sais combien d'heures à me disséquer en sa compagnie, je commence à la connaître, moi aussi. Sa fierté transperce l'écran, notre sourire se répond.

— J'espère que vous prenez conscience de tout le chemin parcouru. Que vous mesurez bien votre réussite.

— Oui, j'essaie. Merci.

Nous sommes complices de cet accomplissement. Sans elle, il n'y aurait pas ce roman.

— C'est drôle, j'avais pensé écrire sur ma mère, surtout. Finalement, je crois que j'ai parlé autant de mon père.

— Qu'en dira-t-elle, votre mère, justement ?

— Je sais vraiment pas.

Encore récemment, j'avais eu quelques discussions avec ma mère sur mon roman. J'essayais de la préparer, tout en sachant pertinemment qu'il serait impossible de lui éviter cette épreuve. Je lui racontais où j'en étais, les scènes que j'avais écrites, les découvertes que j'avais faites. Certaines la heurtaient, d'autres la rassuraient. Le chapitre sur Loustau, surtout, m'avait fait réaliser à quel point j'avais idéalisé mon père après sa mort. À quel point ses manquements s'étaient effacés derrière ceux de ma mère. Toujours, j'en avais demandé davantage à elle qu'à lui. Toujours, je m'étais attendue à plus de sa part, sans considérer les autres parties. C'est vrai qu'elle m'avait donné ce qu'elle avait pu, malgré tout. Avec son propre bagage déficient. Mais le plus important, c'est que j'avais réalisé ce que nous possédions en commun de plus puissant. Nous n'étions pas ennemies, nous serions solidaires. Deux femmes seules qui avaient tendance aux détournements et qui avaient fait de l'écriture leur seule vérité.

La rencontre avec ma psy se poursuivait et je parlais sans m'écouter. La narratrice, encore, regardait évoluer son personnage dans le monde réel, tandis que l'héroïne se répétait cette phrase que sa mère lui avait envoyée alors qu'elle se trouvait à Pau, complètement déboussolée après l'écriture de son premier roman :

> Quand on est ancré dans une passion qui est la nôtre et qu'on lui laisse la place nécessaire avec les sacrifices qui s'y rattachent, rien de trop mal ne peut arriver.

Il me restait plus d'une centaine de pages de notes que j'aurais pu éplucher à la recherche d'une fin. Encore une infinité de scènes et d'histoires à raconter. Mais je sentais, presque violemment, qu'il fallait clore comme ça, ici, sur cette espèce de foi aveugle, nécessiteuse et sacrificielle, que je partage avec la femme de ma vie. Celle qui me dit que je ne serai jamais vraiment seule et que rien ne pourra jamais vraiment me briser tant que j'écrirai.

Mon frère Alexis croit en Dieu. Mon frère Simon croit en la science. Moi, comme ma mère, je crois en l'écriture.

Suivez-nous

Achevé d'imprimer en octobre 2023
sur les presses de Marquis Imprimeur
Montmagny, Québec

Imprimé sur du papier québécois 100 % recyclé